二見文庫

夜風はひそやかに

ジャッキー・ダレサンドロ／宮崎 槇＝訳

Sleepless at Midnight
by
Jacquie D'Alessandro

私にとってもっとも大切な、素晴らしい二人の女性に、深い愛と尊敬とともにこの書を捧げます。お二人と知り合えたことは私の誇りであり、喜びでもありましたが、お二人との友情を育む時間はあまりに短すぎました。ルーアン・スタナランドとダイアン・シーガリス。あなた方の信念と勇気はこれからも永遠に私やあなたを愛した人びとを励ましてくれるでしょう。私はあなた方との友情に感謝し、これからもあなた方のことを決して忘れません。あなた方は私たちの心に住みつづけることでしょう。

そしていつもながら、私を励ましてくれる素晴らしい夫、ジョーに。雨が降っていても、あなたがいれば明るい陽射しがあふれます。そして私の気まぐれな可愛い息子、クリストファー別名サンシャイン、ジュニア、私は永遠にあなたを愛します。

謝辞

次の方々のはかりしれない協力と支援に感謝を申し述べたいと思います。

担当編集者のエリカ・ツァング、この本の原案を支持し、それを小説として誕生させるために協力していただいた。リアテ・ステーリック、キャリー・フェロン、デビー・スタイヤー、パム・スペングラー・ジェフィー、ブライアン・グローガン、マイク・スプラドリン、エイドリエン・ディピエトロ、マーク・ガタフソン、ロンダ・ローズ、カーラ・パーカー、トム・エグナー、そのほかエイボン／ハーパー・コリンズの素晴らしいスタッフのみな様、私の夢をかなえるための優しさや励まし、助力に感謝いたします。

エージェントのダマリス・ロウランドの信念と知恵、スティーヴン・アクセルロッドとローリ・アントンソンのお力添えにもお礼を申し上げます。

私のやる気を鼓舞し、ロブスターやシャンペン、チョコレートやチーズケーキで元気づけてくれたジェンニ・グリッツル、ウェンディ・イーサーウェリングトン。ステファニー・ボンド、リタ・ヘロンはパーティに参加してくれました。この場を借りて、あなた方の健康に乾杯！

また、早起きをし、インタビューの模様を見守っていてくれたスー・グリムショー、書籍販売でたぐい稀《まれ》な能力を発揮してくれたキャシー・ベイカーにも感謝します。そしていつものように、ケイ&ジム・ジョンソン、キャシー&ディック・グース、リー&アート・ダレサンドロ、マイケル&スティーブ&リンジー・グロスマンにも心からの感謝を伝えたいと思います。

ルーニー・ルーピーズの仲間であるコニー・ブロックウェイ、マーサ・カンナム、ヴァージニア・ヘンリー、ジル・グレゴリー、サンディ・ヒングストン、ジュリア・ロンドン、キャスリーン・ギヴンス、シェリー・ブラウニング、ジュリー・オートロン、テンプトレス夫妻には熱い抱擁を贈ります。パム・ネルソン、ジャスティン・ウイリス、キャスリーン・コールブル、クリスタル・ネルソン、ジャネット・クレイ、エミリー・ヒクストン、ディーヴァー・スパイト、スーザン・アンダーセン、メアリー・バログ、アリソン・ブレナン、パメラ・ブリットン、ウェンディ・コーシスターブ、ジェマ・ハリデー、キャンディス・ハーン、サブリナ・ジェフリーズ、スーザン・キアニー、マージョリー・リュー、ブレンダ・ノヴァク、カレン・ローズ、ジーナ・ショワルツアーといった、レヴィ・バス・ツアーをご一緒した新しい友人たちには、素晴らしい経験をありがとうと申し上げましょう。ハーパー・コリンズのスタッフのみな様、このイベントに参加できる機会を与えていただいたことに深謝します。

ジョージア・ロマンス作家協会、アメリカ・ロマンス作家協会には、特別に深い感謝を捧げたいと思います。

最後に、貴重な時間を割いて私にお手紙をくださった読者のみな様、ありがとうございました。お手紙はほんとうに嬉しいものです。

夜風はひそやかに

登　場　人　物　紹　介

サラ・ムアハウス	医者の娘
マシュー・ディヴェンポート	ラングストン侯爵
キャロリン	サラの姉。ウィンゲイト子爵未亡人
エミリー・ステープルフォード	フェンストロー卿の長女
ジュリアン・ブラッドリー	富豪の娘
ダニエル・サットン	サーブルック卿。マシューの親友
サーストン	マシューの友人
ハートレー	同上
バーウィック	同上
ローガン・ジャンセン	アメリカ人資産家
ティルドン	執事
ポール	庭師
トム・ウィルストーン	村の鍛冶屋

1

マシュー・ディヴェンポートは冷たい不安が背筋を這《は》い下りるのを感じ、シャベルを動かしていた手を止め、闇に包まれた墓地を見まわした。五感を研ぎ澄まし、耳をすませてみても、聞こえてくるのはコオロギの鳴き声と、いまにもひと雨きそうな湿気をふくんだ、この季節にしては冷たい風に吹かれる木の葉のざわめきだった。

月が雲に隠れ、わが身を闇に包んでくれるので目的を果たすには好都合な一方、すぐ近くに誰かがひそんでいたとしても相手を識別することは不可能だ。そんなことに気づいてみたところで、速まる心臓の鼓動が静まるわけではない。

マシューはもう一度あたりを見まわし、落ち着けとみずからにいい聞かせた。いまさらなぜ臆病風に吹かれるのだ。見たところ何もまずいことはないではないか。それでも真夜中に屋敷を離れたときから覚えていた、誰かに尾行されているような、見張られているような気味の悪い感覚を振り払うことはできなかった。

フクロウが鳴き声をあげ、マシューの脈拍は跳ね上がった。彼はこうした雰囲気にいちいち怖気《おじけ》立ってしまうおのれが不快で唇を噛《か》みしめた。こうした秘密を一人抱えこんでかなりの月日が経過しており、闇に沈む森から湧き起こるさまざまな音にはすっかり慣れているはずなのだ。それでも、彼は身をかがめ、長靴に差しこんでいたナイフの柄を握りしめた。武器を使用するのは気が進まないが、必要とあらばやむをえない。ここまで持ちこたえ、耐え忍んできたというのに、何者かによってこの探索を脅《おびや》かされるようなことになってはたまらない。

探索？　その言葉が心のなかで嘲笑《ちょうしょう》的に響き、喉元まで上がってきた苦痛の声を呑みこみつつ、マシューは固い地面にシャベルを突き刺した。これは探索という言葉では片付けられない。この一年以上、夜の闇にまぎれての冒険は探求以上の意味を持ちはじめている。ある妄執にとらわれ、睡眠ばかりか心の平安さえ失われている。それもあとわずか……まもなくすべてが終わる。

どちらに転んでも。

シャベルいっぱいの泥を持ち上げては、労働に疲れた筋肉に鞭《むち》打ってわきへ投げる。あといくつ穴を掘ることができるだろうか。あと幾晩眠れぬ夜を過ごさねばならないのだろうか？　人知れず探索を続けることのない日中でさえ、任務のことが頭から離れない。それは約束の期日まであと一カ月を切ってしまったからにほかならない。名誉と彼の持つ清廉さが約束を果たすことを求めている。かつてその両方を危うくした経験があり、そうした愚行のツケをいまもって払っている身としては二度と同じ過ちを重ねるわけにいかないのだ。ほかの過ちを犯すほうがずっとましというものだ、と心の声が嘲笑《あざわら》う。

夜ごとの闇の旅もその一つではないのか。

とはいえこれほど努力を重ねてもすべてが無に帰しているとあっては、最大の敵がなんであるかは疑問の余地がない。

時間である。

時間が尽きようとしているのだ。

マシューは幾度かシャベルの泥を投げ捨て、手の甲で汗ばむ眉を拭った。痛む背中を汗がしたたり落ちていき、彼は厭《いと》わしげに吐息をもらした。終わりのない探索にはほとほといやけがさしているとはいえ、いまや屋敷が来客に占領されているせいで探索のための時間が削られていることのほうが皮肉にも忌まわしく思えるのだ。一同は今日の夕方到着し、マシューは仕方なく彼らと夕食をともにしたのだが、それははてしなく続く時間に思えた。

断じて客など招《よ》びたくない。何人《なんぴと》にもこのわが家に、秘めごとに足を踏み入れてほしくなどなかった。とはいえ選択の余地はない。花嫁を早急に探す必要があるからだ。そしてそのためには手段を選んでなどいられない。彼は動きを止め、いま掘り返した穴を名残り惜しげに見つめながら、シャベルのざらざらした柄を握りしめた。そう、必要なことはすべて実行するのだ。

人生のあらゆる側面において選択の自由がないのはいまに始まったことではないが、彼は自身の欲求にとらわれることなく、今何を優先すべきかをわきまえていた。選択を、それも人生を左右するほどの選択を迫られており、それがどれほど辛かろうと、もはや先延ばしは許されない。ホスト役をこなす時間は惜しいが、もし客をここケントに招かず屋敷を離れロンドンへ旅すれば、さらに多くの時間が無駄になるのだ。

不吉な雷鳴に続いて稲妻が走り、彼の暗い思いは遮られた。首筋に雨粒が散ったと思ったその数秒後、あたかも天が割れたかのような変化が起きた。空から洪水のような大量の雨が落ちてきて冷たい針のように彼の肌に突き刺さった。彼は任務を打ち棄《す》てて家のなかに戻りたいという強い衝動を覚えたが、そうはせず、目を閉じて顔を天に向け、刺すような冷たい水しぶきを浴びた。そうすることで、たとえつかの間でも心の悩みが洗われるように感じられたからだ。

ふたたび暗い空に閃光《せんこう》が走り、マシューは目を開いた。数世紀前に造られたディヴェンポート家の墓石の数々がしばらくのあいだくっきりと雨のなかに浮かび上がった。マシューは突然の光に目をしばたたき、視界のとらえたものにぎくりとした。あきらかに胡散《うさん》くさい様子で墓地の境界線を横切る男の姿。マシューはひと目でその男が誰であるかがわかった。村の鍛冶《かじ》屋トム・ウィルストーンがなんの目的でこんな真夜中に私有地をこそこそと忍び歩いているのだろうか？　こちらの姿は目撃されてしまっただろうか？　監視されていると感じたのは鍛冶屋の詮索《せんさく》の視線だったのか？　おのれの地所のどこに穴を掘ろうとも誰にもとがめ立てされるいわれはないが、この任務の性質を考えると他人に観察されたくはない。観察は憶測を呼び、憶測は果てしない疑問へと発展するからだ。もっともどんな質問を受けようと、答えるつもりもなく、また答えることもできないが。

ふたたび稲妻が光り、トムがラングストン侯爵家の領地とアッパー・フレイダーシャムの境界線をなす高い楡《にれ》と低木からなる林のあいだを抜けて去っていくのが見えた。トムが何をし、また何を見たのかはわからないが、調べる必要がある。そのためには村まで出向かなくてはならないだろう。

そう考えただけで、胸がよじれるように疼《うず》いた。もう二十年近く村には行っていない。あれ以来――。

マシューは痛ましい記憶に呑みこまれまいと、しゃにむにそんな思いを振り払った。みずから村へ出向く必要はないではないか。ここ二十年そうしてきたように、使いを遣《や》ればすむことだ。幸いダニエルも今回のハウス・パーティに参加している。親友の彼ならかわりに村へ行ってくれるはずである。

今回の招待客は……マシューが信頼を寄せる友人ダニエルと男性の知人数名。あとはいかにもかしましげな若い女性が数名。もともと似通った容姿のうえ、一団となって笑いさんざめくものだから、いっそう見分けがつかなくなる。さらにはお目付け役《シャペローン》の女性たち。娘や姪《めい》を嫁入りさせることしか頭にない母親や叔母たちの目は、新たな餌食《えじき》を求めて貪欲《どんよく》さをむきだしにするハゲタカそのものである。こうしたご立派な保護者が彼の生活の真実、状況を知れば、彼女たちの大切な娘たちの人生をこちらに託す気持ちをなくすことはあきらかだ。

皮肉な笑いが喉からもれ、雨と雷鳴に掻き消された。しかし考えてみればこうした状況は毎度のことながら、さほど問題ではないのかもしれない。ラングストン侯爵夫人の称号が手に入るとあっては、たいがいのことは黙認されてしまうのだろう。

今回招いた社交界の花ともいうべき女性たちに思いを馳せるだけで、ついしかめ面が出そうになる。どの女性も……みな凡庸なのだ。彼と同じ階級に属する女性の典型ともいうべき、着飾った温室の花ばかり。天候や流行の話をそれこそ何時間でもロマンティックな語り口で話しつづけることができるタイプである。どの女性も一定の水準には達しているが、それでも格別目を引く女性はいない。

ただ、彼とは正反対の位置に座った女性だけは少し違った。レディ・ウィンゲイトの妹で、今回のハウス・パーティに参加する姉に付き添うとみずから申し出たのだという。眼鏡をかけた女性で、その眼鏡が始終鼻からずり落ちていた。いったい、あの娘の名前はなんといったか？　マシューは思い出せず、首を振った。

じつは彼女に目を留めたのは、スープが出されたあとに偶然その娘のほうに視線が向いてしまったからにすぎない。おそらく香りを楽しむつもりだったのだろう、スープ皿の上に首を傾けていた。顔を上げると眼鏡のレンズは立ち上る湯気のためにすっかり曇っていた。その光景にある種の共感を覚えたからなのか、思いがけず忍び笑いをもらしていた。彼自身、読書用の眼鏡をかけ、ティーカップの紅茶を飲むとよく起きる現象なのだった。くすんだレンズの奥でその娘がしきりにまばたきする様子をマシューは思い浮かべ、おかしくて口を歪めた。まもなく彼女のレンズの曇りはなくなり、二人の視線が絡んだ。彼女の瞳のなかである感情が一瞬揺らめいたが、それを読もうとする前に彼女が目をそらし、彼も別の客へと意識を移した。

その客人たちはいまごろベッドのなかでゆったりと安らかな眠りをむさぼっていることだろう。温かな乾いたベッドのなかで。運のいい連中だ。

彼は雨のなかでまばたきして目を開き、疼くような羨望《せんぼう》の気持ちを振り払い、ふたたびシャベルを地面に突き立てた。

「ここにわれらが集会を招集いたします」

長らく待ち望んだ言葉を静かに発すると、サラ・ムアハウスは戦慄《せんりつ》を覚えた。ラングストン卿の荘園の邸宅の客用寝室に設えられた大理石の暖炉のそばに立つと、低い火床から薄い綿のローブやナイトガウンに暖気がじんわりと染みこんでくる。室内には不気味な影が揺れ動き、稲光《いなびかり》や雷鳴、窓にたたきつける強い雨の音がおどろおどろしさをいっそう掻き立てる。

化け物や殺人の話をするには絶好の夜だった。

まるで枝にとまった鳩のように、大きすぎるベッドのマットレスに並んで腰かけている三人の女性たちに、サラはゆっくりと近づいた。交錯する光に三人の真っ白な夜着が浮かび上がった。レディ・エミリー・ステープルフォードとレディ・ジュリアン・ブラッドリーはともに期待で目を大きく見張り、ベッドに引き上げた膝《ひざ》を抱きながらサラを見つめている。過保護に育てられた二人が本当に寝室を抜け出してこのような秘密の集会に出席するのかどうかは疑問だったが、二人は定刻の午前一時きっかりに現われ、これからの出来事に対する関心の高さを示した。

サラの視線は姉のキャロリンに移った。十年前の結婚によって、キャロリンは医師の娘という身分から子爵夫人という身分へと昇りつめたのだが、三年前愛する夫の死によって一転、服喪の未亡人となった。その嘆きはあまりに深く、サラは姉が二度と本来の明るさを取り戻すことはないのではないかと悲観していた。こうして姉の青い瞳に輝きが戻ったのを目にすると、二人の行動がいかに世の反感を買おうがかまわないと思える。キャロリンが大切な人を失ってもなお、ふたたび人生を歩みはじめようと努力していることが、とてもうれしいのだ。

サラはみずからもベッドカバーの上に乗り、四人の女性たちは小さな円陣を組んだ。サラは鼻梁《びりょう》に乗った眼鏡を押し上げ、顎《あご》を上げると、この場にふさわしい真剣な声でいった。

「まず最初に、この論議の内容から見て、誰もが当然抱《いだ》くべき疑問を全員へ問うことにします。『あなたは、フランケンシュタイン博士がメアリー・シェリーの想像の作り出したたんなる架空の人物だったと思いますか？　それとも、現実に狂気の科学者が存在し、墓地を掘り、遺体の部分を盗んで生きた怪物を造り出すことがありうると考えますか？』」

もっとも度胸のあるエミリーがささやいた。「架空の人物だったですって？　きっと彼はいまも生きているわ。そして現在も研究を続けているのよ。おそらくメアリー・シェリーは彼を知っていて、彼のもとで働いていたのね。既婚のパーシー（メアリーがこの作品の着想を得た当時、既婚の詩人パーシー・シェリーと不倫関係にあった。のちにパーシーの妻が自殺し、その後メアリーはシェリー夫人となった）との不倫で世間を騒がせる前に」

　サラは五年前に姉を通じて親しくなった美しいエミリーの顔を見つめた。活気に満ちたエミリーにサラはたちまち魅了された。悪戯《いたずら》好きそうな緑の輝く瞳、サラと同じ豊かな想像力。二十一歳になるエミリーはフェンストロー卿一家の六人兄弟の長女である。無思慮な投資を続け、金のかかる複数の愛人を囲う父のおかげで最近の家計は火の車。エミリーは玉の輿《こし》に乗るしかなくなったのだ。

　悲しいことだが、サラの観察によれば、浪費癖があり事業に対する眼識を持たない貴族が家族を経済的危機に追いこんでいる例はあとを絶たない。さらには、エミリーのように美しい女性でさえ、持参金がなければ魅力的には映らないという現実がある。そのことを考えれば、サラのような不美人で財産もない、二十六歳にもなる女がオールドミスでいるのはしごく当然といえる。サラとしてもその点は納得できるし、こうした状況を観察した結果、男性はその価値を云々《うんぬん》する以前に厄介な存在であると考えるようになっている。

サラは咳払いしていった。「フランケンシュタイン博士のような狂った科学者がほんとうに存在するだろうか……シェリーの著書について論議を始めるのに、これ以上ふさわしい質問はありません」

イングランド屈指の素封家《そほう》ゲイツボーン伯爵の一人娘であるジュリアンが声作りをして、いった。「母は私があの本を読んだのではないかとうすうす感づいただけで、倒れてしまい、吸入剤のお世話になるでしょうね」

ふと見やると、ジュリアンは頬を真っ赤に染めている。この美しきブロンドの跡取り娘が冷淡でよそよそしいと一部の人びとに思われていることはサラも知っているし、事実数年前初めて会ったときはサラ自身そうした印象を抱いた。しかしまもなく、彼女は冷淡というより、あきれるほどに内気なだけだということがわかった。高圧的な母親に逆らいもせず言いなりになっているものの、その落ち着いて控え目な外見の下には、お目付け役の女性にぴったりと付き添われハイドパークを散歩するよりもっと心躍る出来事に憧れる、冒険好きな心がひそんでいるのではないか、とサラは見ており、その心が高く舞い上がれるよう、解き放ってあげたいと決意している。

歯に衣着《きぬ》せぬ物言いをする性分が顔を出し、吸入剤のお世話にでもなったほうがあのむっつり顔や鋭いまなざしもやわらぐのではないかしら、とつい口走りそうになったのをサラはすんでのところでこらえ、こういった。「実際には好きなものを読みつつ、シェークスピアの作品を読み議論することをほのめかす〈ロンドン婦人読書会〉という名にすれば、なんとかなるわ。それに『現代のプロメシュース』は――『フランケンシュタイン』でもいいけれど――スキャンダルにまみれてはいても文学作品と見なされているから、嘘とがめ立てされる理由もないわ」サラはにこりと笑った。「私が最初の課題にこの本を選んだ理由は、まさしく、スキャンダルが絡んでいるからよ」

「正直、こんなに面白い経験は久しぶりだわ」キャロリンは普段の物静かな態度とは打って変わった、熱意のこもる声で意見を述べ、それを聞いたサラは殻に閉じこもる姉を引っぱり出そうとする工夫が効を奏しはじめているのではないかと希望をこめて考えた。二人の友人にもすでに変化の兆しが感じられる。結婚している男性と不倫関係になり、婚前に二人の子どもまでもうけた女性の書いたスキャンダラスな本を読むという、反抗というにはあまりに些細《ささい》な行動は、ジュリアンが厳しい母親の管理から恐るおそる一歩を踏み出した証《あかし》であり、家庭の経済的な問題に直面するエミリーにとっても格好の気晴らしになっているようだ。

「ほんとうに楽しい冒険よね」サラはうなずきながらいった。「メアリー・シェリーが強烈かつ恐るべき想像力の持ち主であることは誰しも否定できないと思うの」

「なぜ当初これが男性の書いたものと思われたのか、理由がわかるわ」エミリーがつぶやいた。「あんなに恐ろしい話を女性が考え出すなんて、誰も思わないものね」

「それこそ今日《こんにち》の社会が抱える問題の一つなのよ」サラは本音に近い言葉を発した。「女はつねに過小評価される。私にいわせれば、それは重大な考え違いなのよ」

「考え違いといえるのかもしれないけれど」とキャロリンはいった。「でも世のなか、万事そんなふうよ」

エミリーはうなずいた。「それに、私たちをいつも見くびるのは男性よ」

「そのとおりよ」サラが眼鏡をぐいと引き上げながらいった。「これもまた〝この地球上で何より腹立たしいものは男性である〟という私たちのお得意の理論の証《あかし》よ」

「あなたはとりわけ誰かのことを指していってるの？」キャロリンが茶化すような調子で尋ねた。「それともただの一般論？」

「一般論よ。私が人間性の観察を楽しんでいることはお姉様もご存知でしょう？　詳細な観察をもとに、私は、男性の大部分はある一つの言葉でぴたりと要約できるのではないかという推論に行き着いたわ」

「腹立たしい、という言葉以外に？」とジュリアンが訊いた。

「ええ」サラは眉を上げ、質問に生徒が答えるのを待つ教師のように、期待をこめて黙った。誰も思いきって考えを述べないので、サラは促した。「男性は……？」

「不可解？」とキャロリンが答えた。

「ええと、雄々しい？」エミリーが思いついて、いった。

「うーん、毛深い？」とジュリアンがいった。

「愚蒙《ぐもう》、よ」サラが強調するためにうなずいたので、またしても眼鏡がずり落ちた。「ほとんど例外なく、男というものは老いも若きもふくめ、女なんてただの無能な飾り物だとしか見ていないわ。ひたすら無視するか、あるいは妻として人前で披露したあとはその存在に堪えるだけと考えているの。ときどきうわべだけご機嫌をとってあとはほったらかし、また酒と女遊びに戻るのよ」

「あなたがそれほど男性に関して経験豊富だとは知らなかったわ」キャロリンが穏やかに揶《や》揄《ゆ》した。

「観察しているだけでも、結論は出せるものよ。まる焦げになるとわかっていて火に飛びこむ必要はないでしょう」そういいつつサラは頬が熱くなるのを感じた。事実、サラは男性経験がまったくないといっていい。男性の視線はいつも自分の前を通り過ぎ、より魅力的な女性に注がれるからだ。現実的な性格で、みずからの外見の限界はよく認識しているので、かなり以前からそうしたことにいちいち傷つくことはなくなっている。最近キャロリンと一緒に出席している数々の夜会でも、男性の目に留まらない存在であることによって逆に男性の行動をじっくり観察できる機会を与えられている。夜会に出るのは、ひとえに姉の悲しみを癒す機会になればと考えてのことで、こうした観察から、サラは持論を確信するようになったのだ。

愚蒙。

「もしあなたの仮説に真理がふくまれているとすれば」キャロリンがいった。「殿方はあきらかに軽んじているはずの女性をその浮気の対象として見ていることになるわね」姉の目尻には笑いじわがあったが、その瞳の奥底には悲しみの翳《かげ》りが感じられた。「それとも殿方のお相手をするのは私たちの同性ではなく鉢植えの椰子なのかしら？」

うっかり軽率な発言をしてしまった自責の念でサラの胸は痛み、くせ毛のカールがほつれ出た長いおさげ髪の先に結んだリボンをむしった。キャロリンの亡き夫エドワードは、献身的で愛情深く、忠実で、まれに見る模範的な男性だった。愚蒙とは正反対である。それでもキャロリンは誰よりもサラのあけすけな物言いには慣れている。

「椰子の木といちゃつくのはブランデーを飲みすぎたときだけ。でもそういう状況は、驚くほど頻繁に起きるのよ。もっとも私が愚蒙さに言及するのは、私たちの選んだ本について語る場合だけ。そして私の見るかぎり、ヴィクター・フランケンシュタインは愚蒙だったわ」

「私もまったく同感よ」ジュリアンが普段の慎みをつかの間忘れ、激しくうなずきながらいった。四人が集まると、彼女のこうした一面がたびたび顔を出す。「物語のなかで起きるもろもろの忌まわしい出来事、殺人、悲劇的な死はすべて彼の責任ですもの」

「でもヴィクターが誰かを殺したわけではないわ」エミリーが顔を近づけて、いった。「化け物の仕業よ」

「そうね。でもその化け物を造り出したのはヴィクターよ」キャロリンが指摘した。

「そして完全に拒絶したのよ」サラは科学者に対する嫌悪と彼の造り出したグロテスクな生き物に対する深い同情を鮮烈に思い出し、両のてのひらを強く合わせた。「ヴィクターは哀れな創造物をゴミクズ同然に棄て、逃げ出したのよ。その生き物に何一つ与えもせずに。命を持って生まれたという認識も、生き延びるすべも教えないままに。生き物を造り出しておきながら、人間としての良識のかけらさえ示さなかった。唯一の理由はその生き物が醜かったから。でも醜いのは彼のせいじゃない。誰もが美しいわけじゃないもの」サラは達観したように肩をすくめ、怪物に対する同情は自身の葛藤《かっとう》の影響が多分にあるのではないかという疑念を振り払った。

「怪物であることは、〝美しくない〟というような生やさしい次元のことではないわ」ジュリアンが指摘した。「彼は汚くて巨大で、醜悪だったの。見るも恐ろしい姿形をしていたのよ」

「それでも、たとえ彼をまともに扱おうとする人が誰もいなかったとしても、せめて彼を造り出したヴィクターだけはかけらでもいいから優しさを示すべきだったわ」サラは主張した。

「怪物は自分がけっして受け入れられないと悟るまで無情さや残酷さを見せることはなかっ

たのよ。誰からも受け入れられないと悟るまでは。誰か一人でも彼に優しく接していたら、彼の人生はどんなに違っていたかと思うの」

「私も同感よ」とキャロリンがいった。「ほんとうに悲劇的な存在だったわね。もしヴィクターが彼をまともに扱っていたら、ほかの人びとだって同じように接していたと思うわ」

「でもヴィクターも罪の重さに苦しんだのよ」とジュリアンがいった。「化け物はヴィクターの弟や親友、妻までも殺したわ。私はフランケンシュタインにも彼の造り出した怪物にも同情したわ」

サラは口をすぼめた。「率直にいって、遺体安置所へ行ったり、墓地を掘り返したという記述を除けば、実際にあの怪物がどうやって造られ、命を持つにいたったかについて、シェリーが表現を回避している点に好奇心が刺激されたことは間違いないわね。そんなことが果たして可能だろうかとつい考えてしまうの」サラは雨が打ちつけ、稲妻の光る窓のほうを見やった。「あの怪物はちょうどこんな晩に造られたのよ」

「そんなこと考えるだけでもぞっとするわ」ジュリアンがはっきりと身震いを見せながら、いった。「ヴィクターを破滅に追いやったものは彼の知識と研究だったことを忘れないで」

「知識の追求は悪いことではないわ」サラが反論した。

「ヴィクター・フランケンシュタインも彼の造った怪物も、あなたの意見には賛成しないわよ」キャロリンがいった。

「私は、ヴィクターの破滅は厭わしい生命体を造ったことにあると考えるわ」とエミリーがいった。「命を与える以前に、それが醜いことは確実に判断できたはずよ。私は科学者ではないけれど、もし私が一人の男性を造るなら、完璧な男性にしようとするでしょうね。見るに堪えない人間を造ることは絶対にないし、人殺しを手段にするような男性を造ることもないわ」

「完璧な男性ね……」ジュリアンは顎を指でたたきながら考えこんだ。「そんな人が存在すると思う？」

サラはキャロリンを見やり、姉の瞳が悲しみに翳ったのを知り、姉の心の声が聞こえるような気がした。ええ存在するわ。私の夫がそうだったのよ。

エミリーが溜息をついた。「そう考えたいけれど、出会ったことがあるとはいえないわね」

「私もよ」とサラがいった。「ここ数カ月間最上級の階級の男性をじっくり観察する機会に恵まれたけれど、完璧な男性なんてまったくお目にかかれなかったわ」

「完璧に近い見本さえね」ジュリアンが嘆息とともに同意した。

「それは受け入れがたいことと私は思うの」サラが背筋を伸ばしていった。「なので、『現代のプロメシュース』を読んで感じたことをもとに、私たちの手でヴィクター・フランケンシュタインが成しえなかったことを実行しましょう」サラは身を乗りだして、言葉を切った。

心躍るような興奮でわくわくしていた。静寂を乱すものは不気味な雷鳴と窓を激しく打つ雨の音だけである。稲妻が光り、じっとサラを見つめる訝《いぶか》しげな三人の目を照らし出した。

「私はここに提案します」サラは低い声でいった。「私たちの手で完璧な男性を造ることを」

2

　サラの発表は茫然《ぼうぜん》自失の沈黙に迎えられた。

　ようやくエミリーが咳払いをした。「私たちで男性を造る、ですって？　あなた、気でも違ったの？　死体を探して遺体安置所や墓地をこの私がうろつくというの――」

「なんとまあ、あなたの想像はメアリー・シェリーに負けず劣らず気味が悪いわ」とリラがいった。「それに、フランケンシュタインがしたように死体を蘇生させることが科学的に可能なことかどうか確信が持てないでしょう」

「ああ、よかった」ジュリアンがつぶやいた。

「私は文字どおりの意味ではなく、比喩《ひゆ》的に〝男性を創造する〟といったの。完璧な男性の構成要素は何かを決めるのよ。身体的な特徴と性格的な特徴をリストにしてね」

「わかったわ」キャロリンがうなずきながら、いった。「でもそれでおしまいなの？　私たちの手で実際に造ってみないこと？　怪物などではなくて、むしろ……等身大の人形を」

「それがいいわ！」エミリーが興奮気味にささやいた。「椅子に立てかけたり、応接間で一緒に座ったりできるような――」

「そして文句一ついわずファション談議を楽しんでくれるような」ジュリアンがクスクス笑いながらさえぎった。「何時間も続けて」

この計画があきらかにキャロリンの興味を掻き立てたことで、サラは俄然《がぜん》張り切り、立ち上がって暖炉わきの隅に置かれた書き物机に向かった。椅子に座ると、子牛皮紙を一枚とペンを取り、リストを作りはじめた。

「つまり〝完璧な男性〟は座って私たちに話してくれる人、ね」サラは書きながら、くり返した。

「話すだけじゃないわ」とキャロリンがいった。「私たちの話にも耳を傾けてくれる人よ」

「話を聞いてくれるだけではないわ」エミリーが強調した。「積極的に私たちの意見を聞き出してくれなくては」

「当然ね」サラはペンをふたたびインク瓶に浸しながら、同意した。「彼は私たち女性が知性をそなえ、聞く価値のある見解を持っていると認める人だから。ほかには？」

「優しさも必要よ」とキャロリンがいう。「忍耐力があり、寛容で、正直。そして高潔な人柄」

「機知に富み、知的で、ダンスが素晴らしく上手で疲れを知らないこと」とエミリーが付け加えた。

ジュリアンが夢見るように溜息をついた。「〝完璧な男性〟は見れば膝の力が抜けてしまうほどの美貌をそなえ、とてつもないロマンティストで、驚くほど情熱的でなくては」

サラは眼鏡の奥でまばたきし、はるか彼方を見るようなまなざしで窓を見つめるベッドの上のジュリアンを見やった。「驚くほど情熱的？」

ジュリアンはサラのほうを向き、真剣な面持ちでうなずいた。「そうよ。彼は女性をうっとりと夢中にさせる人でなくてはいけないわ」

「文字どおり、それとも比喩的に？」

「両方よ。〝完璧な男性〟はひと目見ただけで胸をときめかせるような人でなくてはね」

「その胸苦しさは腐りかけたチーズを食べたせいだったりして」サラは皮肉っぽくいった。

エドワードの死後、キャロリンが耐え忍んだ悲嘆と苦悩の日々を目の当たりにしたおかげで、すばらしい情熱を求める気持ちを心に抱くこともなくなった。もっぱら読書と花、ペットやスケッチにエネルギーを傾けようと思っている。そのうえ、サラは男性に情熱をもたらすたぐいの女ではまったくない。

それでもときおり、相手がそうした気持ちに駆られるような美貌を持つことは、いったいどんな感じなのだろうか、と考えずにはいられない。男性をそこまで愛するとは、そして同じだけ愛されるとは、いったいどんな状態なのだろう。それだけ男性から求められると、どんな気持ちがするだろう。

そうしたサラのとりとめのない思いは、ジュリアンが子牛皮紙を指さしたので途切れることになった。「〝心をときめかせる〟を書き加えてちょうだい」

「わかったわ」サラはつぶやき、それを書き留めた。書き終えると、顔を上げた。「ほかには？」

キャロリンが咳払いをして、いった。「それから、彼はキスの名手でいてほしいわ」ふたたび咳払いをする。「もちろん、それは〝驚くほど情熱的〟のなかにすでに含まれているともいえるのだけれど」

サラは〝キスの名手〟とリストに書き加え、突如熱くなった頬に眉をひそめた。「こんなところかしら？」

「私は、彼がお買物を楽しむ人であってほしいわ」とエミリーがいった。「それと背が高く力の強い人でなくてはね」

「そうよね」とジュリアンが同調した。「肩幅は広く、見事な筋肉を持っている人」

「まるで運搬用のラバみたいね」サラがペンを走らせながらからかった。

「豊かな髪」キャロリンがさらに付け加えた。サラにはそれが哀愁をおびた声に聞こえた。

「豊かで、波打つ髪よ」

「それから愛らしいふっくらとした唇」エミリーが忍び笑いをもらして、いった。「キスするにはそのほうがいいもの」

サラはそれをリストに加え、ふっくらした口にしてもなんにしても、男性とキスをするとはどんな感じなのだろうというむなしい考えを振り払った。それでもつかの間忍び寄る憧れを抑えることはできなかった。

この先決して触れることのない美しい男性の唇のイメージを消し去ろうと、リラは無愛想に頭を振り、尋ねた。「ほかにはない?」これ以上の意見が出ないので、サラはリストを眺めていった。〈ロンドン婦人読書会〉の定める〝完璧な男性〟の条件は以下のとおり。優しさ、忍耐強さ、寛容さ、率直さ、高潔な人柄、機知、知性、美貌、浪漫主義、激しい情熱、女性の心をときめかせる魅力、ふっくらとした唇、キスの名手、ダンスの達人、買い物に対する理解、女性の話に耳を傾け、辛抱強く愚痴もこぼさず女性の意見を聞き出す態度」

「やっぱり、それを聞くと彼は完璧に思えるわ」エミリーが是認するようにうなずいて、いった。

「でもあなたはどうなの、サラ?」とキャロリンが尋ねた。「あなたは資質の条件を何一つ加えてないじゃないの」

「ええ、でもあなたたちの意見ですべて出つくしたわ」とサラは答えた。

「そうはいっても、〝完璧な男性〟への要望があなたにも何か一つぐらいはあるはずよ」とジュリアンが述べた。

サラはしばし考え、うなずいた。「お言葉に答えていうけれど……彼は眼鏡をかけていてほしいわ」

「眼鏡?」ベッドの上から訝《いぶか》しげな三人の声が返ってきた。

「そう。それに私は庭いじりが大好きだから、花が好きな人であってほしい。それに庭や土掘り、雑草を刈るのも楽しめる人。辛抱強く愚痴もこぼさずに」

「上流社会の殿方が雑草を刈る姿なんて想像もできないし、キスの名手であることほどわくわくしないわ」エミリーがお茶目な笑みを浮かべていった。「でも庭園を散歩していて話題が尽きたときにはその趣味が役立つでしょうね」

サラは自分の出した必要条件をリストに書き加え、ペンを置いて共犯者たち、すなわち〈ロンドン婦人読書会〉のメンバーのほうを向いた。

「キャロリン、あなたの発案だから訊くけれど、その等身大の人形をどうやって造ればいいのかしら?」

姉は眉根を寄せ、顎を指先でたたいた。「そうね……紳士用の衣類は必要でしょうね。ズボンやシャツ、スカーフ、ブーツなどの」

「それがいいわ。それを使って、中身を詰めればいいのよ」暖炉の光を受けて、ジュリアンの瞳が輝いた。「枕のように」

「まるく詰めた枕カバーを頭部にすればいいわね」とエミリーが言い添えた。「まともに絵が描けるのはサラだけだから、生地の上に彼の顔を描いてもらいましょうよ。私は青い目に一票を投ずるわ」

「私は褐色の目のほうがいいわ」とジュリアンがいった。

「緑」といったキャロリンの言葉も、サラには意外ではなかった。エドワードの瞳は緑だったからだ。

「それでは全員の要望に沿うべく、はしばみ色の瞳にしましょう」とサラが結論を出し、にっこりと笑った。「たまたまそれは私の好みでもあるのだけれど。さて今度は私たちの理想の男性の名前を決めなくては」彼女は口をすぼめ、微笑んだ。「フランクリン・N・スタインではどうかしら?」

全員が笑い、同意した。やがてジュリアンが尋ねた。「どうやって紳士用の衣類を手に入れればいいの? 村で購入するとか?」

「それでは全然面白くないわ」サラがにこりと笑って茶々を入れた。「借り物競争なんてどうかしら? 今回のハウス・パーティに参加している男性陣は日中ずっと乗馬や銃猟、ビリヤードで忙しいはず。私たちはおのおの一人の男性を選び、彼が留守のあいだにすばやく寝室に入り自分に割り当てられた衣類を一品盗み出すの。そうすればフランクリン・N・スタインの誕生よ」

「盗むわけにはいかないわ」ジュリアンが驚きを見せていった。

サラは手首を振り、ジュリアンの不安を吹き飛ばした。「盗むわけじゃないわ。ただ借りるだけよ。パーティが終了する前に人形を解体して、殿方に物品はお返しするんですもの」

ジュリアンは不安そうに下唇を噛んだ。「でも見つかってしまったらどうなるの?」

「絞首台行きね」エミリーが真顔でいった。「だから慎重に実行しなければだめね」

薄明かりのなかでさえ、ジュリアンの顔が蒼ざめたのがサラにもわかった。「絞首台になんか行かないわよ」サラは友人を安心させ、諭《さと》すような視線をエミリーに投げた。「でも捕まったら死ぬほど恥ずかしいし、きっとあなたのお母様は卒倒してしまわれるでしょうから、捕まらないように最善の努力をすべきね」

ジュリアンはしばし唇を噛んでいたが、きっぱりとうなずいた。「いいわ。実行する」

「最後に」とエミリーがいった。「ちょっとわくわくするお楽しみがあるわ」彼女は何度も体を弾ませ、両手をこすり合わせた。「誰が誰の何をくすねてくるかよ」

「そうねえ……各男性が衣類の何に重きを置いているかをもとに決めましょうか」とサラが提案した。「ブーツについてはどう?」

「ブーツについてはバーウィック卿をお勧めするわ」とジュリアンがいった。「自信に満ちた歩き方をするだけじゃなく、彼はあきらかに履物に誇りを持っているわね。数週間前にレディ・ポンパーレイの夜会でカドリーユ(方陣を作って四人が組んで行なうフランス起源の古風な舞踊)のパートナーになった折に、私が彼のヘッシアン・ブーツ(前方に房のついた軍用ブーツ)を褒めると、その後たっぷり五分間はその上質な革についてとうとうと語ったの」

「いい提案ね」とサラがいった。「あなたにはバーウィック卿のブーツを担当してもらうわ、ジュリアン。でもその特別な一足を盗んではだめよ。なくなればすぐに気づくでしょうから。スカーフはどう？」

「サーストン卿はご自分の凝ったスカーフ類がご自慢のようよ」とエミリーがいった。「それももっともなことで、あれほど美しくタイを結んだ男性にはお目にかかったことがないくらいよ。男性が自分の風采に自信を持つのは結構なことだしね。私は彼の一品をくすねてくるわ。それほどむずかしくないはずよ。なにしろ、うちのやっかいな妹たちが私のものを盗むから、私はそれを取り返すのに慣れているんですもの」

「盗むわけではない、ということではなかったの？」ジュリアンが不安そうにいった。

「盗むわけじゃないわ」サラがなだめるようにいった。今度はキャロリンのほうを向く。「残るはお姉様と私だけ、シャツとズボンね。ズボンはより個人的なものでもあることだし……お姉様は結婚の経験があっていろいろと慣れているから、ズボンを担当していただきたいわ」

「いいわ」キャロリンは、もう一杯お茶を淹《い》れてほしいと頼まれたかのように、穏やかに答えた。「ハウス・パーティに出席している殿方のなかで、私はサーブルック卿のズボンを拝借するわ。趣味が最高によくて、あの方の衣服は見事な仕立てですもの」

「そのズボンの穿《は》き方もすてきなのはいうまでもないわね」エミリーが悪戯っぽい笑顔でい

った。

サラは姉と二人の友人が目を見合わせ、抑えた笑い声をもらす様子を見つめた。自分もつられて笑い、キャロリンの笑い声を喜ばしく感じる一方で、サーブルック卿のズボンの穿きこなしに目を留めなかった自分自身が腹立たしかった。つねづね観察力には自信があるというのに。サラは次に機会があればもっとよく観察してみようと、心に書き留めた。

「シャツはホストのラングストン卿のを拝借するのがいいと思うの」とジュリアンがいった。

「今夜のディナーで彼のシャツが誰よりも白く、パリッと張りがあったわ」

「それに、肩幅がとても広いじゃない」エミリーがお茶目に笑い、同調した。

「ではラングストン卿ということにしましょう」キャロリンがそういって、サラを見た。

「あなたはホストのシャツを担当なさい」

サラは顔を歪めないよう、唇を結んだ。くだんのホスト、ラングストン卿は今晩ディナーの最中にスープの湯気でサラの眼鏡が曇ったのに気づいて笑い、すぐに目をそむけた人物である。公然と声を上げて笑ったわけではなかったが、彼の口角が上がったのを、サラは見た。毎度のことだが、彼もまた別の誰かに——魅力的なほかの女性に——注意をそらされたのだ。男性の視線はいつも彼女を素通りする。そんなことを気にしなくなって久しいとはいえ、つかの間ラングストン卿は自分に話しかけるのではないかと思えたのだ。ばかげたことだが、彼が自分を見て笑ったのではなく、共感をこめて笑ったように思いこんだのだ。彼の視線がそれて、心ならずも傷ついたのはそのためだった。

彼のような男性を多く観察してきたサラは、彼がどんなタイプかは判別ができた。父親の死去にともなって昨年ラングストン侯爵の爵位を継いだマシュー・ディヴェンポートもご多分にもれず、ありあまる資産や自由な時間を持て余し、娯楽や女性との戯れに溺《おぼ》れる裕福な貴族の一人であることは間違いない。しかも黒髪、黒い瞳の際立った美貌の持ち主とあっては、女遊びに溺れないはずがない。幸いサラはこうした外見的なことに反応しないが、そうでなければひたすら彼の顔に見入ってしまうところだ。

彼のハウス・パーティに自分が招かれたのはキャロリンのはからいだということは知っている。表向きにはキャロリンがサラの付き添い役ということになっているが、実際には付き添いなど必要なはずもなく、逆に自分が姉の旅の道連れであると承知している。けれども寄り添うことで姉が人生を取りもどす助けになるならば、地の果てまでもついていくつもりでいる。

しかしサラはこのハウス・パーティにはたんなる友人の集まり以上の意味があるのではないかと感じている。イングランドでも屈指の古く由緒ある称号の持ち主で、女性にとって願ってもないラングストン卿が花嫁を探しているのではないか、という噂《うわさ》を耳にしたのだ。もちろん、それは先週ミュージカルを観に行ったときその噂をささやきあっていた若い女性たちの願望にもとづく見解にすぎないかもしれない。だがもしそれがほんとうなら、ジュリアンもエミリーも、キャロリンにしても、花嫁候補としては申し分ないだろう。彼はこの三人を品定めするために招待したのではないかとサラは考えている。これではまるで馬肉の検査のようじゃないの、とつい思ってしまう。

姉や友人に噂のことを話してしまいたい誘惑に駆られたが、ハウス・パーティに出席しようとしている姉の気持ちを削ぐような発言は控えたいとサラは考えたのだ。とくに姉はいま社交界への復帰にようやく気持ちが向き、喪明けの兆しもあって、ラングストン卿の招待を受けたことは姉にとって大きな一歩なのだ。結局はたんなる噂にすぎないのかもしれない。もしラングストン卿が本気で花嫁を探しているとしても、キャロリンは花嫁候補になりえない。二度と結婚するつもりがないと心の内を明かしているからだ。愛がなければ結婚はしないし、エドワードを愛したようにほかの男性を愛することはできない、と姉は考えているらしい。もちろんラングストン卿はご存知ないだろうけれど、いざとなればキャロリンはその意思をきっと伝えるだろう。

いうまでもなく、エミリーもジュリアンも花嫁候補として立派に条件を満たしている。なので、サラは度を越した美貌の持ち主であるラングストン卿をじっくりと観察し、彼が容姿のイメージどおりの立派な紳士なのかどうか友人たちのために確かめたいと思っている。残念ながらこれまでの観察によれば、彼は間違いなく愚蒙の範疇《はんちゅう》に属する。

それなのに、かの高慢なホストからシャツを盗む、というか拝借するはめになってしまった。でも彼を出し抜くのは楽しいかもしれない。彼の持ち物を、一時的にとはいえ、彼が気づかぬあいだに取るのだから。そう思うとなんだか楽しくなった。私を見てお笑いになったラングストン卿。あなたのご存知ないあいだにしっぺ返しをさせていただきますわ。

サラは眼鏡をもとの位置に戻すと、閉会の辞を口にした。「それぞれ割り当ても決まりました。ロンドン婦人読書会の第一回集会をこれにて解散することとし、明日の午前一時に会を招集しフランクリン・N・スタイン氏の製作に取りかかる予定です」

「賛成」とエミリーが乾杯の仕草とともにいった。

おやすみの挨拶もそこそこに、三人はみなそっとサラの部屋を出て、廊下を忍び足で進み、自分の寝室へ戻った。

三人が出ていくと、ドアを閉め、サラは樫材のパネルにもたれた。アンティークの書き物机に置いたリストに目を向け、ドアから体を押し出すようにして離れ、小机に向かった。ペンを持ち上げ、ゆっくりとインク壺に浸し、〝完璧な男性〟のリストに自分の求める条件を書き加えた。みなの前で口に出すことはできなかったが、じつはもっとも重要な条件だった。悩みや秘密を打ち明けあっている親友にさえ、吐露することのできない真情はある。

書き終えるとペンを置き、自分の書いた言葉を見つめた。〝外見で人を判断しない。平凡な外見の下にひそむ美しさに気づくことができる。目の前の人をまるで目に入らぬかのように無視しない〟

そんな男性が存在するとはとても思えないが、それでもどうせ想像なのだから夢はいっそ大きいほうがいい。

ふたたび稲妻が光り、部屋を照らした。サラは立ち上がって窓辺へ近づいた。彼女は夏の嵐が好きだ。屋根や窓に激しく降りつける雨音が妙に心を癒してくれるのだ。閃光が何度か走り、サラは窓の外へ視線を走らせた。そしてぎくりと体をこわばらせた。近くの楡の林から一人の男が出てきて屋敷に向かってくるのが見えたからだ。断続的な稲光に照らされて、うつむきながらシャベルを抱え、濡れた髪や衣服が体に張り付いたその男が速足で芝生を横切っていく様子が見えた。突如こちらの視線を察したかのように、男が立ち止まり、顔を上げた。サラは怯《ひる》んであとずさり、窓にかかったベルベットの重いカーテンをつかんだ。しかしやがてその男の姿がくっきりと雷光に照らされ、その人物が誰なのかはっきりとわかった。

わけもなく心臓が高鳴り、サラはしばし間を置いてふたたび窓の外をのぞいたが、すでに彼の姿はなかった。

彼に見られてしまったのだろうか？　サラはそんな疑問に眉をひそめた。見られたとしてもいいじゃないの。とんでもない時間に嵐のさなか、シャベルを抱えてこそこそと忍び歩いていたのは、こちらではなく彼のほうなのだから。

それにしてもラングストン卿は雨の降る夜間に外で何をしていたのかしら？　だいいちこそこそとシャベルを抱えてうろついていた理由は何？　その理由はほかでもない――。

サラの視線はナイトテーブルの上に置かれた革で装丁された本、『現代のプロメシュース』に向いた。

理由はほかでもない、ヴィクター・フランケンシュタインと同じことをするためなのだ。サラの真に迫った想像は暴走の気配を見せ、彼女は制御の利かなくなった思考を引き戻した。ラングストン卿の奇妙な行動にはそれなりの理由があることは確かだ。

サラはそれを解明しようと決意した。

3

薄紫の夜明けの光が窓を染めるころ、サラは静かに自室を出た。いつものように朝早く目が覚め、外に出たくてたまらなくなった。とりわけ雨が夜のうちにやんだので、嵐のあとの新鮮な湿った大気や草の匂いを嗅ぎたくなったのだ。

昨日の午後、馬車がラングストン家の領地に近づいたとき、印象的な庭園が垣間《かいま》見え、ぜひそのなかで散歩やスケッチをしたいと思ったのだ。とくにこんな静かな夜明け前は庭園を独り占めできるのがうれしい。

スケッチ用の画材の入った使い込んだ手提げ鞄《かばん》をわきにはさみ、廊下の角を曲がった。そして腕に真っ白なベッドリネンを抱えた若いメイドと衝突してしまった。

「あら！　失礼いたしました、お嬢様」メイドはぐらつくベッド用品の山を胸に引き寄せながら、いった。「こんな早朝にどなたかがお通りになっているとは思いませんでしたので」

「私がいけないの」とサラはいい、自分の鞄とメイドの落とした枕カバーを拾い上げた。

「考えごとをしていて前をよく見ていなかったのよ」体を起こし、枕カバーを手際よく折りたたむとメイドの抱えたリネンの山の上に置いた。

「あ、ありがとうございます」見るからに動転した様子で若い女はどもった。

サラは思わず天を仰ぎそうになるのをこらえた。ごくありふれた礼儀を示されただけでメイドがこれほどの驚きを見せるなんて、おかしいと思う。ましてやこちらの不注意から起きたことだというのに。王室メンバーの御来賓ならいざ知らず、こちらは一介の医者の娘だ。たとえ百歳まで生きたところで、サラはキャロリンが結婚によって入ることになった社交界の堅苦しさに馴染むことはないだろうと思う。ときおり、姉がよく耐えきれるものだなと感心することさえある。

「どういたしまして……？」サラは首を傾げて若い娘の名前を尋ねた。

「メアリーと申します」

サラは眼鏡を押し上げ、微笑んだ。「どういたしまして、メアリー」

メイドはサラの質素な茶色のデイガウンにしげしげと見入った。「何かご用はございませんか？　お部屋の呼び鈴が鳴らないのでしょうか？」

「何も用はありませんことよ。ただお庭はどちらか、教えていただけるかしら」リラは鞄を少し持ち上げて見せた。「ちょっとスケッチをしようと思って」

メアリーは顔を輝かせた。「お庭はとてもきれいでございますよ、お嬢様。雨のあとはとくに。よく手入れが行き届いておりますし。だんな様は植物や花には情熱を注いでおいでですので」

　サラは眉をつり上げた。「そうなの？」

「さようでございます。腕まくりをなさってみずから庭仕事をなさるのです。紳士には珍しく、お体が汚れることも厭わずになさいます。夜遅くにお庭に向かわれるお姿を拝見したこともあるほどで」メイドは体を近づけ、声を落とした。「たいへん手のかかる、夜咲きの花を育てていらっしゃると使用人のあいだでは噂されておりますの」

「夜咲きの花？」珍しい花と考えただけでサラは胸躍るような興奮を覚え、内心身がすくむ思いでみずからのたくましすぎる想像力をとがめた。昨夜ラングストン卿は庭仕事をしていただけなのに、勝手に狂った科学者フランケンシュタインの役を当てはめてしまった。「夜咲きとは、珍しいこと」

「私自身は何も存じませんが、だんな様は植物や花の大家でいらっしゃいます」

「機会があれば、ぜひそのお話をうかがいたいものですわ」サラは小声でいった。ひょっとするとラングストン卿への判断は誤りであったかもしれない。植物や花を愛する男性がそれほどいやな人物であるはずがないのだ。みずからの時間を割いて、夜咲きの花を大事に育てているような男性ならなおさらだ。

　応接間のフランス窓（庭やバルコニーに出入りできる観音開きの格子のガラス・ドア）から庭に出られることを教わり、サラは礼をいってそちらへ向かった。板石の上に足を踏み出した瞬間、なんともいえない安らぎに包まれた。空は淡い暁光《ぎょうこう》に輝き、深い金色と淡い薔薇《ばら》色に染まっている。家の横手に茂る、そびえるほど高い楡の林で木の葉がさらさらと鳴り、小鳥たちの朝のさえずりの伴奏の役目を果たしている。

降ったばかりの雨の名残りを感じさせる、芳しいひんやりとした大気を深々と吸いこみ、サラは板石を渡りはじめた。目の前に開ける広大な庭園の美しさに思わず息を呑む。手入れの行き届いた花壇に縁取られた歩道が、完璧に刈りこまれた見渡すかぎりの芝生や生垣のあいだにうねうねと続いている。日が昇ればすてきな木陰を提供してくれそうな林の枝の下には、いくつものベンチが誘いかけるように設えられている。ラングストン卿が庭園に情熱を注いでいるという話もこれなら納得できる。ここはサラがこれまでに目にしたなかでも、もっとも美しい庭園の一つといえるだろう。日の光に包まれれば、さぞや見事な眺めであろうと想像がつく。

庭のなかを巡り歩いてみたくなり、サラは板石の階段を降りはじめた。濡れた草が彼女のごつい靴やスカートの裾《すそ》を濡らしたが、それを不快に感じることはなく、むしろ慣れ親しんだ愛着のある感覚に深い満足を覚えた。気の向くままに選んでは曲がりくねった小路をゆっくりと進み、そこここに咲き誇る一年生、多年生の花々に驚嘆した。通り過ぎながら、その一つひとつを心に焼き付けていく。ホウセンカ、オダマキ、雛菊、るりはこべなどじつに多彩だった。

静かに流れる水の音が聞こえ、音のするほうへ向かった。数分後、一つのカーブを過ぎると、大きな石の噴水に行き着き、サラは胸を躍らせた。まんなかには長いローブを身につけた女神像が立っている。女神は傾いた壺を抱え、足元の池に向けてその壺からゆるやかに水を注いでいる。噴水の一部を囲むように石のベンチが置かれ、この狭い一角を高い生垣が囲んでいる。まるで秘密の隠れ場所を見つけたような気分だ。サラは座ってスケッチブックを開いた。

噴水の大まかなアウトラインを描いたとき、かすかに砂利がきしむ音が聞こえた。目を上げると、この狭い一角に大型犬が入ってくるのが見えた。犬は彼女の姿を見て、立ち止まった。サラは犬を驚かせないように静止し、人なつっこい犬であることを願った。犬は大きな頭部を上げ、空気の匂いを嗅いだ。

「おはよう」サラはそっと声をかけた。

犬は挨拶に反応して尻尾《しっぽ》を振り、舌を垂らしながらサラのほうへ向かってきた。下を向いて彼女のブーツの匂いを嗅ぎ、さらに膝のあたりまで嗅ぎつづけた。サラはそのまま静止状態を続け、好きなだけ匂いを嗅がせつつ犬の艶《つや》やかで黒く短い被毛《ひもう》を見つめた。犬はサラが敵ではないことに納得すると、一度だけ低くうなって彼女の足元に座った。

サラも犬が獰猛《どうもう》ではなかったことにほっとし、微笑んだ。「私からもご挨拶よ」スケッチブックを置くと犬の首筋に指を当て、掻いた。犬はその利発そうな目をうっとりと落とし、大きな前足をサラの膝の上に置いた。

「あなた、これが好きなのね」とサラは優しい声でいい、犬が満足そうな溜息をもらしたので笑った。「私の犬もこれがお気に入りなの。あなたはなぜ一人でここに来たの？」

その質問を口にしてまもなく、ふたたび砂利がきしむ音がした。犬の首を掻きつづけながら、サラは目を上げ、この狭い平地に人影が入ってくるのを見た。その人影がホストのラングストン卿であることはすぐにわかった。彼はサラを見ると、まるで壁にでも行き当たったかのように立ち止まった。彼もサラ同様、相手の姿に驚いているのはあきらかだった。

彼の目はサラを押さえつけている大型犬の姿をとらえ、眉をひそめてそっと口笛を吹いた。犬はただちに膝から前足をおろし、立ち上がった。サラに「離れなくちゃいけないけど、戻ってくるからね」とでもいうように顔を向けると素直に飼い主のもとへと小走りで向かい、地面に、卿の磨き上げられたブーツの上に尻をおろした。

サラは立ち上がり、眼鏡を押し上げ、ラングストン卿にぎこちなく挨拶の礼儀を示し、この聖域に突然踏み入ってきて邪魔をした彼に対する苛立《いらだ》ちを呑みこんだ。自分に苛立つ権利などないということを承知しているからなお、そう感じる。なんといっても、ここは彼の庭であり、犬も彼の飼い犬であるのはあきらかだからだった。それでもつい、なぜこの人はこんな時間に起きているのか、と思ってしまう。これまでの観察の結果、貴族の男性の大多数は少なくとも昼まで姿を現わさないものだと知った。むろん、少々間が悪いとはいえ、これが彼の庭園や夜咲きの花について話しあう絶好の機会なのは間違いない。

「おはようございます、閣下」

マシューは若い女を見つめ、昨日のディナーのときにスープの湯気で眼鏡を曇らせた客であることを思い出した。レディ・ウィンゲイトの妹だそうだが、まだ名前は思い出せない。彼は静かな散歩を邪魔された苛立ちを呑みこんだ。なぜこの客はこんな早く起きているのだ。これまでの観察の結果、若い女性は昼前にはめったに姿を現わさないものだという結論に達している。姿を現わすとしても、この娘のようにしわだらけで裾の濡れた服や乱れ髪ではなく、もっときちんとしたなりをしているものだ。あきらかに急いでまとめたらしいこの娘の髪は、ずれて妙に左寄りになっている。それに、この娘はなぜ邪魔者でも見るような目でこちらを見ているのか。

いまいましいが、ホストとしての立場上、ここに留まって無意味な儀礼的会話を交わすしかないだろう。気が進まないこと、このうえない。自分にとってこの散歩は必要なものだ。ダニエルが村の鍛冶屋まで出向き昨夜トム・ウィルストーンが屋敷に姿を現わしたことに関する情報を得て帰るまで、この時間を使って頭のなかを整理しておきたい。だが、やむをえない。あとで機会を見つけて一人の時間を作ることにしよう。

「おはようございます」彼は数分程度の会話ならばとあきらめて、いった。ふと目を落とし、彼女のスカートの前の部分に濡れた大きな犬の前足のあとがくっきりとついているのを見て、ぎくりとした。まいった。この娘はきっと、汚れに気づいた瞬間、跳んで逃げ出すだろう。彼は心のなかで汚れたドレスのことを家政婦のハーベイカー夫人に伝えようとメモをした。彼女ならきっときちんと洗濯してくれるはずだ。マシューはかわりのドレスを買うはめにならないよう、神に念じた。婦人服は途方もない値段だからだ。

「ぼくの犬を見つけてくださったようですね」彼は沈黙を破って、いった。

「じつは、彼が私を見つけたのです」サラは犬を見やり、にこやかに微笑んだ。「彼は人の足の上に座るのが好きなようですね」

「そうですね。お座りは躾《しつ》けました。でもどこに座るのがふさわしいのか、もう少し仕込む必要がありますね」愛犬の温かくがっしりとした首を優しく撫《な》でてやりながらも、マシューは散歩の最中にいたずらに客人と出くわすことのないよう厳しくたしなめておかねば、と心に誓った。「びっくりしませんでしたか」

「全然。私自身も犬を飼っていますので。メスですけど、大きさは同じぐらいです。ほんとうに、色以外はとてもよく似ていますのよ」サラは犬をしげしげと見つめた。「とても可愛い犬だわ」

マシューは彼女がそれほど大きな動物を飼っているということに驚きを禁じえなかった。女性の飼うのは、絨毯《じゅうたん》に放尿したり、足首を噛んだり、サテンのクッションの上でゆったり横になるしか能のない、キャンキャン吠え立てる抱き犬が多い。

「可愛い？　お褒めいただいたが、彼はきっと獰猛とか雄々しいといった形容を好むのではないかな」

目を上げた彼女は口元にかすかな微笑みを浮かべた。「それもふさわしい表現だと思いますよ。でもそこには可愛らしさがともなっているのです。名前はなんというのですか？」

「ダンフォース」

「面白い名前ですね。なぜその名前を？」

「それは……なんというか、彼らしいと思ったから。お一人ですか？」彼はあたりを見まわして、尋ねた。「お付き添いはご一緒ではないのですか？」

彼女は眉を上げ、おかしそうに口を歪めた。「私ほどの年齢になると、付き添いを必要とするどころか、付き添い役を務めるものですわ」

私ほどの年齢？　つまり、彼女は見た目より齢が上なのか？　特別に関心があるというわけではないが。マシューはやや横目で彼女のほうを見た。どう見ても二十二歳以上には見えない。どうやら薄明かりのせいで、加齢の徴候がめだっていないのだ。しかし眼鏡や野暮ったい服装がオールドミスの印象を与えていることは否めない。

「外に出るには少し早すぎないのかな？」マシューはそう述べ、内心の苛立ちをまったく感じさせない声がわれながらあっぱれだと思った。

「ちっとも。私はこの時間が好きなのです。静かに昇る朝日、夜明けの静けさ、のどかさに惹かれるので。あらゆる可能性を秘めた新しい一日への期待に満ちていますし」

マシューは少し眉を上げた。この時間は彼自身の好きなひとときでもあるからだ。とはいえ、なぜそうなのかを雄弁に語る自信はなかった。「なるほど」

「美しい庭園をお持ちですのね、閣下」

「ありがとう――」彼女の名前を思い出せないのがいまいましい。『お話できてよかったです、ミス・ジョーンズ。でも失礼せねばなりません』とでもいえれば、場をはずすのは断然楽になるというものだ。彼女の苗字がジョーンズという可能性はあるだろうか？　いやそうではなかった――。

「あなたが庭園や園芸にお詳しいとうかがいました」

彼女の言葉によって、マシューは現実に引き戻され、天を仰ぎそうになるのをこらえた。どうやら使用人たちの噂が飛び交っているようだ。今度人を雇うときは絶対に聴力に障害のある候補者ばかりを集めよう。

「おっしゃるとおり、情熱を注いでいます」とマシューはこれまでの嘘をくり返した。真夜中の行動の言い訳が必要になると、いやでも嘘を重ねるしかなかったのだ。

彼女の顔に花が咲いたような微笑みが広がり、歯並びの美しい真珠のように白い歯がこぼれた。両の頰には同じ場所に深いえくぼが見える。「私も同じ情熱を持っております」彼女は噴水のまわりの植物を分類してみせた。「あんなに元気なヘメロカリス属のフラーヴァは見たことがありませんわ」

ヘメロ——なんだって？　マシューはうめきそうになった。これが不運でないとしたら、まるきり運には見放されたということだ。やっとファッションや天候以外の話題で語り合える女性に出会ったと思えば、植物の専門家だったなどという確率はいったいどのくらいだろう。

「そう、ぼくもあれは格別気に入っている」マシューは小声でいった。もはやここにはいられない。ダンフォースの尻の下に入っている自分の足を抜き出し、一歩後ろに下がったところ、噴水の縁にぶつかってしまった。その結果、そこは噴水の水が当たる場所であったことがわかった。というより、それが冷たい水浸しの縁だという事実を否応なく知るはめになった。

彼は口元まで出かかった強烈なののしりの言葉を噛み殺し、石から離れた。冷たく濡れたウール地が臀部に張り付いた感覚ほど忌まわしいものはない。

噴水から彼の尻の部分へと視線を移した彼女は口をピクリと引きつらせ、彼を見つめたと思うと少しからかうような調子でいった。「私もそういうおそろしく不快な感覚を幾度も経験いたしましたわ。ハンカチをお貸ししましょうか？」

ふん。ちっぽけな婦人用のハンカチで拭けば濡れた尻が乾くとでもいうのか。それでもこの不快感に対して共感を示されたことで、マシューの気分は晴れた。「ありがとう。だが、それほど濡れてはいないようだ」噴水の水が大腿《だいたい》部の後ろをしたたり落ちているというのに、マシューは無理やり平然とした表情をつくろった。

「それは何より。一つお訊きしたいのですけれど、何か特別なものをお使いですの？」と彼女は尋ねた。

「ズボンを乾かすのに？」

「いえ、植物の肥料のことです」

「それは、まあ、ごく普通のものを使っている」

「きっと堆肥《コンポストヒープ》の山に何か特別なものがふくまれているのでしょうね」彼女は熱意にあふれた表情と声で尋ねた。「何かありきたりのものではないものが。こちらのラニヤラ・カプリフォリウム（スイカズラのラテン語の学名）はどこのものより香りがいいですね」

なんということだろう。こんな話題になると、まるで濡れたパンツに標的をつけたままアーチェリーのフィールドをうろついているような気分におちいってしまう。「そのことでしたら、うちの庭師頭のポールにお尋ねください。ポストヒープについてはまかせてありますので」

彼女は眉をひそめ、眼鏡の後ろで目をしばたたいた。「堆肥のことですか？」

「ええ、もちろん」

彼女の鋭い目に射すくめられ、マシューは自分がまるで悪戯を見とがめられた、少年になったような気がした。一刻も早く退散しなければ。だが、足を一歩も踏み出さないうちに、彼女がいった。「夜咲きの花のお話を聞かせてください」

「いまなんと？」

「私もヨルガオやオシロイバナの栽培をこころみていますが、あまりうまくいきません。夜の花は昨夜の雨を喜んだことでしょうね。あなたよりずっと」

疑念が頭を駆けめぐり、マシューはすくんだ。「ぼくより？」

「ええ。昨夜遅くあなたがシャベルを抱えてお屋敷にお戻りになっているところを拝見しました」

やはりそうだったか。そういえばたしかに昨夜屋敷のほうを見上げたとき、窓辺に人がいるのが見えた。見えたように思えたのだ。彼女が始終窓から外をうかがい立ち聞きするようなたぐいの女であるのはあきらかで、もっともこの家に招き入れたくない手合いである。おまけに、花の手入れをしていたという話を納得しきれないといった表情でこちらを見ているのだからますます始末が悪い。

「ええ、ぼくはたしかに庭へ出ていたよ」彼は明るい声で答えた。「残念ながら庭仕事にかかったとたん雨に降られて、やむなく夜咲きの花の手入れは中断することになってしまって。ちょうどうまくいきかけていたんだがね。ところできみはあんな時間に何をしていたの？」

彼女の顔にまぎれもなく後ろめたい表情が浮かび、マシューの疑念はますます強くなった。

彼女はあきらかに何かを隠している。しかしそれはなんなのか。

「とくに何も」彼女は無理やりつくろったような明るい声でいった。「旅行のあとなので、落ち着かず、眠れなかっただけです」

嘘には敏感な彼は彼女が真実を語っていないことをたちまち見抜いた。それにしても、彼女はいったい何をしていたのだろう。マシューは色ごとのたぐいをすぐに理由からはずした。ひと目見れば彼女がそういうタイプではないと確信できる。ラングストン家の銀器を盗もうとたくらんでいるのか。それとも、彼の様子を探っているとでもいうのか。

そう考えて、マシューは顎を引き締めた。墓地で誰かにじっと観察されていると感じたのは、そのためだったのだろうか。彼女の髪の乱れからすると、雨に打たれたようにも見える。真夜中の散歩に出て、偶然彼を見かけたのだろうか。あるいは彼が屋敷から出ていくのを目撃して、意図的にあとをつけたのか。

真実はどうだかわからないが、絶対に突き止めてみせる。

「雨に濡れて具合が悪くなったりしなければよいのですが」

「大丈夫だ」自分のことから巧みに話題を変えようとする彼女の会話術も、彼には通用しなかった。

「夜咲きの花たちは元気でしたか?」

そんなこと、知るか。「ああ、小悪魔たちはよく成長していたよ」

「夜半の観察のおかげでしょうね」

「そのとおり」

「毎晩見にいらっしゃるのですか？」

まったく、詮索好きな女だ。「時間がある日はね」

「そうでしょうね。ぜひとも花を見せていただきたいですわ。お庭のどのあたりにありますの？」

そんなもの、知るものか。「あちらのほうだよ」彼は庭園の面積の四分の三ほどをふくむ広い範囲に向けて曖昧《あいまい》に手を振った。「小路を進んでいけば、行き当たるはずだ」

彼女がうなずき、彼の緊張が少し緩んだ。こちらの意図がよからぬものであるかのようなまなざしが消えたところを見ると、どうやら昨夜庭仕事のために外に出たという話を信じたらしい。よかった。こうなれば、いよいよ退散しなくては。

「ではそろそろ失礼させていただこうかな、ミス……」マシューは咳払いをして、咳きこんだ。「ダンフォースとぼくは散歩を続けます」

彼女は首を傾げ、彼に強い視線を向けた。それを見てマシューはすべてを見透かされているような気がしてどぎまぎした。「私の名前をご存知ないのですね」

それは質問というより断定で、マシューは不本意ながら頬が赤らむのを感じた。それがまさしく真実をついた言葉であったので、なおさら業腹だった。「きみが誰なのか、当然ぼくは知っている。きみはレディ・ウィンゲイトの妹さんだ」

「でも名前は記憶していらっしゃらないのよね」マシューが何か慇懃《いんぎん》な答えを返すなり、彼女の指摘を素直に認めるなりする前に、彼女はそっけなく手を振った。「ご心配は無用です。いつものことですから。私はサラ・ムアハウスと申します、閣下」

いつものこととは。

彼女の言葉自体がそうさせたのか、あるいはその言葉を事務的に述べた彼女の様子がそうさせたのか定かではなかったが、マシューはあらためてこの女性の様子を注意深く見つめた。たしかに、このめだたない女性が人に無視されてしまうのも、そうした状況に彼女が慣れているというのも納得できる。思いがけず同情の気持ちが湧き起こり、マシューは彼女の名前を思い出せなかった自分に腹立たしさを覚えた。たとえ煩わしい詮索好きな女性であろうと、とにもかくにも彼女は彼の客であり、彼が前例をなぞるような態度を見せてしまったことが悔やまれた。

どうしたわけか、マシューは急にここを立ち去りたくなくなった。窓から外を見たり真夜中に庭をこっそり歩く趣味など、彼女についてもっと知りたくなっただけのことだ。それでも先ほどの会話に戻りたくはなかったので、スケッチブックを顎で示した。「何を描いているのかな？」

「噴水です」彼女は女性の像に目を向けた。「ローマ神話のフローラ（花と春と豊穣の女神）ですよね」

マシューは驚きで眉を上げた。植物には詳しくないが、神話については熟知している。どうやらミス・ムアハウスも同じらしい。

「それを指摘した人物はこれまでいなかったよ、ミス・ムアハウス」

「そうですか？　口元に咲く春の薔薇ではっきりとわかりますわ。花の女神にとって庭ほどふさわしい場所はありませんし」

「ほんとうに」

「ローマ神話のなかでは比較的めだたない姿をしていますけれど、私は多くの女神のうちでもフローラが好きなのです」

「なぜ？」

「フローラは私の好きな季節、春の女神でもあるからです。春は生活のサイクルを一新する象徴ですので。私は毎年フローラ祭を祝っています」

「フロレーリアだね？」

サラが眉を上げた。「ご存知ですの？」

「まあ。祝いはしないけれど」興味をそそられ、彼は訊いた。「何をするの？」

彼が興味を示したことにサラが驚いているのは明白だった。「じつのところ、くだらない行事なのです。庭でひっそりとピクニックをするだけです」

くだらない？　それどころか……のどかな感じがする。「ひっそりと？　一人で祝うのかい？」

サラが首を振ったので、まばらな黒髪のカールがほつれ出て頬を擦った。「いいえ、一人ではありません。選び抜いた数人の友人と一緒です」頬にはえくぼが浮かび、眼鏡の奥で瞳がからかうようにきらめいた。「みんなが熱望しても、限定的にしか招待しませんのよ。たいへんな人気なんです。誰もがムアハウス家伝来の敷物に座り、私の用意するごちそうを食べられるわけではありません」

「きみが用意したごちそう？」

サラはうなずいた。「台所でいろいろと試みるのが好きなものですから」

「さっききみは花が好きといっていたでしょう？」

「情熱は一つに限定する必要はないのではないでしょうか。数多くのハーブやベリー類、自分で栽培する野菜の新しい使い方を発見するのが私は大好きなのです」

マシューは貴族の娘が台所の場所を知っているというだけで驚きを感じ、それを隠そうとして、ふとこの女性が貴族ではなかったことを思い出した。たしか父親は……執事とか、医師とか聞いたような。そう、そんな職業だった。姉の称号は結婚によるものだ。

「その料理だが……得意なのかい？」

「食べて死んだ人はいません」サラはにこりと笑った。「いまのところ」

彼の喉から低い忍び笑いの声がもれ、その違和感にマシューはわれながら驚いた。そして自分がいかに笑いから遠ざかっていたかを知った。

「きみがフローラ祭のパーティで作るごちそうのことを話してほしい」

「毎年メニューはいろいろと変わります。出席者の顔ぶれによって。今年はミートパイとブルーベリージャムを添えた焼きたてのスコーン、デザートは苺《いちご》のタルトにしました。これは自分用です」

「おいしそうだね。お客のためには何を?」

「生のニンジンと古いパン、ハムの骨、温かいミルク、バケツ一杯の飼料です」

「それは……ちっともおいしそうではないね。それでほんとうに倒れたお客はいないというつもり?」

サラは笑った。「その大事なお客様のなかにウサギや山羊、愛犬のデスデモーナ、子猫や豚がふくまれるときのメニューですわ」

「なるほど。豚といっても本物の豚で、だらしない人間のことではないんだね」

「そのとおりです。豚には飼料を出しますが、それでも私の苺のタルトを横取りしようとするのですよ」

「もしぼくでも同じことをするよ。きみは楽しい友人を持っているんだね」

「みな、とても忠実で私と会うのを喜んでくれますの。とくに苺のタルトを持っていくと」

「馬は招《よ》ばないのかい?」

かぶりを振る彼女の瞳にある感情が一瞬現われた。「ええ、馬が怖いので」

マシューは眉をひそめた。「馬が？」

「いいえ、苺のタルトです」ふたたびにっこりと笑うサラ。「じつは馬なんです。馬も少なくとも二十フィート離れていれば、好きなんですが」

「それでは乗馬はむずかしいだろう」

「そうなのです。乗馬に情熱を傾けていないことは確かです」

マシューはスケッチブックに向けてうなずいた。「スケッチを見せてくれるかい？」

「あら……まだほんの下書きですから。描きはじめたばかりで」

会話が聞いたこともない植物の種類の話題へ戻るより、描きはじめの絵を見ているほうがずっと安全なので、マシューはいった。「ぼくはかまわない。きみさえよければ」

サラは口を結び、その圧力でえくぼがくっきりとすることにマシューは目を留めた。彼女はあきらかに躊躇《ちゅうちょ》しているが、ホストの機嫌を損ないたくないという気持ちもうかがえる。しょせんつたない絵に違いない。さっと見たら、激励の言葉をいくつか並べ、立ち去ろう。会話を交わす義務は果たしたし、とりあえず知りたいことはつかんだ。これ以上立ち話を長引かせ、彼女の疑惑を掻き立てるのはごめんんだ。

サラはまるで嚙みつかれるのを恐れるかのように、きわめて用心深くスケッチブックを広げた。だがマシューは感情を害するどころか、愉快だった。女はたいていこちらの頼みを歓迎しすぎるきらいがある。どうやらサラ・ムアハウスの場合はそれが当てはまらないようだ。

彼はスケッチブックを受け取り、それを見おろした。そして目をしばたたき、夜明け前の光をとらえるために少し体の向きを変えた。「これはすばらしい」彼は驚きを隠しきれない声でいった。

「ありがとうございます」そう答えるサラも彼同様驚いた様子を見せた。

「これがもし〝ほんの下書き〟なら、きみが仕上げだと考えるスケッチをぜひ見てみたいものだ。このあたりの細かな描写……」マシューは一歩近づき、サラのすぐ隣りに立った。片手にスケッチブックを持ち、もう一方の手でフローラの顔を指さした。「……この女神の表情がすばらしい。その微笑みが花開きそうになっているのが想像できる。いまにも動き出すのではないかと思えるくらいだ」

マシューは向きを変えて今度はサラを見た。横顔をつくづくと眺め、短いまっすぐな鼻は金縁の眼鏡をかけるには小さすぎることや、頬の優しい曲線、滑らかな肌に木炭の汚れがかすかについていることなどに注目した。

彼の視線の重みでも感じたかのように、サラが彼のほうを向いた。マシューは彼女の背の高さに圧倒された。通常女性の頭は彼のスカーフの下まであるかどうかなのだが、サラは彼の目の高さほどの身長がある。

サラは彼がそこに立っていることにぎょっとしたのか、眼鏡の奥でまばたきした。厚いレンズのせいで彼女の目はやや大きく見えているが、その瞳の色がどんな色か識別するためにもう少しあたりが明るければ、とマシューは残念な気持ちだった。特別黒くないので、きっと青い瞳なのだろう。

「とても背が高くていらっしゃるのですね」サラは早口でいった。それをいい終わると、その言葉が勝手に滑り出たとでもいうように、慌てて口を固く結んだ。ほの暗い光のなかでも、彼女の頬がさっと染まるのが見えた。

マシューの口元に微笑みが浮かんだ。「ぼくもきみのことを同じように思ったのだよ。おしゃべりを交わすのに下を向かないでいいのはじつに新鮮です」

苦笑いのようにサラの唇から笑い声がもれた。「私も同じことを考えていましたの」

マシューの視線は彼女の微笑みや魅力的な一対のえくぼに向けられ、そのあいだに位置する唇がきわめて官能的であることに気づいた。「きみはフローラの表情を完璧にとらえている」とマシューはいった。「満ち足りた安らかさがよく出ている」

「フローラの表情は深い満足と愛がにじみ出たものです」サラは静かにいった。「自分が好きな場所である庭にいて、もっとも愛するものに囲まれているのですから当然ですね」自分のスケッチを見おろした彼女の声には切ない調子がこもっていた。「愛する場所で、愛するものに囲まれて暮らすことは……」

「羨望に値すること？」マシューは彼女の横顔を見つめながら、思いを口にした。

サラはふたたび彼のほうを向き、しばし表情をうかがった。マシューはそんな様子に好意を抱いた。彼女はレディ・ウィンゲイトの妹だが、目のさめるような美人の子爵未亡人と似たところは一つもないように思える。サラは世間一般の基準から見ればけっして美人とはいえないだろう。その面立ちは……バランスに欠けるのだ。眼鏡によっていっそう拡大されて見える目はもともと大きすぎ、鼻は小さすぎる。顎のラインは力強すぎる感じで、唇はふっくらしすぎているし、身長も高すぎてまったく世間受けしない。くすんだ色合いの髪も、現在の乱れた状態から、手に負えない厄介な髪質なのではないかと見受けられる。マシューは何か彼女に関して耳にした噂などなかったかと、思い出そうとしてみたが、彼女がレディ・ウィンゲイトの旅の道連れであることと、オールドミスであるということぐらいしか思い浮かばなかった。マシューはそのことを聞いたとき、もっと老けた、陰気なやつれ顔の女性を思い浮かべたのだった。

しかし美人でないとはいえ、サラは老けてもおらず、やつれてもいない。それどころかとても若々しく、力強く健やかな感じがする。しかも見るからに聡明そうだ。それに人を惹きつける、えくぼの浮かぶあの明るい笑顔といったら。その微笑みは憂いをふくむ声と対照的だ。そして狡猾《こうかつ》さのかけらさえない雌鹿のような大きな瞳は心をとらえて離さない。

だが、そうはいっても詮索好きであり、昨夜も人には言えないような行動をしていたふしがあるのも事実だ。

「羨望に値すること」サラはそっと彼の言葉をくり返した。「そう、いいえて妙とはこのことですわ。それ以上の幸せはありませんもの」

それだけは足りない。マシューにはもっと必要なものがある。この一年狂おしく求めつづけているが、いまだ手に入らないものがあるのだ。焦がれるほどの憧れを抱きつつ、けっして得られないとあきらめている、あるもの。

やすらぎ。

言葉にすると、なんと単純なことか。

マシューはいつしか彼女を熟視していたことに気づき、咳払いをした。「ほかにもスケッチがあるかい？」

「ええ、でも――」

彼がなにげなくページを開いたので、サラの言葉は途切れた。それは水彩で繊細に色づけされた花の精密なスケッチだった。スケッチの下に小さく几帳面な字で〝ナルシサス・シルヴェストリス〟と記入されている。この花は見覚えがあり、このラテン語の学名の意味する花は……

「水仙だな」と彼はつぶやいた。「すてきだ。きみは絵だけではなく、水彩の才能もある」

「ありがとうございます」そんな褒め言葉に、ふたたび驚きを見せる彼女の様子がマシューには不思議だった。これが優れた絵であることは、誰が見てもわかることなのに。「これまでに何百種ものスケッチを描きました」

「それもまたきみの情熱の対象なのかい？」

サラは微笑んだ。「そうですね」

「スケッチしたものはどうしている？　額に入れて飾ったり？」

「いえいえ。スケッチブックに入れたまま取っておいて、それを集めています。いつかそれらをグループごとに分類して園芸学の本として出版しようと考えています」

「ほんとうに？　それは高い目標だ」

「それ以外のことを目ざしても意味がないと思います」

彼が絵から目を上げ、二人の視線が合った。空が明るくなってきたので、彼女の瞳が青ではなく、温かみのある琥珀色であると見分けられた。知性だけではなく、彼女のまっすぐなまなざしにはわずかに挑むような意志の強さが感じられる。彼女が目標を達成する能力に異論でもあるのかと問うているかのような目である。マシューはその点について反論するつもりはなかった。サラ・ムアハウスが詮索好きであるだけでなく、いかなる障害にも負けることなく突き進む、おそろしく有能なオールドミスの一人であるのはあきらかだ。

「望みは高いに越したことはない」マシューはつぶやくようにいった。

サラはまばたきし、やがてあの微笑みが花開くように顔に広がった。「ほんとうに」と相《あい》槌《づち》を打った。

また彼女を熟視していることに気づき、マシューは無理やりスケッチブックに注意を戻した。さらにページをめくり、発音もわからないラテン語の学名がついた見慣れぬ植物や、名前を思い出せないものの庭で地面を掘り返すうちに形だけは見知るようになった花のスケッチを眺めた。一つだけ名前のわかるのは薔薇で、マシューは身震いしそうになるのをこらえた。なぜか薔薇の花に近づくとくしゃみが出るのである。だから可能なかぎり薔薇には近づかないようにしている。

マシューはさらにページをめくり、目を見張った。そこには一人の男性の像が描かれていたからだ。それも裸像である。詳細ではないともいえない描写。ページ下に描かれた名はフランクリン・N・スタ——

彼女ははっと息を呑み、彼の手からスケッチを奪い取り、閉じた。ページを閉じる音が二人のあいだでこだました。

マシューは楽しさとも、驚きとも、好奇心ともつかぬ感情に襲われた。たしかに、この地味な女性がそんな絵を描くとは予想だにしていなかった。見た目だけではわからないものがひそんでいることはあきらかである。昨晩彼女が遅くまで起きていたのは、このため——エロティックな絵を描くためだったというのか。なんということだ。スケッチのモデルになったフランクリンという人物はこの屋敷の者なのか。使用人のなかにフランクという名の若者がいる……。

しかしそれはないだろう。なんといっても彼女はここに着いたばかりだ。マシューは絵のなかの男の顔を思い出そうとしたが、ちらりと見ただけなので、男の顔がおぼろげではっきりしなかったことしか記憶にない。

「ご友人かい？」と彼は訊いた。

サラは顎を上げた。「そうだとしたら、どうなのですか？」

マシューは一歩も引かないその構えには感心せずにはいられなかった。「なかなかよく特徴をとらえているとは思うけれど、お母様はきっとショックを受けられるだろうね」

「それどころか、母はそんなもの目にも留めませんわ」サラは彼から離れ、生垣の隙間に鋭い視線を向けた。「お話しできて光栄でした。でもこれ以上朝のお散歩のお邪魔をするわけにはいきませんわ」

「そう、散歩でしたね」と彼はつぶやき、出発を遅らせたいという不可解な衝動を覚えた。ここに残って彼女のスケッチを眺め、短い時間のなかで相反する二つの面をかいま見せたこの女性の別の側面を発見してみたいと思ったのだ。

しかしそれはばかげた衝動で、ここは立ち去るのがほんとうである。「楽しい朝をお過ごしなさい、ミス・ムアハウス」と彼はいった。「今夜、ディナーでお目にかかりましょう」マシューは改まった感じに腰を折って礼をし、それに応えてサラは軽く膝を曲げ、体をかがめた。マシューはダンフォースに向かってそっと口笛を吹き、犬を従えながら小さな広場を離れた。小路をたどって向かったのは厩舎《きゅうしゃ》だった。乗馬でもすれば頭がすっきりするだろうと思ったのだ。

きびきびと歩きながら、マシューはサラとの出会いを思い返し、二つの点に気づいた。まず、園芸学に関する彼女の造詣《ぞうけい》の深さはひょっとすると役に立つのではないかということだ。理由をさとられることなく彼女から必要な情報を引き出すことができればの話だが、相手の好奇心の強さを考えれば、かなりの難題といえる。庭師頭のポールからそうした情報を得ようとしたことはあるが、ポールは植物には詳しくともサラのような正式な学識があるわけではない。彼女を客として迎えたことで、探索に欠けている要素を発見する糸口をつかむ可能性も出てきたということだ。

二番目に、あの女性は慇懃ながらじつに効果的に主《あるじ》をみずからの庭園から立ち去らせた。まるで彼女が王女で、こちらが召使いであるかのように。それに異議を唱えなかったのは、立ち去るのがまさしくこちらの意図するところであったからだ。なんだか複雑な思いだ。不快なのか魅了されているのか、よくわからない。

事実どちらも感じているのだ、とマシューは思った。サラは人が寝ている時間に窓から外をのぞき、来てほしくないところにひょっこり姿を現わし、聞いてはならぬ話に聞き耳を立てるようなオールドミスの一人である。しかし彼女のお堅い平凡な外見と彼女の描いたエロティックなヌードの二面性には興味を掻き立てられる。また、植物に関する豊かな知識のこともある。それがこの探索に役立つようなら、彼女とともに過ごすこともなんとか堪えられそうだ。

この探索を終わらせ、もとの生活に戻るためにはどんなことでもする覚悟を決めている。

もう一つ、もし彼女が昨夜庭まで尾行してきたのなら、二度とさせてはならない。

サラはスケッチブックを胸に抱え、ラングストン卿がいましがた出て行ったばかりの生垣の隙間を見つめた。しばらくして、気づかぬうちに止めていた息をようやく吐き出した。

卿がきわめて優れた容貌の持ち主であることは否定しようもない。ほんとうに、容姿に関するかぎり、彼は〝完璧な男性〟の資格があるといえる。彼が隣りに立っただけで、動揺と困惑、かつて感じたことのない感覚で心ならずも心臓の鼓動が乱れてしまう。

これは好ましい反応なのかしら。

サラは苛立ったように眼鏡を押し上げた。いいえ、けっして好ましくはないわ。いくら外見が魅力的でも、この場合容貌は期待を裏切るもので、あの端整な面立ちの裏に卑劣漢の素顔が隠れているからよ。彼は植物と花の大家を自認しているけれど、あまりのデタラメさに吹き出したくなる。二人で交わした会話やスケッチを見ながら彼がいった言葉から考えれば、彼は堆肥とカーネーションの区別もつかない。昨夜窓から見かけたとき、彼が夜咲きの花の手入れから戻ってきたところだったというのが真実なら、ボンネットを食べてもいい。まあ私はボンネットなどかぶりはしないけれど、本気で食べるつもりならしまいこんだ帽子のなかから引っぱり出してこなくては。ここでまたあの疑問がよみがえった。昨夜シャベルを抱え、ラングストン卿は何をしていたのだろう?

持ち前の豊かな想像力がたちまち不気味なフランケンシュタイン博士の姿を脳裏に描き出し、サラは唇を結んだ。ラングストン卿の行動が悪意にもとづいたものであろうがなかろうが、このうえなく怪しい行動であることは確かで、彼のたくらみが何か調べなくてはならない。彼がサラの親友の一人を口説く可能性があるだけに、なおさらだ。もしそれがよからぬたくらみであるなら、ジュリアンとエミリーには警告しなくてはならない。

そしてラングストン卿の行ないを止めなくてはいけない。

4

精力的な乗馬を終え、そのおかげで爽快《そうかい》な気分を取り戻したマシューは服を着替え、ダイニングルームに向かった。ふと気づくと、磨き上げたダイニングテーブルの端にサラが着席しているだろうか、と考えている。そしてそう思うだけでわけもなく歩調が速まる。しかし行ってみると、ダイニングルームには誰もいなかった。

「誰か朝食をとりに来たか？」湯気を上げる芳しいコーヒーを注いでくれる使用人に向かって、マシューは尋ねた。

「ご婦人がお一人だけでございます。お名前は思い出せません。厚い眼鏡をかけておいでの方でございます。旺盛な食欲をお見せになられ、コックの作ったスコーンとラズベリージャムがことのほかお気に召したようです」

「さすがに味覚もすぐれているようだ」とマシューはつぶやき、陶器のカップに手を伸ばした。ふと、彼女がジャムの載ったスコーンにかぶりつく姿が思い浮かぶ。噛むたびにえくぼが浮かび、ラズベリーがほんの少しふっくらした下唇にこびりついている。彼の唇がゆっくりと近づき、舌をゆっくりと動かしてジャムを絡めとる様子を、彼女はあの雌鹿のような目を見開いて見つめる。

手にしたカップが途中ではたと止まり、マシューはまばたきをして心を乱す、途方もないイメージを振り払った。ひょっとすると昨夜雨に濡れたせいで、脳に悪影響がおよんだのかもしれない。何かの熱病にかかったとか。そうでないとすると、女性とあまりに長いあいだ接していないせいだ。そうだ、それで説明がつく。色っぽさとはまるで無縁の女性につまらぬ官能的なイメージを抱く理由はほかに考えられないからだ。おまけに、そういった思いを掻き立てるたぐいの女性でもない。詮索好きで学才をちらつかせるオールドミス。普段ならできるだけ接触を避けたいタイプである。

それでもサラの何かに、マシューは惹かれていた。植物の知識や窓の外を眺める趣味以外の……。

ふたたび脳裏に彼女のイメージが浮かんだ。あのえくぼのせいなのだ、とマシューは結論を下した。それから眼鏡によって拡大されている、大きすぎる琥珀色の瞳だ。知性的でありながら……どこかはかなげなその瞳。それがなぜか心を惹きつけてやまない。そんな反応は自分でも不可解で、抵抗を感じる。

マシューは彼女のイメージをしゃにむに振り払い、一人の朝食を終えると書斎に入った。ダニエルの村からの帰還を待ち望む気持ちを忘れようと、彼は数時間かけて財産の収支決算に没頭した。それを終えるとペンを置き、疲れた目を擦った。節約への懸命の努力にもかかわらずこの数カ月で財政状況は危険なレベルまで悪化している。方針は明確だ。そして不可避でもある。

ドアをノックする音がした。気の滅入る作業がさえぎられたことにほっとしながら、マシューは声をかけた。「お入り」

ドアが開き、完璧な装いに身を包んだティルドンが顔を出した。「サーブルック卿がお会いになりたいと仰せでございます、だんな様」執事はそう報告した。

やっと戻ったか。「ありがとう、ティルドン。ここへ案内してくれ」

マシューは帳簿を閉じ、机の引き出しに入れ、鍵をかけた。鍵をチョッキのポケットに入れたとき、ダニエル・サットンがドアを抜けて入ってきた。

「こんなところに隠れていたのか」とダニエルはデカンターのところに直行しながら、いった。「あんなお楽しみをフイにしてまで」

「お楽しみ?」

親友はうなずいた。「客間でホイスト（二人ずつ組んで四人で行なうカードゲーム。ブリッジの前身）にバックギャモン（ボードゲームの一種）をやっている」

「こんなに時間がかかったのは、客間に寄り道したからかい？　こちらは村の報告を首を長くして待っていたのに」

「報告をしようとおまえを探しに客間へ行ったら、いなかったのさ。それにしても、おまえがあそこに居合わせないなんて、人付き合いが悪すぎるぞ。ぼくも、そんなこんなで気づけばホイストとバックギャモンをやっていたわけさ」

「ホイストやバックギャモンが嫌いなんじゃなかったのか」マシューはなみなみと注いだブランデーを手に炉火近くの金襴《きんらん》の椅子に座ったダニエルと同席しながらいった。

「それはここが美人であふれかえる以前のこと」

「念のためにいっておくが、その美人たちはぼくのために来てくれている」マシューはそっけなくいった。

「その主が雲隠れしているのだから、かわりにご婦人方のお相手を務める人間が必要だろう。おまえがバーウィックとローガン・ジャンセンばかりか、サーストンとハートレーまで招待することにしたからなおさらだ。悪名高き女たらしぞろいじゃないか。いったい何を考えていた？」

「泊まり客が女性ばかりというのもおかしなものかと考えてのことだ。きみとジャンセンだけを招ぶつもりだったんだが、先週バーウィックが、このあたりを旅行するので寄りたいという手紙をよこしたんだ。長年の知人を拒むのも無作法だと思って、招《よ》ぶことにした」

「サーストンとハートレーはどうなんだ」

「二人はバーウィックの連れさ」

「その一連隊が死肉を囲むハゲタカのように女性陣を取り巻いていたぞ」

「少なくとも連中は女性たちのご機嫌をとってくれるだろうし、そのあいだにこちらも必要な用事を片付けられるというものだよ」つい皮肉な言葉が口をついて出る。「爵位では誰にも引けをとらないつもりだから、嫁の来手に困ることはないだろう。ラングストン侯爵夫人の称号は強力な餌《えさ》になる」

「仰せのとおりさ。それでもぼくはハゲタカが襲来してたちまち結婚の申し込みを口にしないよう見張り役を務めた。礼はあとでいえよ。旧知の親友として、いつもどおり喜んで助力するさ」

「きみはじつに頼もしい」

ダニエルは首を振り、チッチッと舌を鳴らした。「その声には辛辣《しんらつ》さが感じられるぞ。ぼくがきみのためを思って情報収集の目的でゲームに参加していたことを聞けば、きみもそんな態度を悔やむはずだ。事実この調査で、きみの探索もずっと楽になるはずだからな」

「それはいい。時間を節約できるものは大歓迎だ。しかしまず、村でわかったことを聞かせてもらいたい。トム・ウィルストーンと話はできたのか？」

ダニエルは首を振った。「鍛冶屋に行ってみたが、閉まっていたよ。だからウィルストーンの住まいへも出向いてみて、トムの奥さんから話を聞いてきた。ウィルストーン夫人もご亭主の行方はわからないそうだ。蒼ざめた顔や赤い目から見て、きっと泣いていたんだろうな」

「彼の姿を最後に見たのはいつなんだ？」

「昨日の夜、散歩に行くといって出かける前に見たのが最後だそうだ。夫人の話だとトムは頭痛持ちで、夜風に当たると楽になるらしい。嵐になっても戻らないので、夫人はどこかで雨宿りでもしているものと考えた。そういうこともたまにあるからだが、それにしても天候には関係なくふつうなら朝までには戻るそうだ。鍛冶屋を開けなくてはならないからね」

「しかし今朝は戻らなかったと」マシューがいった。

「そのとおり。奥さんが夫の行方は皆目想像もつかないと歎いているちょうどそのとき、奥さんの弟でビリーという人物が部屋に入ってきた。その後村で聞いた話だと、弟は以前兵士だったとかで、姉のところに居候するようになり、トムの鍛冶屋を手伝っているそうだ」

「そのビリーから解決の糸口につながる話を聞けたのかい？」

「彼から興味深い意見を聞くことができたよ。ビリーによれば、トムはある尻軽女に夢中になっているとかで、口調には辛辣さが感じられたな。姉をこんなに心配させ、鍛冶屋の仕事を自分にまかせっきりにして、行方をくらましている義兄に対する憤懣《ふんまん》からくるものなんだろうよ」

「姉の前でそんなことを話したというのか？」

「そうだ。夫人は弟の言い分を否定し、ビリーのほうはそんな姉を愚かだとなじった。弟によればほんの二週間前にアッパー・フレーダーシャムに到着したばかりなのに、義兄の噂はすぐに耳に入ったんだそうだ。今度トムが女遊びから帰還したら、今後は道楽を慎むことを誓わせるつもりだとビリーはいっていた」ダニエルはグラスのなかのブランデーをまるく揺らした。「そんな弟の気持ちもわからないではないな」

「同感だ。二人はほかに何かいっていなかったか？」

ダニエルはかぶりを振った。「きみが複雑な鉄細工を頼みたがっていることにして、ご亭主が帰ったらできるだけ早くきみのところに顔を出すよう頼んできた。そのあと村の店主たちにも話を訊いたけど、前日以来誰もトムの姿を見かけていないそうだ」

マシューはゆっくりとうなずき、ブランデーに視線を落としていたが、やがて目を上げダニエルを見た。「面倒を頼んで悪かったな」

親友の目に同情の色は感じられなかったが、ダニエルがなぜあえて無表情を装うのか、マシューはよく理解していた。マシューが村へ出向くことのできない理由をダニエルは知っており、それに言及しないのは深い友情ゆえのことなのだ。「お安いご用だよ。いまの話を聞いて、きみが昨晩感じた不審な人の気配はトムだったと思うか？」

「おそらくそうだろう。誰かが近くにいる気配を強く感じたし、彼があそこにいたのは事実だから」マシューはダニエルの調べ出した事実で満足すべきだろうと考えた。トムが昨夜外出したのは頭痛を治すため。あるいは別のたぐいの痛みなのかもしれないが、どちらにしてもさして不吉なことではない。

それでもどこかすっきりしないのである。マシューもトムが村のほうへ向かう姿を見ているのだから、トムが帰宅していないのはおかしい。どこかに寄り道でもしたのか。ひょっとしてほかの村の家にでも寄ったか？　近くに馬を留めて、もっと遠くまで足を延ばしたのだろうか。

そうした疑問を解くすべはいまのところないので、マシューはウィルストーン大人にならって、ただトムの帰還を待つことにした。

そんな思いはダニエルの言葉にさえぎられた。「それで？」

「それで、とは？」

「そのほかにぼくが調べ出した事実に興味はないのか？　宿泊客に関する情報とか」

「もちろん知りたいさ」

ふたたびマシューの関心を引き出せたことにいかにも満足げな様子を見せて、ダニエルがいった。「それを話す前に、ハウス・パーティに招待した麗しのレディたちに対するきみの印象を聞かせてもらいたいね。ちなみに、きみがあのお祭り騒ぎに参加していたら、かなり楽しめたのに残念だよ」

マシューは肩をすくめた。「まずまずといったところかな」

「しかしひと晩一緒に過ごしたのだから、多少は意見があってしかるべきじゃないのかね。

レディ・エミリーはどうだ？」

マシューはしばし考え、いった。「とてもきれいな人だ」

「レディ・ジュリアンは？」

「美人だ」

「レディ・ウィンゲイトは？」

「はっとするほど美しい」

ダニエルはブランデーグラスの縁越しにマシューの顔をじっと眺めた。「それだけしかいうことがないのか？」

マシューは肩をすくめた。「レディ・エミリーと天候の話をした。彼女は寒さが苦手だそうだ。雨も。陽射しが強すぎるのも、そばかすができやすいから困るといっていた。レディ・ジュリアンとはディンストーリーの、年に一度のミュージカルについて話をした。二人とも公演を観に行ったということでね。彼女はとても楽しかったと述べていたが、こちらは眠気に襲われて左右にこっくりこっくりするうちに壁に頭をぶつけてしまったよ」

「ウィンゲイト子爵未亡人とは家庭で飼うペットの利点について、より実のある話を始めたのだが、彼女がよく吠える小型犬を好むといったので、ダンフォースが堪えがたいとでもいう目でこちらをじっと睨んでいたな」

マシューは脚を伸ばし、足首を組んだ。「だから、さっきもいったように、どの女性も可もなし不可もなし、といった印象なんだ。とりわけ関心を持った女性はいないということさ。だから、この状況を前進させるような情報をつかんだというのなら、ぜひ教えてくれ」

ダニエルはうなずいた。「いいだろう。しかしその前にひと言いっておく。きみの求める方向性はまるきり見当違いだということだ。きみは妻を求めている――」

「訂正する。ぼくは妻を必要としているのだ。それも特殊なたぐいの妻を」

「いかにもそうだな。きみの必要としているのは資産家の跡取りである女性だ。だからこそきみが今回招待すべきだったのは、男の忍耐力や体力を消耗させるような若い女性ではなく、もっと年上のレディだったんだよ。それもずっと年上の。年配の女性なら、半年に一度ドレスを新調したりせず、男がよそ見をしていてもふくれ面をせず鷹揚《おうよう》に構えている。長年の女性経験からいわせてもらえば、男がどうしても嫁を娶《めと》る必要に迫られた場合、選ぶべきは百歳の肥満女だ。英語が話せないなら、なおいい。輝きをなくし、しなびた外見だって気にしなくていい。これはしかと覚えておけ。美などしょせん風前の灯にすぎない。闇のなかでは女はみな同じだよ」

貴重な知恵を授けたあと、ダニエルはブランデーグラスをちょっと掲げて見せ、それをいっきに飲んだ。

「あいにくと百歳の花嫁というわけにはいかないさ。跡継ぎをもうけなくてはならないからな」マシューはそっけなくいった。「それに妻選びに関してきみがこんなに熟知していたとは意外だな。経験もないのに」

「妻がいないからといってよい妻の特質を知らないというわけではないよ。いっておくが、舞踏会の付き添いばかりさせられる若い娘にはうんざりするぞ」

「舞踏会の付き添いなんてするつもりはない。ぼくが必要としているのは金だ。それも巨額の金で、急を要する。だから、とにかく面倒のない跡取り娘を選ぶつもりでいる。なるべくこの人生が乱されないようにね。そして婚礼後、遺された負債の清算という重大な任務に乗り出し、黒字への転換を図るつもりだ」

「金なら貸すといっているだろうが――」

マシューは友人の穏やかな言葉を、手を挙げてさえぎった。「感謝するよ、ダニエル。申し出はありがたいが、無理だ。借金の額が大きすぎるんだ。きみの莫大な資産をもってしてもね」

「父上が作られた借財なんだろう」

マシューは肩をすくめた。「父の死とともに、父の借財はぼくのものになったというわけさ」

「つくづく罪深い父親だな」ダニエルは穏やかな甘いマスクを損なうような皮肉な笑いを口元に浮かべ、いった。「それでもきみが結婚をそれほど急ぐ理由がわからない。充分に時間をかけて、せめてましな跡取り娘を探したらどうなんだ」

マシューは首を振った。「もう時間がない」

「だったらこの一年、ここにこもってばかりいないでもっと時間をかけて、娶ると決めた花嫁探しに奔走すればよかったんだよ。見つかりもしないもの、存在しそうもないものを捜すことに熱中せずに」

「きみのいうとおりかもしれない。実際、存在しないのかもしれないな。もし存在しても、発見できないかもしれないし。だがひとたびそれを捜し出す自由が与えられてしまったら、捜すしかなかった。それに――」

「それが父上の遺言だったというんだろう？　わかっている。しかしマシュー、きみは苦痛のあまり正気を失った人間の身勝手な遺言を守るために、どれだけ自分の人生を犠牲にするつもりなんだ。しかも父上はこの二十年間たえずきみの罪悪感を掻き立て、苦しめつづけてきたのではなかったのか？」ダニエルはマシューをひたと見据えた。「この不可能な使命にきみを縛りつけておくこと。それは墓の下から父上がきみを支配するための手段だった。あの出来事はきみの責任ではない。きみは偶発的な出来事の罰を受けつづけ、どんな謝罪も受け入れない相手に罪の償いをしようと努めてきた」

マシューは襲い来る罪悪感から身を守ろうと肩をこわばらせたが無駄だった。忘れようとしても忘れられないイメージが脳裏に浮かび、衝撃を感じたマシューはそんな思いを振り払おうと、目を閉じた。

「父上はもうこの世の人ではないんだよ、マシュー」ダニエルの静かな声がマシューの苦しい記憶を突き破った。「もはや謝罪は必要ない。これ以上なすべき義務もない。ただきみは自分の人生を、望むままに生きていけばいいんだ」

マシューは目を開き、火床の赤い残り火を見つめ、これこそ自分を待つ地獄の門なのだと思った。「約束を果たさなくては自由になれない。どれほど困難とわかっていても、求められたものを捜し出すこと。そして一年以内に結婚すること、という約束だ」

「無茶な要求だよ」

「ぼくが跡継ぎをもうけることに絶望していた父にとってはそうではなかった。ぼくはディヴェンポート家に残された唯一の男子だったからだ」その言葉を口にしながら、マシューの胸はよじれんばかりに痛み、どもりそうになった。脳裏に浮かんだ悲しいジェームズの面影を振り払う。「あれは父が最後に遺した唯一の懇願だった」

「それもまた長年父上がきみに課した理不尽な要求の一つだったんだよ」ダニエルは強い視線でマシューを見据えた。「父上はこの世を去られた。もはやこの世のことを知るすべはない」

さまざまな感情が押し寄せ、マシューは前にかがむと膝に肘を置き、両手で顔をおおった。

「恥ずかしながらぼくも何度その言葉を自分に言い聞かせたかわからない。どうせ父にはわからないとね。しかし不都合にもそのたびに、いまいましいおのれの良心が邪魔をして、

『おまえの心だけは欺《あざむ》けまい』とささやくのさ。たとえ色褪《いろあ》せていたとしても、ぼくは自尊心と高潔さを持ちつづけたい。それらは必要なもので、大切なものなんだ。少なくともぼくにとってはね。約束をしたからには、それを守るつもりだ。そしてこの領地を守るには結婚しかないと、ほぼ確信している」

ダニエルは嘆息をもらした。「仕方がない。それなら、手間を省くために情報を提供して進ぜよう。まずはレディ・エミリーの件だ」

「どんなことだ?」

「彼女は失格だよ。イングランドじゅうのすべての人間の財政状況を知るローガン・ジャンセンとの興味深い会話でつかんだんだが、それによるとレディ・エミリーの父親はうまく事実を隠蔽《いんぺい》しているらしいが、そのじつ財産のほとんどを失って破産の瀬戸際にあるという。その窮状はきみと同等のようだ」

「それはまずいな。結婚後にそんなことが判明するより、いまわかってよかったのは言うまでもないさ。レディ・ジュリアンは?」

「百歳でないのが残念だが、彼女が一番の有望な候補者だ。それどころかきみは彼女に全精力を傾けるべきだと思う。彼女はゲイツボーン卿の一人娘で、伯爵は娘の称号を確保するために全財産を投げ出す覚悟でいる。それも見るだけで愛娘を歎かせるようなよぼよぼの年寄りではなく、適度な美貌をそなえた若い貴族との結婚を望んでいるという」

「よぼよぼの年寄りと比べて好ましいと思われるのは誇らしいものだ」マシューは辛辣な口調でいった。

「さらに」ダニエルは言い忘れていたかのように、付け足した。「ぼくの観察によれば、レディ・ジュリアンは内気で柔順だ。必要ならきみの広大な地所の隅に連れ出すのもそう困難ではないはずだ」

「レディ・ウィンゲイトは？」

ダニエルの濃い青の瞳に、ある感情が現われ、瞬く間に消えた。これほど深く彼を知らなければ、マシューもきっとそれを見逃していたことだろう。「二つの理由から、レディ・ウィンゲイトはふさわしい候補者ではない。第一に、きみの領地を守れるだけの財産を所有していない」

マシューは眉をひそめた。「ウィンゲイトは充分な遺産を遺したはずだが」

「これもジャンセンとの会話から得た情報だが、ウィンゲイトは充分な――ある程度の資産とメイフェア（ロンドンのハイドパーク近くの高級住宅地）の町屋敷（田舎に邸宅を持つ人の別邸）を妻に遺したそうだ。亡くなる数年前に買い求めたもので、限嗣不動産相続（限られた相続人だけに引き継がれる財産）以外に遺された唯一の不動産だ。噂によれば、その土地を買ったのは、弟の卑劣さをよく知るウィンゲイトが、自分に万一のことがあっても身分に縛られずレディ・ウィンゲイトだけの住まいを持たせたかったからだという」ダニエルの唇は引き締まった。「ウィンゲイトの死後の弟の振る舞いを見れば、ウインゲイトがそうした予防的措置を取ったことが幸いしたといえる」

「彼女の財政状況はぼくにとって歓迎しがたいということだね」とマシューがいった。「しかしきみは、理由が二つあるといった。もう一つの理由とは？」

「レディ・ウィンゲイトは三年の月日を経ても、いまなお亡き夫を熱愛しているようだ。昨夜と今日の午後の会話から、彼女がウィンゲイトを唯一無二の理想的な伴侶《はんりょ》だったと信じているのははっきりしたよ。結婚の喜びについてそれとなく水を向けてみると、彼女はきっぱりと再婚するつもりがないことを明言した。どうやら彼女は真実の愛にめぐり逢い、彼と過ごした日々を思い起こしながら残りの人生を送ることで満足し、新しい愛を育むつもりはないらしい」

マシューは友人の顔をまじまじと見つめたが、ダニエルは憂鬱《ゆううつ》そうな表情でブランデーグラスを見つめている。「彼女の決意に不満でもあるような言い方だな」

ダニエルは一方の肩をすくめた。「途方もない時間の無駄に思えてね」

「彼女は夫を深く愛していたようじゃないか」

「そうだ。亡き夫を聖人のごとく崇拝し、残りの人生を無駄に費やすほどに。それに、誰もが口をそろえてウィンゲイトも彼女を心から敬慕していたといっている」ダニエルは滑稽《こっけい》味などいっさい感じられない声でいった。「幸いにして、ぼくはそうした不幸から免れている。今後も愛などに心奪われることなく、底の浅い色恋沙汰を続けていくさ」ダニエルはマシューのほうを見た。「きみはどうなんだ？　別の人物にそれほど自分を捧げるなんて、想像できるか？　心も魂も」

そんな可能性についてダニエルが心から当惑している様子であり、また人の気持ちを探るような質問はめったにしない男であることから、マシューは答える前に本気で考えた。そしてやっと、こう答えた。「ぼくも多くの美しい女性との交際を楽しんできたが、きみが表現したような深い熱愛に近い感情を掻き立てられたことは一度もないね。だから、幸運にもそうしたものにめぐり逢えたら、それを大事にしなければならないだろうと予想するしかない。しかしぼくには、存在しそうもない理想の女性を探す時間の余裕はないよ」

「だったら、きみがねらいを定めるべき女性はレディ・ジュリアンだよ」

美しいブロンドの跡取り娘の面影が脳裏に浮かび、マシューはわけもなく疲労感に襲われた。どう考えても彼女こそマシューの求める相手である。あとは魅力的に振る舞い、彼女を口説き、彼女の前に誇らしい称号を餌として垂らせばいいだけだ。そんなことなら、手際よくこなせる。彼のハウス・パーティへの招待を大乗り気で受けた母親の様子から見て、誘いが拒まれることはないだろう。

マシューは長々と溜息をついた。「三人のなかで見込みのあるのは一人だけか」

「そうだ。きみは花嫁候補について、あまり周到な調査をしなかったらしいから」

「気が散漫になっていたものだから」探索に没頭するあまり、である。「今後はレディ・ジユリアンに集中することにする。それでも予備の措置として、あと数人の候補者にパーティの招待状を送ろうかと思う。お勧めは?」

ダニエルは考えこみ、やがていった。「レディ・プルーデンス・ホイップルとジェーン・カールソン嬢。どちらも条件は充たしている。二人ともとくに教養があるわけではないが、魅力や会話術に欠けてもそれを補って余りある富がある」

「すばらしい。彼女たちに招待状を送ることにするよ」

マシューはそわそわと立ち上がり、フランス窓へ向かった。磨かれたガラスを通して明るい陽射しが入り、幅の広いリボンのような光線にほこりの微片が浮いている。眺望のきくこの場所からは、広く弓状に広がるビロードのように滑らかな新緑の芝生や庭の一部、テラスの一角が見渡せる。そのテラスにふと目が留まる。大きなまるい鉄製のテーブルで来客たちが午後の紅茶を楽しんでいるところで、みなおしゃべりに興じ笑いさざめいている。ただ、一人をのぞいては……。

マシューは眉をひそめた。サラはどこにいるのだろう? そのときふと、芝生の上で動くものを視界のすみでとらえ、目を向けてみると、まるで彼の思いが通じたかのように、そこにはダンフォースとはしゃぐサラの姿があった。彼女が大きな棒切れを投げると、ダンフォースはまるで棒切れに牛肉のかたまりでも付いているかのように全力で追いかける。彼の愛犬は跳躍し、空中で器用に頑丈な棒をとらえたかと思うと、サラのところへ小走りに戻り、板を彼女の足元にポトリと落とす。いつも抜け目のない彼の愛犬が今度は腹を擦れとばかりに仰向けになった。

こんなに離れていても、サラの明るい笑顔が見え、笑い声まで聞こえるようだった。彼女はドレスの裾が汚れることなどかまわず草に膝をつきダンフォースの腹を撫でている。やがて立ち上がった彼女はふたたび棒を投げた。

「ミス・ムアハウスはどうなんだ？」とマシューがいった。

「誰だって？」ダニエルが背後から訊いた。

「レディ・ウィンゲイトの妹だよ」

ダニエルが立ち上がり、椅子がきしむ音が聞こえた。まもなくダニエルもマシューと並んで窓際に立ち、マシューの視線をたどり、芝生の上ではしゃぎまわる女性と犬に目を向けた。

「あの眼鏡のオールドミスか？　いつも隅のほうでスケッチブックを抱えこんでいる女性だろう？」

雌鹿のようなつぶらな瞳とくっきりしたえくぼ、官能的な唇をした詮索好きな女性だ。

「そうだ。彼女について何かつかんでないか？」

マシューはダニエルの思わせぶりな視線の重みを感じたが、気づかぬふりをした。「何を知りたいというんだ？　それよりなぜ知りたがる？　彼女はレディ・ウィンゲイトの旅の道連れにすぎず、跡取り娘でもない。父親は医者だ」

「にもかかわらずウィンゲイトは彼女の姉を選び、子爵夫人にした」

「それは違うね」ダニエルはまるで子どもにでもいうように、ゆっくりと答えた。「ミス・ムアハウスはたしかに立派な女性ではあるが、姉のように男の献身的な愛情をかき立てる美貌をそなえているとは言いがたい。それに、いまのようなお転婆な行動から見て、気品にも欠けるといえるだろう。彼女を花嫁として娶りたいと願う子爵など、いるはずがないよ。まして財産もないのだから、なおのことだ」

「財力は美貌に匹敵する大きな要素ということだな」

「そうだ。そして闇の力だ」

「どうだかね。ぼくが彼女に関して興味があるのは、彼女が何を知っているのかという一点に尽きるんだ」マシューはダニエルに今朝方サラと交わした会話の内容を話して聞かせ、最後にこう結んだ。「彼女には……秘密がある。それが何かを知りたい」

「それはわかるが、よく考えてみろ。あの手の女なら、ぼくらは知りつくしているじゃないか。孤独でひからびた、男のちょっとした優しさを深読みする飢えたオールドミスだ。五分以上時間を割いて話をしたのは、ひょっとしたらおまえが最初かもしれん。その結果彼女は間違いなくおまえに惚《ほ》れかかっている」

「それはないだろう。彼女はうっとりするというより、疑惑に満ちた表情をしていた」

暗闇は容姿の欠点を補う大きな要素であるというダニエルの説を耳にするうち、ふと心に浮かんだ思いは、いまだサラ・ムアハウスを白日のもとで見ていないということだった。そしてわけもなくそれを実現したいと思ったのだ。おそらくそんなことを考えるのも、彼女から園芸についての情報を引き出すためには彼女と親しくなるための努力が必要であるからに違いない。

そう、それが理由だ。彼女に会いたいという奇妙な切望の説明がついて安堵《あんど》したマシューはダニエルのほうを見た。「そろそろ客たちのところへ顔を出すべきかな」

サラは彼が友人サーブルック卿とともにテラスに出てきた瞬間、すぐに気づいた。ダンフォースとの遊びに集中しようとしても、つい視線がふらふらとテラスのほうへ向いてしまう。そして目をやるたびに、ラングストン卿が彼女のほうを見ているように思え、落ち着かない熱が体を駆けめぐった。煩わしいのは頭皮までもが熱を帯び、ただでさえ言うことを聞かない縮れ毛がさらに縮れてしまうことだ。棒切れを投げるためにテラスに背を向けているときでさえ、芝生の向こうで交わされる不明瞭な会話の声のなかの彼の低い声を聞き分けようとして耳をそばだてていた。

これ以上視力や聴力を駆使するのはやめようと決意し、サラは屋敷の端に向かって棒切れを投げ、転ばないようにスカートの裾を持ち上げると、猛然とダッシュしたダンフォースのあとを追った。その後三度棒を投げたところで、屋敷の角を曲がり、テラスは完全に見えなくなった。

わけもわからず妙に安堵して、ひざまずくと、棒を回収するたびに腹を掻いてほしいとせがむダンフォースの腹部を撫でてやった。

「あなたは獰猛とはまるで正反対よね」サラは恍惚《こうこつ》となった犬に向かって歌うようにいった。「デスデモーナがここにいたらよかったのに。あなたたち、きっと相性がぴったりだと思うの」

「今度は縁結びかな、ミス・ムアハウス?」

真後ろで聞きなれた男らしい声が響き、サラは心臓が飛び出すほど驚いた。肩越しに振り返ってみても陽射しがまぶしくて彼の顔を見分けられなかった。犬に背を向けて、サラはいった。「ダンフォースがデスデモーナと仲良しになれそうだと話していただけです」

マシューはそばにきてしゃがみ、ダンフォースの堅くしまったわき腹を軽くたたいた。犬は身をよじらせて喜んだ。「その理由は?」

犬の黒い被毛を撫でる彼の大きな指の長い手に、サラの視線は釘付けになった。力強く、いかにも能力のありそうな手。紳士の手にしては驚くほど日焼けしている。犬のわき腹をさする手つきにはまぎれもなく優しさが込められている。この手が一方で邪悪な行ないに能力を発揮するのだろうか。犬に注ぐ惜しげない情愛を見るかぎり、それは想像しにくい。とはいえ庭の手入れと称する嘘を口にする能力はあるのだから、要注意だ。

「気質が似ているのです。一緒にいると自分の愛犬が恋しくなります」

「連れてくればよかったのに」

サラは笑わずにいられなかった。「愛玩犬ではありませんのよ、閣下。日に二度は小型犬のような甘え方をしてみせますけれどね。馬車は姉と私と荷物だけでほぼ満杯、まして十ストーン（六十三キロ）も体重のある犬を乗せるなんて無理ですわ」

「お茶の集まりに参加しなかった理由は？」

彼の強い視線を感じ、サラは彼のほうを見た。そしてその揺るぎないまなざしの強さに身がすくんだ。瞳は茶色と緑、青の混ざり合った美しい色合いに好奇心をそそる金色の斑点《はんてん》模様をちりばめた、人の心を惹きつけてやまないはしばみ色だ。知性あふれる油断のない鋭い目でありながら、その奥にかすかな疲労の色が感じられる。何か精神的な重荷に苦しんでいるせいなのかしら。それとも罪悪感のためなのかしら。真夜中にシャベルを抱えて外を歩くことに関わる罪悪感のせい？

それはわからない。けれど明白なことは、現在の訝しげな表情から見て、彼は質問を投げかけたのだ。もうそれがどんな質問だったのか、わからなくなっている。三フィート以内の至近距離からあの瞳で見つめられ、完全に会話の脈絡がわからなくなってしまったのだ。

戸惑ったときの常で、うなじのあたりがかっと熱くなった。紅潮はまもなく頰に広がり、恥じらいを彼にさとられてしまうだろう。「すみません。なんとおっしゃったのですか？」

「なぜお茶の仲間に入らなかったと?」

「座ってお茶をいただくにはもったいないようなお天気でしたから。じつはお屋敷の庭師に会えないかと庭に向かっていたとき、ばったりダンフォースに出合ったのです。彼が獲物の回収ゲームの相手をしてほしいと頼むもので、従うことにしたのです」

かすかな微笑みの兆しが彼の表情に現われた。「彼が頼んだ?」

「彼は駆け出していき、棒切れを持って戻り、私の足元に落として、せがむような声を出したのです。この王国にもそんな誘いに乗らない人はいるのでしょうが、私は違います」

「大方のご婦人はこの犬の大きさにたじろいでしまうものだが」

「あいにくと、私は〝大方のご婦人〟の範疇には入りませんので」

彼は眉根を寄せ、サラの意見に同意を示してうなずいた。そんな彼の反応に、サラはなぜか傷つき、そんな感情をむりやり振り払った。

ダンフォースの堅いわき腹をもう一度撫でると、マシューは立ち上がり、彼女に向かって手を差し出した。そのむきだしの男性的な手にしばし見入るうち、奇妙にもサラの動悸は落ち着き、鼓動もゆっくりと力強いものに変わった。まるで夢うつつの状態で、サラはゆっくりと手を上げ、彼の手のなかに滑りこませた。彼のてのひら、自分の指を包む彼の長い指の感触に、サラは茫然とした。その肌はとても……温かだった。そしてその手はとても……大きかった。普段サラは自分の手が大きすぎ、ぶかっこうだと思っていたが、彼の手のなかで自分の手がとても小さく見えた。華奢《きゃしゃ》なほどだった。

彼がそっと腕を引いたので、サラは立ち上がった。

立ち上がった瞬間、彼は手をほどいた。いつしかサラはこぶしを握り、不思議ともいえる彼の手の温かみを逃すまいと握りしめた自分の手をスカートに押し当てていた。

「歩きませんか？」と彼は遠くの林を身ぶりで示し、誘った。

サラは唾をごくりと呑み、やっと声を出した。「もちろんですわ」

二人は一分近く黙ったまま散歩をした。ふとラングストン卿がいった。「さっきの、大方のご婦人の範疇には入らないという言葉はどういうことなのかな？」

サラは肩をすくめた。「私は庭仕事や動物と遊ぶことで服や体が汚れるのも気にしませんし、刺繍《ししゅう》は嫌いです。雨のなかを歩くことも大好き。鼻にソバカスができても気にかけないし、歌など歌えませんし、優雅な会話も苦手です」

「最後の項目については大いに疑問だな。きみが天気の話をされないのがぼくには新鮮ですよ」

サラは彼が冗談を口にしているのかと顔を見たが、真顔だった。「でしたら、私と同じことを感じる人がほかにもいて、うれしいですわ。なぜ誰もが天気の話をしたがるのか、私には理解できません。まったくもって」

「ほんとうに。で、その理由は？」

「論じても仕方ないことだからです。だって天候は――」

「なるようにしかならない」二人は口を揃えていった。

サラはまばたきした。そして微笑んだ。「ですよね」

彼の視線が唇をとらえ、サラは体じゅうがかっと熱くなるのを感じた。彼は目を上げ、サラと視線を合わせ、そっと尋ねた。「それでほかの女性と違う点はほかにもあると？」

「なんというか、あらゆる点で私は〝レディ〟らしくないんです」

「そうかもしれないが、ぼくは比喩的な意味でいったんだ。きみは店がお好きかな？」

小さな女らしい溜息がもれた。「じつはとても好きです。とくに書店が。本の匂いが好きなのです。革や古い紙の匂いも」

「ほかに好きな店は？」

「お菓子屋にはとくに惹かれるわ。それに服飾小物の店。どうやらボンネットに目がないみたい」

「ボンネット？　あの頭にかぶるもの？」

「ほかに使いみちはないいんじゃないかしら？」

「それはそうだが、……ただきみがそれをかぶったところを見ていないんでね」

「外へ出てきたときはかぶっていたけれど、ダンフォースと遊ぶために脱いでしまったので」サラは片手を上げ、気にしたように髪を軽く撫でつけた。「言うことを聞かない乱れ髪をまとめるにはボンネットをかぶるのが一番だと知ったんです」

マシューの視線は彼女の髪に向けられた。編んだ髪をしばらくのあいだじっと見つめていたが、やがて眉を寄せた。サラは両腕を髪にあて、彼の視界をさえぎらずにはいられなかった。「きみの髪の色は褐色だと思ったが、陽光に照らされると……もっと……鮮やかだ。なんだかクルクルしている」

彼のしかめ面から見て、これが褒め言葉ではないのはあきらかだ。内心身のすくむ思いだったが、口を結んで反論の言葉を呑みこんだ。彼に指摘されるまでもなく、自分の髪があらゆる茶色のごたまぜで、厄介なくせっ毛であるのはいやというほどわかっている。

「ひどい巻き毛なんです」サラはあきらめたように肩をすくめた。「まとめてないと、まるでモップなの。日々髪と戦ってるけれど、いつも髪に負けてしまうのよ」

「お母様も巻き毛の持ち主なのかな?」

「いいえ、母は美人です。キャロリンは母似なの」サラは話題を変えたくて、彼にちょっとした園芸学のテストをしてみようと考えた。

「一つうかがっていいかしら」彼と肩がぶつかり、言葉が途切れた。ジンジンと痺《しび》れるような火照りが腕に広がった。急いで息を吸いこむと、何か心地よい、男性的な匂いが鼻孔を刺激した……白檀《びゃくだん》と糊《のり》付けしたばかりのリネンのようなうっとりと心酔わせる匂いだ。サラは彼を見やったが、彼のほうはなにごともなかったかのように、そのまま歩きつづけている。

なおも沈黙を続けていると、彼がサラのほうを向いて、尋ねた。「どうしたんだい、ミス・ムアハウス？」

なんということだろう。またしても会話の脈絡を見失ってしまったのだ。苛立ちに眉をひそめ、サラは必死で気持ちを集中させた。すると鈍った記憶がよみがえってきた。そう、彼に園芸学のテストをするはずだったのだ。

「うかがいたいのは、ストラス・ウォートを日陰で育てているのか、直射日光に当てているのか、ということです」

「いまなんと？」

「ストラス・ウォートです。お庭の。日陰で育てるのと、直射日光に当てて育てるのではどちらがよい結果をもたらすのでしょう？」

彼はしばし考えこみ、訊いた。「きみの場合はどうなのだ？」

「日陰です。陽射しが強すぎると、葉が茶色に変色してしまうので」

「そう。ぼくも同じことを経験したよ。茶色にしなびた葉ほど厄介なものはないね」

「ほんとうに。それからトートリンガーはどうかしら？　同じようにしなびてしまいますか？」

「それについてはポールに意見を訊いたほうがよさそうだ。トートリンガーは彼にまかせているから」角を曲がるとテラスにいる一団が視界に入ってきた。「彼らの仲間に入りませんか?」

「よろしければ私はこのまま庭園めぐりを続けていたいんです。夜咲きの花がどこにあるか見たいので」

「どうぞご随意に。お楽しみなさい、ミス・ムアハウス。ディナーで会いましょう」

二人は別れ、ラングストン卿はテラスに、サラは庭園に通じる一番近い小道へ進んでいった。サラは厚い生垣に自分の姿が隠れたことを確信すると、立ち止まり、群がる葉の隙間からラングストン卿を険しいまなざしで見つめた。

あなたのストラス・ウォートは日陰を好むのね? 庭師頭がトートリンガーの世話をしているというわけなのね? 「見事に罠《わな》にかかりました、植物の大家様」サラは独り言をいった。「あなたはストラス・ウォートもトートリンガーも、現実には存在しないということをご存じなかったというわけね」

それはつまり、二つのことを意味する。ラングストン卿は間違いなく何かを隠している。

そしてそれが何かを突き止める必要がある、ということだ。

5

その夜のディナーで、サラはまたしてもホストからもっとも離れたテーブルの端に席を取った。今回はバーウィック卿とローガン・ジャンセン氏に挟まれる形となった。バーウィック卿は三十代のはじめと思われ、行く先々であまたの女性の視線を独り占めにするであろう見事なブロンドの美貌の持ち主だ。サラに優雅な微笑みを向け、儀礼的に彼女の健康について尋ね、天気の話題で社交的な言葉を発すると、今度は逆側に座るキャロリンに注意を向けた。

サラはほっとして息を吸った。これでおいしい食事に専念でき、無理やりぎこちない会話をしなくてもすむ。スプーンに載せたクリーミーなスープを味わい、いつもの習慣からそれを飲みこむ前にしばらくその風味を楽しみ、舌の上を滑る素材を心のなかで確認した。新鮮なクリーム。ブロッコリ、パセリ、タイム、隠し味にタラゴンも――。

「こうした会によく出席なさるのですか、ミス・ムアハウス？」

左手から深い男らしい声が響き、サラは慌てて口のなかのものを飲みこみ、顔をそちらに向けた。そしてジャンセン氏の黒い瞳が彼女に向けられているのを知った。

出席したパーティで見ていて、その莫大な資産で有名なこのミステリアスなアメリカ人が部屋のはずれにいて群衆を観察しているのを知った。これが彼自身の選択によるものか、あるいは上流社会のメンバーが彼を敬遠しているためなのか、あるいはその両方なのかはわからない。彼ほどの資産家を無視するわけにもいかず、夜会に一応招待はするが、用心して距離を置いているということだろう。嚙みつくかもしれないと、外来の動物を警戒しているような感じである。そのどちらも、彼がアメリカ人で、しかも金融を生業《なりわい》にしていることも、むろん関係している。社交界のエリートにとって距離を置くに足りる理由になる。昨日までたがいに名乗りあったことはなかったが、ロンドンのパーティで二度彼を見かけた折、サラは彼に対してある種の——部外者同士の——親近感を抱いた。

ジャンセン氏はバーウィック卿と対照的に目と髪が黒く、背が高く筋肉質でたくましい男性だ。角ばって骨っぽい顔、一度骨折したことがあるような鼻は、古典的なハンサムの範疇からはずれているだろうが、鋭く知性あふれる瞳、圧倒的な存在感には人を惹きつけずにはおかない魅力がある。

彼女の名前を口にしたところをみると、ジャンセン氏がサラに話しかけたのはあきらかで、サラはそれを意外に思った。淡いグリーンのモスリンのドレスを着たエミリーが彼の真向かいに座っているのだからなおのことだ。口をナプキンで拭い、サラは答えた。「〝こうした〟

とおっしゃる意味がわかりかねますわ」

「こうした田舎のハウス・パーティという意味です」彼が体を傾けて顔を近づけたので、新しいリネンと石鹸《せっけん》の匂いがただよった。彼女だけに聞こえる声で、彼はいった。「こういう死ぬほど退屈な、活気のないディナーのことです」

彼の突飛な発言に、サラは驚き、思わず笑い声を上げたが、じつをいえば彼とまったく同感だった。サラは笑いをごまかすために咳払いをした。「スープの味わいを楽しんでいらっしゃいませんの？」

彼は皿をちらりと見おろした。「緑色じゃありませんか」

「ブロッコリはふつう緑色ですよ」

「まあ、そこに問題がありましてね。ぼくはブロッコリが苦手なのです」

「それはお気の毒。今夜のメニューの主体はブロッコリのようですから。ブロッコリのスフレ、ブロッコリのシチュー、続いてブロッコリのソテー、ブロッコリのクリームソース和え、おまけにデザートはブロッコリのフランベですわ」

ジャンセン氏は怯《おび》えきった顔をした。「ご冗談でしょう」

「じつはそうなんです」サラはにやりとした。「でもあなたの表情はなかなかのものでした」

彼はしばしサラの顔を見つめていたが、やがて笑った。「やっぱり思ったとおりだ」

「さっきのが冗談だと見抜いてらしたの？」サラは首を振った。「本気にしたんじゃありません？」

「いや、ぼくがいいたかったのはあなたが……特異な人だと感じていたということなんですよ」

サラは黙り、心のなかで溜息をついた。どうやら今日は紳士に欠点を指摘される日のようだ。

何かが表情に出たのだろう。ジャンセン氏がいった。「〝特異な〟というのは褒め言葉なので、ご安心ください、ミス・ムアハウス。あなたはユーモアのセンスをお持ちだ。それに思ったことを恐れずロにされる」

「あなたも同じ悩みをお持ちでいらっしゃるようですね、ミスター・ジャンセン」

「そうです。だからこそ今夜あなたの隣りに座れてうれしかったのです。昨晩は花婿探しに夢中なレディ・ジュリアンのお母上と、レディ・エミリーの同じく花婿探し役の、お耳の遠い叔母様に挟まれましてね。今夜ばかりは、何時間も空疎な会話を続けなくてすむよう、あなたに希望を託しているのです。ああだこうだと天気の話、結婚の話ばかり」彼は首を振った。「英国人というのはなぜそうなんですかね。はてしなく堂々めぐりをくり返す」

「物心ついたときから呪文のようにたたきこまれた世渡りのすべなんですよ。私たちは十代に達するころには一日じゅうでも結婚や天気の話を続けられるようになっています」

「なるほど。ではあなたはなぜその呪文から逃れていられるのです？」

サラはどの程度正直に話すべきかためらったが、この率直さを自認する男性に対して本音を隠した平凡な意見を述べる必要はないと判断した。「両親は私に天候論議の高度なテクニックを身につけさせることに熱心ではありませんでした。なぜなら結婚に関して、両親の期待を一身に背負っていたのは姉だったからです。おかげで私は空いた時間をほかのことに使うことができました」

彼はなるほどというようにうなずいた。「それは何よりでしたね。ほかのことは、犬と戯れたり、庭を歩くことでしょう？」サラが眉を上げたので、彼は言い添えた。「テラスでのお茶のあいだ、あなたを見ていました。あなたもあの巨大な犬も楽しそうでした」

「楽しかったですよ。あなたはそうではなかったと？」

「あなたとは違って、少しも楽しくありませんでしたよ。またしても付き添いのご婦人方に挟まれたからだけでなく、ぼくはあまりお茶が好きではないのです」

「ブロッコリに加えてお茶もですか？」サラは少しとがめるようにいった。「そもそも、お好きなものなどありますの、ミスター・ジャンセン？」

「アスパラガス、コーヒー」彼はワイングラスを手に取り、グラスの縁越しにサラをじっと見つめた。「ぼくは珍しいものが好きです。思いがけないものが。ユーモアのセンスのある人、率直に本心で語る人が。あなたは何が好きですか？」

「人参。リンゴ酒。私と同じように……孤立した人。ユーモアのセンスがあって、恐れず本心を語る人」

彼の口の片側がゆっくりと上がり、微笑みの表情に変わった。「どうやら気の合う人にめぐり逢えたようだ、ありがたい。ひと晩じゅうサーストンとバーウィックの狩り論議を聞かせるはめになると覚悟していたのです」

「今回のハウス・パーティでも殿方はもっぱらそればかりなさってるのではありませんか。乗馬、食事、睡眠、狩り、あとはご自分の功績やら賭《か》け事の成功についての壮大な自慢話ばかり」サラはにこりと笑った。「付き添いの女性たちはいつでもピケット（古いフランスのゲーム。1－6以外の三十二枚の札を使って二人でするゲーム）、ホイストのお相手をしてくれますよ」

ジャンセンは大袈裟《おおげさ》に身震いした。「遠慮しますよ」

「でしたら、そういうゲームをレディ・ジュリアンやレディ・エミリーとなさればいいじゃありませんか。二人ともカードの腕前はいいですし、姉もそうです。これまでに機会がなかったかもしれませんが、三人とも天候以外のことも話し合える能力はちゃんとあります。天候の話はレディたちがよく話のきっかけとして使う話題だというだけのことです。もっと才気あふれる話題に到達するためには、天候の話にも耐えなくてはね」

「たとえばどんな話題ですか？」

「買い物。ファッション」

「勘弁してほしいな」

「オペラ。狩り」サラの唇がクイと引きつった。「あるいは結婚。そうなると付き添い人も会話に加わってきます」

「やめてくれ」彼はスプーンを手に取るとそれをスープのなかでもてあそぶようにまわした。

「あなたのお姉様やご友人を侮辱するつもりはないのです。死ぬほど退屈だというのはサーストンとハートレーのこと。付き添いの女性にしても彼らほどひどくありませんよ。あなたのお姉様もご友人もチャーミングな方たちです」

「それは間違いありません。美人揃いですわ」

「まぎれもなくそうですね。お姉様はとりわけ」

サラは微笑んだ。「おっしゃるとおりです。姉は心も美しい人なんですよ」

「だとすれば、ほんとうの意味でたぐいまれな美人ということだな。それほど姉を敬う妹を持って幸運でもある」

サラはかぶりを振った。「幸運なのは私のほうです。キャロリンは私にとってお手本にしたい最高の女性ですし、親友でもあります」

使用人がスープの皿を下げ、今度は薄く切ったハムと豆のクリーム仕立てが出てきた。

「また緑の食べ物だ」ジャンセンは豆を意味ありげに眺めながらささやいた。

「ご心配なく」サラはささやき返した。「あと九品出たら、それで食事は終わります」

ジャンセンは低くうめき、サラは思わず微笑んだ。

「ロンドンのタウンハウスで緑色じゃない料理を食べていればいいものを、なぜぼくはここにいるのか教えてください」と彼はいった。

「私にはわかりかねますわ。あなたはなぜラングストンの荘園にいらしたのですか？」

「ラングストンに招かれたからです。それほど親しくもないので、招待の理由はよくわかりません。察するに、時機を見て事業計画の相談でもするつもりではないかと。そういうことなら、こちらとしても好きな話題なので、緑の料理も一時的に耐えられそうです」彼はちらりとサラを横目で見た。「あなたは花嫁候補としてラングストン領にいらしたのですよね？」

サラは口いっぱいの豆のクリーム和えをテーブルの向こうまで吹き出してしまいそうになった。それを呑みこみ、答えた。「花嫁候補？　絶対に違います。ありえません」

「なぜです？　すでに婚約されているのですか？」

サラはからかわれているのだと確信して彼の顔を熟視したが、信じがたいことに彼の目にも表情にもふざけた感じはなかった。「していません」サラは静かな口調でいった。「あなたはラングストン卿が花嫁を探しているとお聞きになったのですね？」

「ロンドンではその噂でもちきりです。昨日ここへ着いて独身女性が何人も招かれているのを知り、噂はほんとうだと思いましたね」そしてジャンセンは魅力的な微笑みを浮かべた。それは少し歪んだ笑みで、滑らかな白い歯がこぼれた。「あなたは婚約されていなかったのですね。緑の料理が続いても、食事が俄然楽しくなりましたよ」

今度こそからかわれている、とサラは確信した。「私はたんなる姉の旅の道づれとしてこちらへ来ました」

「ぼくがここにいる理由は……まだわかりません。でもいま初めて、ここへ来てよかったと思いました」ジャンセンはワイングラスを手に取り、サラに向けて掲げた。「乾杯。意外なものとのめぐり逢いに」彼は微笑んだ。「そして新しい友人に」


マシューは席に着いて以来、不快感とともに幾度も向けた視線をふたたびテーブルの反対側にさまよわせた。サラ・ムアハウスとローガン・ジャンセンのあいだで何が起きているのだろうか。あの悪党は甘いものに飢えて焼き菓子でも見つけたように、彼女を見ている。目をやるたびに二人は笑い合ったり、微笑み合ったり、顔を寄せたりしていた。

「ジャンセンを睨みつけるのをやめないと、顔面パンチを見舞われるはめになるぞ」左手に座るダニエルが小声でいった。「アメリカ人はとにかく粗野だからな」

「睨んでなどいない」とマシューはいった。くそ、ジャンセンとサラは乾杯したのか？

「そうだ。睨んでない。眉間に刻まれた深いしわも、腐った卵でも見るような苦々しい表情もいまに始まったことじゃないからな。睨んでいないというのならそれでもいいが、ぼくが知りたいのは、なぜおまえはそんな顔をしているかということだ。おまえをそうも不機嫌にさせているのは、ミス・ムアハウスなのか、それともジャンセンなのか？」

マシューはくだんのカップルから無理やり目をそむけ、ダニエルのほうを見た。「不機嫌なんじゃない。ただ……心配しているだけだ。ジャンセンはミス・ムアハウスを独占している。気の毒に彼女はきっと死ぬほど退屈しているだろう」

ダニエルの視線はテーブルの反対側に飛び、戻った。「とても退屈しているようには見えないね。それどころか、とても楽しんでいるんじゃないかな」

マシューの定まらない視線はテーブルの向こうに移った。まさしく、彼女は楽しげであった。

「ジャンセンも愉快そうだ」

いまいましいがそのとおりだった。マシューの顎はなぜかこわばった。

「きみがあの男に好意を抱いていないのは明白だ」ダニエルは会話が人に聞かれないように体を傾けて顔を寄せた。「なぜ彼を招《よ》んだ?」

実際のところ、十五分前まではジャンセンを嫌いではなかった。「誰もが彼を招待する理由と同じだ。彼は大富豪だ」

「なぜそれがきみにとって有益なのかわからないね。彼から金を奪うというのなら話は別だが」

「ばかな」

「ふむ。彼がいくら金持ちでも、おまえが結婚すべき跡取りは女性にかぎるということは、わかっているんだろうな」

「そのくらいわかっているよ、おかげさまで。彼を招待したのは、金融界の大物だからで、親交を深め、可能な投資機会について助言を請うつもりだったからだ」

それはたしかに当初の計画だった。しかしいま、ジャンセンをロンドンに追い返したいという強い衝動に駆られている。それもすぐに。サラに彼がふたたび色目を使うその前に。

しかし遅きに失した。あの下衆《げす》男がまたしても彼女に秋波を送ったのだ。マシューは顎の筋肉が引きつるのが自分でもわかった。

「おいおい、まるで黒い雷雲みたいな顔をしているぞ。おまえをよく知らなければ、さえないミス・ムアハウスに見せるジャンセンの優しさに嫉妬《しっと》しているというところだが……」

ダニエルの声は途切れ、マシューはふたたび友のほうを向いた。ダニエルは茫然と口を開き、驚きの表情で自分を見つめている。

「この顔が雷雲に似ているとしてもだ」マシューは陽気にいった。「その描写には大いに反論したいところだが、それはさておき、この顔は少なくとも大口を開いた鯉《こい》には似ていない」

ダニエルは慌てて口を閉じた。そしてささやいた。「おかしくなったか？　彼女は……なんというか……とても……」

「とても、なんだ？」マシューはそう尋ねたが、声には抑えきれない冷ややかさがこもった。

「つまりその……跡取り娘ではないと」

「それは知っている。前にもいったとおり、ぼくはロマンティックな関心を彼女に抱いているわけじゃない」心のなかの小さな声が目覚め、疑うように〝嘘つき〟とつぶやいた。

黙れ、愚かな声め。

「そうとも。そんな気持ちは、おれにはまるで想像もつかない。ジュリアンのような美人がいるというのに。彼女は申し分のない跡取り娘でもあり、少しもオールドミスじゃない」ダニエルは思わせぶりにまぶたを狭めた。「それでもきみがミス・ムアハウスの何かに心惹かれていることは確かだよ。それも秘密を知りたいなどというレベルではない関心の高さだ。もしそれだけのことなら、ジャンセンをそうまで睨みつけるいわれもないわけだし、果汁たっぷりの果物にかぶりつくようにして彼女を見つめることもないだろう」

「そんなことはないと断言しておくよ」マシューはいいきった。

〝嘘つきめ〟と愚かな小声があざけった。

「きみがそういうのなら」

「そうとも、ぼくはただ……ミス・ムアハウスのジャンセンに対する愛想のよさに驚いているだけだ」

「驚いている？　未婚で、しかもあんなに平凡な器量の女が、並外れて裕福な、魅力のある未婚男性から声をかけられて喜ばないはずがないだろう」

「サラ・ムアハウスは未婚だが……男性と縁がないわけではない。フランクリンという名の男性に大いに好意を抱いているよ」ワイングラスをつかむ指に思いがけず力がこもる。

「なぜそれを知っている？」ダニエルが尋ねた。

「彼女が描いたスケッチを見た」

「彼女の気持ちは報われているのか？」

親密さをうかがわせるスケッチのイメージがマシューの脳裏をよぎった。「そう思うよ」といいつつ眉根を寄せる。「苗字はなんといったかな」

ダニエルが首を振り、含み笑いをもらした。「もういいよ。おまえがなぜわざわざ面倒なことに首を突っこむのかまるで理解できない」

「政略結婚を迫られているこの身の苦境に少しは同情してくれてもいいんじゃないか？」

「もちろん同情しているさ」ダニエルはワイングラスをマシューに向かって掲げてみせた。「きみの幸運を祈るばかりだよ。今後は運に頼らざるをえないだろうから」

サラは寝室のドアをそっと開け、注意深く外をのぞいた。薄暗い廊下に人影がないことを確かめると、急いで部屋を出た。胸の鼓動が高まり、サラは落ち着いた歩調を保ちながら、何食わぬ表情を装うようにとみずからにいい聞かせた。万一誰かと出会った場合にそなえ、自室に引き取ったあとになぜ歩きまわっているかの言い訳は考えてある。『さっき姉からハンカチを借りたのに、返し忘れたのです』姉の部屋が反対の方向にあることを指摘されれば、困惑したふりをし、詫びて、回れ右をするだけのことだ。

だが願わくば、誰にも出会いたくないと思う。男性陣は全員客間に集まり、ブランデーを飲みつつくつろいでおり、付き添い人を含めた女性陣はみな部屋に引き揚げた。付添い人の女性たちにはお休みいただかなくては困る。というのもロンドン婦人読書会の会合はあと二時間後の午前一時に開会するからだ。

その前にサラはシャツを手に入れておかねばならない。

ディナーの前に口の軽いメイドのメアリーと話ができたおかげで、どの部屋がラングストン卿の寝室かわかった。あとはただなかに忍びこみ、シャツをつかみ、またそっと外へ出ればいい。ラングストン卿は客間にいるし、これもまたメアリーからの親切な情報なのだが、彼の従者デューハーストは午後十一時の休憩を取っている最中なので、むずかしいことは何一つないはずだ。

廊下では誰とも会わず、まもなくサラはラングストン卿の寝室の前までやってきた。身を引き締めるように息を吸うと、そっとドアをノックした。もし誰かが戸口に顔を出したら、姉の部屋だと思ったというつもりでいる。そうなっても、顔を出すのはラングストン卿ではなく、使用人であってほしい。というのもディナーのあいだずっとラングストン卿は不機嫌そうだったからだ。図らずもたびたび彼のほうに視線を向けてしまったが、見るたびに彼はしかめ面をしていた。

ノックに誰も応えないので、注意深くノブをまわし、ゆっくりとドアを押し開けた。誰かに見られていないことを確かめるためにふたたび廊下を見やり、ドアをそっと閉めた。

サラは樫《かし》材のパネルに背をもたれ、速まった心臓の鼓動を鎮めようとひと呼吸置いた。深く息を吸いこむと、彼の匂い、洗いたての衣服や白檀の香りに包まれる。騒々しく女っぽい溜息をついてしまいたくなるような匂い。しかし幸いサラはそうした溜息をつくタイプではない。

ゆっくりと部屋を見まわすと、暖炉には低く火が焚《た》かれており、すべてのものを温かな金色の光に染めている。暖炉の前には大きな銅製の浴槽が置かれ、革のソファと揃いの椅子が炉床の近くにある。美しいマホガニーの家具類。衣装戸棚、洗面台、いくつかの引き出し付きチェスト。巨大なベッド。紺色のベッドカバーはきちんと折り返されている。ベッドのわきにはナイトテーブル。インゲン豆の形をした机と本立て。サラは憧れの目で、革で装丁された書物が詰まった架台の書棚をしげしげと見つめたが、その書物を調べたい気持ちを抑え、視線を衣装戸棚と引き出しに戻した。

閣下のシャツははたしてどこに入っているのか。

サラはドアから離れ、もっとも近い引き出しのほうへ向かった。一番上の引き出しの真鍮《しんちゅう》製の取っ手をつかみ、引いた。はたしてそこにはきちんと折りたたまれたシャツが重ねて入っていた。

抑えた笑いをもらし、サラは一番上のシャツを急いでつかんだ。案外簡単だったわ！

サラは引き出しを閉め、戦利品を胸に抱いた。ふたたびラングストン卿の好ましい香りが五感を充たした。じっと真っ白なシャツに見入る。白い生地を胸に押し当てていると、なんだか心が騒ぐような、親近感を覚える。サラはうっとりと、その衣類を持ち上げ、目を閉じてやわらかな素材に顔を埋め、深く息を吸った。

彼の面影が鮮やかに胸に浮かんだ。午後の陽射しを受けて散歩していたとき、彼の豊かな黒髪に温かな金色の光線が反射する様子、ゆったりとした彼の微笑み、笑うとき目尻に入るしわ。笑っていてもどこか悲しげな、あのはしばみ色の瞳。あの深い声――。

「もういいよ、デューハースト」廊下でラングストン卿の低い声が響いた。「おやすみ」

「かしこまりました、だんな様。おやすみなさいませ」

たいへんなことになった。

慌てて顔を上げたので、サラの眼鏡は傾いてしまった。必死に隠れる場所を探すも、彼女の寝室とは違い、衝立《ついたて》はない。隠れ場所を選んでいる余裕もなく、サラは窓にかかった重いベルベットのカーテンに向かって走った。そこに身をひそめる間もなく、ドアが開き、閉まる音がした。

サラはしばし目を閉じ、湧き起こる狼狽《ろうばい》、不快感と闘った。なんて間が悪いの！　あの人はまだ客間にいるはずではなかったの？

長い溜息に続いて革のきしむ静かな音が聞こえてきた。革の椅子やソファが窓のほうを向いていないことを思い出し、サラはカーテンの端からそっとのぞいてみた。

くっきりとこちらに横顔を見せ、ラングストン卿が革の椅子に座っていた。膝に肘をつき、てのひらにひたいを当てたその姿はひどく疲れがにじんでいた。そしてまぎれもない哀しみの影に包まれていた。その落胆のポーズはキャロリンが一人になると見せる様子を思い起こさせ、いつしか彼に対する同情の気持ちが芽生えていた。彼をこれほどの哀しみに追いやっているものは、いったいなんなのだろう。

その可能性について思いをめぐらせる前に、彼は前にかがみ、靴をつかんだ。片足が終わると、今度はもう一方も脱いだ。そして立ち上がって、服を脱ぎはじめた。サラはその光景に魅了され、動揺した。

サラは思わず目を見開き、息をすることも瞬きも忘れ、彼がゆっくりと上着を脱ぐ様子を食い入るように見つめた。次はスカーフ、そしてシャツが脱ぎ捨てられていった。

これは……。誰のシャツを拝借するかという点で、婦人読書会はまさに正しい選択をした。なぜならシャツを脱いだラングストン卿は真に完璧と呼ぶにふさわしい姿をしているからだ。サラはカーテンの端を握りしめ、茫然と彼の広い肩を貪るように見つめるばかりだった。うっすらと胸に広がる魅力的な体毛が下にいくにつれて細い帯状になり、平らな筋肉質の下腹部へ下りている。

サラが驚くべき眺めに心奪われているうちに、彼の指がズボンのボタンにかかった。そして、息をすることさえ忘れて見入るあいだに、彼はすばやくそれを脱いだ。

サラは目玉が飛び出して床に転がらなかったことが不思議なほどの衝撃に襲われていた。ラングストン卿のこの姿と唯一比肩《ひけん》するものといえば、先月の音楽会のときレディ・イーストランド邸の温室で見たスキャンダラスな像ぐらいだ。それを見て強い驚きと感動を覚えたので、あとで思い出してそれをスケッチにまとめておいたのだが、読書会で完璧な男性像を作り上げるということが決まって、その絵にフランクリン・Nと書き添えたのだ。というのもこれまで、あの彫像こそ考えうるかぎりの理想的な姿に違いないと信じてきたからだった。朝ラングストン卿が見たのはその絵なのだ。

だがその認識はまったくの誤りだった。

男性の見本として、ラングストン卿以上に優れたものは存在しないからだ。あの彫像は等身大ではあったが、実際の男性の裸体を見るのとは比較にならない。文字どおり生の姿で。

貪るようなサラの目は筋骨たくましい肉体を上から下へたどり、狭い腰や長い脚に注目したあと、股間にしげしげと見入り、普段は書物や庭でしか経験できないうっとりとした感動に浸った。そこには黒々とした魅力的なくさむらに囲まれた男性自身があった。

ああ、この部屋は空気が薄いのではないかしら。

サラが必死で深く息を吸いこむ前に、彼は背を向け、同じく悩殺的な臀部が見えた。ほんとうに、彼の肉体は隅から隅まで美しい。

もっと近づきたい、波打つ筋肉を眺め、あの肌に手を触れてみたい、という欲望に圧倒されそうだった。その衝動を抑えるために、ぐらつく膝に力を入れ、カーテンを握りしめなくてはならないほどだった。眼鏡のレンズが曇り、サラは眉をひそめ、視界が歪む不快感を振り払おうとしきりに瞬きした。やがてその理由は速い呼吸のせいでベルベットのカーテンから息が跳ね返るためだとわかった。彼女は少し体を後ろにそらし、口を閉じた。

見るだけで心ときめき、息を呑むような、滑らかで優雅な筋肉の動きとともに、彼は大きな銅製の浴槽に近づいた。サラはそのときになってはじめて、光る浴槽の縁から渦巻く湯気が立ち昇っていることに気づいた。その認識が熱い湯気のように彼女を包み、サラはふたたび茫然とした。

これから彼女は一糸まとわぬラングストン卿の湯浴みを目にすることになるのである。

6

体じゅうが燃えるように熱く、もしラングストン卿の裸体から目をそらすことができれば、サラはスカートの裾が燃えていないか確かめていたことだろう。彼女は古い楡《にれ》の木のようにじっとその場に立ちつくし、二度と眼鏡のレンズを曇らせまいとほとんど息をひそめ、瞬きも忘れ見入っていた。裸のラングストン卿が筋肉質の脚の片方を持ち上げ、浴槽の縁をまたぐ姿を見逃すわけにいかないからだった。

不運にも彼女の良心がその瞬間に目覚め、主張を始めた。

こんな不埒《ふらち》なスパイ行為は、いますぐにやめるのよ！　輝く光に包まれた心の声が主張した。たったいま目をそむけ、気の毒なこの男性に必要なプライバシーを守ってあげなさい。

この気の毒な男性に向けられるべきは、満場の喝采だとサラは思った。彼がもう一方の脚を持ち上げたので、この驚くべき眺めをよりよく見ようと首を傾けた。ふたたび熱いものが体を駆けめぐった。ほんとうに、ラングストン卿の肉体はどこもかしこも美しい。

ふたたび良心が語りかけようとしたが、うるさい虫でも追い払うように、それを追いやった。見ている必要があるからだった。なぜなら見ていないと、彼が入浴を終えたときどのタイミングで逃げ出せるか判断がつかなくなるからだ。それに自分では科学者のはしくれと信じている。専門が園芸学であって解剖学ではないにしろ、科学者に必要な探求への情熱、知識への渇望は持ち合わせているつもりだ。

その情報の探求がフランケン博士の身にどんな災いをもたらしたか、考えてごらんなさい、と心の声がいわくありげにいった。

くだらない話だ。もしフランケン博士の創造物がラングストン卿に似ていたら、状況はまるで違っていたはず。サラの視線はさまよいながら男性的な肉体の下部へ向かい、深い溜息をもらしそうになった。

そう、大違いよ。

サラは男性の解剖学について、急速に予想以上の専門的知識と眼識を身につけはじめている。

彼がゆっくりと湯のなかに入り、カーブした浴槽の縁に頭部をもたせかける様子をじっと見つめた。長々と吐息をもらすと、彼は目を閉じた。

さらにその身長のためか、曲げた膝が湯から出る様子もサラは観察した。顔はややくつろいだように見えるものの、口元や閉じた目のあたりに緊張がうかがえる。休息のひとときにあってさえ、心の平安を失わせている原因はなんなのか。

ひたいに落ちた一筋の黒髪を見つめているうちに、サラはその髪の房を後ろに撫でつけたいという欲求で指がむずむずするのを感じた。想像のおもむくままに、自分が彼のほうへと近づく様子を思い浮かべる。浴槽のそばにひざまずき、彼の髪をとかし、顔の上を指でなぞる。肌の感触や唇の形を記憶に留める……。

そんな思いに呼応するかのように彼の唇がわずかに開き、サラは注目した。手に入らないものをいくら賞賛しても仕方がないのだからと、無視を決めこんではいるが、サラは男性の唇にいつも特別な魅力を感じる。この男性の唇は格別美しい。非の打ちどころのない輪郭、心をそそるふくよかさ。引き締まっていながら同時にこれほどのやわらかさを感じさせる理由はどこにあるのだろう。

サラはまたしても浴槽のそばにひざまずく自分の姿を思い浮かべた。今度は指先で彼の口の輪郭をなぞり、かがみこんで彼と唇を重ねる姿だ。サラは目を閉じ、息を凝らした。彼の唇はどんな感じがするだろう。それにあの肌は……てのひらに触れるとどんな感触なのだろう。荒いのか、滑らかなのか？

熱気が脈動とともに体に広がり、下腹部に集まった。これはあの感覚だ、とサラは認識した。ベッドに一人横たわり、暗闇で……何か狂おしいような欲求にとらわれるときに覚えるあの感じだ。落ち着かない過熱状態におちいり、肌が収縮するようなあの感覚である。サラはわずかに動き、膝を強く合わせた。だがそんな動きも不快感をやわらげてくれるどころか、すでに疼《うず》いている神経の先端をいっそう熱くするだけだった。

　サラは目を開け、彼が浴槽の隣りに置かれた小さなテーブルの陶器の皿の太い棒状の石鹼に手を伸ばす様子を見守りながら、ベルベットのカーテンを握りしめていた。立ちすくんだまま、彼女は彼が濡れた肌に石鹼を滑らせ、首や腕、胸を洗う様子をじっと見つめた。すると、おそらく下半身を洗うためだろうが、彼の手が見えなくなった。サラは視界をさえぎる銅の浴槽がうらめしかった。もっと上から見ようとして、つま先立ってみたものの、あいにくなんの役にも立たなかった。

　ラングストン卿は石鹼を使い終え、それを陶器の皿に戻し、すすぐために体を浴槽に深く沈め、見えなくなった。サラが息をすることさえ忘れて見入っていると、彼はふたたび姿を現わし、手で濡れた顔を擦った。そしてゆっくりと立ち上がった。

　裸のラングストン卿ほど完璧な姿はないと思っていたが、あきらかにそうではなかった。裸で、しかも濡れたラングストン卿ほどすばらしい姿はないと、心から思った。

　彼の体から水が滝のように流れ落ち、その水が銀色の細い流れになってしたたり、低い炎の放つ輝きのなかできらめいている。サラは彼のどこを最初に見ればよいのか迷った。彼は両腕を上げ、頭を後ろに反らし、ゆっくりと濡れた髪を顔から離すように撫でつけた。

　サラは暖炉の火に投げこまれたような気がした。彼の姿があまりに魅力的で、刺激的で……悩殺的なので膝の力が抜けてしまうように感じられるのだった。事実、壁にもたれかかりでもしないとへなへなと床に崩れ落ち、湯気をたてる熱いかたまりと化してしまいそうだった。自分自身けっして卒倒したりするタイプとは思っていないだけに、これは予想外の腹立たしい事態だった。彼に目を奪われたまま、サラは一歩後ろに下がった。

その瞬間、足元の床がきしんだ。

その音が部屋に響きわたったように思え、サラはすくんだ――そして激しい心臓の鼓動までもが聞こえてしまうように思えた。慌ててラングストン卿を見たが、どうやら不審には思っていないらしく、顔も上げず、体を洗う手を止めることもなかった。

サラは胸を撫で下ろした。彼の寝室に忍びこんだことを見咎《みとが》められでもしたら、それこそ屈辱そのものである。しかも彼の裸体を盗み見たことを知られてしまおうものなら――とはいえあれほど美しいものに目を奪われないほうが不思議なのだ。彼のことを考えただけで、胸がよじれるように痛んだ。息を凝らしたまま、サラは注意深く足を問題の位置から動かし、それ以上音がしなかったので、心底ほっとした。

サラは彼が白い大きなタオルできぱきと体を拭き、紺色のローブをはおる様子をじっと見つめた。体をローブに包んだところで、彼はおそらくこの後化粧室に入るだろうから、そのすきに抜け出せると考えて、サラは安堵の吐息をもらした。しかしその一方でこのすばらしい眺めをもう見られないのかと残念に思う気持ちのほうがむしろ大きかった。早くスケッチブックを手に取り、いましがた目にした彼の姿を描きとめたいと勇み立つような心境なのだった。それでも彼の姿は、たとえ来世紀まで生き延びたとしてもけっして忘れることがないだろう。ほんとうなら、茫然と彼の姿を盗み見たことに良心の呵責《かしやく》を感じていなければならないはずなのに、ショーが終わったことや、自分が迂闊《うかつ》にも望遠鏡を持参しなかったということだけが悔やまれてならない。

悔やまれるといえば、扇子の一つも持ってこなかったこと——とにかくここは暑くてたまらない。

彼はローブのサッシュをきちんと締めると、寝室の奥の暗いほうへ向かった。サラは息を凝らし、そのドアから彼が寝室を出ておそらくは化粧室に入るのではないかと期待した。だが何か引き出しを開けるような音がしたかと思うと、サラの期待とは裏腹にラングストン卿はふたたび暗闇から姿を現わし、部屋の反対側にある机を見据えたまままこちらに進んでくる。机はサラの隠れている場所から五フィートも離れていない。

ああ、困った。彼はいったい何をしようというのだろう。自分は今日はよくよくツキに見放されているのか。彼はきっと手紙でも書こうと思いついたのだろう。なんて面倒な人なのかしら。なぜふつうの男性のようにただ着替えだけすませることができないの？　たったいま彼のことを完璧だと賞賛したばかりだったけれど、それは愚かしい思い違いだった。脱出の機会を奪い、裸体で気持ちを乱したドジな男なのだ。目から湯気が出るほど、膝の力が抜けるほど、頭が痺れるほど、息が止まるほどのすばらしいその裸体で。その肉体をおおうなんて、ご本人は身だしなみのつもりだろうが、もったいないかぎりだ。彼が机に近づいたので、サラは息を凝らし、どうかそこに腰をおろして長い信書など書きはじめたりしませんように、と祈った。

彼女の祈りが通じたのか、彼は机に座りこむことはなく、すばやく向きを変えると、カーテンをぐいと引いた。

サラが息を止める間もなく、男らしい前腕が彼女の上半身に突きつけられ、体を壁に押しつけた。サラの肺から空気が音をたててもれ、衝撃で眼鏡が横にずれた。にじんだ視界に一瞬銀色の刀身が映ったかと思うと、冷たい金属の感触を首に感じた。

ショックのあまり身じろぎもできず、眼球が飛び出すほど目を見張って、彼の顔を凝視するしかなかった。そのショックが、彼の腕の力から来るものか、はたまた喉元にナイフを突きつけられているという自覚から来るものか定かではなかった。まぎれもない驚愕《きょうがく》の色を瞳に浮かべ、彼は険しい目つきでサラを見た。

「ミス・ムアハウス」体から発散する熱気とは裏腹に、彼の声は冷ややかだった。「カーテンの背後に隠れて何をなさるおつもりかな？」

怒りの感情が湧き起こり、そのためにショックと恐怖がやわらいだ。サラは彼を睨み返した。「私の喉にナイフを突きつけて、何をなさるおつもりですの？」

「侵入者には当然の対応と思うがね。今後も他人の部屋に侵入するつもりなら、こういう扱いを受ける気持ちには慣れておかれたほうがいいだろうね」

「侵入したわけではないわ。ドアは施錠されてはおりませんでした。よろしければ手を離して、ナイフをどけてくださらない?」

彼は体を離すどころか、サラの顔を眺めまわした。「ぼくを偵察していたんだな」

罪悪感が熱い流れとなって足元から上へ昇り、まもなく肌がまっ赤に染まることが予感できた。「偵察などしていません。ただ……この部屋から出るチャンスをうかがっていたのです」これは事実である。とはいえ彼の非難はまちがっていないという気持ちがないといったら嘘になる。それでももし彼が女性の視線を避けたいのなら今後二度と服を脱ぐのはやめるべきだと思う。というより、もっと自分自身を醜くする努力をするべきだ。もっと太るとか、あるいは恐ろしげな仮面でもつけるとか。

「武器を持っているのかい?」

「武器? とんでもない」

彼が近づいたので、二人の距離は数インチほどになった。彼の体の熱、清潔なその香りに包まれ、サラははっと息を呑んだ。彼の濡れた髪から水滴がしたたり、サラの鎖骨に落ちて、肌をくすぐるようにドレスのなかに吸いこまれた。

下に向けられた彼の視線がふたたび、サラの視線と合った。「きみは何か抱えている」

抱えている? サラは指を曲げてみて、その指がまだシャツのやわらかいリネンに包まれていることに気づいた。ああ、シャツだった。むしろそれはシャツというより、破滅を呼ぶもの、と呼ぶにふさわしいのかもしれないが。「ただのシャツよ」

彼は片方の眉をつり上げた。「どんなシャツ？」

ああ、彼の体がこうも密着していては息をすることも、考えることもできない。この苦しさは体を押さえつける腕や喉もとに当たる冷たいナイフのせいではなく、むしろ自分の肌と彼の裸身を隔てるものが薄いローブ一枚だけだという事実のためだ。

サラは固唾《かたず》を呑み、唇を舐《な》め、できるかぎり毅然《きぜん》とした声でいった。「体を離して、ナイフをどけてくれれば、どんなシャツか話すわ」

彼はしばしためらい、サラは彼の射るような視線を受け止めた。鼻の先から眼鏡がずり落ちそうになっているので、それはたやすいことではなかった。一フィートも顔が離れていないにもかかわらず、彼の顔がにじんで見えた。それでも、彼の表情から、彼女が寝室にひそんでいたことに強い不審の念を抱いているのはあきらかだった。

彼が目を離さないまま、ゆっくりと腕を下げたので、サラはほっと息を呑んだ。次に彼はナイフを机の上に置いた。その腕の長さをもってすれば簡単なことだった。サラは手を首に当て、冷たいナイフが触れていたあたりの皮膚を指で押した。全身に震えが走り、やがて怒りの気持ちが湧き起こった。

「喉に切れ目が入ったかもしれないわ」

「そうならなくて幸運だったと思ったほうがいい」

「客をこんなふうに脅すホストなど、この世にいるのかしら？」

「カーテンの後ろに隠れて男の入浴を盗み見る女など、この世にいるだろうか」

悔しいが、彼の指摘は正しい。だが当然それを認めるつもりはない。カーテンの後ろに隠れるはめにおちいったのはすべて彼のせいなのだから。サラは顎を上げると高慢な調子でいった。「肉体的脅威を与えるためでないことはおわかりでしょう」

「さてどうかな。それに、カーテンの後ろに隠れて男の入浴を盗み見る女がいるか、という私の質問をはぐらかしたことも、ちゃんと気づいている」

「あなたが、客をこんなふうに脅すホストがこの世にいるかしらという私の質問をはぐらかすからよ」

彼が不快感を見せたので、サラは気が晴れた。だが気がすんだのはつかの間だった。彼は一歩下がり、腕組みをし、冷たい視線でサラを見つめた。「説明を待っているのだが」

サラは眼鏡を押し上げ、張りつめた息を吸いこんだ。しかし彼の清潔な匂いに包まれて、彼の裸身が脳裏によみがえった。濡れた裸身、髪を撫でつける横顔。そのイメージが話す力を奪った。

なおも黙りこむサラを、彼が促した。「シャツに関する説明は……？　ひょっとするとそれはプレゼントだったのかな？　それとも……」彼が思いがけずすばやく動いたので、サラは体がすくんだ。彼はサラの両脇から壁に手を伸ばし、彼女の体を封じこめた。「それとも、入浴の様子を盗み見るために部屋に忍びこんだのかな?」

サラは不快感によって放心状態からわれに返った。「それは邪推です、閣下。それにこのシャツは贈り物ではありません」シャツを持ち上げ、彼の鼻先で揺すった。「じつは、あなたのシャツなの」

「なるほど。しかしそうなると、声高にそれが当然の権利だとばかりに主張されるのはじつに不可解だな。部屋に侵入し、入浴の様子を盗み見し、そのうえ私の衣服を盗んだ張本人であるあなたが」

「衣服ではないわ。ただのシャツよ」

「無用な区別立てをするのはたいそうお得意のようだな、ミス・ムアハウス」

「それはあなたが不確かな説明をなさるのがお得意だからよ。あなたのシャツを私が盗んだとおっしゃったのもそう。私はそれをただ拝借しただけですのに」

「どんな理由で?」

「借り物競争のためよ。仲間の女性たちと私が戯れに思いついた遊びです。悪意のない、ただのおふざけです」

「なるほど。で、シャツは返すつもりだったと」

「もちろんだわ」

「いつ？　ぼくが今度入浴するあいだに？」

実際には次の入浴のあいだにふたたび忍び込むことは難しいだろう。サラはふたたび彼の裸身のイメージを振り払った。できないまでも、そうしようと努めた。そしてそれはかなり成功した。「いいえ、あなたが寝室を空けているあいだに、お返しするつもりだったの。この時間も、ほんとうならいらっしゃらなかったはずよ。予定どおり、客間にいてくだされば、このような事態にはけっしてならなかったのに」

「きみがカーテンの後ろに隠れ、私を偵察していたのは、ぼくのせいだとでもいわんばかりの言い方だな」

「わかっていただけたかしら」

マシューは当惑の極みといった表情で、長々と彼女の顔を見つめていた。ただ、彼の戸惑いは常軌を逸した彼女の論理のためではなかった。このやりとりになぜこうまで自分の気持ちが引き立つのか、理由をはかりかねているからなのだった。また、なぜいつまでも彼女から離れず、彼女を封じこめているのか、もっと体を近づけたいという衝動にこうもとらわれているのはなぜなのか。そしてなぜ彼女はもっと離れるよう要求しないのだろう。

彼女がそう命じてくれるよう、マシューは神に祈った。彼女から離れる意志の強さを持てるよう、神に祈った。彼女に手を触れたいという欲望に呑みこまれることがないよう祈った。

それはまさしく狂気だった。とりすました表情、地味な衣服、厚い眼鏡、あけすけな物言い。彼女は彼がこれまで心惹かれたタイプの女性とはまるで異質である。それなのに、こうしてそばにいるだけで胸をときめかせている。自分を欺いても意味のないことだ。現に、カーテンの後ろに彼女が隠れているとわかる前、浴槽につかりながらしきりに彼女のことばかり考えていたのだから。心を魅了し、麻痺《まひ》させ、熱くする、あの蜂蜜色の瞳。彼女がそばにやってきて手を触れ、キスしてくれることを想像していた。その彼女がいまこうしてそばにいる。

それにしても、彼女はなぜここにいるのだ？　借り物競争の話はほんとうなのだろうか？　それとも見かけではわからない謎を秘めているのだろうか？　よほどの演技力がないかぎり、カマトトぶっているとは思えない。それでも彼女にはいくつかの秘密があるのは知っている。あんなに清純無垢《むく》な顔をして、裸の男の露骨な絵を描く彼女。スケッチブックに自分の絵も描き加えられるのだろうか？　そう思うとひどく性的興奮を覚えた。それもジリジリするほどの興奮を。

マシューーは息を吸い、かすかな花の香りを感じた。その名状しがたい香気をもっとよく嗅いでみたいという欲求に駆られ、マシューーはいっそう苛立ちを感じた。

彼は乱れた彼女の髪に見入り、すべてのピンを抜き去って、彼女が格闘の末にやっと撫で付けたカールが肩に垂れる様子を見てみたいという衝動で指が引きつった。次に彼女の顔を見つめ、わけもなく心惹かれて忘れがたい、アンバランスな造作に見入った。その唇……オールドミスよりむしろ高級娼婦に似つかわしいようなふっくらとした唇。その唇が、まるでセイレーンの歌声のように彼を招き寄せる。それに眼鏡によって拡大された大きすぎる瞳は、挑戦的な光を帯びてきらめいている。ほんとうに、サラ・ムアハウスは稀《まれ》にみるほど、腹立たしいほどに落ち着いている。それなのに彼自身は苛立たしくも落ち着きとは対極の状態にある。

　マシューは歯を食いしばった。こんなことをしていても、どうにもならない。この腹立たしい女をさっさとこの部屋から追い出せと、彼のなかの常識が命じる。

だがあいにくとその迫力が足りなかったようで、彼女を追い出すどころかさらに距離を詰めた。そして彼女の瞳に不安の色が浮かんだのを見て、内心ほくそえんだ。彼女も、見かけほど冷静沈着というわけでもなさそうだ。

「私を偵察していたのは、ぼくのせいであるというきみの主張……その図太さはたいしたものだと認めよう、ミス・ムアハウス。しかしながら、ひと言だけアドバイスしておくよ。次に何かを盗むときには床がきしまぬように最善の注意を払ったほうがいい」

　彼女の瞳に浮かんだ不快感に、マシューは溜飲が下がる思いだった。「盗んではいないと申し上げているでしょう、閣下。そんなことをおっしゃるなんてとてもむき出し《ヌード》です」あきらかな狼狽で目を見開くサラ。「無作法《ルード》、つまり無作法という意味です」

「ふむ。ヌードといえば――」

「ヌードというつもりではなかったのよ！」

「——ぼくのそれはかなりきみに見られてしまった」

サラが赤面したように思え、頰が赤く染まるさまを見られるよう、部屋がもっと明るければよかったのにとマシューは残念だった。彼女が固く口を結び、勇気を振り絞るのがマシューにも感じられた。つんと顎を上げ、大きくうなずく。「仕方がなかったのよ」

「大方の若い未婚女性ならば、そんな場面に遭遇すれば卒倒するのではないかな」

「私は学校を出たての少女でもなく、気付け薬のお世話にもなっていないわ」

「それにまんざら初めてでもないようだ」

サラはまばたきした。「いま、なんと？」

「あなたの友人、フランクリンのことだ。見せてもらったスケッチによれば、きみは彼の裸体を見たことになる」その言葉を発しながら、嫉妬にも似た不快な感覚に襲われる。

「え、ええ、まあ」

「そのときも、今回と似た状況だったと？」

「じょう……状況？」

「フランクリンの裸体を見たときも……失礼ながら……きみはシャツを盗もうとしていたのかい？　あるいは、それはもっと……個人的な出来事なのかな？」

サラが黙っていると、彼がさらに近づき、二人の距離は二フィート以内に縮まった。胸が浅い呼吸のために起伏を繰り返すので、サラは彼のシャツをみぞおちのあたりに押しつけた。自分の衣服が彼女の体に密着しているさまは、マシューに奇妙な親密さと熱い昂りをもたらした。驚いたことに、彼はサラにきわめて強い性的魅力を感じているのだ。そんな自分の反応に抵抗を感じ、また理解しがたいものを感じる一方、否定もできなかった。さらにはわけもなく彼女に手を触れたいという、苦しいまでの欲求がつのり、フランクリンという男のことをいっさい忘れさせたいという、理不尽で無分別な欲望も無視できなくなっている。

スケッチからは、サラとフランクリンが友人以上の関係であることがうかがえた。それなのに、なぜか彼女は無垢な印象を与えようとしていて、それはスケッチの親密さといちじるしく矛盾する。彼を惹きつけているのは、この謎なのだ。この謎を解きたくてたまらない。

「お母様は、あなたの借り物競争に眉をひそめているだろう」マシューはやわらかな口調でいった。

彼女の舌が唇を湿らせるために顔を出した。一瞬のピンク色の動きにマシューは気を取られ、気づけばもう一度それを見たいと願っていた。「どちらにしても、母はそんなことを気にかけることはないわ」サラはそっといった。「母はたとえ私が裸で台所を走り抜けても気づかないもの」

彼女が裸で台所を――それも彼の台所で自分をもてなしている姿が脳裏をよぎり、思わず体が熱くなった。彼は失った声を取り戻すのに、咳払いをしなくてはならなかった。「いま、なんと？」

「お許しください、閣下。私はときどき知らないうちに、露骨な物言いをしてしまうことがあるんです。たとえばいまのように『裸』などというふさわしくない表現をしてしまうの。あなたの傷つきやすい感受性に不快感を与えてしまったとしたら許してください」

彼の眉間が曇った。「ぼくの感受性はけっして傷つきやすくはない。でもきみは、どうやら〝裸〟にとらわれすぎているようだ」

「そんなことはないわ……」

サラの言葉は、彼が壁から片手を離し彼女のゆるい巻き毛をつまんだので、語尾が途切れた。サラは完全に身動きを止め、抗《あらが》う気配さえ見せない。彼はもう一方の手を動かし、彼女の髪から何本ものピンを抜き、床に落とした。ピンは静かな音をたてた。彼女はそれを止めようともせず、ただ見開いた目で食い入るように彼を見つめている。その目には驚きとショック、当惑がごたまぜになって現われていた。彼が髪に手を触れていることが信じられず、理由もわからない、といった表情だった。

彼女が震え、呼吸を速めたことを感じたマシューは、自分をとらえて離さないこの名状しがたい感覚に彼女もとらわれたのだとわかり、妙に胸の高鳴る満足感を覚えた。

ピンを一本はずすたびに、肩からさらにはウェストまで落ちる巻き毛がふえていった。髪の房が離れるにつれ、ほのかな花の香りが立ち昇り、彼はその匂いを深々と吸いこんだ。それが終わると、彼は輝く巻き毛の房をゆっくりと指でなぞった。眼鏡の縁に手を触れ、つぶやいた。「いいかな?」そして拒むいとまも与えず、彼女の眼鏡をはずし、しげしげと見つめた。

「ボッティチェリの絵のようだ」と彼はささやいた。

信じられない、といった吐息がもれ、サラは首を振った。そのために巻き毛が揺れた。

「まさか。彼はヴィーナスを描いたのよ」

「そう、もしきみが裸なら、ヴィーナスも顔色なしだ」

「眼鏡をおかけになったほうがいいわ」

「必要ないだろうね」

「〝裸〟にこだわっているのはあなたのほうじゃないかしら?」

彼はゆっくりと視線を彼女の体に這《は》わせ、豊かな胸、地味なドレスからそれとなくわかる長い脚を思い描いた。「どうやらそのようだ」と静かな声で認める。手を伸ばし、一本の指の先で彼女の滑らかな頰の線をなぞった。その肌は温かいベルベットのようだった。「ヴィーナスの自然な姿は裸身だよ」

彼女の唇が開き、静かなあえぎがもれた。それは息の切れたような、愉悦に満ちた声で、彼女はほかにどんな喜びの声を上げるのか見届けたいという衝動がマシューの気持ちを乱した。

サラはゆっくりとうなずいた。「そうね。それから、ヴィーナスは愛と美の女神でもあるわ。私は愛についてはそれなりに知っているけど、美とはまったく無縁だから」

マシューはてのひらいっぱいの巻き毛をつかみ、サテンのようになめらかなそこに指を通した。「それには反論しなければならない。きみの髪は美しい」

サラは褒め言葉に気をよくするでもなく、気でも狂ったかとでもいわんばかりにマシューを見た。「ほんとうに、眼鏡をおかけになったほうがいいわ」

彼は首を振り、こぶしにそっと長いカールを巻きつけた。髪を巻きつけた手を自分の顔に近づけ、深く息を吸った。「きみの匂いもすばらしい。陽のあたる庭園のようだ。そしてその瞳は……」彼は金茶色の深い色に見入り、またしてももっと明るさがほしいと思った。

「泥の色よ」サラはきっぱりといった。

「蜂蜜のまわりを濃厚なチョコレートで囲んだような色だ」とマシューは訂正した。「きみの目がすてきだといった人はいなかったのかい?」

「いいえ、一度も」サラは躊躇せず答えた。

「きみの友だちのフランクリンも?」

サラはためらい、やがていった。「ええ」

マシューはそのとき、フランクリンは大馬鹿者だと判断した。「それは無言の称賛と思えばいい」彼の視線はサラの唇に移った。「それにその唇。目を奪うほど魅力的だ」

　サラはしばしのあいだ何もいわず、ただ不可解な表情で彼を見つめていた。やがて下唇がかすかに震え、疲れたようなあきらめ、失望、苦痛が一つに解け合って瞳を充たした。顎は上げたものの、先刻見せた勇気は萎《な》えてしまったようだった。

「お願いですから、こんなお戯れはやめてください」サラは静かにいった。「あなたのプライバシーを侵害し、乱してしまったことはお詫びします。こんなことを望んでいたわけじゃないの。お許しいただければ、おいとまを……」彼女はシャツを差し出した。

　マシューは庭で感じたのと同じ、淋しさを覚えた。一方で彼女の瞳に浮かぶ苦痛の色が名状しがたい虚しさを呼び覚ました。からかわれているとサラが感じているのはあきらかで、これがただの戯言ならどんなに気が楽だろうと思う気持ちが心のどこかにある。しかし現実には本心から彼女を賛美してしまっている。

「シャツは持っていきなさい、ミス・ムアハウス。借り物競争で失格にさせるのは忍びないからね」

「ありがとうございます。かならずお返しします」サラは目を細めて、眼鏡をつかんだままの彼の手を見つめた。「眼鏡をお返しいただけたら、おいとまします」

　それこそ彼のなかの常識が声高に求めていることだった。しかし心のほかの部分は彼女を引き止めろと、彼女の体は見かけどおりにやわらかいのか、見かけどおりにしなやかなのか確かめろと主張している。一度手を触れ、味わうだけだ……この狂おしいほどの好奇心を満足させるために。

サラから目を離さないまま、マシューは手を伸ばし、眼鏡を机の上のナイフの隣りに置いた。彼女の瞳に驚きの色が広がった。「眼鏡をわきへ置いたのね？」

「ああ」

「それがないと、困ります、閣下。こんな短い距離でも……」サラは手を振り、二人を隔てる二フィートの距離を示した。「……あなたがにじんで見えるわ」

「じゃあもっと近づいたらどうだ？」マシューは前に進み出て両手を上げ、彼女の髪を梳《す》いた。「これでいいだろう」

サラが固唾を呑む音が聞こえた。「あの、じつのところ、少しばかり……近すぎやしないかしら。もし何かお望みなら――」

「ほしいものはある」彼の視線は彼女の口に向いた。そしてうめき声を呑みこんだ。なんと……赤くふっくらとした、おいしそうな、くちづけしたくなる魅力に満ちた唇なんだろう。

「キスだ」

サラが眉をひそめた。「お戯れを」

「本気だ」

「ばかげたことはおっしゃらないで」

「それも違う」

「今朝は私の名前さえ、覚えていらっしゃらなかったのに」

「いまではきみの名前を覚えている」彼の目はふたたび彼女の唇に向いた。「ミス・サラ・ムアハウス」

「でしたら、酔ってらっしゃるのね」

「酔ってなどいない。きみは酔っているのか？」

「とんでもない。私は——」

「ぼくと同じく好奇心に駆られている？」彼は両手で彼女の顔を包み、ふっくらとした下唇を親指でそっと撫でた。彼女の喉に小さなあえぎの声がこもり、さらにその先に進みたいという彼の欲求を駆り立てた。

「ことわざにもあるように、好奇心は——」

「猫を殺す（好奇心もほどほどにの意）。ええ、わかっていますわ」彼はぐっと近づき、胸から膝までを密着させた。「ぼくらは猫でなくてよかったね」

「私……私はなぜあなたが私にキスをしたいのか、皆目わからない」

頭を垂れ、唇が重なる直前でマシューはささやいた。「ご心配なく。ぼくが二人分理解しているからね」

そっと撫でるように一度唇を合わせたあと、ふたたび探るような口づけをする。小さな溜息のために彼女の唇が開き、彼はその招きに応じるようにさらに深く進入した。

そしてその瞬間、芳しい花の香りと、温かく馥郁《ふくいく》たる彼女の味わいに陶然とわれを忘れた。片手を彼女の腕に沿って撫で下ろし、背中へまわし、彼女の体をさらに引き寄せる。ああ、やはり想像どおりやわらかな体だった。温かく、しなやかで、すばらしい感触だ。こうして女性を抱くのは、キスするのは、なんと久しぶりのことだろう。

彼はキスに没頭し、彼女のベルベットのような口の温かさを舌で探った。彼女はしばらくためらい、やがて低いうめきとともに唇を開くと、彼の舌に舌を絡めてきた。そしてその瞬間、単純なキスが、まるで別物に変化した。刺激的で切迫したそのキスは彼の欲望に火をつけ、より多くのものを求める気持ちを駆り立てた。

キスを続けたまま、マシューはさらに体を寄せ、下半身でサラを壁に押し付け、彼女の脚のあいだに自分の膝を入りこませた。彼女が受け身に徹してくれていたら、いくばくかの自制心は保てただろうが、彼女は首に腕を巻きつけ、つま先立ってひしと体を合わせてきた。

彼の肉体の反応はすばやく抑制も利かなかった。彼は低くうめくと、ゆっくりと体を擦り合わせ、張りつめたものをサラのやわらかな肉体に擦りつけた。

悦びが戦慄となって体に広がり、彼は場所も時間も忘れた。弓なりに反った肉体と触れ合う感覚にマシューは酔いしれた。サラの体と自分の体が一つにとけあっていくような、そんな感覚。唇を重ねれば重ねるほど、交し合う情熱は深くなり、身も心も痺れた。理性も慎重さも忘れ、ひたすら彼女を味わい、感じることに没頭した。サラの首が力なく後ろに垂れたので、マシューはその首筋の優しい曲線に唇を沿わせると、舌の先に彼女の脈動を感じた。サラの指先が彼の濡れた髪をまさぐった。官能的なうめきをもらしながら、彼女は身もだえとともに彼にしがみつき、彼はさらに自制心を失った。股間は痛いほどに張りつめ、マシューはサラの体をいっそう強く壁に押しつけた。

やめろ……こんなおかしな真似は即刻やめるのだ。さもないと彼女を抱き上げベッドに運び、この熱い情欲の炎を燃やし尽くすことになる。しかしそれは許されない行為だ。この瞬間完全に忘却の彼方へと追いやられている、かの理由が厳然と存在するからだ。

おまえは妻になる女性を探しているのではないのか、とお節介な心の声が諭《さと》す。そして、資産家の跡取り娘でもないこの女は候補者にはなりえない。

そう、彼女の親友こそが候補者だったではないか。おまけに、この女を完全に信用しているわけでもない。どんな理由だったか、この瞬間に思い出すことはできないが、情欲によって思考力が鈍ってはいても、その理由が存在することだけはわかる。だから、こんな出来事は命取りになりかねないのだ。あらゆる意味で。だが、それにしてもこのすばらしい気分はどうだ。こんなに陶酔したのは、いつ以来か思い出すこともできないぐらいだ。やめなければいけない……そう、やめなければ。

マシューは手を上へ動かして彼女の手首をつかみ、自らのローブの中へと導き、むき出しの胸板を撫でさせた。うめきをもらしつつ、ふたたび胸を撫でさせる。その誘いに対して、おずおずと、彼女が自発的に動きを合わせたとき、欲望のために鈍くなった耳にある音が聞こえた。

うなり声。

なんだ、これは。マシューは超人的な努力で顔を上げた。そして彼女の様子に魅了され、見つめたマシューは息を呑んだ。サラはあきらかに恍惚としていて、彼と同じく茫然自失といった様子をしている。ふっくらと濡れた唇のあいだからは不規則な吐息がもれ、まぶたはなかば閉じている。マシューは首をまわし、ダンフォースをひと睨みした。本来であれば犬は尻尾を巻いて部屋から出ていくところだが、ダンフォースは怯みもせず、彼とサラをかわるがわる見比べている。マシューには愛犬の思いが手に取るようにわかった。おやおや、これはなにごとなのだ？

ダンフォースは敬愛の表情でサラを見上げ、口を舐めるとふたたびうなった。そしてにやりと笑うように口角を上げると、鼻先を強く押しつけながらひと突きし、マシューを一歩後ろに下がらせ、無理やりサラと彼とのあいだに割りこんだ。そして彼の裸足の上に尻をおろし、犬らしい熱い息をマシューのむきだしの足に吹きかけはじめた。

最悪だ。

マシューはサラにふたたび注意を向けた。まるで目がくらんだような表情でこちらを見つめるその様子から、彼自身とまったく同じ状態にあることがうかがえる。サラが手を置いたままの彼の胸は、スコットランドまで疾走して戻ってきたかのように激しく高鳴っている。

「あらまあ、なんということを」サラは息もたえだえにかすれた声でいった。

マシューも声が出れば、同じような思いを口にしていただろうが、彼の場合はそれだけではなく、「ああ困ったことになった」という戸惑いのひと言が加わるはずだ。

「こんなものだとは知らなかったわ」とサラはささやいた。「どんな感じなのか考えてみたことはあったけれど……でもまさか……想像力のたくましい私でも夢にも思わなかったわ」

彼女は満足げな溜息を長々とつき、その温かい吐息が彼の皮膚を包んだ。「ああ、どうしましょう……」

マシューは眉をひそめた。彼女の言葉を聞くかぎり、キスは初体験のように思える。男の裸体を描く女性なら、キスが未経験ということは考えられない。ただ彼女には並はずれて清純さがある。それに彼女の反応は、興奮は感じられても、経験豊富な感じは少しもなかった。これがファースト・キスである可能性はあるのだろうか？

だがその質問を口に出す前に、サラは何度もまばたきをして壁から頭を離し、目を細くして床のほうを見た。「このにじんだ茶色のかたまりはダンフォースなのね」

自分の名前が出たので、ダンフォースはひと声低くうなり、寄せ木の床に尻尾をたたきつけた。

マシューは咳払いをした。「残念ながら、おっしゃるとおり」

「どうやって部屋に入ったのかしら？」

「彼はドアを開けられるんだよ」マシューは愛犬を睨んだ。「ぼくが仕込んだんだ」その瞬間、彼は犬をそのように仕込んだことを悔やんだ。この犬は知恵がまわりすぎる。しかもタイミングが悪すぎる。

それとも絶妙のタイミングだったのだろうか？　心の冷静な判断力が、ダンフォースのおかげで間一髪、危急を救われたのだと主張する。けっして踏み出してはいけない領域に入りこんだ彼を愛犬が引き止めてくれたのだと。だがいったん火のついた肉体は熱意をこめて反論する。そして彼女の濡れた唇、乱れた髪をひと目見ただけで、もう一度彼女を抱きしめたいという、焦がれるような欲求が湧き起こる。

サラの手はゆっくりと彼の胸を滑りおり、彼はたちまち彼女の手ざわりが恋しくなった。恥じらうような声をもらし、サラは乱れた自分の髪を後ろに撫でつけた。「何か……何かをいうべきだとは感じているのだけど、どう表現したらいいのかわからなくて」

その言葉にはうぶを装った狡猾さは少しも感じられず、マシューは思わず彼女の髪のひと房を耳にかけてやった。「きみは……すばらしい」

サラは真顔で頷いた。「そうね、その言葉がふさわしいわ。あなたはすばらしい」

マシューは唇を引きつらせた。「ありがとう。だがぼくは、きみのことをすばらしいといったのだ」

　彼女は長いあいだ、彼の顔を食い入るように見つめていた。戸惑いの色がその表情に浮かんでいた。やがて首を振った。「いいえ、その表現がふさわしくないことは、自分でもわかっているの。それにこんなこと……二人のあいだで起きたことは過ちだったのよ。私はこの寝室に入るべきではなかったし、私たちは……」

「キスするべきではなかったと？」彼女の途切れた語尾をマシューが補った。

「ええキスするべきではなかったわ」とかすれた声でささやく彼女に触れたくて疼く手をマシューは握りしめた。そしてサラは頭のもやを晴らすかのように首を振り、手を伸ばして机の上の眼鏡を取った。眼鏡をかけ、マシューを見た。その瞳に興奮や欲望の名残りはいっさいなく、冷静さが戻っていた。マシューはそれを見て気持ちがしぼんだ。

「お許しください、閣下。いったい自分に何が起きてしまったのか、わからないの。普段の私は……」サラは眉根を寄せ、そっけない口調で続けた。「……こんな振る舞いはけっしてしません。おたがいに今日ここであったことは忘れ、水に流すべきだわ」

「ほんとうに？」

「ええ。あなたは？」

「そう努力すべきだとは思うけれど、きっと無駄だろうな」

「そんなはずはないわ。心を傾けさえすれば、できないはずはないもの。もうおいとましまず」サラはマシューから離れ、腰をかがめ先刻落としたシャツを拾い上げた。ダンフォースがその上に尻を置いていたので、何度か横から引っぱらなくてはならなかった。そしてほんの少し前に彼の腕のなかで震えていた女性は寝室を颯爽《さっそう》と横切ると、振り返ることもなく出て行き、静かにドアを閉めた。

マシューはしばしドアを凝視していたが、溜息とともに髪をかきむしると、ダンフォースの尻に敷かれていた足を引き抜いた。サラはこのキスのことを忘れてしまうかもしれないが、彼自身は忘れられそうもない。

問題は、このことに、そして彼女に、どう対処するつもりかということだ。実際、まるで見通しが立たない状態だった。それに裸を見られたという事実がある。報復は正当な行為であるとも教えられてきた。

自分はどんな手に打って出るつもりなのか。

どうしたいか、という欲求だけははっきりしている。

サラに関する多くの疑問には熟考が必要だ。マシューはそこまで考えて、彼女のことを考えるのはなんの困難もともなわないということに気づき、気持ちが騒ぐのを感じた。

7

ほかのレディたちが集合する午前一時まで、あと十分と迫っていた。サラは寝室の姿見の前に立ち、自分の姿をしげしげと見つめた。無地の白の綿でできたナイトガウンの上に同じく白無地の綿のローブを重ね、ウェストにサッシュを締め、手に負えない巻き髪を太い一本の三つ編みにまとめている。普段とまったく変わらないその姿――地味そのものだ。しかし心のなかはすっかり変わっている。

指先を唇に当ててみる。まぶたが震え、喜びの吐息がもれる。途方もない夢を見たり、ベッドの上で男性に口づけされ、体に触れられる感じを想像したことは数知れず。だが現実の行為があれほどにすばらしいものとは少しも思っていなかった。

彼の体が押しつけられ、舌先が肌に触れる。彼の手が髪をまさぐり背中を這い下り、抱きよせられたときの心地よい感覚がよみがえる。自分の手が彼の胸を撫でさする。膝《ひざ》がガクガクするような感覚、彼の荒い息遣いの音、脚の付け根に彼自身が当たるときの、息を呑むあの感覚。彼の肉体がぴったりと押しつけられ、サラは脚のあいだの痛いほどの疼きを少しでもやわらげようとして脚をきつく閉じたのだが、無駄な努力だった。

彼の体はとても温かだった。力強く、包みこむような大きさを感じた。腕に抱きしめられると、陽に干したばかりの温かな毛布に包まれているような気持ちになった。彼の濡れた髪に指先を入れると、湿った絹のように感じられた。彼の口づけと愛撫には、サラ自身よもや想像の世界以外で経験するとは夢にも思わなかった、激しい情熱があった。彼女のたくましい想像力をもってさえ、まさか自分がラングストン卿とあのようなシーンを演じるとは思い描いたことはなかった。

なぜ？　なぜ彼はあんな口づけをしたの？　サラは目を見開いて、みずからの姿をしげしげと見つめ、当惑のあまり首を振った。鏡に映るその姿に、男性の情熱をそそる要素はまるでなかった。ほんとうに彼が酒に酔っていたとしか思えないけれど、酒の匂いや味はまるで感じられなかった。こんなことは屈辱的すぎて考えたくもないが、ひょっとするとほかの女性を思い描いていたのではないだろうか。誰かもっと美しい女性と抱き合っているつもりでいたのではないだろうか。そうとでも考えないと論理的に説明がつかない。でも……。

もしかすると、彼は寝室にナイフを隠し持っていたという事実から目をそらさせようとしてキスをしたのかもしれない。サラのことを自分に危害をおよぼそうとする侵入者だと思い、喉元にナイフを突きつけた。身分のある男性というものはみなラングストン卿のように武器を身近に置いているものなのだろうか。そういうことはあるかもしれない。それとも何か秘密のある紳士だけがそうなのかしらとも思う。彼のことはずっと心から離れなかったが、その思いは彼のキスによってまるで違った方向に向いてしまった。

　ふたたび溜息がもれる。彼がほかの女性を思い描いていたにせよ、こちらの気をまぎらわせる目的を持っていたにせよ、ほかのレディたちから小耳にはさんでいた不思議なキスの魅力は体験できたわけだ。この魔法のような喜びについては、キャロリンがしばしばほのめかしていた。めくるめく陶酔にふける喜び。それに忘れがたい行為であることは、確かだ。姉や友人たちにさとられてしまうだろうか？　この胸のときめき、燃えるようなほてりは見た目に表われてしまうだろうか？

　身をかがめて、鏡をよく見る。そこに映る姿はいつもの平凡で眼鏡をかけたサラでしかない。

　ドアをそっとノックする音がしたので、サラは鏡から目を離し、急いでドアに向かった。ドアを開けるとキャロリンとジュリアン、エミリーがひとかたまりのものを抱え、廊下に立っていた。

「どうやら全員借り物はうまくいったようね」三人が部屋に入り、ドアをロックすると、サラはいった。

「ええ」エミリーが興奮で瞳を輝かせながらいった。「あなたもラングストン卿のシャツを手に入れた？」

おまけはいろいろとあるけれど。サラは頬が熱くなるのを感じた。「ええ」咳払いして、続ける。「みんな、首尾よく手に入れられたのかしら?」

「サーストン卿の部屋に入ってスカーフを手に出てくるまで、ものの一分とかからなかったわ」エミリーが気どった笑みを浮かべ、戦利品をベッドに置きながらいった。「気が抜けるほど簡単だったわよ」

「私もよ」獲得したバーウィック卿のブーツを置きながら、ジュリアンもいう。「誰にも会わなかったけれど、胸がドキドキして気絶しそうだったわ」

「サーブルック卿のズボンを拝借するのは庭のデイジーを抜くのと同じぐらいわけなかったわ」キャロリンは奉納品を高く掲げ、微笑みとともに一番上に置いた。

「男性は愚かだってサラは断言したけれど」エミリーが悪戯《いたずら》っぽい笑みを浮かべ、いった。「この状況を見るかぎり、彼女の発言は的を射ているみたいね」サラのほうを向いて、訊く。「あなたはどうだった?」

サラは頬が熱くなるのを感じ、いまにも顔が赤らんでしまうのではないかと思った。「首尾は上々よ。問題なし」少なくとも、問題点を打ち明けるつもりはない。サラはラングストン卿のシャツを重なった衣類の上に置き、彼の面影や濡れた裸体のイメージを振り払い、キャロリンの微笑みに心を集中させた。

「これらの物を使って、私たちの〝完璧な男性〟を造り上げられるわね」とサラはいった。

「あと必要なのはフランクリン・N・スタイン氏の詰め物として使うボロ布や綿だけね」

「町へ行って綿を手に入れましょうよ」ジュリアンがいった。「明日殿方はアーチェリーのトーナメントを行なうことになっているから、タイミングは完璧よ。遠出をしてお買いものをするのは大好きだわ」

「いまの言葉は〝完璧な男性〟にぜひとも教えこまなくてはね」サラがお茶目な笑みを浮かべて、いった。「『遠出のお買い物、喜んでお供するよ』といわせるの」

一同は笑い声をあげ、エミリーが提案した。「私たちの〝理想の男性〟に望む言葉や行動をリストにしましょうよ」

一同が賛成したので、サラは小机の前に座り、残る三人はアイボリー色のベッドカバーの上に座った。サラはペンを手に、尋ねた。「遠出の買い物が好き、という言葉以外に言わせたいのは？」

ジュリアンが咳払いをして声を低くした。「『クラブで過ごすより、きみと一緒にいたい』」

「『ぜひもう一度ダンスをご一緒に』」エミリーが男のような声でいった。

「『きみほど美しい女性にはお目にかかったことがない』」キャロリンがいった。

「『きみは誰よりも知的で興味深い見解の持ち主だ』」とエミリーが言い添えた。

「『きみとなら何時間でも話題が尽きない』」ジュリアンがそういい、最後に切ない溜息をついた。

「『疲れたのなら、長椅子にお座りなさい。足を揉《も》んで差しあげよう』」

キャロリンの提案に、一同は含み笑いをもらした。サラはそれぞれの言葉を書きとめるために、子牛皮紙の上でペンを走らせた。

「『きみの名前の響きが好きだ』」とエミリー。

ローブに身を包み、濡れた髪で、サラの顔をしげしげと見つめるラングストン卿の姿が脳裏をよぎる。『いまではきみの名前を覚えている……ミス・サラ・ムアハウス』

「『きみの髪は美しい』」とジュリアンがいった。

サラは手を止め、目を閉じた。まさしくこの言葉を口にする彼の声がよみがえった。

「『その瞳も麗しい』」とエミリーが付け加えた。

『きみの目がすてきだといった人はいなかったのかい？』と記憶のなかのラングストン卿がいう。

「『きみは匂いさえ美しい』」キャロリンが言い添えた。

「『きみは陽の当たる庭のようだ』」ラングストン卿がささやいた言葉が、止める間もなく滑り出て、サラははっと顔を上げた。そして姉も友人たちも、そうそうとでもいうようにうなずくのが見えた。

頬が染まるのを感じながら、サラは熱意も新たにリストに集中した。

「『きみにキスしたい』」と一定の頻度でいってほしいわ」ジュリアンが断固とした調子でい

った。

『きみにキスしたい』ラングストンの声が胸に響き、体じゅうがかっと熱くなった。自分はまさしくこの言葉をほんの少し前に耳にしたのだ。ほんとうにすてきな言葉だった。

「『ぼくもきみを愛している』」キャロリンがそっといった。「何よりも胸を打つ言葉だわ」

哀しみがこもる姉の声にサラは胸が痛み、優しくいった。「私はあなたを愛しているわ、キャロリン」

思ったとおり、姉の微笑みが返ってきた。「私もあなたを愛しているわよ」

サラは眼鏡を押し上げ、尋ねた。「私たちの〝理想の男性〟にしてほしいことは？」

「お買い物に付き合ったり、私たちとダンスしたり、話したり、私たちを褒めたりする以外に？」とエミリーが訊いた。

ふたたびラングストン卿のかすれた声がサラの胸に響いた。『きみは……すばらしい』サラは咳払いした。「そう、それ以外で」

「花よ」ジュリアンがいう。「花を持ってきてほしいわ」

「それにありふれたロマンティックな外出」エミリーが付け加える。

「私たちの好きなものをじっくりと時間をかけて探し、プレゼントしてほしいわ」とキャロリンがいう。「高価だったり、凝っていたりする必要はないの。ただ……思いやりにあふれていれば」遠くを見るような表情だった。「エドワードが贈ってくれたもののなかで、好きだったのは一本のパンジーだったの。彼は私の好きなこの花をシェークスピアの詩の本の、私のお気に入りの恋愛詩のページのあいだに挟んで押し花にしてくれたの。その花は私たちが最初にキスを交わした庭の一角に咲いていた花なの」キャロリンの口元にかすかな微笑みが浮かんだ。「お金はいっさいかかっていないけれど、私にとってはお金では買えない宝物なのよ」

サラはリストに一行を書き加え、顔を上げて、尋ねた。「ほかには?」

「これで完璧じゃないかしら」ジュリアンがいった。「あと、必要なのはイメージを形にするだけね」

「あなたたちが買い物から帰ったら、午後にまた集まりましょうよ」サラが提案した。

「あなたは行かないの?」キャロリンが訊いた。

「もしよければ、私はここに残って庭を散策してスケッチでもしていたいわ。すばらしい庭園ですもの」サラは口角をクイッと上げた。「麗しのレディたちで殿方の何人かをお買い物にお誘いしたら?」

エミリーが天井を見上げた。「まずありえないわ。あの方たちは間違いなく狩りのほうがお好きよ。ディナーのときサーストン卿の隣りの席だったけれど、どんなに美男でいらしても、退屈そのものだったわ。馬以外に話題がないの」

「でも不快な人物ではないわ」ジュリアンがいった。「それどころか、男性陣はどなたも感じのよい方ばかりよ。それにジャンセン氏は私たちのサラにひどくご執心のご様子だったわね」

「私もそれは気がついたわ」キャロリンがいった。「あの方、あなたに目が釘付けだったみたいね」

今度はサラが天井を見上げる番だった。「彼はただ礼儀正しく接してくれただけ。それに、前の晩のようにサーストン卿とバーウィック卿を相手に狩猟についてああだこうだと論議を交わす必要がなくなったと喜んでいただけのこと」

「ラングストン卿とサーブルック卿は二人とも感じがいいわ」エミリーが認めた。「もし私の叔母やジュリアンのお母様が露骨な縁結び活動をやめないと、当然お二人の態度も変わってしまうでしょうけれど」

「それをいうなら、バーウィック卿、サーストン卿、ハートレー卿も母たちのターゲットよ」ジュリアンが言い添えた。ふと眉根を寄せ、尋ねる。「今回のパーティに出席している男性のなかに〝完璧な男性〟に該当する人はいるかしらね？」

エミリーは首を振った。「いいえ、そんな男性は存在しないわ。だからこそ私たちが自分たちの手で造り上げなくちゃならないのよ」大げさに溜息をひとつつく。「でももしそんな人が存在するとしたら、すてきじゃないこと？」

現実的ではないが、そうであればじつにすばらしいと一同が認めたところで、サラはみなが持ち寄った品物を集め、旅行鞄《かばん》のなかに隠し、衣装簞笥《だんす》の一番下にしまいこんだ。そしてたがいにおやすみの挨拶を交わし、明日の午後フランクリン・N・スタインに命を与えましょうと約束し、別れた。

サラは全員が去ってから、ドアを閉めた。だがほどなく、すばやいノックの音がした。ドアを開けてみると、廊下にキャロリンが立っていた。「あなたが疲れているのはわかっているけれど……」キャロリンは手を伸ばし、サラの手をつかんだ。「あなたがここに同行してくれて、ほんとうによかったと思っていることを伝えたかったの」

何か気になることがあってキャロリンが戻ってきたわけではないと知って、サラはほっとした。「ほかに予定もなかったからいいのよ」

「そうね。でも感謝しているの。今回あなたとジュリアン、エミリーが一緒で、読書会でちょっとした冒険を楽しめたのは私にとって得がたい経験になったわ」キャロリンの唇にかすかな笑みが浮かぶ。「もちろんあなたはそんなこと、気づいているわよね」

「お姉様が楽しめればいいな、と思ったのは事実よ」

「私もあなたが楽しんでくれればいいと思ったわ、サラ」キャロリンが妹の顔を探るようなまなざしで見つめた。「今回の旅はあなたにとってもよい結果をもたらしたようでよかったわ。おきまりの日常から離れ、お母様から離れれば、あなたも少しは羽が伸ばせるのではないかと思っていたの」キャロリンは顔をほころばせた。「それに侯爵の誉れ高い庭園をきっと気に入ると思ったわ」

サラは目をしばたたいた。「私はずっと、この旅はお姉様のためと思ってきたのに、お姉様は私のためにこの旅を計画したというの？」

キャロリンは満面の笑みを浮かべた。「偉大な人の考えは同じ、ということわざがあるでしょ」

驚きと感動を覚え、サラはいった。「そうね。でも私のことはご心配なく。私は充分満足しているわ」

「それは私にもわかる。あなたの様子にはなんだか……うきうきした感じがあるわ。私も嬉しい」

サラは頬が染まるのを感じた。答えを返す前に、キャロリンは頬に軽くキスをしていった。

「おやすみ。ぐっすりお眠りなさい」そして姉は出て行き、ドアが静かに閉まった。

サラは長くゆっくりと吐息をもらした。自分の心の昂りははっきりと表に出ているのだ。少なくとも自分を誰よりも知る姉にだけは気づかれている。その昂揚感の根源が何かまでさとられていないのがせめてもの幸いだ。そこまで考えて、ふとジュリアンの質問が胸によみがえった。『今回のパーティに出席なさっている男性のなかに〝完璧な男性〟に該当する方はいるかしらね？』

サラはあまりに空想的で非現実的な自分の思いに苛立《いらだ》ち、もどかしげな声をもらした。そう、完璧な男性などこの世に存在しないのよ。彼は彼女たちの想像力の産物にすぎない。ただ……ラングストン卿はキスに関してだけは完璧だ。それに彼は〝完璧な男性〟のリストに上がった言葉のいくつかを口にした。全員で前の晩に作った〝完璧な男性〟の必要条件をもとに考えれば、キスの達人であること以外に、ラングストン卿はハンサムで機知や知性もそなえている。それに、実体験によって証言できるのは、彼がすばらしく情熱的であること。あの熱いキスに胸がどれほどときめいたことか。彼が優しく、忍耐強く、寛容で、誇り高く、正直であるかどうかは、まだわからない。あきらかに彼には秘密があるわけだから、最後の二点は怪しいのではないかと思える。彼が評判ほど園芸学に詳しくないのは間違いない。おまけに、彼は眼鏡をかけてもおらず、とても完璧とはいえない。

でも彼がどんなに完璧であったとしても、私には意味のないことではないかしら？　彼が私にとって〝完璧な男性〟のはずがない。あんなタイプの男性は私のような女を求めるはずはないのだから。彼が完璧な男性でなくて幸いだと思わなくては。そう思わないと彼に狂おしいほど恋をしてしまう。そんなことになっても、しょせん失恋という悲惨な結末が待ち受けているだけだ。

しかし彼のことがもっとあきらかになり、結局〝完璧な男性〟に近いということがわかれば、彼はジュリアンかエミリーにふさわしい相手ということになる。そうなると彼のことを思うのもやめなくてはならない。いますぐに。彼とのキスは忘れなくてはいけないのだ。体に感じた彼の手の感触も、指に感じた彼の体の手ざわりも、彼の唇や舌の味もすべて忘れなくてはいけない。

　とはいえ、いうはやすく、行なうは難し、が現実なのではないかとサラは思った。


「上出来だ、バーウィック」芝生の彼方に設えたアーチェリーの的の、九ポイントを示す金の輪のなかに客の矢が刺さり、マシューは賞賛の言葉を発した。

　バーウィック卿は弓を下げた。「ありがとう。これで首位に立てただろうな」

「そうだな。しかしジャンセンがあと一射残している」マシューは注意した。アーチェリーのフィールドでこの二時間のあいだにジャンセンが見せた冷静かつ安定した決断力を観察し、なぜこの男が金融の世界で大きな成功を収めているか、理由がはっきりとわかった。ほかの顔ぶれと比べてこのスポーツにおける経験がずっと少ないにもかかわらず、汗一つかかず、ひと弓ごとに彼は対抗者と対等に戦った。射的がそれほど上首尾でない場合でも、静かな自信に満ちた彼の物腰はほかの射手たちを怯《ひる》ませ、手痛いミスに追いこんだ。競技が進むにつれ、好意的なライバル意識から冷たく張りつめた空気へと雰囲気が変化した。とくに最後の二ラウンドはその傾向が強まった。ハートレーとサーストンは何度も苛立ちをあらわにし、サーストンは弓を膝に当てて折る始末だった。

　毎ラウンド、得点は僅差《きんさ》でたいへんな接戦となった。第一ラウンドはダニエルが、第二ラウンドはマシューが勝ち、第三ラウンドはハートレーとサーストンが同点でタイブレークの末にハートレーが勝ちを収め、第四ラウンドはジャンセンが、第五ラウンドはバーウィックが取った。全員一致で次が最終ラウンドと決め、最後の一射を残すのみとなったのである。「ジャンセンが勝つためには十ポイント必要だ」サーストンがアメリカ人を睨みながらいった。「これにさらなるお楽しみを加えたい者はいないのか？」

ローガン・ジャンセンはサーストンのほうを冷ややかに見やり、次にバーウィックを見据えた。「的中するほうに五ポンド賭けよう」

バーウィックの片方の眉がつり上がり、揶揄《やゆ》するような冷ややかな笑みがその表情に浮かんだ。「はずすほうに十ポンド」

「乗った」ハートレーがサーストンと同じような無愛想な表情でアメリカ人を見た。「バーウィックの勝利に賭ける」

「私もだ」サーストンが同意した。彼はダニエルのほうを向いた。「きみはどうする、サーブルック？」

ダニエルは微笑んだ。「ジャンセンの勝利に賭けよう」

マシューはバーウィックの目に不快感が浮かんだのに、気づいた。「金は消えると惜しくなるものだぞ」バーウィックが冷淡さをにじませた口調でいった。

ダニエルは肩をすくめた。「人の懐を心配する必要はなかろうに」

「きみはどうだ、ラングストン？」バーウィックは青い目でマシューを見据え、訊いた。「きみはどちらに賭ける？」

マシューはこの場の熱気さえ凍りつきそうな緊張感をやわらげようと、降参のポーズで両手を挙げた。「ホストの私がえこひいきをするのは無作法だろう。というわけで私は中立の立場を守り、双方の幸運を祈ることにする」

とはいえ、マシューは心のなかでジャンセンに賭けていた。この男の態度を見れば、彼が狙ったものはかならず手に入れる人間であることは明白であり、いま彼が望んでいることは、バーウィックを負かし、ハートレーとサーストンの高慢の鼻をへし折ることだからだ。

ジャンセンが生まれ育ったアメリカを突如離れることにしたのは、事業の拡大を目指すという目的もさることながら、そこには無傷ともいいきれない過去が絡んでいる、という噂《うわさ》をマシューは耳にしたことがある。その噂話はジャンセンの商売敵《がたき》からもたらされたものだったので、マシューも軽く聞き流したのだが、こうしてアーチェリーのフィールドでジャンセンが見せる冷静な決断力や揺るがぬ自制心を目の当たりにすると、いつぞやの噂もあながち根拠のない話ではないのかもしれないと思えてくる。

試合のあいだじゅう変わることのなかった冷静沈着さで、ジャンセンは弓を取り、的を狙った。まもなく矢の先端は十ポイントの金の輪のなかに突き刺さった。ジャンセンはバーウィックのほうを向いた。その黒い瞳に勝ち誇ったような輝きはなく、むしろ冷ややかで不可解な表情である。バーウィックは自分も負けずに冷たい視線を返し、やがて負けを認めてこわばったように顔をそむけた。

「借りは屋敷に戻ったら返す」バーウィックはそっけなくいった。

サーストンもハートレーも同じく小声で負けを認めたが、不快感は隠しようもなかった。ジャンセンはそれに応えて首を傾けただけだった。

「いやいや、楽しかった」ダニエルが公然と朗らかな調子でいった。「個人的にはブランデーの一杯でも飲みたい気分だな。付き合うやつはいるか？」

「ブランデーか」サーストンが歯を食いしばったような声で、賛成した。一同で芝生を通って的の矢を回収しに向かう途中、サーストンはマシューにいった。「そのあと、きみの麗しい女性客たちとホイストでも楽しみたいものだな、ラングストン」

「それは妙案だな」ハートレーがいった。「美しい女性は三人だけだ。もっと招待しておけばよかったのに、ラングストン」

マシューは追加で二枚招待状を送ったこと、突然ハートレーとサーストンがバーウィックと同行して訪れ、女性と男性の比率が狂ってしまったことには言及するのを控え、「ああ、美人ぞろいだな」と小声でいった。

「レディ・ジュリアンは際立って美しい」バーウィックが落ち着きを取り戻し、いった。「いままで会った女性のなかでも指折りの美人だ」

マシューは天を仰ぎそうになった。こうも時間制限のあるなかで、レディ・ジュリアンの気を引こうとするライバルが現われるのは一番困る。

ジャンセンがハートレーのほうを向いた。「レディ三人は美人ぞろいだときみはいったが、実際には四人だ。そしてきみのいうとおり、みな美人ばかりだ」

ハートレーはうろたえて、眉をひそめた。「四人？　まさかきみはレディ・ゲイツボーンやレディ・アガサまで数に入れているわけじゃないだろうな」

マシューは肩をこわばらせた。ジャンセンが誰のことを指していっているのか、いやというほどわかったからだ。

「サラ・ムアハウスのことだよ」ジャンセンは穏やかに答えた。マシューが視線を向けてみると、そこにはいつもながらの彼の謎めいた表情があった。

「サラ・ムアハウス？」ハートレーは懐疑的な調子で訊いた。「冗談いうな。彼女はレディ・ウィンゲイトの旅の道連れにすぎない」

「それに間違いなく美人ではない」サーストンが嫌悪感で口を歪めながら、いった。

「明かりでも消さないかぎりは」バーウィックがそばから言った。

「私はまったくそう思わない」ジャンセンがいった。「しかし美人の基準が十人十色なのは認める」彼の黒い瞳がマシューを見据えた。「そう思わないか、ラングストン？」

マシューは顎をこわばらせた。ジャンセンはあきらかにサラに対するある種の権利を主張している。レディ・ジュリアンを口説くべき状況と必要性を考えれば、マシューにとってこんなことはなんの問題もなく、また不快なことでもないはずだった。だが困ったことに、現実には大いに不快なのだ。不本意ながらも否定しがたい嫉妬の波が体じゅうを駆け抜け、マシューはたいへんな努力でやっとその気持ちを抑えこんだ。

ジャンセンに視線を返しながら、マシューは感情とはうらはらの冷静な調子で答えた。

「そうだ、好みというものは人さまざまだと私も思う」

おのれのまなこをレディ・ジュリアンに向けてさえいれば――すべてがうまくいく。

客間で男性客たちとブランデーをともに飲んだあと、マシューはビリヤードを辞退して書斎に向かった。そこで彼は財産の収支帳簿に集中しようと努めたが、苛立ってうまくいかなかった。それも好ましくない理由のせいだ。男性陣はビリヤードを楽しみ、女性たちは村に買い物に出かけてまだ戻っておらず、邸内は静まり返っている。暖炉の前の敷物に横たわる犬は、いつもならこの時間はいびきをかいているはずなのに、静かに寝ている。この時間を利用して財政状況を調べなおし、ほかに何か売却できるものがないか、出費を抑える方法はないか考えるには絶好のチャンスなのだ。

だが、どれほど帳簿と向かい合おうとも、残された選択肢は二つしかないことははっきりしている。〝跡取り娘と結婚する〟か、〝探索で成功を収める〟かである。後者はこの一年で悲しくも惨めな結果しか残せていない。しかも、たとえ探索がうまくいったとしても、道義心が妻を娶れと命じている。それもすぐに。これまでの探索が不成功であったことを考えれば、その妻はどうあっても跡継ぎの女性でなくてはならない。

　邸内は静かでも彼の思いは静かとはとてもいえなかった。それどころか頭のなかは彼女の面影、二人が交わした熱い口づけのことでいっぱいなのだった。それはこれまで経験したことのない、抑制を強いられたキスでもあった。ひょっとするとこれまでのどんな相手とも違っていたからかもしれない。裸の男をスケッチする趣味とはうらはらに、彼女の男性経験については疑問が残るけれど、それでもとても自然なのだ。未熟で、狡猾《こうかつ》さやうぬぼれがまったく感じられない。それがひどく魅惑的なのだ。そしてあの大きい瞳。うっとりするような体の曲線。あのふっくらとやわらかい唇……。

　マシューは顔を強く撫でおろした。なんということだろう。彼女の手ざわりや味わいを知りたいと願い、それを確かめたあと彼女が寝室を去って以来、彼女のことが頭から離れなくなってしまった。アーチェリーでの不安定な成績は注意散漫の影響だ。あらゆる点で普段惹かれる女性とは正反対の女性にこれほど心奪われていることに、心底戸惑っている。彼の好みは控え目で物静かな、典型的な美貌の、小柄な蒼い目の女性のはずだった。ちょうどレディ・ジュリアンのような。それなのに、たまたま跡取り娘という条件さえ満たしているレディ・ジュリアンになぜか目が向かないのだ。

それよりも、あけすけな物言いをし、褐色の瞳と黒い髪を持つ、背が高く眼鏡をかけた、典型的な美人とはほど遠いオールドミスに心を強く奪われてしまっている。だが彼女には心を惹きつけてやまない何かがあるのは確かだ。それがなんなのかは、こんな気持ちになったことがないのでわからない。それにローガン・ジャンセンの態度を見れば、彼女に心動かされたのはマシューだけではないことがわかる。

しかしマシューと違い、ジャンセンには誰であろうと好きな女性を追い求める自由がある。かといってマシューがミス・ムアハウスを追い求めたい、というわけではない。方程式から相続人という要素を差し引いても、彼女はまるでマシューのタイプではない。だからこそこうして彼女を忘れられずにいる状態にまごつき、苛立ってしまうのだ。

マシューは焦燥の吐息をもらし、いまわしい帳簿に注意を戻そうとした。そのとき聞きなれたうなり声が聞こえた。開け放ったフランス窓に目を向けてみると、明るい午後の陽射しが窓から入ってくるのが見えた。犬はどうやら昼寝の最中に目を覚ましたらしい。おそらくテラスには陽だまりができているはず。ついている犬だ。

もう一度うなり声が聞こえ、続いて低い女性の笑い声がした。誰の声であるかは瞬時にわかった。その声でマシューは椅子の上でズボンの後ろに厚板でも差しこまれたように、はっと背筋を伸ばした。

「おばかさんね、お座り」テラスの離れた端に通じるガラス張りのドアから、笑いを含んだサラの声がただよってきた。

われを忘れて、マシューは立ち上がった。フランス窓に向かって絨毯《じゅうたん》の上を半分ほど移動したところで、ダンフォースが開け放った戸口に勢いこんで入ってきた。舌を垂らし、尻尾を振りながら、犬はマシューめがけて一目散に駆けてくる。ダンフォースは耳がつぶれるほどの大きな声で三度吠え、挨拶したあと座った。マシューのブーツの上に、である。

まもなく、サラがテラスから部屋に入ってきた。「いらっしゃい、おいたなリンちゃん。まだおしまいじゃない――」

サラの視線はマシューをとらえ、言葉が斧《おの》で切ったように途切れた。そして壁にぶつかったように、急に立ちすくんだ。

マシューの胸は理不尽なほどときめいた。彼女を食い入るように見つめ、質素なグレーのデイガウンや乱れたまとめ髪から光る巻き髪が何本もほつれ出ていることに目を留めた。首にゆるく巻いたサテンのひもが背中まで落ちたボンネットを支えている。頬は薔薇《ばら》色に染まり、長い距離を走ってきたかのように息が荒い。

彼女が唇を湿らせたので、マシューはそれをまねしてしまわないよう唇を閉じた。サラは鼻にずり落ちていた眼鏡をぐいと押し上げ、ぎこちなくお辞儀した。

「ラングストン卿。申し訳ありません。殿方はおそろいでアーチェリーをされていると思っていたので」

「トーナメントは終わったよ。ぼくもレディご一行は村にお出かけだと思っていた」

「この広い庭園をもっと歩いてみたくて残ったのよ。ご迷惑ではありませんよね」

ラテン語の花の名前をとうとうと羅列しないのなら、いっこうにかまわない。あるいは、ストラス・ウォートやトートリンガーの育て方を尋ねたりしないのなら。「ちっともかまわないよ」

サラは部屋を見渡し、眉をひそめた。「ここは客間ではないのね」

「ああ、ここはぼくの書斎だ」

サラの頬は真っ赤に染まった。「あら、またやってしまったわ。ごめんなさい。お邪魔するつもりはなかったの」

立派に邪魔をしているではないか。プライバシーも、退屈だが生産的な帳簿付けという仕事も侵害された。すぐにも立ち去らせるのがほんとうだが、気づけばこんな言葉を発していた。「邪魔なんかじゃない。ちょうどお茶を出すよう命じようとしているところなんだ。ご一緒にいかがかな?」

なんとまあ、こんな誘いの言葉はいったいどこから出てくるのだろう。お茶など頼むつもりはまるでなかったし、いつものお茶の時間まではまだ何時間もある。まるで唇がかってに動いているように思える。唇という言葉が思い浮かんだだけで、おのずと目があの官能的な唇にいく。マシューは極力見るまいと努め、すでにその温かさと味わいを知ってしまったふくよかな唇から目をそむけようとしたが、眼球もまたかってに動いているらしかった。

サラはパズルでも解いているように、しばらく彼の顔をしげしげと見つめていたが、やっと答えた。「お茶はありがたいわ。ありがとうございます」

ダンフォースが賛成とでもいうようにうなり声を上げた。これはお茶と一緒にこの犬の好物であるビスケットが出てくるのを知っているからだと思われた。

まあ考えようによっては、これもまた妙案なのかもしれない。どちらにしても彼女と接触して、その園芸学についての広い知識が探索の助けになるかどうか確かめるつもりでいたのだから。彼女と一緒にひとときを過ごすことは必要なのだ。ストラス・ウォートとトートリンガーの話題を避ければなんとかなる。そこまで考えて、ふと、ストラス・ウォートとトートリンガーのことはポールに一度尋ねてみなければ、と思った。そうすればサフに不意をつかれなくてすむ。

「どうぞくつろいで」マシューは暖炉わきの椅子のいくつかを指しながらいった。ダンフォースの尻の下敷きになっている靴を引き抜き、机のそばの呼び鈴のひものところへ向かった。帳簿をしまい終わるころには、ティルドンが呼び出しに応じて姿を現わしていた。お茶をテラスに出すよう命じたあと、マシューは暖炉わきのサラのそばに行った。

彼女は席にもつかず、炉床のそばに立ち、大理石の炉額《ろびたい》の上に掲げられた肖像画を見上げている。彼女の視線の先にある油絵を見るたびにマシューは胸がかならず締めつけられる。

「ご家族かしら?」と彼女が訊いた。

マシューは顎の筋肉が引きつるのを感じた。「そうだよ」

「ごきょうだいがいらっしゃるとは知りませんでしたわ」

「いないんだ。いまはもう。二人とも亡くなったからね」はからずも角のある口調になってしまったが、ジェームズとアナベルのことを思わぬ日はなくとも、言葉にして語ることはめったにないのだ。彼女の視線の重みを感じ、顔を向けてみると、そこには彼女のひどく真剣なまなざしがあった。

「心からお悔やみ申し上げますわ」とサラは優しくいった。

「ありがとう」マシューは棒読みのように答えを返し、長年の習慣で、かつては心を苛《さいな》んだ強い悲嘆をうまく隠した。いつしか哀しみとともに生きていくすべは身につけた。だが、罪悪感だけはけっして消えない。「もう昔のことだ」

「それでも、愛する人を失った喪失感は癒えるものではないわ」

マシューは驚きで眉を上げた。彼女の言葉が自分の心情をあまりに如実に表現していたからだ。「きみも同じことを経験したような言い方だな」

「そう、十四歳のとき、幼馴染みの親友デリアがこの世を去ったの。いまでも彼女のことが忘れられないし、今後もきっとそれは変わらないと思うの。それに姉の夫エドワードのことも、ほんとうの兄のように慕っていたわ」

マシューはうなずいた。彼女は深い悲しみを理解している。「お友だちは、なぜ亡くなられたんだい？」

彼女の瞳を深い苦悩の影がよぎり、答えるまでしばらくかかった。「……私たちは馬に乗っていたの。私は競走を提案したわ」声はささやきのようにかぼそくなり、サラはうつむいて床を見つめた。「デリアの馬はゴール寸前で脚を引きずり、彼女は投げ出された。落馬によって首の骨が折れてしまったのよ」

マシューはその瞬間彼女の声にある罪悪感に気づいた。気づかぬはずはなかった。自分自身の声のように馴染み深い響きだったからだ。心の底から共感の気持ちが湧き起こった。

「きみの哀しみにもご同情申し上げる」

サラは顔を上げ、マシューのほうを向いた。二人の視線が絡み合い、彼女の日のなかの陰《いん》鬱《うつ》な表情を見て、マシューは心に虚しさが広がるのを感じた。あまりに知りすぎたまなざしだったからだ。「ありがとうございます」とサラはささやいた。

「これできみがなぜ馬を恐れるのかわかった」

「あれ以来乗っていないわ。乗れないのは恐怖のせいではないの。むしろ……」

「辛い記憶に戻りたくないんだね」それは質問ではなかった。答えは聞くまでもなかったからだ。彼女の気持ちは手に取るようにわかった。

「そうよ」彼女は大きな、拡大された瞳で食い入るようにマシューを見つめた。「あなたの言葉も経験から出たもののように思えるけど」

マシューはなんと答えるべきか、どこまで話すべきか、急いで考えた。これはけっして他人に話したことのない話題だ。だがそのもの悲しい表情が答えを求め、心をつかんで離さない。保護本能や、彼女を慰めてやりたい気持ちを掻き立てられる。

マシューは咳払いをし、いった。「そのとおりだ。そのせいでぼくは村に行けない」

彼女は何もいわなかったが、その表情のなかに理解の色が現われるのが見てとれた。サラは一度だけうなずいた。何があったのかは知らなくとも、村に行かないことと兄の死にかかわりがあることがわかったのだ。理解したうえで、何も尋ねず、ただ静かな共感とともにそばにたたずんでいるのだ。

マシューは心がゆったりとなごむのを感じた。そして彼女に対する好感が高まった。彼女はほかの女性のように、会話に生まれた沈黙をむやみにおしゃべりで埋めようともせず、質問を重ねることもない。あけすけな物言いはしても、静かな忍耐と冷静さはきちんと身につけているのがじつに好ましく感じられた。

結局、発言を控えようと考える前に、気づけばこんなことを口走っていた。「十一歳のとき、算数の勉強をしなければいけないのに、ぼくは村の友だちのマーティンに会いに行ってしまった。彼は肉屋のせがれだった。父は熱病が流行っているからと、村に行くことをとりわけ厳しく禁じていたのに。父としてはラングストン家の領地の者が感染するのを防ぎたかったんだ」

深く息を吸うと、まるで傷口から毒を出すように、どんどん言葉が出てきた。「でもぼくはマーティンが病気だから会いに行きたかった。以前病気をしたとき医者が置いていった薬を持っていってやりたかったから。結局ぼくは村に行ったんだ。でも翌朝熱が出てしまい、二日後ジェームズとアナベルも病に倒れた。ぼくは生き残り、二人は亡くなった。マーティンもだ」

マシューは息が切れ、話すのをやめた。心の底に溜まっていたものをすべて吐き出したといった感じで、膝の力が抜けたように思えた。兄と妹は彼のせいで命を落としたのである。自分がなぜ生き残ったのかは、理解できず、今後もけっして理解できないだろうが、長いあいだ心の奥底に秘めていた思いを口にしたことで、久しく感じたことのない安堵感に包まれた。告白は魂の救済になるというけれど、それはほんとうだと実感した。

サラが手を伸ばして彼の手を握ったので、マシューの思いはさえぎられた。下を見ると、ほっそりとした彼女の指が彼の指をそっと包んでいる。その手が優しく彼の手を握りしめ、彼も反射的に握り返した。

「ご自分を責めているのね」彼女はそっといった。

マシューは目を上げ、彼女の顔を見た。その優しいまなざしには思いやりと同情があふれ、それが彼の胸を締めつけた。「もし父の言いつけを守っていたら……」胸に響く言葉を口にできず、マシューの声は途切れた。『二人はいまも生きていたはずなのだ』

「私には痛いほどわかるわ。私も馬の競走は止められていたの。もしあんな提案さえしなければ……」彼女は深く息を吸いこんだ。「この辛い思いは──」

「日々消えない」二人は異口同音にいった。

サラはうなずいた。「あなたがそんなに苦しまれていることに、同情申し上げるわ」

「ぼくもご同情申し上げる」マシューはためらい、やがて尋ねた。「きみは亡き友人と……話をしたりする？」気でも狂っていると思われるのがおちなので、そんな質問を誰かにしたことはなかった。

「ええ、しょっちゅう」サラはうなずきながら、答えた。その動きで眼鏡がずり落ちたので、彼の手を握っていないほうの手でそれを押し上げた。彼は指を曲げ彼女の手をしっかりとたなごころに収めた。その肌のぬくもりがまぎれもない慰めをもたらしていた。

「私は定期的にデリアの墓まいりをしているわ」と彼女はいった。「花を手向け、最近の出来事を報告するの。本を持っていって、読んであげることもあるわ。あなたは亡くなられたごきょうだいとお話しなさる？」

「ほとんど毎日」それを認めるだけで、すっと肩の荷が軽くなったように感じつつ、彼は答えた。

かすかな微笑みが浮かび、まるで彼の心を読んだかのようにサラはいった。「私だけかと思っていたわ。お仲間がいると思うととても嬉しい」

「ほんとうに」彼女と並んで立ち、こうして手を握っているだけで、嬉しい。それも途方もなく。そう感じることに戸惑いつつ……孤独感が薄れるのも事実なのだ。

「あなたの目に宿る悲しみのわけが、やっと理解できたわ」サラはつぶやいた。彼の内心の驚きが表われてしまったのか、彼女は言い添えた。「私は気づくといつも人を観察してしまうの。スケッチが好きなこと、たくさんのパーティに出ながら、いつも壁の花でいることから生まれた習慣なのよ」

「壁の花？　ダンスはしないのかい？」

彼女の表情が一瞬哀愁の翳《かげ》りを帯びたが、たちまち消えてしまったので、マシューは気のせいかと思った。「ええ。私は姉の付き添いとして出席しているだけだから。それに殿方はもっと可愛らしいエレガントな若い女性をお相手に選ぶものよ」

この後者の理由を彼女がドライな口調でいったので、なぜ彼女がダンスをしないのか、マシューにも急に理解できた。

誰も誘わないからなのだ。

一つのイメージが彼の頭にしっかりと刻まれた。夜会で一人隅に座り、可愛らしいエレガントな若い女性たちがダンスをする様子をじっと眺めている彼女の姿。自分もまた、眼鏡をかけた不器量なミス・ムアハウスなど無視して、そうしたきれいな女性たちと踊る男性の一人であるとマシューは確信した。その認識と、何か悔いや恥ずかしさにも似た感情に襲われた。なぜなら、そばでよく見ると、彼女は典型的な美人ではなくとも、不器量などではないからだ。

彼は咳払いをすると、尋ねた。「ぼくの目に悲しみがあるというのは？」

サラはうなずいた。「そのほかにも……」

サラの言葉は途切れ、頬が染まった。「ほかになんだい？」

つかの間ためらい、彼女はいった。「秘密よ」そして肩をすくめた。「でも誰にでも秘密はあるものだわ。そうでしょう？」

「きみにも？」

「おおありよ」その瞳にからかうような輝きが宿り、顔がほころんで、一瞬えくぼが浮かんだ。「私はたいへんな謎の持ち主なのよ」

マシューはいつしか自分も微笑み返していた。「ぼくも大きな謎の持ち主だろうな」

「そうだと思ったわ」彼女は陽気な口調でそういったので、マシューはそれが本気の言葉かどうかはかりかねた。

サラがそっと手を離したので、マシューはたちまち彼女の手ざわりが恋しくなった。ふたたび絵を見上げながら、彼女はいった。「ご兄弟はずいぶん年下でいらしたのね」

「それどころか、十歳近く年上だった」

サラは眉をひそめ、絵と彼の顔を二度見比べ、最後になかば当惑したような、驚きの表情で彼を見つめた。「ということは……」語尾が途切れ、また彼女の頰が染まった。

「背が低くてずんぐりした、蒼白い顔の眼鏡をかけているのがぼくで、背の高いハンサムな若者がジェームズだ」

「お兄様はあなたにとても似ていらっしゃるわ。この六歳くらいの男の子とあなたは似ても似つかない」

「十六歳になるころには、背も伸びて肥満も解消していた」外見上はあの内気で不器用で孤独な少年の面影はないものの、内面は……少年時代をそのまま引きずっている。父親の関心をどうしても得ることのできなかった少年——ジェームズが亡くなるまでは。その後父の関心はジェームズの死の責任を日々彼に認識させるためだけに向けられた。あれほどマシューがそれを悔い、悩み抜いていたにもかかわらず。

「たいへんな変身ぶりね」とサラはいい、彼のほうを向いた。「眼鏡はどうしたのかしら？」

「二十歳になるころには必要がなくなっていたよ。医師の説明では、子どもの成長につれて視力が変化する例はままあるそうだ。よくなる場合も悪くなる場合もあると。ぼくの視力はよくなったわけでね」

「幸運ね。私の視力は悪くなる一方だったわ」

マシューは首を傾げ、美術作品でも見るように、しばし彼女の顔を眺めた。「でもその眼鏡はきみに似合っている。ぼくはいまでもときどき眼鏡をかけるよ。細かい字を読むときに」

サラは目を見張り、まばたきした。「あらまあ」

これは昨晩キスしたあとにかすれた声で彼女が発した言葉と同じで、マシューはついつい彼女の口に目を向けた。そしてたちまちそれを悔やんだ。下半身が瞬時に激しく反応したからだ。彼女の唇はしっとりとふくよかで、わずかに開いており、彼女にもう一度キスをしたいという欲求はマシューをとらえて離さなかった。

もう一度彼女にキスをするなど、言語道断だった。だがどうしてもしたいのだ。この陽光のもとで彼女の反応を確かめながら、キスをしたいのだ。

しかしそれを実行する前に、ドアをノックする音が聞こえた。邪魔が入ったことを心のなかでののしりながら、彼は返事をした。「お入り」

ティルドンが部屋に入り、告げた。「テラスにお茶の用意が整いましてございます」

それに対して礼を述べ、執事がドアを静かに閉めて出て行くと、マシューはゆっくりと息を吸い、ふたたびサラに注意を向けた。すんでのところでティルドンがノックしたのは幸運だったと心のなかの常識がいう。さもないとおそらくもう一度キスをしていただろう。というか絶対にキスしていた。

これでは当初の目的とはまるでかけ離れているではないか。ほんとうは彼女を会話に引きこんで彼女の秘密を探り出し、探索の役に立つ知識があるかどうかを判断しなければならないのだ。キスがうまいかどうかを知る必要はない。

それはすでに知っていることだからだ。

彼女のキスはすばらしい。

驚異的に。

マシューは心のなかで渋面を作り、ズボンのなかで起きている不快な事態をやわらげようと身じろぎした。こんなふうに欲望にとらわれるのはやりきれない。いまはただ彼女の唇を無視し、彼女のことをもっと探り出すという目の前の任務に集中すること。マシューはその目的のために、肘を伸ばし、テラスに向けて首を傾けた。「では、行こうか」

8

彼のことをもっと探り出す必要がある。

そのためには、彼へのこんな思いに浸っているわけにはいかない。

テラスに置かれたリネンをかぶせた鉄製のテーブルに着き、サラはティルドンがセットした、凝った彫りの入った銀器につくづくと見入った。お茶のほかに、磨き上げられた皿の上には、薄い耳なしのパンに上品にキュウリとクレソンを盛ったものや苺《いちご》のジャムを添えたスコーン、焼きたてでまだ温かいビスケットが並べられている。

優しい夏のそよ風に乗ってその匂いがただよい、サラは食欲が刺激されるのを感じた。だめだ、ラングストン卿の術中にはまってはならない。こんなことでゴールから気持ちがそれてはまずい。

いまは彼のことを深く探る、という目的に集中しなければ。

きっと彼の魅力を削ぐような要素が見つかるのではないかという気がする。魅惑的なキスの達人であることを知って血が騒いだあの印象を変えてしまうような何かが。彼の兄と妹に起きた出来事のように心奪われる話とは違う何かが。不本意ながら、あれは胸に沁《し》みる話だった。心奪われてはならないというのに。

とはいえこの共感、同情の気持ちは抑えようもない。時が経っても癒えることのない、一日たりとも忘れ去ることのできない胸の痛みを、サラ自身も知っているからだ。その気持ちを彼は知っている。理解しているのだ。それがどんな美貌よりも強くサラの心をつかんで離さない。

とはいえ彼の際立った美貌は否定しようもない。気づくまいとしても、盲目ではなくただ近視なだけなので、いやでも注目してしまう。ティルドンがドアをノックする直前のわずかな時間に、ラングストン卿がキスを求めようとしているように思えた。それに対して仰天するなり、憤るなり、無関心でいるなりするのがほんとうなのに、期待で胸をときめかせ、彼の首に腕をまわし、体を密着させないために相当の意志の力が必要なほどだった。昨夜彼の腕のなかで感じたすばらしさ。舌と舌を絡めながら、切ないほどの要求に駆り立てられたように、体を抱き寄せるあの手の動き。それらをふたたび感じたいと願ったのだ。

ティルドンを下がらせ、テーブルに向かい隣席に腰をおろすラングストン卿の男らしい姿をサラはじっと見つめていた。ふっと溜息がもれ、午後の陽射しとは関係なく熱いものが体のなかを駆け抜けた。

「どうかしたのかい？」

彼の声が厄介な物思いからサラを現実に引き戻した。気づけばラングストン卿がじっと見つめていた。サラの注視が自分に注がれていたことを知っているかのような目だ。

サラは困惑し、首元まで赤くなるのを感じた。

「大丈夫です、ありがとう」彼女はとりすまして、いった。

「なんだか……頬が赤い」

「陽射しのせいよ」とサラは嘘をいい、その欺瞞《ぎまん》に内心辟易《へきえき》した。

「室内のほうがよかったかな?」

ええ、できればあなたの寝室で、あなたの入浴を見ていたい、と心の声が答える。

サラははっと息を呑み、口を結んでその言葉を呑みこんだ。こんなことでは先が思いやられる。キスのことは忘れなさい。ふたたびキスをすることなど、考えてはだめ。彼の裸体をふたたび目にしようなどと、夢にも考えないで。

それよりもしなければいけないことが……たしかあったはず。でも思い出せない。サラは眉根を寄せ、一心に考えた。そうだった、彼の秘密を暴かなくてはならないのだった。よかった。なぜなら、過去のことや容易には他人に話せないことまで打ち明けてくれたことで、彼に深い親近感と共感を覚えてはいるけれど、彼にはいまなお、深夜の〝庭仕事〟という秘密があるから。単刀直入に、目的は何かと尋ねても意味がない。そう、うまく水を向けることが必要なのよ。別の話題で語らせて、ふと真実がもれるのを待つのがいいわ。

でも実際にどう話を進めるべきかしら？　もっともらしく、彼の虚栄心をくすぐればいいの？　観察の結論としては、男性というものは秘密を打ち明けられるのを好み、お世辞には弱い。

香ばしい湯気が立ち昇る陶器のカップをつかみ、サラはいった。「肖像画に描かれていた幼い頃から現在への変わりようは、目を見張るものがあるわ」

彼は肩をすくめた。「よくいわれる〝ぶざまな段階〟を経て成長する子どもは多いんだ」

「そうとはいえないわ。たとえば姉は、子どものころから美しく、それはいまも変わっていない」

「お姉様はいくつ年上？」

「六歳上よ」

「ではお姉様が美しい子どもだったことを、きみはなぜご存知なのかな？」

「母がそういっていたわ。それも不安になるほど頻繁に。母はきっとそれを口にすることで、私があなたのいう〝ぶざまな段階〟から脱却するよう発奮してほしかったのでしょう。私は生まれたときからずっとその状態にあるのだから」

急いでお茶をひと口飲み、サラはいった。「母は自分を悩ませるために、私がいつまでも不器量でいるのだと思っているの。眼鏡はかけなくてもいいし、言うことを聞かない巻き毛を母に伸ばしてもらえば、いくらかはましになるはずだといって譲らない。もっとも、どれ

ほど努力を積んでもキャロリンの半分も美しくなれるはずはないけれど、努力は必要だとも
いっているわ」

マシューはカップを唇に当てたところで、眉をひそめた。「まさかお母様は本気でおっし
やったわけではないだろう」

「いいえ、本気よ。年じゅうそういわれつづけていたわ」それどころか、現在でも同じこと
をいわれている。だが、最近は以前ほど心が傷つかなくなっている。「幼いころはそれをい
われるとショックに感じたわ。自分でどうすることもできないことを理由に私を嫌う母と同
じように、大好きな姉に嫌われるのがいやだったから」

サラはもうひと口お茶をすすると、続けた。「でもキャロリンはずっと私の憧れだった。
姉はあからさまな自分へのえこひいきに対して私以上に困惑していたの。キャロリンは温か
く、愛情深い人柄の持ち主で、これまで無条件に私を愛してくれた。だから私もそれ以上の
愛情でそれに報いたいと思ってきたわ」

マシューはカップの縁の上からサラを見つめた。「お母様の考えを、ずいぶんと冷静に受
け止めているんだな」

「母がもっとやんわりとした言い方をしてくれればいいけれど、それでも母は真実とかけ離
れたことはいっていない。目の見える人なら誰でも、キャロリンが目の覚めるような美人で、
私がそうでないことはわかるもの。それが偽らざる真実なのよ」サラは口をかすかに歪めた。

「もちろん私も容貌とは関係なく、可愛がられるはずのないことをわざわざしてしまうのだけれど」

マシューは興味で瞳を輝かせた。「えっ？　何を？」

「最低だと思われてしまうわ」

「そんなことはない。これまで聞いたお話からして、腰湯の湯をお母様の頭から浴びせたと聞いても、最低だとは思わないさ」

サラは赤面したのだろう。マシューが笑いのこもった声で尋ねた。「ほんとうに浴槽のお湯を浴びせたのかい？」

「いいえ。でも考えたことがないといえば嘘になるわ」

「それも一度だけではないんだね？」

「ええ、ほとんど毎日」サラは真顔で答えた。

「それでも我慢はしていると。意志が強いんだな」

「そういうわけではないの。むしろ浴槽が重すぎて抱えられないからだわ」

マシューは笑った。低く豊かな声だった。白い歯がこぼれ、目元まで笑いが広がった。その効果は……目もくらむほど魅惑的だった。「手桶《ておけ》を使えばいいのに」

「ええ。でも母を怒らせるのではなく、まごつかせたいだけなのよ」

「それで、どうやってお母様を困らせているんだい？」

「ちっともむずかしいことではないわ。私は顔に温かい日の光を浴びるのが好きで、庭に出るとボンネットをはずしてしまう。それは、母に言わせれば罪なの。ソバカスがふえればますます不美人になってしまうから。ときどきは母の言葉を誤解したふりもするわ。たとえば、もし母が『気が遠く《フェイント》なりそう』といえば、私は『絵の具《ペイント》ならあるわよ。持っていきましょうか?』と答えるの」サラは笑いをこらえた。「母は私の耳が遠くなったと思うでしょう。すると私は密かに感覚ゲームと呼んでいる遊びを母に仕掛けるの。たとえば『眼鏡がないから聞こえないわ』というのよ」

マシューは顔をほころばせた。「『耳が聞こえるから匂いは嗅げる』というのはどうかな?」

「『耳が不自由じゃないから、見える』とか」

「『盲目ではないから、匂いは嗅げる』もいい」

サラは笑った。「そうね。母は悩ましげに溜息をついて、天を仰ぎ、声にならない呪詛《じゅそ》か祈りの言葉をつぶやくの。それを面白がるべきではないのでしょうけど、それがおかしくて。そしてこれが最大の秘密だけど、私はあまり善人じゃないわね」

「サラ、ちょっとした言葉のひねりを理由に善人でないというのなら、評価基準を見直したほうがいい。そんなことで悪人とはいえないよ」

「そうかもしれないわ。でも、美人でないことが私には幸いしているのも事実なの。母の関心がキャロリンに集中しているおかげで、私は世の多くの若い娘たちが得られない自由を手にしているのだから」

「たとえばどんな？」

「キャロリンが母から立ち居ふるまいやダンス、姿勢についてのレッスンをくり返し受けているあいだに、私は外で日の光を浴びながら走りまわったり、花をスケッチしたり、庭を耕したり、田舎道を散歩したり、遠出をしたり、湖で泳いだりできる」サラはビスケットに手を伸ばし、にっこりと微笑んだ。「じつは私、魚釣りや蛙《かえる》を捕まえるのが大の得意なのよ」

マシューは楽しげに瞳を輝かせた。「なぜかそれを聞いても驚かないな。ぼくも子どものころ、よく蛙を捕まえていた。ときには魚釣りもした。長らく遠ざかっているが」彼はお茶をひと口飲み、椅子の背にもたれた。「お父様はどうなんだい？」

「父は医師で、ほかの村の患者の治療のために何日も家を空けることが多いの。在宅中ももっぱら書斎にこもり、医学の機関紙に読みふけっているわ。最近は顔を合わせると、うわの空で私の顔を見て、頭を撫でて退去させるの。それは私が三歳のころと少しも変わっていないのよ」

マシューはゆっくりとうなずき、考えこむような顔をした。「ぼくは子どものころ、めったに母に会わなかった。しかもわずかな記憶もぼやけていてね。覚えているのはいつも美しく、夜会に出かけていく姿なんだ。きっと母なりにぼくを愛してくれていたとは思うが、それを言葉で聞いたことはなかった。ジェームズとアナベルの死後は母と会う機会はもっと減った。ぼくは遠くの学校に行っていたし、休暇中は友人のサーブルック卿ダニエルと過ごしてばかりいたからね」彼は言葉を切り、静かに言い添えた。「母はぼくが十四歳のときに亡くなった」

「そしてお父上は昨年ご逝去されたのね」サラはそっといった。

「そうだ」彼の顎の筋肉がピクリと引きつった。「父は射殺されたんだ。金品を強奪しようとした追いはぎによって。父を殺した犯人は捕まっていない。文字どおり殺人の罪からまんまと逃れているわけだ」

「お悔やみ申し上げるわ。お身内を亡くされ、お独りでさぞお寂しいでしょう」

彼は動揺の感じられる表情でサラを見た。サラは内心手に負えないわが口をののしった。

「お許しください。無礼を申し上げるつもりはなかったの。止める間もなく思ったことを口走ってしまう癖があるんです」

「気を悪くなどしていないさ。親友も何人かいるし、多くの知人もいるから、その意味では孤独ではない。しかし家族がいないという意味ではたしかに孤独だよ」

「ご結婚なさっていないのは意外だわ」

「そうかい？　なぜ？」

これこそ彼をおだてる絶好のチャンスだとサラは気づいた。とはいえどんな褒め言葉も真い、実でしかない。「ハンサムで、爵位もお持ちで、お人柄もよく、そのうえすばらしい――キスの――園芸の技さえお持ちですし、世の女性が注目する条件をことごとくそなえていらっしゃるんだから」

「きみにも同じことを申し上げよう、ミス・ムアハウス」

サラは苦笑いした。「私がハンサムで爵位を持ち、人柄がよいと？」

マシューは微笑みを返した。「まあ、爵位はちがうが、人柄がよいと？」

「ハンサムでもないわ」サラは少し身を乗り出し、大きな秘密でも打ち明けるかのように声を落とした。「そうした表現があてはまるのは男性か、年老いた厳しい女性だけだわ」

「そうだな。きみにもっとふさわしい形容は〝ユニークな魅力〟だろうか。それにきみは間違いなくいい人柄の持ち主だよ」

サラはふと、お世辞をいっているのは彼のほうではないかと思った。そうした褒め言葉を素直に受け取るべきか、動機を邪推するべきか判断がつかなかった。疑ってみるほうが賢明なことは確かだろう。

サラが彼の意図をはかりかねているうちに、彼が言葉を継いだ。「とはいえ、ぼくがいおうとしていたのは、きみが結婚していないのが意外だということだ」

サラは言葉を失った。彼のばかげた発言に対して強い疑念が湧いてきたからだ。これはいよいよ彼女の歓心を買うことが目的としか思えなくなってきた。あきらかにこの男性は何かをたくらんでいる。あるいは本物の愚か者なのか。どちらにせよ、サラは目もくらまんばかりの安堵《あんど》感に満たされた。なぜなら腹に一物ある人物にも、愚か者にも心奪われるはずがないからだ。

少し気持ちが軽くなり、サラは眉を上げた。「なぜそれが意外なのかしら?」

「なぜならきみはとても……慈しみの心があり忠実に見えるからね」

「なんだかスパニエルのようね」

マシューは笑った。「そうだな。ただあなたのほうが背が高い。匂いもずっといい」

サラはティーカップで笑みを隠した。「お褒めに対してお礼を申し上げるべきかしら」

「それにあなたはとても知的だ」

サラはつい鼻を鳴らした。「お言葉はありがたいけれど、私の観察によれば、多くの男性は女性にかならずしも知性を求めていないわ」

「まあこれは同性に対する裏切りかもしれないが、一つちょっとした秘密を教えてあげよう」マシューが椅子を持ち上げて近づけたので、テーブルの下で二人の膝がぶつかった。サラは膝のあたりに火花が散ったように感じた。サラのほうに身を乗り出し、彼は真剣な声でいった。「あまりいいたくはないけれど、残念ながら男性というものは得てして愚か者だ」

サラは目をしばたたいた。彼が男性に対して彼女とそっくり同じ見解を持っていることに、自分が驚愕《きょうがく》しているのか、満足しているのか、はたまた魅了されているのか、われながら判断がつかなかった。彼の見解と、彼がそれを進んで表現したことに対する驚きはたしかにある。二人がこのことに関して同じ考えを持っていることで、心がえもいわれぬ温かさに包まれた。その温かさは、体を寄せ合っていることとかかわりのない温かさであった。

彼の膝はなおも軽く彼女の膝に触れている。あまりに軽い触れ方なので、たまたまなのかと思えた。しかし興奮と関心を促そうとするような光が瞳にきらめいているところを見ると、充分にこの状態を意識していることがわかる。

脚を引くのよ、と彼女の心の声が命じる。そうよ、脚を離しなさい。椅子を後ろに下げ、距離を置くのよ。ちょっと触れただけで体じゅうがこんなに熱くなって。こんなことは浅はかだからすぐにやめるのよ。

しかしサラの肉体は意思にそむくように勝手に動き、上体をかがめながらいっそう彼との距離を縮めた。いまや二人の顔は二フィートも離れていなかった。

「あなたもその愚か者のお仲間なのかしら？」

「絶対に違うとぼくが答えたらどうする？」

「嘘だと申し上げるわ」

彼は気を悪くするどころか、楽しげな顔をした。「つまりきみはぼくが愚か者だと思っているからだね？」

「人はみな誰でも愚かなことをすると思っているからよ」

「それはきみを含めてということなんだろうか?」

「私はとくにそうね。私はいつも不適切な発言や行動をとってしまうもの」

「そうなのかい?　たとえばどんな?」

「さっきはホストであるあなたに向かって、嘘つきだとか愚かだとかいってしまったことが失敗のよい例です」それと、彼の膝にはしなくも自分の膝をぴたりと押しつけていることも、失敗の一つだ。それなのに、天真爛漫な会話とはうらはらに、テーブルの下で興奮を感じながら彼と膝を合わせていると、かつて味わったことのない熱い刺激が体じゅうを駆けめぐる。

彼が体を動かし、脚と脚の距離をさらに縮めたので、サラは心臓が飛び出るほど驚いた。

「きみの素直な心は新鮮に思えるよ」と彼は静かにいった。

「そうかしら?　ぞっとする人がほとんどよ」

マシューのまなざしは真剣な色を帯び、ひたとサラの目を見据えた。「ぼくは偽善的な決まり文句より容赦ない真実を好む人間だ。残念ながら称号や身の上からして、ぼくに向けられるものはほとんど偽善的な決まり文句ばかりだ。とくに女性からは」

「もし、そうした女性たちがあなたの容姿やお屋敷について賛辞を並べ立てたとしても、それを偽善だ嘘だと責めることはできないと思うわ」

マシューは肩をすくめた。「だが、そんなことを口にする動機はなんだろう?」

「あえて推測すると、きっと、彼女たちはあなたのこともお屋敷もほんとうに魅力的だと思っているからね」

「それでもなぜだという疑問はやはり残るが。たとえば、レディ・ゲイツボーンもレディ・アガサもここに到着した瞬間から賞賛の言葉ばかりを連ねている。ぼくの人柄を褒め、屋敷をたたえ、庭園、食器、家具をそやし、スカーフからはては犬まで――」

「ダンフォースが賞賛に値することは、お認めになるでしょ?」サラは微笑みながら口を挟んだ。

「もちろん。でもレディ・ゲイツボーンがダンフォースのことを『可愛いワンちゃん』だと褒めた際、ダンフォースは彼女の靴の上に座り、レディはそれこそ恐怖そのものといった表情を浮かべていたんだけれどね。ぼくも時に愚かな行ないをしてしまうが、それでも本心からではないお世辞はわかるものだ」

「お二方とも好印象を与えようと努めていらっしゃるんだわ」

「そう、レディ・ゲイツボーンは結婚適齢期のご令嬢をお持ちで、レディ・アガリにも同じくお年頃の姪がいるからね。二人はぼくに興味があるのではなく、ぼくの称号に関心をお持ちなのさ。そのような理由で付きまとわれる気持ちがどんなものか、わかるかい?」

「いいえ」それどころか、そもそも誰かに付きまとわれる気持ちからして見当もつかないというのが本音である。

「とても失望するものだよ。いっておくが、あの貴婦人たちは当家の陶器やぼくのスカーフの結び方に感心したから褒め言葉を口にするわけではない」

「本気でいっている可能性もあるのでは？　やはりご当家の陶器は美しいのだから」

黒い眉が片方つり上がり、彼は見せかけの厳しい目を向けた。「ということは、ぼくの人柄、屋敷や庭園や家具はそうではない、ということかな」

サラは笑わずにはいられなかった。「それではなんだかお世辞をいわれるのを待っているみたいで無様だわ」

「それはきみが褒め言葉を惜しんでいるからだ」マシューはそういったが、気分を害したように鼻を鳴らすわりには目が悪戯っぽく輝いていた。

サラは笑いを抑え、舌をチッチッと鳴らし、指を振ってみせた。「私からのお世辞などあなたには必要ありません。人からさんざんいわれた褒め言葉が頭のなかにはちきれんばかりになっているでしょうから」

「きみのお世辞は必要ないかもしれないが、それでもやはり一つぐらいは聞きたいものだ」

サラは顎を上げ、口をとがらせた。「名誉にかけても、あなたのうぬぼれをこれ以上大きくすべきでないと思うわ」

「ではぼくがきみのうぬぼれを大きくするのはかまわないね？」

サラは笑った。「私にはうぬぼれなどないわ」

その言葉と笑いは、マシューが彼女の手を取り、指を絡ませたので途切れた。「うぬぼれがない？」彼は親指でサラのてのひらをそっと撫《な》でながらいった。「あなたの友人フランクリンは褒め言葉を浴びせるだろうに」

サラは二度唾を呑み、やっと言葉を発した。「あまり口数の多い人ではないもの」

「ああ、質実剛健で寡黙な人なのか」

「そのとおりよ」

「ではかわりにぼくが……」マシューは彼女の手をじっと眺め、一本の指先で彼女の指のまわりをゆっくりとたどった。サラはスケッチの名残りの木炭のかすかな汚れがついた手が恥ずかしいと思ったが、そんな羞恥《しゅうち》も、腕まで突き上げるような歓喜の疼きによって掻き消された。

「きみは画家としてたいへんな才能を持っている」

その言葉にサラは大きな喜びを覚えたが、それでも指摘せずにはいられなかった。「私など、とても画家とは呼べないわ――」

今度はマシューが彼女の口に指を触れ、言葉をさえぎった。彼は首を振った。「褒め言葉に対するふさわしい答えは『ありがとう』だよ」そういって彼は指を唇からゆっくりと滑らせた。

「でも――」

「『でも』はなしだ」彼は前に体を傾けた。「ただ『ありがとう』といえばいいんだよ」

いまや二人の顔は一フィートと離れていなかった。そのわずかな距離をなくしてしまうこと以外のことをだんだん考えにくくなっている。

「あ、ありがとう」

かすかな微笑みが彼の唇に浮かんだ。「どういたしまして。ぼく自身はちょっとしたスケッチも描けない。ぼくのためにダンフォースのスケッチを描いてもらえないだろうか？」

「喜んで。じつはダンフォースが書斎に飛びこんだとき、スケッチの最中だったの」

「だから彼のあとを追ってきたわけだね」

「ええ」

「その結果ここにこうして座っているわけだ。ぼくと一緒にお茶を飲みながら」彼はその言葉をきわめてゆっくりといったので、サラは全身に震えが走るのを感じた。

「そうね、ここにこうして座っているわ」膝を合わせ、手を握り合いながら。胸の鼓動が高まって、あなたに聞こえてしまうのではないかとはらはらしながら。

彼の眉間がかすかに寄った。「ところできみのスケッチブックはどこです？」

サラはしばらく思い出せなかった。「書斎に置いてきたんだわ。暖炉わきの椅子の上に」

「ああ、どおりでぼくも気づかなかったわけだ」

「そうなのね？　なぜ？」

「きみを見るので精一杯だったから」

最初それはただの冗談に思えたのだが、彼の強い真剣なまなざしにからかいの要素は感じられなかった。二十年以上も心の奥に厳しく押しこめてきたサラの夢想的な部分は密かに、彼がいましがた口にしたような言葉を聞きたいというかなわぬ願望を持っている。そんな思いがしきりに抑制から放たれようとしている。彼の甘いことばや熱いまなざし、心ときめかせる彼の態度を受け止めてしまいたい、と切望する。

だが、そのとき醒めた理性の声が主張を始めた。『こんなバカバカしいお世辞を真に受けたり、彼の言葉を深読みしないようにね』

そう、頭を冷やすのよ。サラは咳払いをした。「この私を？　まさか。顔に木炭でもついていました？」

彼はかぶりを振った。「いや、それどころかきみの肌は……」彼は手を離し、サラの頬を指先で撫でた。「すばらしい」

「とんでもないわ。日焼けでそばかすだらけなのに」

「ああ、そうだった。戸外で帽子をかぶらない習慣だったね。陽の光の下ではソバカスがはっきり見える。でもきみがどう考えていようとそんなわずかな欠点で価値が損なわれたりはしない。むしろその金色の斑点《はんてん》の一つひとつに手を触れたくなるほどだ」彼の指先がゆっくりと頬を通り、鼻梁《びりょう》をおりた。

何か目的があるに違いないのよ、と心の声が警告した。そしてその目的を達成するために、彼は豊かなその魅力を駆使しているのだわ。これまでの観察によれば、男性は目的のためによくお世辞を使う。現に私だって、彼から何かを聞き出すのにそれを用いようともくろんだぐらいですもの。

それにしても、私のいったい何を欲しいというの？ きっと情報ではない。彼が興味を持つようなことを、私が知っているはずがない。それに彼の動機は女性との付き合いを望むことも関係がないだろう。もしそうなら、彼はエミリーかジュリアン、あるいはキャロリンに対して魅力を発揮しているだろうから。やはり理由はほかにあるのよ。でもそれは何かしら？

わからないまでも、油断は禁物だわ。警戒心を持ちつづけるべきよ。とはいえ、彼からこんなふうに見つめられていると、それは簡単なことではない。まるで貴重な宝物やとても愛らしいものでも見つめるかのような、このまなざしの前では。

彼の視線は彼女の唇に向けられた。「書斎に二人でいたとき……ぼくがどれほどきみにキスしたいと思っていたか、きみにはわかっただろうか？」

私もそれをどんなに望んだことか、という言葉が喉元まで出かかったが、サラは歯を食いしばってこらえた。胸を高鳴らせ、サラは首を振った。それにつれて、眼鏡がずり落ちた。それを上げようとする前に、彼がかわりに上げてくれた。そして温かなてのひらで頬を包んだ。

「ぼくがいま、どれほどキスをしたいか、わかるかい?」彼はささやいた。

サラは言葉を失った。それどころか息さえできなかった。肌の下に火が点き、体の内部を溶かし、神経の先端まで熱されてしまったように感じた。脚のあいだが絶え間なく疼きつづける。まだキスをされたわけでも、手を触れられたわけでもないというのに。

サラは唇をしめらせ、その仕草で彼の目が翳るのに気づいた。「あなたがそれを望む理由がわからない」

「わからない?」彼は眉をひそめ、親指の腹を彼女の下唇に当てた。「もしかするとそれも理由の一つかもしれないな。きみは理由が想像できない。それを期待してもいない。そんなきみが珍しくて、新鮮に感じるんだ」

「私に珍しいところがあるとは思えないわ」

「そんなことはない。だがたとえそうだとしても、それがまた新鮮なのだといっておこう」

当惑と有頂天のはざまで、サラはどうにか答えを返した。「きっと強い陽射しで思考力が鈍ってしまったのね。あなたが指を一本立てるだけで、女たちが群がってくるはずですもの」

彼が激しさのこもるまなざしを向けたので、サラは頑丈で飾り気のない靴のなかで脚の指を折り曲げた。「ではぼくが指を立てれば、きみも群がってくるんだね?」

ええ、一瞬の間に。サラの心にそんな言葉が響き、長年つちかってきた慎みや分別が消え去ろうとしていた。この男《ひと》の存在はなんと心を騒がせるのだろう。普段理性を失うことのない私がこんなに心乱されるなんて。彼にもう一度キスをしてほしくて、心も体も疼いているのだ。彼の手ざわりを感じたい。この体に触れる彼の手。彼の体に触れるこの手。その感触が恋しい。

望んではだめ。それは身のほど知らずの望みなのよ。とりわけ彼のような相手ならば。どんな女性でもほしいままにできる男性なのだから。信頼できるかどうかもわからない男性なのだから。

だが、それほどの理由があっても、やはりサラは彼を求めていた。その思いの激しさに、震えさえ覚えるほどだった。まるで密かな憧れを隠してきた心のダムが決壊し、必死に封じこんで、無視してきたはずの欲望があふれ出してきたかのようだった。彼にキスされたときに感じた何かに目覚めたような胸の高鳴りをもう一度感じたいのだった。今度いつこんな機会がめぐってくるかわからないのだから。

こんなことは二度とないのよ、と封じこまれた部分がささやいた。こんな男性とめぐり逢うチャンスは二度とないわ。

「ラングストン卿、私は――」

近づいてくる人の話し声に、言葉が途切れた。彼の広い肩の向こうに、芝生をこちらに向かってくる人の群れが見える。サラは前かがみの姿勢をもとに戻し、いった。「女性たちが村から戻ってきたわ」

彼は振り返りもしなかった。「きみがいおうとしていたのは、それではなかったはず」

サラはためらい、首を振った。「ええ」

「いってくれないか」

「私は——」

「ここにいらしたんですのね」レディ・ゲイツボーンの甲高い声が響いた。レディが歩調を速め、ターバンにつけた羽が目に入るほど揺れているのに、サラは目を留めた。まもなく一行がテラスに押しかけた。

ラングストン卿は立ち上がり、レディの一行に改まったお辞儀をした。「村へのお出かけは楽しまれましたか?」と彼は尋ねた。

「それはもう興奮いたしましたわよ」とレディ・アガサが声を上げた。「実際、村じゅう急報でもちきりでしたから」

「急報とはなんですの?」サラが訊いた。

「鍛冶屋のトム・ウィルストーン氏に関することです」

ラングストン卿の目が瞬時に興味を示したのに、サラは気づいた。「ウィルストーンがどうしたのです?」

レディ・ゲイツボーンは汗の光る顔をハンカチで押さえた。「おとといの晩から行方がわからなくなっていたのですが、今朝早く村を出たあたりで見つかったそうです」

ラングストン卿は眉をひそめた。「どこにいたか、彼は釈明したのですか?」

「残念ながらそれは無理でしょう」レディ・アガサがクスクス笑いそうになりながら口を挟んだ。「遺体で発見されたのです。どうやら殺されたようです」

ラングストン卿の顔がこわばった。彼はキャロリンとエミリー、ジュリアンに視線を投げた。三人は厳しい表情で一様にうなずいた。

「ほんとうです」キャロリンが静かにいった。

「殺された?」彼はくり返した。「どんなふうに?」

「どうやら棍棒《こんぼう》で殴り殺されたようですよ」レディ・ゲイツボーンが楽しさを隠しきれないといった様子で報告した。

「その後林のそばの浅い穴のなかに埋められたそうですよ」レディ・アガサが言い添えた。

あるイメージが頭をよぎり、サラは言葉をなくした。ラングストン卿が雨のなか、帰宅する様子。あれは一昨日の晩のことである。しかも彼はシャベルを抱えていた。

9

マシューは書斎に入り、ダニエルが続いて入った。マシューはドアを閉めるとすぐにデキャンターのほうに向かい、ブランデーを二つのグラスになみなみと注いだ。一つをダニエルに手渡し、強い酒をグイとあおった。こわばったように息を吸うと、たったいま聞いたばかりのトム・ウィルストーンの話をダニエルに聞かせた。

首を振りながら、マシューはこう結んだ。「一昨日の晩ぼくがトムを見かけたとき、彼が何をしていたかは不明だが、彼が帰宅しなかった理由ははっきりしたな。彼を見たとき、なぜわが敷地にいるのか意図を訝《いぶか》りはしたが、まさか彼の身に何かあろうとは思いもしなかった」マシューの指がブランデーグラスを強く握りしめた。「誰かが彼を殺したのだ。きっとぼくが彼を見たそのすぐあとに」

ダニエルはグラスの縁越しにマシューを見つめた。「まさか自分を責めてなどいないだろうな」

マシューは首を振った。「彼の死を悼《いた》みはしても、彼の運命に対して責任は感じていないさ」

「ならいい。彼の身に何が起きたと思う？」

「いくつか考えられるな。物盗りに襲われたのかもしれない」

「たしかにその可能性はあるな。村の噂話ではトムはいつも金の懐中時計を持ち歩いていたそうだから。きみの話だと、遺体にその時計はなかったようだし。もっとつまらないものが目当てで、人殺しをする輩《やから》も多いご時勢だ」

「たしかに」マシューは相槌《あいづち》を打った。「だがアッパー・フレーダーシャムではめったにないことだ。ひょっとすると殺人は、トムに愛人がいるという義理の弟ビル・スミスの主張と関係があるかもしれない。もし相手の女に夫か男の兄弟、あるいは別に愛人でもいたとしたら、トムにいい感情を抱いてなくても不思議はない」

ダニエルはうなずいた。「そうだな。ぼくがウィルストーンの家を訪ねたときの話を覚えているだろうが、ビリーもトムをよく思っていなかった」

「当然だろう。もし愛人説がほんとうなら。トムの妻も夫を恨んでいただろう」

「それに愛人は棄《す》てられると復讐に走るのが相場だ」

マシューはゆっくりとうなずいた。「ああ。だがトムは大男だった。だが大男でも棍棒で強く殴れば倒せるだろうな」

「そう、たとえば大きな石で後頭部を殴打するとか、あとで穴を掘るのに使うシャベルの柄とか」

「女が彼を埋めたとは思えないね」

「浅い穴だったというじゃないか」ダニエルが指摘した。「女が遺体を運ぶのも不可能ではない」

「不可能ではないが、ちょっと考えにくい」

「単独犯ではないのかもしれないな。ひょっとすると妻と義理の弟の二人が共犯ということも考えられる」

「あるいはそうかな。しかし……」マシューはブランデーを見つめ、目を上げてダニエルを見た。「トムがぼくを偵察していた可能性も否定できないが、別の可能性もある。偵察していたわけではなく、ぶらぶらしながら帰宅している途中に偶然ある人物に出くわした。ぼくを見張っていた人物と」

「きみを見張っているところを誰にも目撃されたくない人物だな」ダニエルがいった。

「そのとおり。つまり哀れなあの男は間違った場所に最悪のタイミングで入りこんだために死んだということになる」

「それは、トムを殺したやつはきみが何かを探していることを知っていることを意味する」

「そうだ。もしかするとぼくがそれを見つけ出すのを待っている人間かもしれない」

「そうなるとそいつはきみの命も狙うかもしれない。そしてそれを奪うつもりかも」

マシューは怯んだ。「そう考えるといい気分ではないが、考えうることだ」

「きみがあの晩、発掘作業のためのシャベルを抱えてうろつきまわっている姿を誰にも見られなくて幸いだったよ。危うくトムを殺した犯人の容疑者になるところだった」

マシューの手は口元に行く途中ではたと止まり、ぎくりとした。『昨夜遅くあなたがお屋敷に戻ってこられるところを見ました。シャベルを抱えて』

「最悪だ」マシューはつぶやいた。

「どうした?」ダニエルが訊いた。

「あの晩ぼくが帰宅する様子を見た人物がいる」

「誰だ?」

「ミス・ムアハウスだ」

ダニエルはその話についてしばらく考えていたが、やがてこういった。「あの手のオールドミス・タイプの女性は長時間窓の外を見て過ごすものらしいな。彼女はあんな時間に何をしていたと思う?」

「眠れなかったといっていた」

「とにかくミス・ムアハウスが1足す1で間違った答えに行き着き、きみがとんでもない時間に雨のなか、シャベルを持ち、ほっつき歩いていたというだけで、きみを殺人者と決めつけてしまわないよう願うしかない」

「きみの描くぼくのイメージは心温まるものだね。いっておくが、ぼくはほっつき歩いていたわけじゃない。ただ歩いていただけだ。きっと彼女はぼくが人を殺すとは思わないよ」思うのか？　そう考えると、ダニエルを探すためにテラスを離れたとき、彼女が奇妙な表情を見せたような気がしてきた。

「女なんて、どんなおかしな考えを思い浮かべるかわかったものじゃないぞ」ダニエルが顔をしかめていった。「女はまるで毒ヘビの巣。気味の悪いものや毒がうごめいている」

「きみは皮肉がすぎる」

「きみは、不可思議にもときどき皮肉さとは無縁になってしまうよな。なあ、一昨日の晩はじめて誰かに見られていると感じたのか？」

「過去十一カ月、数えきれないほど穴を掘ったが、一度もそんな感じに襲われたことはないね」

「きみの感じた誰かの気配というのが、『ミス・窓からのぞき見』のサラ・ムアハウスである可能性はあるかい？」

マシューは首を振った。「ぼくは屋敷の近くにはいなかった」

「もしかして彼女、雨のなか外に出ていたのかもしれないぞ」

「彼女の話を聞いたかぎりでは、それはない」

ダニエルは眉を寄せた。「きみに知られたくないのかもしれない」

「なぜ彼女がぼくを偵察するんだ？」

「だいたい女のすることの半分には確たる理由などないものだ。しかしきみはあの晩以前には偵察されていると感じたことがないそうで、もしトムがこれまできみを見張っていたとしたら気づいていただろうから、今回のトムの事件ときみは無関係だと思うよ。ちなみに事件はミス・ムアハウスがここに到着した晩だったがね。ともかく油断はするな。一ついえるのは、きみが探しているものを発見するのを誰かが待っているとすると、それを発見するまでは命の危険はないということだ」

「それを聞くとほっとするね」マシューは皮肉な調子でいった。

「今夜も探索か？」

「探索は毎晩続けるつもりだ。少なくとも一年間の期限が切れるまでは」

「ということは、あと約三週間だな」

「正確にいうと二十八日だ」

「それまでに結婚もするのか？」

グラスを持つ指に力がこもった。「そうだ」

「そうなると、そんな短期間に――」ダニエルは爪の先をコツコツと鳴らした。「花嫁を選び、結婚を申し込み、本人と家族の承諾を取りつけ、時間がないので結婚のための特別許可証をもらう手続きを取らなくてはならないわけだ」

「そういうことだ」

「それで、進捗《しんちょく》状況は?」ダニエルはとぼけて尋ねた。

「上々だよ、おかげさまで」

「そうか? さっきの目標を一つでも達成したのか?」

「それどころか、すでに結婚許可証は獲得した。先月」

「それは結構なことだ」ダニエルはうなずきながら、いった。「あとは死が二人を分かつまで添い遂げるという宣誓を相手にさせればいいわけか」

「妙な言い方をするものだな」

「冷たい、じっとりとした死の手が二人を分かつまで、だ」

「わかったよ。おまえは前からそんないやみなやつだったのか。それともごく最近の傾向なのか?」

ダニエルはマシューの皮肉を黙殺し、訊いた。「もっとも花嫁候補としてふさわしいレディ・ジュリアンと二人きりで過ごしたことがあるのか?」マシューがそれに答える前に、ダニエルは早口で続けた。「ないよな? それなのにおまえの話だと、テラスでミス・のぞき魔のムアハウス嬢と仲よく差し向かいでお楽しみだったらしい」ダニエルは眉を上げた。

「それについての説明は?」

「説明することなどないよ」こわばる肩をゆるめようと努めながら、マシューは答えた。

「お茶を飲んでいただけだ。差し向かいというわけでもないし。前にもいったように、彼女には秘密がある。ぼくはそれを突き止めたい」

「それは妙案だ。男が殺害された同じ晩に、凶器とされるシャベルを抱えてこっそり家に戻ってきたところを目撃されたことでもあるし」

「こっそり歩いてなどいない。ふつうに歩いていた」

ダニエルはしばらくのあいだマシューの顔をしげしげと眺め、やがて静かにいった。「おまえが彼女にどんなものを感じているのか知らないが、とにかく彼女に財産はないのだということは忘れるな」

「それはよく承知している」

「それならいい。きみへの思いやりから、今朝レディ・ジュリアン母娘と朝食のときに少しのあいだ話をした。感想を聞きたいか？」

「どちらにしてもなにごとか話すだろうから、イエスといっておくさ」

ダニエルは苦笑いした。「さすが親友、よくわかっているな。レディ・ジュリアンは可愛らしい女性だが、母親がとんでもなく高圧的だ。あれでは彼女も息が詰まるだろう。レディ・ジュリアンは人当たりもよく素直だし、母親に対する思いやりのある態度から見て聖人のような忍耐力もある。あの口やかましい母親から離れれば、なかなかの良妻になるはずだ。田舎屋敷に都落ちすることに不満をいうこともないだろう。だがあの猛女がきみの義理の母親になったら、できるだけ幅広い任務をあてがうようにすることを強く勧める」

「いろいろとありがとう。だが一つ気になるのは、レディ・ジュリアンがそれほど愛らしくて素直な女性だというのなら、なぜきみは自分でアプローチを図らないかということだ」マシューは友人を険しいまなざしで見つめた。「ほかに意中の女性がいるのか？」

ダニエルの瞳に一瞬何かの感情が浮かんだように思えたが、確信する前に友人はそっけなくいった。「そんなことをいうのは、どうやら花嫁探しをしているのはぼくではないということを失念しているからだな。ぼくの関心は、きみの念願である花嫁探しを手伝うことにしかないよ。それにもし、気でもおかしくなって一人の女性に束縛されることを願ったとしてもぼくはレディ・ジュリアンのような女性を選ばない。純真無垢な処女タイプは好みじゃない。一週間もしないうちに、死ぬほど退屈してしまうだろうから。しかし彼女はおまえにはぴったりだと思うよ」

「ぼくなら死ぬほど退屈するのを苦にしないとでも？」

「おまえは切羽詰まっているし、彼女は跡取りだからだ。それに子どもを産める若さもある。そんなに選《え》り好みをしている場合ではないだろう。得るものの大きさを考えれば、退屈などささいな代償だよ。だがしばらく彼女と一緒にいてみれば、自分自身の彼女に対する見方も出てくるはずだ。今夜のディナーから始めてみたらどうだ」

「ディナー？」マシューは眉根を寄せた。サラの隣りに座るつもりでいたからだ。

「そう、ディナーだ。日が沈んでから取る食事のことだよ。レディ・ジュリアンを隣りに座らせろ。ぼくは反対側の端に席を取ってくれ。そうしたらぼくがきみのかわりにミス・ムアハウスの秘密を探り、彼女がきみのことを殺人犯だと思っているかどうか見きわめる。そうすればそのあいだきみは、麗しの跡取り娘を口説くことに専念できる。それともまたミス・ムアハウスをジャンセンの隣りに座らせたいか？　昨夜あんなに公然と仲睦《なかむつ》まじくしていたことを考えると、どちらもその並びに文句はなかろうよ」

マシューの体は痙攣《けいれん》に似た不快感にとらわれた。「ジャンセンは美しいレディ・ウィンゲイトの隣りに座らせる。そうすれば彼もよそ見をしないだろう」

一瞬、ダニエルはレモンでも嚙《か》んだような顔をした。「それより、レディ・ゲイツボーンとレディ・アガサのあいだに座らせろよ。そうすれば二人のレディがよそ見をしなくなる」

そう、ジャンセンにはそれぐらいでちょうどいい。

その晩のディナーで、マシューはテーブルの上座に座った。その右にレディ・ジュリアン、左にバーウィックという配置である。下座のほうを見やると、ローガン・ジャンセンが騒々しいレディ・アガサと会話の真っ最中だった。レディがトム・ウィルストーンの殺人事件について気味の悪い話をこまごまと楽しげに話しているのは間違いない。反対側に座ったレディ・ゲイツボーンは並々ならぬ関心を見せて彼を見つめており、その目にはあきらかに貪欲《どんよく》さが光っている。大方ジャンセンの莫大な資産の額でも計算しているのだろう。レディ・エミリーはハートレーとサーストンの好意あふれる言葉を受けて微笑んでおり、アーチェリーでの惨敗から立ち直った二人もようやく笑いを取り戻したようだ。

ダニエルはサラの隣りに座っており、マシューも友人が彼女からできるだけの情報をつかんでくれるものと、信頼している。すべてが順調であり、彼もくつろぎ、楽しんで美しいレディ・ジュリアンに的を絞っていればよかった。

しかしいくら努力しても彼女との会話に身が入らないのだった。幸い、向かい合わせに座るバーウィックが喜んでお相手をしてくれているらしい。マシューはまたしても会話の流れがわからなくなった。

視線はレディ・ジュリアンに向かず、無意識にテーブルの反対側に向かう。見ているとどうやらダニエルとサラの話は弾んでいるようだ。そのとき彼女がダニエルに向かって笑顔を見せ、可愛らしいえくぼが浮かぶ微笑みが目元まで広がり、眼鏡の奥の瞳が楽しげに輝いた。ダニエルの低い笑い声を聞くと、マシューの肩はこわばった。

彼はまぎれもない不快感にとらわれていた。嫉妬《しっと》である。あの愛らしい微笑みは、親友ではなく自分に向けてほしいのだ。

向こう側でいったい何が起きているのだ。ローガン・ジャンセンがテーブルの反対側からサラになにごとかいい、サラが輝くような笑顔を返した。彼女の顔は、まるで内側から火が灯ったように光り輝いている。そしてレディ・ゲイツボーンとレディ・アガサのお相手で手一杯のはずのジャンセンは、宝石の埋もれた洞窟《どうくつ》でも発見した探検家のように嬉しそうな顔でふたたびサラを見ている。

いけ好かない男だ。ジャンセンの資産は王室を上まわるほど巨額だという。だから跡取り娘に用はないし、実際近くに座る跡取り娘たちにも関心はないようだ。それどころかジャンセンの目はサラに釘づけになっている。そういえばあの男、彼女のことを美人だと褒めていたっけ。

下衆《げす》男め。

「そうだろう、ラングストン？」

マシューはバーウィックの声でとりとめのない思いから現実に引き戻され、ディナーの話し相手に注意を戻した。「なんだ？」

「今夜のレディ・ジュリアンはひときわ美しいということだ」

マシューはレディ・ジュリアンのほうを向き、表情のこわばりをさとられまいと努めながら微笑んだ。「すばらしくお美しいですよ」それは事実であった。薄桃色のドレスが魅力的な面立ちや金髪、しみ一つない象牙色の肌を引き立て、ほんとうに美しい。彼女の父親にはあまたの結婚申し込みがあるだろう。事実、バーウィックはすでに彼女になかば恋をしているようだ。すばやくテーブルを見渡してみても、ハートトレーとサーストンもレディ・ジュリアンのほうばかり見ている。そんな彼女を口説き、結婚の申し込みをするのをためらうほうがおかしいのだ。

そしてまたしても視線がテーブルの反対側へとさまよっていく。眼鏡の奥の雌鹿のように大きな瞳。えくぼの浮かぶ微笑み、縮れた後れ毛。かすかに木炭の名残りをとどめた指、ふっくらした唇、なぜか容貌を損なってはいない質素なグレーのドレス。

そのときサラの目がダニエルを飛び越えてマシューのほうに向けられ、二人の視線が絡んだ。そしてマシューは胸を殴られたような衝撃を感じた。ぼそぼそという会話の声、陶器に銀食器が当たるかすかな音が聞こえなくなった。しばしの超現実的な時間の流れのなかで、この部屋にいるのは二人きりであり、二人だけの親密な何かが通い合ったようにマシューには思えた。

まるで彼女の手が触れたかのように、体じゅうがかっと熱くなり、なんとか冷静な顔はつくろったが、そんな自分の反応を彼女にさとられてしまったのではないかとマシューは思った。そのとき彼女の瞳に訝しげな表情が浮かんだ。まるでパズルでも解いているかのようなまなざしである。

「彼女のお裁縫の腕前はたいしたものですのよ」レディ・ゲイツボーンが誰よりもひときわ大きな声でいった。サラは没我から目覚めるかのように、何度かまばたきをした。実際、彼女自身も催眠状態から覚めたような感じだった。

顔を動かすことなく、サラはレディ・ゲイツボーンに視線を向け、天井を仰ぎ見た。マシューはつい笑い声を上げそうになり、それを抑えたものの、微笑まずにはいられなかった。その口調を聞くかぎり、レディ・ゲイツボーンはワインをすすりながらお抱えの洋服屋の自慢話をしているのである。

少なくとも、このご婦人は今夜よく眠れるはずだ。運がよければ、デザートが出る前に眠りこんでしまうかもしれない。この女性が自分の義理の母親になるかもしれないと考えただけで、結婚に対する気持ちが萎え、食欲さえなくしてしまう。

サラはマシューに微笑みを向け、ふたたびダニエルに注意を戻した。マシューはワイングラスを持ち、ボルドーワインをじっと見つめ、レディ・ジュリアンを引きこむ話題はないものかと考えた。ようやく彼女のほうに向き、こういった。「ところでレディ・ジュリアン、最近何か面白い本はお読みになりましたか?」

なぜこんな質問で彼女が狼狽《ろうばい》したように目を見開き、赤面してしまうのか、マシューはまったくわからなかった。「あの、とくにはございません、閣下」レディ・ジュリアンはうつむいてそわそわとナプキンをいじっている。

ほんの話のきっかけとして出した話題だったのに、レディは気付け薬が必要なほどに取り乱している。もっと無難な、天気のことにでも話題を変えようとしたそのとき、レディ・ジュリアンが顔を上げ、早口でいった。「でも私たちで最近〈ロンドン婦人読書会〉を結成しましたの」

「私たち、とは？」

「レディ・ウィンゲイト、レディ・エミリー、ミス・ムアハウスと私です」

「読書会ですか」マシューは、なるほどというようにうなずいた。「シェークスピアの作品を読み、議論するというわけですね」

レディ・ジュリアンの頬はさらに紅潮した。「結成したばかりですので、内容についてはまだ先のことと存じます」

彼女はきっとボンネットが落ちただけで、赤面してしまうのだろう。頬を染める可愛らしい様子は見ていていやなものではけっしてないが、本の話をしただけで、こうした反応を示すのはどうなのか。この様子から見て、気丈なタイプでないのは確かだ。とにかく話は続けなくてはならないが、文学に関する話題を振ると気絶せんばかりの反応を見せるので、ほかに話の種を探すべきだ。

「ところで、レディ・ジュリアン、お好きなことはなんですか？」

彼女はしばし考えて、答えた。「ピアノと歌です」

「お上手なのですね？」

「一応は。上達をめざして努力はしております」彼女の瞳が一瞬悪戯っぽく輝いた。「でも母にお尋ねになれば、天使のような歌声だとかピアノの腕前については娘の右に出るものはない、などと豪語することでしょう」

ふむ、レディ・ジュリアンは美しいだけでなく、謙虚でもあるのか。それにユーモアのセンスもあるようだ。どちらも好ましい長所といえる。

それでも彼の視線はまたしてもテーブルの反対側にさまよっていく。見ると、ジャンセンもダニエルも、サラの話に聞き入っている。クリスタルのワイングラスを握る指に力がこもり、マシューはふたたびジュリアンに注意を向けた。「ほかにお好きなことは？」

「読書、刺繍《ししゅう》、乗馬、ダンスです。女性が好むありふれたことばかりですわ」

たしかにありふれている。問題は、もの好きなことに――おまけに不都合でもあるわけだが――彼がありふれたものでなく、並はずれたものに心惹かれることにある。

「動物も大好きです」レディ・ジュリアンは続けた。「田舎の屋敷におりますときは愛馬に乗っていますし、ロンドンでは愛犬とともにハイドパークを散歩するのが楽しみなのです」

マシューは定まらない視線をレディ・ジュリアンに向けるよう努め、この好ましい情報に心を傾けるようにした。彼女が乗馬を好み、動物好きであることは喜ばしいことに違いない。

「どんな犬をお飼いになっているのですか？」

レディ・ジュリアンは顔を輝かせ、よく吠える小型犬の種類を告げた。人間の足首を嚙み、絨毯に粗相《そそう》をし、サテンのクッションの上で眠り、よくつまずく、ダンフォースが完全に軽《けい》蔑《べつ》するタイプの犬だった。

「ロンドンに戻ったら、プリンセス・バターカップに仲間をふやしてやるために、同じ犬種の犬を数匹飼うつもりでいるのです」レディ・ジュリアンは熱意をこめて、いった。

マシューはワイングラスの縁越しに彼女をしげしげと見つめた。「あなたの人の名前は、プリンセス・バターカップというのですか？」

レディ・ジュリアンは微笑んだ。それはセイレーンの歌声のように、多くの男たちの心を捉えて離さないだろう、魅惑の笑顔だった。「そうです。あの子にぴったりの名前なのです。仕立て屋にあの子用の小さな服も注文しましたの、ボンネットも一緒に」

やれやれ、こんなことではダンフォースが黙っていないだろう。そんな犬を連れこんだりしたら、愛犬がどんな反応を示すか、目に見えるようだ。「大型犬はお好きですか？」

「犬ならなんでも好きですが、個人的には小さい犬のほうが好きです。大きな犬ですと、膝の上に座らせることもできませんし、引き紐《ひも》を使って散歩に出てもぐいぐい引っぱられてしまいますでしょう。もちろんプリンセス・バターカップは大きな犬を怖がったりしません。あの子は気が荒く、自分より大きな動物にも怯まず嚙みつきますの」

マシューは即座に、チュールとミニチュアのボンネットに身を包んだプリンセス・バターカップがダンフォースの尻尾に嚙みつき、愛犬が恨めしそうに彼を睨む様子を思い浮かべた。

それまで心に描こうとしていた家庭的な喜びが風に吹かれる湯気のように消えた。ばかげた反応である。プリンセス・バターカップのことを除けば、レディ・ジュリアンはどこから見ても完璧ではないのか。美人で、機知に富み、慎ましく、柔順で、おとなしく、動物好きで、おまけに願ってもない跡取り娘である女性のどこに文句のつけようがあるというのだ。

それでもマシューの視線はやはりテーブルの端に向いてしまう。そして彼はぎくりとした。ダニエルはあきらかにサラとの会話をあきらめ、反対側の隣席に座る彼女の姉であるレディ・ウィンゲイトと話しこんでいる。しかしサラは少しも見棄てられた様子はない。それどころか、あのろくでなし男ジャンセンに話をしている。ジャンセンのほうは彼女の唇から発せられるのがありがたい金言であるかのように、熱心に耳を傾けている。あのふっくらとした愛らしい唇から。その唇を、彼女は舌の先で湿らせた。急いでジャンセンの様子をうかがうと、彼も間違いなく彼女のそんな様子を目に留めたらしく、それを好ましく感じているようだ。

気に入らない。

この長いディナーはいつまで続くのだろう。

「それで?」ほかの客たちが客間に移り、ようやく二人きりになると、マシューはダニエルにいった。

「それで、とは?」ダニエルは暖炉の前に置いたマシューのお気に入りの椅子に座り、脚を伸ばしながら答えた。

マシューは苛立ちを声に出すまいとしたが、うまくいかなかった。「わかっているくせに。ミス・ムアハウスとの会話はどうだった？」

「首尾は上々だ。きみのほうは、レディ・ジュリアンとうまく話せたか？」

「最高に。ミス・ムアハウスとのことで、何かわかったか？」

「興味深いことがいろいろと。おまえは彼女の才能に気づいていたか？ 彼女は――」

「スケッチだろう？ 知ってるよ。ぼくの知らないことを話してくれ」

「じつは会話の才能がある、と言いかけていたんだ。それも真の会話の。あらゆる話題について知的な論議ができるだけではなく、聞き上手でもある。相手の話していることが最高に重要で、興味深いことであるかのように聞き入るんだ」

マシューは暖炉の前に立ち、大理石の炉額に肩でもたれた。昼間テラスで一緒に過ごしたときのサラの様子がまぶたに浮かんだ。あの大きな瞳をこちらにひたと向け、話を聞きながら首を傾げるその仕草。「ああ、ぼくもそれは気づいている。ほかには？」

「彼女の観察眼は鋭い。人間や物事のあらゆる様子に着目している。おまえについて、いくつも質問されたよ」

「どんな質問だ？」

「主におまえのガーデニングへの傾倒についてだ。彼女はどうやらその話題に造詣《ぞうけい》が深いみたいだ」

「おまえはどう答えたんだ？」

「はぐらかしておいたさ、おまえは戸外に関するものは何でも好きだとね。おまえにロマンティックな興味も抱いている。案の定だ。もしかするとおまえがシャベルを持って歩いているのを目撃して、疑惑を抱いているかもしれない」

サラが自分にロマンティックな感情を抱いていると聞いたからといって、全身がかっと熱くなるのはあるまじき反応だった。

「ほかにわかったことはないのか？」マシューは訊いた。

「自分の畑から採れたあらゆる材料を使って、料理をしたり、パンやケーキを焼くのが好きだそうだ。その畑もどうやら広大らしい。ダットン姉妹のことは聞いているか？」

マシューは首を振った。「誰のことだ」

「ミス・ムアハウスの自宅から一時間ほど歩いたところに住んでいる年配の姉妹だ。一人はほとんど目が見えず、もう一人は杖にすがらなくては歩けない。彼女はどんな天気の日でも毎日姉妹のコテージに通い、自分で作った料理をバスケットに詰めて運んでいるんだ」

マシューは眉を上げた。「彼女はそんなことをおまえに話したのか？」

「いや、彼女の姉上から聞いた。さらに、彼女はダットン姉妹から金を受け取ることを拒んでいるとも聞いた。そのうえ、その地域のほかの家庭にもよくパンのたぐいを届けているそうだ。とくにマーサ・ブラウンという半年前に夫を亡くした若い女性のところへはよく届けるという。すでに三人の子持ちなのに、二カ月後には四人目が生まれることになっている。レディ・ウィンゲイトによれば、ブラウン夫人はほんとうにそれで助かっているそうで、子どもたちもとても彼女になついているらしいよ」

マシューは暖炉の火をじっと見つめた。これらの話を聞いてはいなかったが、内容については意外な気がしなかった。彼女が愛情をもって面倒をよく見る様子は容易に想像がついた。その厚意を受けるのがなんらかの意味で打ちひしがれた人びとであるというのも、うなずけるものがあった。

「ミス・ムアハウスの様子には……いわく言いがたいものが感じられる」ダニエルがそっといった。「どう表現したらよいのかわからないがね。物心ついたときから、何かと美しい姉と比較されて育っただろうし、普通なら恨みがましくなっても仕方がない状況だと思うんだ。しかし彼女の場合は、その思いが人間、とくにもっと不幸な人びとへの同情という形となって表われているんだ」

「そうだな。その点はぼくも気づいたよ」

「それが飛びぬけてすばらしい資質であることは認めるし、上流社会ではまずお目にかかれないタイプだ。上流社会の生まれでないからこそ、それだけユニークでいられるのかもしれない」

ユニーク。そう、それこそ彼女にふさわしい形容だ。

「彼女は冷静な表現をする人でもある」ダニエルは続けた。「あけすけな物言いはするが、レディ・ゲイツボーンのような反感を与える言い方ではない。ぼくも自分の間違いを認めるのを恥とは思わないし、彼女についての見解が間違っていたことは認めるよ。彼女の深い謎については突き止められなかったが、そもそも彼女に秘密があるとはとても思えないね。それどころか、彼女は爽《さわ》やかな風のような人だよ。きみが彼女になぜそうも興味を持つのかよくわかる。もっといえば、ぼく自身興味をそそられてしまうくらいだ」

マシューは心を揺さぶるこの感情が嫉妬ではないと思いたかった。しかしほかに表現のしようもなかった。彼は喉元まで出かかった言葉を、歯を食いしばって呑みこんだ。

彼女はぼくのものだ。

マシューは首を振って眉をひそめた。ばかげている。自分はどうかしてしまったのだろうか。彼女はぼくのものではない。彼女を求める気持ちもない。

しかしその最後の言葉が心に浮かんだ瞬間、マシューはそれを振り払った。どれほど拒んでみたところで、彼女を求める気持ちがあることは否定できないからだ。それも、自分でも動転してしまうほどに。これは、彼女を恋人や妻にできない状況を考えると、どうにも厄介なことになったというしかない。彼女は彼が狙いを定めるべき女性ではない。気持ちを必死に向けなければいけない相手は、サラの親友、レディ・ジュリアンなのだ。

なんと皮肉なことか。

ダニエルは胃のあたりに手を当て、前かがみの姿勢でマシューを見上げた。「ジャンセンもあきらかに彼女の新鮮さにまいっているようだ」

マシューはこぶしを握りしめた。「ああ、ぼくもそれは気づいている」

ダニエルはうなずいた。「きっとそうだと思ったよ。だってきみときたらぼくのいるテーブルの端に始終目を向けていたから」

「きみがミス・ムアハウスとどう接しているか見ていただけだ。きみがかなり長いあいだレディ・ウィンゲイトと話していることにも気づいたよ」

「妹のことに関して詳しく話してくれたものでね。それに美人が隣席にいるというのに、無視する手はないからね」ダニエルは探るような目でマシューを見た。「ミス・ムアハウスだが——人知れずおまえを見やる様子から察するに、彼女はおまえに夢中だ。これ以上彼女をかまえば、いたずらに彼女の期待をあおるだけだ」

マシューは眉をひそめた。心のどこかではダニエルの言い分は正しいと認めている。これ以上サラにかかずらってもなんの意味もない。だが、そう思っただけで心が鉛のように重くなる。

「結局彼女の気持ちを傷つけることになるんだぞ、マシュー」ダニエルは静かにいった。

「きみだって、彼女にそんな思いはさせたくないだろう?」

「そうだな」ダニエルのいうとおりだ。心惹かれるというかなんというか、彼女に対するこんな気持ちは忘れるべきなのだ。

「よし。今度はレディ・ジュリアンとの会話がどうだったか、話してくれよ」

マシューはサラの面影を無理やり振り払った。「なかなかうまくいったよ。彼女は愛らしくて、控え目で、性格もよくて、動物好きだよ」

「おまけに跡取り娘だ」ダニエルが念を押すようにいった。「完璧な相手じゃないか」

「まさしくな」

「おまえも彼女を口説こうと、追いまわすのはいやだろう。バーウィックが彼女を見る目に気づいたか。あいつは彼女にぞっこんだぞ」

それはマシューも気づいている。しかしまるで気にならない、というが本音だ。嫉妬など、微塵《みじん》も感じないのだ。

「サーストンもハートレーも今夜はレディ・エミリーに愛想を振りまいていたが、彼らもレディ・ジュリアンにのぼせていると思って間違いがないだろう」とダニエルは付け加えた。

マシューは暖炉の火をじっと見つめながら、別の男性がレディ・ジュリアンを口説いていると考えて、わずかでも嫉妬の感情が起きるのかどうか、真剣に心の内を見据えてみた。

そんな気持ちはいっさい存在しなかった。

そのとき、少し前に無理やり振り払ったサラの面影が心によみがえった。だが今回はテーブル越しにローガン・ジャンセンに微笑む顔である……するとあの下衆男が彼女を腕に引き寄せ、キスをする。そう考えて起きたものは、赤い霧に視界をさえぎられたような激しい感情だった。

マシューは嫌悪感のにじむうめき声を上げると炉額から離れ、顔を両手で擦った。そして

ドアに向かった。「それでは、また朝に」

「どこへ行く？」ダニエルが訊いた。

「着替えをして、また穴を掘りに行く。探し物が見つかるよう、祈っていてくれ」

「幸運を祈るよ。同行したほうがいいか？」

マシューはつと立ち止まり、振り向き、つねに隙のない身なりを心がけている友人に向かって眉を上げた。「おまえが穴掘りをするというのか？」

「それは遠慮しておこう。だが見張りなら喜んで引き受ける。殺人鬼がうろうろしているからね」

「そうだな。申し出はありがたいが、きみはきちんと眠ってくれ。それで明日の午後はホスト役をかわりに演じてくれないか。そうすればぼくは昼間も引きつづき探索ができるというものだ。それにわれわれの考えでは、トムを殺した犯人はぼくとは関係がないという結論に達している。たとえかかわりがあるとしても、ぼくが捜し物を見つけ出すまでは命を狙われないという結論にもいたっただろう」

「大丈夫だろうと高をくっていると、危険だぞ、マシュー。もし捜し物が見つかったらど

うする?」

「悪ガキのように飛びまわって、声をかぎりに叫んだりはしないさ。気を悪くしないでほしいんだが、おまえより優れた視力、聴力、嗅覚をそなえたダンフォースが一緒だから安心だよ」

「気を悪くするものか。ホストの代役なら喜んでやらせてもらうよ。麗しのレディたちとともに過ごすことに異存があるはずもない」

「結構だ」マシューはふたたびドアに向かった。

「マシュー……きみはこの探索がほとんど時間の浪費だということを認識しているのか?」

マシューはしばし黙し、うなずいた。「わかっているさ。だがやってみるしかないんだ」

「ではくれぐれも用心したまえ」

マシューは部屋を出てドアを閉め、苛立ちを覚えながら階段に向かった。この気分は彼女のせいだ。こうして今夜穴を掘るのはいい気晴らしになる。無益なことに努力を重ねたあの先祖たちにならって、何も生み出さない穴を掘りつづけよう。疲労困憊《こんぱい》して何も考えられなくなるまで掘りつづけるのだ。望んでもかなわぬものへの未練が消えるほどに。

サラ。

そんな境地に達するには、よほどの穴を掘らねばならないだろう。

階段の一番上まで上ると、使用人たちが湯気の立つバケツを運んでいるのが目に留まった。

どうやら客の一人が入浴の用意を依頼したようだ。マシューは一瞬羨望の気持ちにとらわれた。穴など掘るより、熱い湯につかるほうがどれほどいいか。庭から戻ったら、自分も湯につかろう。

自分の寝室に向かおうとしたとき、使用人たちが立ち止まり、先頭の者がノックした。誰かの寝室のドアだ。

「ミス・ムアハウス？　お湯をお届けにまいりました」

マシューはすばやく壁のくぼみに身を隠し、最後の召使たちが部屋に入り終わるまで見えないよう、じっとしていた。ふたたび廊下にひと気がなくなると、笑みを浮かべながら急いで自分の寝室に向かった。

穴掘りはしばし延期することにした。いまは入浴のほうに心がそそられているからだ。

10

ゆったりとサッシュを結んだローブだけを身につけ、サラは寝室の暖炉の前の銅製の浴槽に満たされたお湯のなかにラベンダーオイルを数滴垂らした。水面に手を入れ、ゆっくりとかき混ぜながら、少し冷まして入るべきだと気づいた。そのほうがいい。あらゆることで頭がいっぱいだからだ。

後ろを振り向いて、サラは長椅子の方を見た。低く燃える暖炉の火が、男に趣きのある翳りを与え、サラは胸を高鳴らせて男を見つめた。しげしげと目を凝らし、広い肩幅や真っ白なリネンのシャツ、ゆるく結んだスカーフ、黒のズボンとブーツに見入った。男は微動だにせず、ひと言も発せず、彼女の命令を待っているかのように見える。サラの口元がほころんだ。

フランクリン・N・スタインはほんとうに完璧な男性だ。

右脚のほうが左脚よりいくぶん太くはあるけれど。それはただ詰め物が足りなくなってしまったからなのだ。みなでクスクス笑いながらフランクリンのズボンのほかの部分に解剖学的にありえないほどの量の詰め物を使わなければ、不足することもなかったはずだ。

それに彼には手がないという些細《ささい》な問題もある。それより少し大きな問題は、フランクリンに頭がないことだ。

サラは、頭はなくとも恵まれた肉体をしたフランクリンを見て顔を曇らせた。やはりこのままにしてはおけない。キャロリン、エミリー、ジュリアンの三人はフランクリンに詰め物をし、体を組み立てる手伝いをしたあとこの寝室を出ていった。浴槽に湯を入れてもらうあいだ、サラは彼を簞笥のなかに隠しておいたが、使用人たちが出て行くと、また彼を出した。皆で造りあげたものをこんな状態にしたまま、入浴したり就寝したりするわけにはいかない。

簞笥のほうへ行き、一番古いナイトガウンを引っぱり出す。次にベッドに向かい、枕の一つからカバーをはずす。そのカバーのなかにナイトガウンを詰め終えると、それをまるい形に整える。そしてその間に合わせのものを彼の広い肩のまんなかに据える。一歩下がり、出来ばえを見る。

少しでこぼこしているが、ずっとよくなった。ただし、今度は首がない。もちろん、頭がないよりはずっとましだ。それに頭ができると、顔がどうしても必要になる。

そう思ったとき、ある面立ち――完璧な容貌が脳裏に現われた。聡明そうなはしばみ色の瞳、彫りの深い造作。引き締まった豊かな唇。あまり微笑むことはないけれど、いったん微笑むと……。

ああ。

ディナーのテーブルの端から向けられた彼の微笑みを思い返すだけで、心臓の鼓動が乱れそうになる。魅力的なサーブルック卿の隣りに座り、真向かいには楽しいジャンセン氏がいるにもかかわらず、サラの心はなかばラングストン卿への思いで占められていた。そのラングストン卿は長い食事時間のあいだ、ほとんどジュリアンと話をしていた。今夜のジュリアンはそれこそまばゆいほどに美しかった。

サラは目を閉じ、ひと晩じゅう心に重くのしかかっている厄介な感情を振り払おうとしたが、もう抑えきれなくなっていた。嫉妬が心にあふれ、サラはうめきながら両手で顔をおおった。

止めようがないのなら、その感情がほとばしるにまかせ、しばしそのなかに溺《おぼ》れてみたらいいんだわ、と開き直る。嫉妬心は何も生み出さない感情で、おめでたくも、望んでも手に入らないものを得たいと願うときにのみ、湧き起こる。たとえば美貌である。

自分の外見の限界についてはとうの昔にわかっている。キャロリンのような輝かしい美貌に恵まれなかったからといって、運命を呪ったりせず、自分の時間とエネルギーを園芸と絵画に注いでいる。多くの女性が抱くような女らしい夢、恋やロマンスや華々しい情熱といったかなわぬ夢には見向きもせず、庭仕事やスケッチブックに没頭するだけで満足してきた。ロマンティックなもの以外に大きな情熱を注ぎ、そうした興味や友情、ペット、料理に充足感を覚え、そんな生活を幸福だと感じている。

それでもときおり、夜の静かな闇に包まれて、一人でベッドに横になっているとき、ふと虚しさに襲われることがある。自分には与えられていないもの。手に入れることのないものへの渇望だ。恋、心ときめくロマンス、すばらしい情熱。夫、愛すべきわが子。

そんな思いを心に抱いてしまうと、きまって憤りや苛立ちに襲われる。あなたは満ち足りた生活を送っているじゃないの。そのことに感謝し、ありがたいと思わなくては。それに未亡人のマーサ・ブラウンと違って雨露をしのぐ屋根もあり、食べ物にこと欠くこともない。またダットン姉妹と違って、すばらしい健康にも恵まれている。そう心にいい聞かせ、ほぼ満足している。

それでもいまのように、欲が顔を出す。キャロリンがエドワードと交し合ったような愛や恋の魔力、情熱を体験したい。ひと晩に二人の男性にちやほやともてはやされるようなエミリーの明るい美貌がほしい。ジュリアンのような静かな美貌がほしい。誰もが振り向くような。ディナーで男性が隣り合わせに座りたがるような。そして誰よりも美しいと賞賛のまなざしを受けるような。

サラは長椅子に座り、いまにもあふれそうになる涙を抑えるために、てのひらを日に強く押し当てた。馬鹿！　愚かでなんの意味もない空想。滑稽《こっけい》でむなしい夢。こんなことを考えても、ただ孤独感や満たされることのないむなしさに苛まれるだけなのに。こんな思いは葬り去って、二度と出てこないように、二度と自分をあざけることのないように、二度とみずからを傷つけることのないように、魂の奥底に閉じこめるべきなのだ。今度また愚かにもそんな思いを陽光にさらすそのときまでは。

サラは震える息を吸いこみ、目の下の涙をもどかしげに拭いた。肩を押すものを感じて顔を上げると、まるで彼女の気持ちを感じ取ったかのように彼女のほうに体を傾け、詰め物をした肩が触れている。あわれみ――完璧な男性ならではの愛すべき習性である。しかし嘆かわしいことに、でこぼこした彼の頭部が肩から転がり落ち、ブーツを履いた足元に落ちてしまった。文字どおり失態をさらしたわけで、とてもいただけない。明らかに針と糸が必要だ。

サラは嘆息とともにフランクリンの体をまっすぐにし、床に落ちた頭部を拾い、彼の肩のあいだに載せた。そして自分の背筋を伸ばした。もう充分だ。望んでも仕方ないことを望んで無駄な時間を浪費してしまった。けっして自分の物にはならない、そもそも望むことすら許されない男性を求めてしまった。相手は理由も怪しい、つかの間の興味を抱いているだけなのに。そしておそらくは卑劣な人殺しなのに。

しかしその最後の言葉が浮かんだ瞬間、サラの心は激しくそれを打ち消した。ウィルストーン氏が殺された夜、ラングストン卿がシャベルを抱えて庭から戻ってきたのには、きっと何かほかの理由があるに違いないのだ。だがそれはいったいなんなのだろう？　夜咲きの花を育てているという口実が嘘であることは知っている。彼がフランケン博士のように不吉な実験を行なうなどということがあるだろうか？　それは絶対にない。しかしそうなるとまた同じ疑問に立ち戻ってしまう。あの夜、彼は何をしていたのか？

サラは苛立ちの溜息とともに、立ち上がった。考えごとはやめにして、そろそろ湯につかろう。でもその前にフランクリンの世話をしてあげなくては。自分の気が滅入っているときに無防備な状態で彼を一人座らせておきたくない。サラは扱いにくい彼の体をわきに挟み、もう一方の腕で頭部を抱え、簞笥まで行き、一番奥に隠した。居心地はあまりよさそうではなく、頭もまっすぐな位置にはなかったが、狭い場所なので仕方がなかった。首がないのがかえって幸いだ。もしあれば朝までには痙攣《けいれん》していただろうから。

サラは簞笥の樫《かし》材の両開きの扉を閉め、分厚い絨毯の上を裸足で歩いて部屋を横切った。浴槽の隣りのテーブルに眼鏡を置き、サッシュをほどき、ローブを脱ぎ、足元に落とした。そして注意深く銅の縁をまたぎ、ゆっくりと湯につかった。

満足げな溜息が唇からもれた。浴槽より体のほうが長いので、膝を曲げ、よい香りのする湯が顎の下にくるまで体を沈めた。そして頭を湾曲した浴槽の縁に乗せ、目を閉じて、体の隅ずみに届くぬくもりに浸った。静まり返った部屋のなかでただ炉額の時計の音だけが響いていた。

熱と蒸気がこわばった筋肉をほぐしていき、サラは満ち足りた深い溜息を長々ともらした。そのとき急に、別の入浴のことが胸によみがえった。

閉じたまぶたにラングストン卿のイメージが浮かんだ。浴槽から立ち上がる姿。裸体からしたたり落ちる水。筋肉質の腕を上げて、濡れた髪を後ろに撫でつける様子。完璧な男性が入浴するさまを眺めることほどすてきなことはない。

「完璧な美人が入浴する様子を眺めることほどすてきなことはない」

彼女自身の思いを表わしたかのような、豊かで優しい聞きなれた声が聞こえ、サラははっと目を開いた。急に身を起こし、浴槽の縁から湯をはね飛ばしながら目を細めて暖炉のほうを見た。端のほうはぼやけているが、無頓着に炉額に肩でもたれているその姿は間違いなくラングストン卿だ。片手に何か白く長いものを抱えており、よく目を凝らして見てみると、それは彼女のローブだった。

サラはテーブルに置いた眼鏡をつかみ、それをかけ、胸を守るように腕を組んだ。彼を下から睨むと、彼は上着とベスト、スカーフを脱いでおり、いまは白のシャツに黒のズボン、黒の靴だけを身につけているだけだ。シャツも襟元は開いており、袖《そで》は肘まで捲《まく》り上げている。

サラは動転した。その着崩した感じが魅力的で、すばらしく男らしく、悪戯っぽさがいっそう美貌を際立たせている。目を上げて見つめると、彼が気だるい笑みを浮かべてこちらを見おろしている。

「何をしているの?」サラはささやき声で訊いた。

彼は眉を上げ、とぼけた表情を見せた。「見てわからないか？　きみの入浴姿を見ているんだよ。お返しに」彼はローブを持つ手を挙げた。「そしてきみの衣類を預かっている。きみがぼくの衣類を借りたように。まあ、〝目には目を〟ということだろうね」彼の視線はすばやく彼女の胸に向けられた。「しっぺ返しでもいいんだが」

鼓動が速まり、胸が高鳴ったのは間違いなく怒りのためだった。膝を強く胸に押し当てながら、サラはいった。「復讐のおつもりなのね」

彼はチッチッと舌を鳴らした。「復讐といってしまえば身もふたもない」彼女を眺めまわす彼の目が翳ったように見えた。「ひと言つけ加えれば、きみの湯浴み姿には無粋なところは微塵もないよ。きみはほれぼれするほど魅力的だ。まるで……ボッティチェリのようだ」

サラは全身真っ赤に染まるような気がした。きっと頭に鳩の巣でも乗せたように乱れ、上向きになった髪の付け根まで赤くなっていることだろう。「私をからかっていらっしゃるのね、閣下」ああ、この息切れのような音は自分の声なのか。

「そんなつもりはないよ。きみのようにカーテンの後ろに隠れて入浴を盗み見たりせず、ぼくの行動は明白で正直なものだ」

彼は視線をそらさず、炉額から離れ、アームチェアを浴槽のそばに引き寄せた。椅子の背に彼女のローブを掛け、彼は座った。腕を回す仕草とともに、いう。「どうぞ、続けてくれたまえ。ぼくのことは気にしないで」

「続けるとは?」

「入浴だよ」彼は前にかがみ、前腕を浴槽の縁に乗せた。指先が湯のなかに沈み、ゆるい円を描く。目が悪戯っぽく光った。「石鹸《せっけん》を取ってあげようか?」彼の手が水のなかにもっと深く入ってくる、と考えただけで、サラは息が止まる気がした。言葉を失ったまま、サラは首を振り、それにつれて眼鏡がずり落ちた。それを押し上げる前に、彼が顔からはずしてテーブルの上に置いた。

「湯気で曇るだけだ」と彼はいった。「それに眼鏡はいらないな。ぼくはずっとそばにいるつもりだから」

サラは唾を呑みこんで、やっと言葉を発した。「これはとても不道徳な行ないだわ」ここへきてようやく――常識が目覚めたのだ。

「きみはぼくの寝室に入りぼくの入浴を見ながら、そうは考えなかったとみえるね。誰とはいわないが、これはあきらかにある人物とそっくり同じ行ないだ」彼は少し前にかがみ、声を落とした。「だが、その誰かとは当然きみのこと。つまり自分のことは棚に上げて他人の咎《とが》をあげつらう、というやつだ。目糞鼻屎《めくそはなくそ》を嗤《わら》うともいうがね」

まったく、悔しいが彼の言い分を認めないわけにはいかなかった。「でもこれはフェアなやり方とはいえないわ。あなたの入浴を私が見ていることを、あなたはご存知なかったのだから」

「そうだな」悪魔のような笑みが彼の口元に浮かんだ。「もし観客がいることを知っていたらもっと楽しいショーにしただろう」彼の一本の指先が彼女のふくらはぎをそっと撫で下ろし、サラはぞくぞくするような刺激にあえぎをもらした。「きみはぼくの入浴を見たのだから、ぼくがきみの入浴を見るのは当然の権利なんだよ、サラ」

そんなハスキーな低い声で自分の名前をささやかれ、サラは燃えるように熱くなった体に震えが走るのを感じた。彼女はたしかに彼の入浴する姿を見たし、それは忘れがたい記憶となって脳裏に焼きついている。でも残念ながら、自分の姿が記憶に残るものであるとはとても思えない。それでも彼のまなざしは……からかうような輝きの裏で、まじめで情熱的な黒い瞳が見つめている。それにまぎれもなく挑戦の意識も感じられる。まるで彼の声が聞こえるようだ。『きみには、こんな挑発に乗る勇気があるのか？』と尋ねる声が。

自分にははたしてそんな勇気があるのか。

数日前の彼女なら、はっきりとそれを否定していただろう。彼女は男性の目の前で入浴するようなたぐいの女ではない。しかも数日前の彼女なら、自分はカーテンに隠れて男性の入浴を盗み見るような女ではないとも断言したことだろう。半裸の男性と心まで痺《しび》れるような口づけを交わすなど、論外だったはずである。

サラは震える息を吸いこんだ。プライバシーの侵害に対する怒りはどこへ消えたのだろうか。なぜすぐに出て行くよう、彼に命じないのだ。なぜこの瞬間、かつてなかったほどのえもいわれぬ生気を感じているのか？　こんな気持ちになったのは彼の腕に抱かれたあの魅惑のひとときだけだ。サラは理性を忘れ、黙ったまま苦痛にも似た爽快感《そうかい》と期待に身をゆだねた。

かつて彼女をこんな目で見た男性はいなかった。こんな気持ちにさせてくれた人もいなかった。息を呑むような興奮。湧き起こる大胆さ、奔放さ。表現のしようもない、この欲求。生きている、という実感。

彼だけが与えてくれる感覚だった。

「背中を洗ってあげようか？」

誘惑するような彼のささやきは彼女の体を包み、これに従え、彼の挑戦を受けよと促している。サラの良識がそれを拒めと警告するものの、欲求と好奇心と欲望に満ちた彼女の心がそれを掻き消す。

彼は何もいわず、サラは彼を熟視したまま膝を抱いていた腕の一方をゆっくりと離し、浴槽の底に入れ、石鹸をつかんだ。水から手を上げ、長方形の棒を差し出した。

彼は瞳を輝かせ、それを受け取り、浴槽の先端に移動した。背後でしゃがみこむ彼のブーツがきしむ音が聞こえた。「前にかがんで」彼は優しく指示した。

期待で胸をふくらませ、彼女は彼の命じるままに動き、曲げた膝を両腕でよりしっかりと抱き、その膝の上に顎を乗せた。彼の手が温かい湯をすくいあげて肩からかけ、悩殺的としかいえないようなやり方で肌を撫でていく。石鹸のついたてのひらや指が肩から背中をゆっくりと上り下りし、マッサージしていく。これほど快くすばらしい心地はかつて味わったことがないほどだ。サラはもはや思わず喉からもれる歓喜のうめきを抑えることはできなかった。

「気持ちがいい？」そう尋ねる彼の息がうなじに当たり、暖かく感じられた。

「ええ」ああ、この快感は気持ちがいいなんというものではない。

「きみの肌は美しい。信じられないほどやわらかだ。きみは知っているかい？　ここは……」彼はサラの背骨の中心をなぞり、背中に小さな円を描いた。「……体のなかでもっとも敏感な部分だということを」

サラは二度唾を呑んで、やっと言葉を発した。「知って……いると思うわ」彼の指はゆっくりとした愛撫を続け、彼女はそれ以上話すことができなくなった。ただ感じるのみ。全身にぞくぞくとした刺激が広がり、息をすれば快感の吐息になった。彼は両手をゆっくりと上げ、背中や肩に湯をかけ、石鹸を洗い流した。

「もっと？」彼がそっと訊く。

ええ。絶対に。やめないで。ほんとうに、彼女の存在全体が『もっと』というひと言に集約されたような感じだった。

しぼみかけた理性が口出しし、こんなばかげたことはやめなさいと諭《さと》そうとする。常軌を逸した行為だ、はしたない、破廉恥だ、身の破滅だと説得する。だが肉体は、全身を駆けめぐるすばらしい感覚を拒みたくないと主張する。

「もっと」サラは同意した。

彼はそっと肩をつかみ、後ろにもたれろと促した。サラはそれにも従ったが、一応は脚を組み、胸の前で腕を組んだ。

まもなく彼の石鹼のついた手がふたたび魔法をかけはじめた。今度は腕を上から下へとマッサージする。胸に置いた腕を優しく持ち上げ、手首まで肌を撫でおろす。指の一本一本を撫でられ、彼女はうっとりとまぶたを閉じ、あまりの快感にぐったりと力が抜けた。

もう一方の腕も勝手に胸から離れ、そちらにも彼はたっぷりとマッサージをした。次に首筋に魔法をかけ、やがてその手はゆっくりと下りて鎖骨から胸の隆起へとおりてきた。

サラは重いまぶたをこじ開け、彼の手が水にもぐり、乳房の下をなぞるのを見つめた。サラは息を呑み、心ならずも背中を反らせた。彼の指が乳首をかすめると、それらは固くすぼんでそそり立ち、彼にさらなる官能的な愛撫を求めた。

彼女は快感にうっとりと酔いながら、彼の長い指が濡れた乳房の上で戯《じ》れるさまを見つめた。指先が乳首のまわりに円を描き、そっとつまむ。焦らすように引っぱられ、サラは艶《つや》めいた声を発した。自分の肌に触れる彼の手。その肌に当たる彼の手の色がとても濃く見える。

そんなさまを目にして、彼女の息遣いは荒くなり、まるで火をつけられたかのように体が火照っている。脚のあいだが重く腫《は》れたように感じられ、触れてもらいたいという欲求で疼《うず》く。サラは身もだえして両腿を擦り合わせたが、その疼きがおさまるどころかいっそう強くなるだけだった。

彼は指のあいだで乳首を転がし、優しく引っぱった。「きみの手触りはすばらしいよ、サラ。とてもやわらかで、温かい」彼の言葉が耳をかすめて通りすぎた。サラは首をまわし、彼を探し求めた。そして二人の唇が重なった。優しく、説き伏せるようなキス。優しすぎるキス。サラはさらなる激しさを求め、欲した。

溜息とともに唇を開くと、彼の舌がゆっくりと滑りこんだ。まるで自分の体に彼が溶けこんでしまったような感じがした。舌と舌を絡め合い、胸を愛撫され、彼女のなかで何かを求める熱い衝動が大きくなっていく……言葉では言い表わすことのできない、どうしようもない渇望、欲求。疼くような激しさを伴った、拒みようもない欲望。

次の瞬間、彼の手と唇が離れ、サラに喪失感と抗議のうめきをもたらした。サラが理由を訊く前に、彼は浴槽のそばに立ち、上から彼女を見おろした。サラは彼の顔をはっきりと見ることはできなかったが、激しい息遣いだけは聞こえた。

「もっと?」彼はざらつく声でささやいた。

ほんの数日前に、かつてなかったほどに強く心をかき乱したこの男性をサラは食い入るように見つめた。彼女の精神、心、肉体のすべてが彼のキスを激しく強く求めていた。

しかしそれをいう勇気はあるのか。

ここでイエスといえば、明日それを悔いることになるのだろうか？　そうかもしれない。だがサラの心は、夢にも見なかったこんな機会をのがしてしまえば、もっと大きな後悔に襲われることを知っていた。

「もっと」サラはささやいた。

彼は手を差し出し、サラは思いきってその手をつかんだ。彼はそっと彼女を引き、立たせた。肌から水をしたたらせながら、サラは彼の前に立った。彼が濡れた体に視線を這《は》わせるあいだ、彼女は何もいわなかった。彼の視線が動くにつれ、体に小さな炎が次つぎと灯され、彼女の慎ましさが奪われていくように感じられた。

ふたたび視線が合うと、彼はささやいた。「完璧だ」

それはサラがこれまでけっしてみずからを表わすのに使ったことのない言葉だった。よもや男性からいわれるとは夢にも思わない言葉だった。それに反応して彼女の胸の鼓動は激しく高鳴り、彼が手を伸ばして彼女の髪のピンをそっと抜き、床に落としたとき、心臓が止まるような驚きを覚えた。無造作にまとめたアップの髪から、まとまりにくい巻き毛が落ち、毛先が腰に触れた。彼は次に髪の房をゆっくりとより分けた。

「完璧だ」彼はくり返した。「もしボッティチェリが見たら、きみを女神だと称賛したことだろう。そんな喜びを味わえない彼に同情するよ」

「なぜそんなことをおっしゃるのか、私には皆目理解できないわ」

「そうかい？　きみはぼくの寝室でぼくがきみにキスをしたいといったときも同じような言葉を使ったね。ではそのときと同じことをお答えしよう。『ご心配なく。ぼくが二人分理解しているからね』と」

彼は指先でサラの喉に触れ、その指をゆっくりと下に引きおろした。サラは自然に目を閉じ、膝を締め、彼の手に意識を集中させ、肌の上に広がる無数の熱い刺激を受け入れた。彼はゆっくりとした羽のような愛撫で、毛穴のすべてを目覚めさせ、刺激の上に刺激を重ねていった。乳房をてのひらで包み、乳首を刺激して固くとがらせると、サラは長い吐息をもらした。

「目を開けて、サラ」

彼女はまぶたを開き、彼の美しいはしばみ色の瞳がまぎれもない情熱によって色濃く翳るのを見つめた。まさか自分がこのような情熱の炎を男性のなかに灯すことができるとは、これまで夢にも思ったことはなかった。

彼は一歩近づき、前にかがみこんだ。彼の舌はふくらんだ乳首のまわりを一周し、今度は唇で敏感になっている頂をおおい、優しく吸い上げた。サラはその親密な行為、下腹部がこわばるような快感に、はっと息を呑んだ。両手を上げ、彼の豊かな髪を指で梳《す》きながら彼の唇の動きの一つひとつに夢見心地で溺れた。

もう一方の乳房を同じように味わいながら、マシューの片手が背中を下りていき、尻を包みこんだ。サラの喉から、自分でもかつて一度も聞いたことのない、しわがれたうなり声が発せられた。彼のキスは胸から首、顎まで上ってきた。

「サラ……サラ」そうささやく彼の唇と息が肌を刺激する。やがて二人の唇がふたたび重なると、サラは彼の首に腕をまわした。彼女はすべてを忘れ、ただ一つの言葉だけを考えていた。もっと……もっと……。

まるで無言の訴えが聞こえたかのように、彼のキスは激しさを増し、彼は舌と舌を熱く絡ませた。大きな手がゆっくりと下におり、さらに太腿をへて脚を持ち上げ、足を浴槽の縁に置いた。これほどあからさまにすべてをさらすことに対して本来なら感じるはずの羞恥心は、彼の指が疼く場所に触れた瞬間、消え果てた。

サラは唇を重ねたままあえぎ、彼の力強い腕で腰を支えられていなかったら、浴槽に倒れこんでいただろう。彼はゆっくりと円を描き、彼女に責め苦を与えた。その刺激によって呼び覚まされる淫《みだ》らな欲求に、サラは身もだえした。彼はうめきながら顔を上げ、彼女の顎にそってキスの雨を降らせた。

「とてもやわらかい」彼はサラの首に口づけしながらささやいた。「とても熱くて濡れている。このうえなく……すばらしいよ」

そう、すばらしいのひと言に尽きる。秘めやかな部分に触れ、焦らすようにいたぶる手の動きは完璧そのものだ。その刺激が、サラをもどかしさとともに極限まで追い上げていく。サラは突如絶頂に上りつめた。その恍惚感《こうこつ》のなかをただよっているうちに、再び彼の手によって激しい快感にさらわれ、かすれた叫び声を上げながら、暗く熱い悦楽の奈落に落ちていった。彼の肩に顔を埋め、時を忘れ、すべてを忘れ、彼女の存在すべてが彼の指が触れる一点に集中していた。やがて痙攣がおさまっていき、サラは甘美なほどにものうい脱力感のなかをたゆたっていた。

大きく息を吸うと、彼の肌の匂いが五感に広がった。白檀《びゃくだん》と清潔なリネン、彼自身の香り。ゆっくりと顔を上げると、彼のはしばみ色の目がじっとサラに向けられていた。

「サラ」彼がささやいた。

「ラングストン卿」サラはささやき返した。

彼の唇の片方がつり上がった。「マシューだ」

「マシュー」彼の名を呼ぶだけでジンジンとする刺激が波のように体に広がった。サラは彼の首にまわしていた手の片方を下ろし、開いた襟元からそっとなかに入れ、胸に置いた。温かな肌の上で指を広げ、彼の心臓の鼓動や、黒い胸毛のかすかなチクリとする刺激を感じ取った。「マシュー……あなたは私に何をしたの？」

マシューは片手を上げ、サラの頬を包み、頬骨の上を親指の腹でそっと撫で、まるで難解な謎でも解くかのようなまなざしを向けた。「きみこそ、ぼくに何をしたんだい？」

「あなたのしたあの不思議なことと比べたら……あんなふうに感じたのは生まれて初めて」

彼の目に何か不可解なものが一瞬現われて、消えた。「ぼくが初めてとは嬉しいな」彼はサラのひたいに軽くキスをし、滑らかな動きで彼女を浴槽から抱き上げた。下におろされるとき、体が擦れ合った。足が絨毯に触れると、腹部に彼の猛ったものが押しつけられ、サラは彼が自分と同じように裸でないことが恨めしかった。燃えるような好奇心を満足させ、彼の肌の感触をすべて味わえないことが心残りだった。

サラを床に立たせると、マシューは体を離し、椅子の背に掛けてあった彼女のローブを手に取った。サラの後ろに立ち、サラがそれに袖を通すのを手伝った。そして今度は前に立ち、手際よくウェストのリボンを結んだ。

「これでおあいこになったかな」と彼はいった。

サラは眉を上げた。「少し違うわ」

「そうかな。きみはぼくの入浴する姿を見て、ぼくもきみの同じ姿を見たわけだろう?」

「私はあなたの入浴するところを見ていただけ。あなたは私の入浴に手を貸して……、その続きもあったわ」

サラの予想に反して返ってきたのは、まるきりの真顔だった。彼は手を伸ばし、彼女の手を取り、指を絡ませた。「それがきみの望みなのかい、サラ?」彼は探るようなまなざしで尋ねた。「きみの入浴を手助けすることが?」

イエスという言葉が喉元まで出かかったが、サラはそれをぐっと呑みこんだ。というのも、彼の口調や表情から見て、それは戯れの要素に満ちたからかいの言葉ではなかったからだ。サラはつとめて軽い調子で答えた。「考えてみるわ」それは本音でもあった。それどころか、それ以外考えられそうもない気がした。

「きみの入浴の手助けなら」彼はいった。「ぼくにとってやむにやまれぬ行為といえる」サラの体を見おろす彼の顎の筋肉がピクリと動いた。ふたたび目を合わせ、彼はいった。「そろそろおいとまするよ。またさっきのような状況になれば、もう自制は利かないだろうからね」彼はサラの手を取り、指の腹に温かなキスをした。そして彼女を離し、速足でドアに向かった。そのまま振り返ることもなく、部屋を出て、カチリという音とともにドアを閉めた。

サラは浴槽のほうを向き、しばし身じろぎもせずただ水面を見つめ、二人のあいだで起きた不可思議な出来事を思い起こしていた。いま感じるべきなのは後悔であることは間違いがない。恥辱。彼に許した気ままなふるまいへの戸惑い。ところがこの心を満たしているものは、そんな感情ではなく、生き生きとした喜びと爽快感なのだ。そして夜会で貴婦人たちが扇子の後ろでささやきあっている会話の意味が、いまやっと理解できた。

振り向いてベッドに視線を投じる。カバーのなかにもぐりこむのがほんとうとは思うものの、いましがた経験したばかりのことでこんなに頭がいっぱいだというのに、眠ることなどできるはずもなかった。

当分眠れそうにもないので、サラは窓辺に近づき、重い緑のベルベットのカーテンを引き開けた。満天の星空に満月がかかり、輝くダイヤをちりばめた黒のサテン地に置いた虹色の真珠のようだった。銀色の月の光が庭園を照らしていた。サラは完璧に刈りこまれた芝生に目を向けた。端然と整えられた生垣。そびえ立つ楡《にれ》の林。

そのそびえ立つ楡の林に向かう、シャベルを抱えた人影。

サラははっと息を呑み、ガラスに鼻を押しつけた。

マシューの顔は見えないものの、彼のあとを小走りでついていくダンフォースの姿を見まちがえるはずもない。くだんの晩に何をしていたにしろ、今夜もまた出かけていくことはたしかだ。しかもサラの部屋を出てものの十五分とたっていない。夢見心地に誘うキスや愛撫によって薄れていた彼への疑惑や懸念が急激によみがえり、サラは恍惚感から現実に引き戻された。

ああも簡単に誘惑され、疑問も懸念も忘れ去ってしまったことへの自己嫌悪で、甘いけだるさも飛び散った。サラは急いで簞笥のあるところへ行き、すばやくこげ茶色のドレスに着替えた。トム・ウィルストーンが殺されたことを思い出し、わが身を危険にさらすまいという決意で、暖炉のわきにあった真鍮《しんちゅう》の火搔き棒をつかんだ。武器を手にしたところで、部屋を出て階段へと急いだ。腹立たしいほどに心を騒がせるラングストン卿のたくらみを今夜こそ暴いてみせる、という決意が胸にたぎっていた。

11

マシューは全神経を張りつめて、闇に包まれた庭園の小路を急いだ。つねづね右側のブーツに隠し持ったナイフのほかに左側のブーツにももう一つナイフを忍ばせ、さらなる防御としてダンフォースも連れている。現実に誰かが彼の様子を監視していて、彼が何かを探し出す瞬間を待ちうけているとしても、それを手に入れるためには彼と一戦交えなくてはならない。仮に探し物が発見されたと仮定したらの話だが。それに万一トム・ウィルストーンを殺した犯人がまだどこかに身をひそめているのなら、不意を襲われたくはない。

マシューは庭園の北西部のはずれの一角を目指していた。本音をいえば気が向かない場所である。この探索を始めた一年前に園芸の知識があれば、北西部の穴掘りは薔薇が開花しない冬季に実行する計画を立てていただろう。だが当初はそんな知識などあるはずもなく、掘り残した最後の場所となっている。結局は薔薇の咲く場所へ出向くはめになってしまったわけだ。

しかも数本の薔薇ではない。何百本というおびただしい数なのである。美しくかぐわしい薔薇の群れが彼のくしゃみを待ちわびているのだ。

いまいましい花のことを思い浮かべただけで、圧倒されたのか、彼の鼻はむずむずした。急にくしゃみが起こり、抑える暇もなかった。その後たてつづけに二度くしゃみが起こり、やっと鼻の下にハンカチをあてがった。

苦々しいが、これは目的地に近づいた証《あかし》だろう。人目を忍んで来ているのに、とんだざまだ。これほど思考が乱れていなければ、目的地が近いことぐらい察知できたはずで、これは完全に彼女のせいだ。

呪詛《じゅそ》を口にしながら、心乱す女性の面影を振り払い、首の後ろで両端を結わえたハンカチを鼻の上まで引き上げ、間に合わせのマスクを作った。以前もそうだったが、これで鼻のガードにはいくぶん役立ったものの、目のほうはほとんど無防備な状態にさらされた。薔薇園に一歩近づくごとに目がごろごろし、痒《かゆ》くなる。

あきらめの溜息を一つつくと、彼は薔薇に縁取られた小路を進んだ。一番はずれまで行き着くと、立ち止まり、あたりを見まわし、耳を澄ませた。異状はないものの、またしても誰かからじっと見つめられているという感じに襲われた。ダンフォースを見おろして、犬が警戒した姿勢を見せていることに気づいた。侵入者の存在を感じているのだろうか？

マシューは一分近くも待ったが、ダンフォースが警告のうなり声を上げないので、作業に取りかかることにした。ダンフォースの、侵入者を感知する犬としての鋭い感覚を信頼しているからである。トム・ウィルストーンを見かけたあの夜に、もし愛犬を連れていたら、鍛《か》冶《じ》屋はいまも生きていたかもしれない。

ここ一年培ってきた忍耐力を使い、マシューは今度こそ結果が出ますようにと念じながら、薔薇の低木の列に沿って細い溝を掘りはじめた。土にシャベルを突き立てながら、閉じこめたはずの思いがまた心に浮かぶ。

サラ。

考えるのはあの面影だけではなかった。集中力を削ぐだけなのに、マシューの心はたちまちあの官能的な湯浴みの記憶へと流れていく。掘る手を休め、彼はシャベルの木製の柄にもたれ、目を閉じた。するとすぐに湯につかった彼女の姿がまぶたに浮かんだ。濡れたサテンのような肌が湯気の上がる浴槽に包まれている。下からあの美しい瞳で彼を見上げ、ゆっくりと水から立ち上がったその姿はまるでボッティチェリの絵のようだった。

彼女の肌、髪の手ざわり。花のような彼女の匂い、あの艶めいた喜びの声。それらすべてが心に深く刻みこまれている。もともと、彼女の部屋にはほんのしばらくいるつもりで入った。いわば報復を果たしたという形で、彼女がそれに対してどんな表情を見せるか確かめるだけで充分だった。それを見たらすぐに部屋を出るつもりだった。

ほんとうにそれが目的だったのか？

彼は目を開け、首を振った。まったくもって、おのれの心がわからなくなっている。わかっているのは、ひと目彼女を見ただけで心を奪われてしまったこと。完全に魅了されてしまったこと。まったく立ち去ることができなくなってしまったこと。

あの瞳のせいなのだ。あんなに大きく、潤んで、優しい瞳。男を溺れさせる金色の蜂蜜の池。あの目で見つめられるたびに、ほんとうに溺れそうな気持ちになる。だが心をつかんで離さないのは目だけではない。何もかもすべてが……彼女という存在自体が魅力的なのだ。

一人の女性にこれほど強く、これほどすばやく心動かされたことはない。誰かそんな女性がかつていなかったかと必死に記憶をたどってみる。こんなに心を虜《とりこ》にし、その肉体に触れたくて指が疼き、自制心を完全に奪われたことがあっただろうか。自分が置かれている状況を考えると、忌まわしい事態だった。

苦悶のうめきが喉からもれた。なぜこんなことになってしまったのだろう。いつもならけっして近づくことさえ想像もしないような、過去に追い求めたタイプとはまるで異なる女性が、唯一こんなふうにとてつもなく心を動かすなどということが可能だろうか？

ばかげている、のひと言につきる。それに不快でもある。だがそれがまぎれもない事実なのだ。

それでも、こんなに惹きつけられるのは、これまで魅力を感じてきた女性たちとは正反対のタイプであるからというのも原因に違いない。そうだとすると、この気持ちがなんであるにせよ、一時的な気まぐれであって、そのうち消えてくれるかもしれない。

そう考えると少し気が軽くなった。そうだ、この気持ちはそのうち消えてなくなるものなのだ。眠れぬ夜を重ねた影響でそうなったにすぎないのだ。憂いごとが重なり、夜更けに暖炉の前を歩きまわる日々。闇夜の穴掘り。

それにもう一つ明白な要素として、長らく色ごとから離れていたということはたしかにあると思う。そんな状況だから、湯のなかから立ち上がって濡れた裸身を目の前で見せられれば、相手が誰であれ、反応しないほうがおかしい。だが心の声が高笑いし、愚か者めが、と彼をなじった。女を避けてきたのはほかならぬおまえではなかったのか、と。それなのにおまえは、たとえ銃を頭に突きつけられてもサラのもとから立ち去ることはできなかっただろう。マシューはそんな心の声に眉をひそめ、黙れと命じた。

こんなことばかり考えていても目的は達成できない。苛立ちの溜息を吐いて、彼はシャベルの平らな端に靴を載せ、もう一本溝を掘りはじめた。最初に泥をひと山掘りあげたとき、静かに座っていたダンフォースが急に立ち上がった。犬は鼻先を上にし、鼻孔をひくひくさせて、いまにも飛び出さんばかりに全身をこわばらせている。犬の喉から低いうなり声が響き、次の瞬間愛犬は小路を猛ダッシュしていった。

マシューはすばやい動きで右足に隠したナイフを取り出した。そして片手に武器を、もう一方の手でシャベルを抱え、ダンフォースのあとを追った。

薔薇園のはずれに達すると下生えの灌木《かんぼく》の下で何かがぶつかる音が聞こえ、つづいて犬のうなり声が響いた。その何秒かあと、マシューは小路の一角をまわり、横滑りして止まった。そしてまじまじと見つめた。自分たちを脅かす何者かを追い詰めているはずのダンフォースがサラを愛慕の目で見上げながら、尻尾を振り、舌を垂らして犬らしい喜びを全身で表わし、彼女の靴の上に座っていたからだ。サラは楡の太い幹に背中をつけながら、立っている。彼女は片手で火掻き棒を持ち、もう一方の手でダンフォースの頭を撫で、必死で「しっしっ」と犬に言い聞かせている。

ダンフォースは主人の存在を明らかに感じて、振り向いた。その顔はまるで満面の笑顔のようだ。マシューには愛犬の言葉が聞こえるような気がした。ねえねえ、ぼく、すてきな人を見つけたよ。嬉しいな!

思いがけない場所で彼女を探し出す、というダンフォースの新手の早業は——あきらかに訓練の成果だろう。その技を仕込んでおいてよかった。

サラはダンフォースの頭の上から困惑の表情を向けた。彼は自分自身も同じような顔をしているのではないかと思った。こんな場所で彼女と出くわし、本来なら不快な気持ちになっているところだ。彼女はこちらの様子を密かに探っていたわけだから。実際この尋常でない鼓動の高まりはそのせい——まぎれもない不快感のせいなのだ。もしかしたら期待感のためとも思えるが、そんなはずはない。それにこの全身を駆けめぐる熱いものの正体はなんだろう。まるで欲望のように感じられるが、苛立ち以外の何ものでもない。もちろん彼女の裸など思い浮かべるはずもない。濡れた体をこの腕に抱くことなど。

サラは手を持ち上げ、眼鏡の位置を押し上げると、眉をひそめた。「ラングストン卿なのね？」

この女は馬鹿ではないのか？「もちろんぼくだ。こんなところできみは何をしているのかな？」

サラは質問には答えもせず、自分の質問を口にした。「お顔をどうなさったの？」

顔？マシューは顔に手を伸ばし、すっかり失念していたハンカチに気づいた。苛立たしげな仕草とともにハンカチをはずし、彼はサラを睨みつけた。「顔にはまったく問題はない。きみはここで何をしているのだ？」彼はふたたび尋ねた。

サラは顎を上げた。「あなたこそ何をなさってるの？」

マシューは彼女から目を離さないまま、彼女に近づいた。彼女の目の前に立つと、愛犬に向かって静かに口笛を吹いた。ダンフォースはただちに腰を上げ、主人のすぐ隣りに座った。「ぼくは庭仕事をしていた」マシューは完璧に落ち着いた声でいった。

サラは眉を上げ、彼が手にしている刃物に向けて顎をしゃくった。「ほんとうですの？ナイフを使ってどんな庭仕事をなさっているのかしら？夜咲きの花を刺し殺すおつもり？」

「きみこそわが家の火掻き棒で何をするというのだ？　灌木の下を探して燃える丸太でも見つけるつもりかな？」

「身を守る道具として持ってきたのよ。ここから遠くない場所で人が一人殺されたことをお忘れではないでしょ？」

恐怖と、彼女がここまで一人で出てきたことに対する怒りが彼の全身にさざ波のように広がった。「忘れていないさ。だからこそ、きみがまだ答えない質問をくり返している。いったいこんなところで何をしているんだ？」

「散歩よ。夜の空気を楽しむために」

マシューは一歩彼女に近づいた。彼女は目を見張ったものの、一歩も退かなかった。「入浴後に？」

「ええ。信じられないかもしれないけど、入浴したからといって人は散歩ができなくなるわけではないのよ」

「夜の空気に当たりたければ、わざわざ心地よい寝室を出なくてもいいんじゃないのか」彼は猫なで声でいった。「窓を開け、部屋のなかを歩けば、殺人鬼に出くわす危険を冒さずにすむ。きみはよほど勇敢か愚かかのどちらかだね」

「愚かでないことは断言できるわ。私は火掻き棒を持っているし、それを存分に使うつもりでいたの」サラは厳しい目を彼に向けた。「必要ならば、いますぐにでも。それにあなたとダンフォースがすぐ近くにいることを知っていたから、少しも危険にはさらされていなかったの」

「それにしても、なぜぼくとダンフォースが近くにいるとわかったんだい?」

「窓からあなたの姿を見たからよ。今度はあなたが私の質問に答える番だわ。無視なさったけれどね。ナイフなど持って、何をなさっているの?」

「侵入者に備えて、携帯しているんだよ」

「私は侵入者ではなく、客のはずなのだけれど」

「こんな時間に目覚めている客がいるだろうか」

「庭をうろつくなど論外というわけなのね」

「まさしくそうだ」

「では、客のために指示書をお書きになるべきだわ。私はきまった時間には部屋から出てはいけないとは認識していませんでしたもの」

「指示書とは妙案だな。客がホストの行動を偵察することを禁ずる項目はかならず入れておくよ」

「でしたら、ホストの客への意図的な嘘も禁ずる項目を加えたほうがいいわ」

「つまりぼくを偵察していたことを認めるわけだな?」

サラはためらったが、こっくりと首を縦に振った。その動きにつれて眼鏡が下にずり落ちた。「ええ」

「理由は？」

「あなたが嘘をついた理由を突き止めるため」

「いったい何についてぼくが嘘をついたと思う？」

「あなたが毎晩庭にでる理由についてよ」サラはぐいと顎を上げた。「あなたがここで何をなさっているにしても、それは夜咲きの花や園芸とは無関係でしょう」

「何を根拠にそのようないいがかりを？」

「では聞かせていただけるかしら？　トートリンガーはこのあたりに植えてありますの？」

マシューは一瞬ためらい、ポールに訊いておかなかったおのれをののしった。「いや」

「ストラス・ウォートはどうかしら？」

「それも同じだ。ご覧のように庭園のなかのこの区域は主に薔薇を植えてあるんでね」さあ、どうだ。こんな自分でも薔薇に関しては自称園芸の大家を騙《だま》すぐらいの知識はあるのだ。

「ではお庭のどこかほかの場所に、トートリンガーもストラス・ウォートも植えてあるのね？」

「当然だよ」

「見せていただけるかしら？」

「もちろん。でもいまはだめだ」

「なぜなの？」

「なぜってこれからぼくはきみを屋敷に送り届け、まだ作業を続けるからだ。それが何かは答えられないが」

「そうはいかないわ。私はここから離れるつもりはないから。だからあきらめて、ここで何をなさっているのか、私に説明してくださいな。これ以上嘘はつかずに」

「嘘つき呼ばわりされるのはかなわないね、サラ」

「では嘘をおやめになるよう強くお勧めするわ」サラはしばし黙り、言い添えた。「トートリンガーやストラス・ウォートなどというものは存在しないのだから」

「なんだって？」

　サラは彼がうすのろであるかのように、ゆっくりと同じ言葉をくり返した。

　マシューは声を失い、やがてどういうわけか無性に笑いたくなった。彼女にではなく、自分自身に対してである。彼女の投げた長いロープで、みずから首をくくったようなものだからだ。怒りを感じているのか、楽しいのか、はたまた感動しているのか、自分でもわからなかった。

「なるほど」マシューは感嘆を抑えきれず、しぶしぶ認めた。

「では、あなたが毎夜庭にお出になる本当の理由を聞かせていただきたいわ」

「じつのところ、理解に苦しむよ。ぼくが自分の敷地で何をしようと、きみの知ったことではないと思うがね。おたがいの裸を見たからといって、きみに何かを説明する義務はない」

「あなたが数日前の晩に庭に出てウィルストーン氏の墓穴を掘っていたと私に思われたくないのであれば、知ったことではないではすまされないわ」

「きみはそんなことを信じているのか、サラ？　ぼくがトム・ウィルストーンを殺したと？」彼女が答える前に、マシューは一歩近づいた。「もしぼくが彼を殺したのであれば、きみを殺さない理由はないというわけだね？」さらに一歩近づく。もはや二人を隔てる距離は二フィートもなかった。「ここで。いま」

サラは目をそらさなかった。ほんの一瞬、彼女に魂をのぞかれたようにマシューは感じた。

「あなたが彼を殺したとは思っていないわ」彼女はそっといった。

「ほんとうかい？　きみはあの夜シャベルを抱えたぼくの姿を見たんだろう？　しかもこちらとしては夜な夜な庭に出る理由を偽ったことを認めないわけにもいかない状況だ。それなのになぜぼくが犯人でないといいきれるのか？」

サラは答える前にふたたび長いこと彼の顔をしげしげと見つめた。彼はそのまなざしの渦に落ちてしまいそうになるのを、歯を食いしばってこらえた。

ようやくサラは答えた。「それが私の心の声だからよ。私の心が、あなたは誇り高い人だと告げているの。あなたは人を殺すことができない人だと。兄妹の死についていまも罪の意識を持ちつづけ、長い年月を経てもその死を悼みつづけているような人が誰かの命を断つことなどできないわ」

彼女の言葉はマシューの心を熱く焦がした。彼女の言葉が心からのものであることは疑う余地もなく、その無条件の信頼に、マシューは謙虚な気持ちになり、心のガードがはずれるのを感じた。そして落ち着かない戸惑いを覚えた。親友であるダニエルなら信じてもくれるだろうが、ほとんど他人の女性からそんな信頼を得られるはずもない。父でさえ、息子が誇り高い人間だとは認めてくれなかった。

それなのにこの女性は自分を信じてくれているのだ。

マシューは固唾《かたず》を呑んで、やっと言葉を発した。「ありがとう」

「どういたしまして」サラは手を伸ばし、彼の腕をつかんだ。「ここで何をなさっているのか、ぜひ話してください」

彼女に秘密を明かすべきか否かというためらいはつかの間のものだった。彼女の瞳にある懸念の色、彼女の手のぬくもり、そして秘密を一人で抱えこんでいることへの突然の疲労感。それらに押されるように、マシューの心は動いた。事実を話してしまえば、彼女は園芸には詳しいので手を借りることができる。それこそ願ったりかなったりである。

ナイフをブーツに戻し、シャベルの先をやわらかい土に突き立て、大きく息を吸いこむと、マシューは語りはじめた。「父が亡くなる前、ぼくたち親子はめったに顔を合わせることがなかった。会っているあいだも、たがいに不自然でぎこちなく過ごした。父はつねにぼくに対する非難の気持ちをあからさまに示していたよ。おまえは爵位を譲るに値しないとね。ぼくよりそれにふさわしく、立派な人格の持ち主であった兄のジェームズが亡くなったのはぼくのせいだということも」

その言葉を口にするだけで、マシューの心は痛み、傷ついた。父からそれと同じ言葉を投げつけられるたびに同じ痛みに襲われた。「そうした張りつめた関係が続いていた三年前、いつもの口論がいっそう険悪なものになり、親子の会話はいっさい途絶えてしまった。その後父からの連絡はなく、最後に死の床に就いた父から呼ばれたんだ」

マシューは目を閉じた。死に瀕した父の苦痛に歪んだ蒼白い顔は脳裏に焼きついている。追いはぎの銃で撃たれた傷が致命傷になったのだが、不運なことに即死ではなかったのだ。まる一日苦痛にのたうち、父は死んだ。

目を開き、地面を睨みながら、マシューは続けた。「ロンドンからラングストン領に到着したとき、父の執事から当家が重い負債を抱えていることを知らされた。父は昔から博打好きだったが、それにしてもよほど長く不運が続いたようでね。限嗣《げんし》不動産以外のものはすべて失い、使用人や貿易商、小売商人にまで金を借りていたそうだ。執事自身も金を貸したということだったよ」

マシューは深く息を吸い、地面を見つめたまま、静かに続けた。「父に会ったとき、もう死は目前に迫っていた。衰弱しきっていて、呼吸さえままならない状態だった。父はとぎれとぎれに、きわめて重要な秘密を打ち明けたいといってね。でもそれが何かを告げる前に、父はぼくにあることを約束しろと迫った。罪の意識か、誇りか、父に自分の高潔さを示したいという願望なのか、あるいはそのすべてが合わさったのか定かではないが、とにかくぼくは父に頼みはなんでも聞くと約束してしまった」

マシューは目を上げ、いった。「父はぼくに、一年以内に結婚し、世継ぎをもうけるよう求めた。約束を守るのはひとえに誇りのためだ」

サラはゆっくりとうなずいた。「そうでしょうね」サラはあることに思いいたったという目をした。「その一年の期限が近づいているのね」

「そう、二十八日後に」

「ああ」

「やはり、あなたが花嫁を探しているという噂《うわさ》はほんとうだったのね」

マシューはサラの考えが見える気がした。「だからあなたは私の姉とレディ・エミリー、レディ・ジュリアンを招待なさったのね。そのなかの一人を妻として選ぶために」

「そうだ」

サラは眉をひそめた。「でも、なぜもっと広く網を張りめぐらせないの？　あなたはロンドンにもいらっしゃらなかったわ。この数カ月、何十回と夜会が開かれ、若い独身女性であふれ返っていたのに」

「ここを離れたくなかったんだ。探索の時間を削りたくなかったから」

「探索?」

「それも父の大きな秘密の一つでね」マシューはいまでも、弱々しく彼の手を握る父の手の感触を覚えている。苦悶の息遣いとともに、もう時間がないのだというように、父の目が必死に意思を伝えようとしていた。

「息を引き取る直前に、父は撃たれた前の日に賭博で勝ち、巨額の金を手に入れたと話した。父の負債を返し、経済的なたて直しをはかり、それでもまだお釣りがくる額を。父はこの敷地内にその金を隠したというのです」

サラは謎が解けたという感じで、目を見張った。「この庭に、なのね」

「ああ。しかし父の言葉はかすかで、とぎれとぎれだった。ほとんど意味不明の言葉だったよ。父はなおも話そうとしながら息絶え、その後ぼくは思い出すままに父の言葉を書きつけ、その後ずっと探索を続けている。父の遺した負の遺産を清算するため金のありかを求めて」

サラはゆっくりとうなずくと、もたれていた木の幹から体を離し、彼の前で歩きはじめた。マシューは距離を開けるために一歩後ろに下がり、彼の話をすべて理解したらしい彼女の様子にじっと見入った。

「これで納得がいったわ」サラは歩きつづけながらいった。「約束の一年の期限が目前に迫っているから、お金を捜すためにここを離れたくなかったのね。しかもお父様との約束を果たすために、花嫁も探さなくてはならない。そのうえ負債の額があまりに大きく、お父様の話された思いがけない大金のありかを見つけることができない可能性を考えると、花嫁は跡継ぎの女性でなくてはならない。だから富豪の候補者をお招きになったのよね。お金を捜しながら、一人を選び出すつもりで」サラは立ち止まり、マシューの目を見据えた。「そうでしょう?」

「自分でもそれよりうまくは説明できないだろう」

サラはずり落ちる眼鏡を押し上げながら、あきらかに非難のこもる静かな声で訊いた。

「お金のためだけに結婚なさるの?」

マシューは髪に手を入れながらいった。「残念ながら、選り好みする余裕はない。この家を破産させるわけにはいかないよ。ここで働く多くの人の命運がかかっているのでね。この屋敷は何代にもわたって受け継がれているし、ぼくは自分に課せられた重い責任をきちんと果たすつもりでいる」

マシューはかたわらに静かに座る愛犬に目を向け、やがてサラを見た。「貴族社会の結婚の多くがセンチメンタルな色恋沙汰の結果より財産や称号目当てのものだということは、きみも気づいているだろ」

「ええ」現に、財産がらみの結婚を強いられることになりそうだと、たびたびジュリアンがこぼすのを聞いている。

「あなたがすべてを話してくれたのは、そうしないと私が警察にあなたがシャベルを持って夜な夜な出歩いていることを報告すると思ってのことではないわね？　私が植物や花にくわしいから、お父様の遺言の手がかりを発見するのに役立ちそうだと考えたんでしょう」

彼はうなずいた。「まったくそのとおり。手を貸してもらえるかい？」

サラは答えるかわりに質問した。「庭師のポールの力は借りなかったの？」

「あからさまには。ありふれた質問をして、園芸に対する興味は示したが、それ以外に誰かの力を借りたことはない。噂が広まるリスクは冒したくなかったからね。もしぼくがポールに秘密を打ち明ければ、彼がうっかり村人や使用人にもらす可能性がある。気づいたときは半径十マイルに住む誰もが当家の庭で穴を掘っているだろうよ」

「私がそうしないと、なぜわかるの？　私が誰かにあなたの秘密をもらしたり、お金を捜し出して自分のものにしないと？」

彼女に手を触れたいという衝動が抑えきれないほど強くなっていた。マシューは手を伸ばし、彼女の滑らかな頬を指先でそっと撫でた。「きみはそんなことをする人ではないと、ぼくの心が告げているよ」

サラはしばし彼の顔をまじまじと見つめていたが、精神的苦痛――あるいは失望――がその目に浮かんだ。彼女が一歩後ろに下がったので、彼の手はわきに落ちた。サラはふたたび歩きはじめた。

「当然よね」サラはつぶやいた。「やっとわかったわ。あなたがあれほど……優しかった理由が。あんなに魅力的だった理由が。私にキスをし、お茶に招いてくれて、今夜私の寝室にいらした理由が。私の協力がほしかったのね」

マシューは目の前を通りすぎるサラの腕をつかみ、自分のほうを向かせた。「違う」発せられた言葉ははからずも激しいものだった。

「協力はいらないと？」

「協力はしてほしい。でもきみへの優しさはそのためではない」

ふたたびサラの大きな瞳に失望の色が現われ、マシューの自信はくじかれた。「もういいんです、ラングストン卿閣下。自分でもよくわかっています――」

「マシューと呼んでくれ。きみはわかっていない」マシューは声を荒らげて主張した。彼女は理解していないし、その誤解をどうしても解きたい。マシューは彼女のもう一方の腕をつかみ、引き寄せた。

「本来はそれが理由のはずだった」彼は認めた。彼女の瞳に浮かぶ痛みの色を見て、マシューはそんな言葉を口にしたことを悔やんだ。「きみとともに過ごし、話をしたのは情報がほしかったから。理由を告げずにきみの専門的知識を利用したかったから。でも思ったとおりにはいかなかった。きみと話すたびに、ぼくは目的を忘れた。すべてを忘れた。きみ以外のことはすべて」マシューはサラの上腕のベルベットのように滑らかな肌を親指で撫でた。「優しくしたのはきみのことで頭がいっぱいだったから。最初にキスしたとき、ぼくは自分を抑えられなかった。お茶に誘ったのも、もっと一緒にいたかったから。今夜寝室に行ったのも、そばにいたくてたまらなかったから。あのとき体に触れたのも、いまこうして手を触れているのと同じ理由からだよ。そうせずにはいられないから」

サラは探るようなまなざしで彼の顔を見つめ、やがて首を振った。「もうおやめになって。そんな言葉は必要ないわ。お手伝いはします。少なくとも協力する努力はしますから」

「ああ、まだわからないというのか」マシューはサラを揺さぶりたいという衝動をかろうじて抑え、彼女にこんな劣等感を植え付けた人間すべてが憎かった。「心にもなかったらこれほど言葉を重ねられるはずがないだろう？　きみといると、ぼくの何かが変わる気がするんだ。きみに近づき、視線を交わし合う。ただそれだけでね。こんな気持ちになったことがないからうまくいえないが、正直なところ、自分の状態に戸惑ってもいる」

二人はひたと見つめ合った。それは火花が散るほど熱い視線だった。やがて彼女が眉を上げ、意外にもおかしそうな表情を浮かべた。

「まあ、少なくともお世辞はやめてくださったわけね。でも侮辱もほどほどになさってね、あなたの身のためを考えて。なにしろ、相手は火掻き棒を持った女なのだから」

「おや、ぼくを殴るつもりかい？」

「必要なら」

「どんな場合に必要なんだ？　ぼくが何か無作法なことをしたらということかな？」

「ええそうね」

彼女が木の下に立っているのを見た瞬間に感じた欲望に屈し、マシューは二人のあいだの距離をほんの一歩で縮めた。

彼女の乳房が胸に触れ、そのかすかな接触で彼の情熱は燃え上がった。彼は二人の唇がほとんど触れ合うまで身をかがめた。

「だったらぼくを殴る覚悟をしたほうがいい」マシューは唇を合わせながら、ささやいた。

「なぜならぼくはこれからとっても無作法なことをするから」

12

感覚を失ってしまったサラの指先から火掻き棒が落ちた。身構えるチャンスはあったとしても、こんな激しい、飢えたようなキスを受けるとは思いもしなかった。彼はひしと唇を重ねると、反応を強引に求めた。サラはわれを忘れた。すべての思いは消え去り、ただ彼だけに溺れた。

もっと強く。もっと強く抱いて、とサラは願った。彼の肌から発散される熱を感じたい、その熱で温かく甘美に包んでほしい、とサラは望んだ。その腕でもっと強く抱きしめて。その体をもっと密着させて。

その心を読んだかのように、彼はいっそう激しく彼女を引き寄せ、抱き上げた。サラは彼の体に首に腕を巻きつけ、力いっぱい抱きついた。彼が動くのが感じられ、彼が木の幹にもたれるのがわかった。

彼は脚を開き、脚のあいだに彼女がすっぽりと納まるような位置に動かした。

しかしサラの寝室では優しくゆっくりとした誘惑だったのに対して、今度は焦燥感と暗い欲望を感じさせる怒濤《どとう》の情熱のなかにいっきに彼女を引きこんだ。彼女の口に舌を侵入させながら、片手で強く体を引き寄せる。彼の体から発散される熱と匂いが、まるで燃える毛布のようにサラを包みこむ。体の中心に押し当てられる、硬くそそり立ったものが興奮を駆り立て、ついさっき消えたばかりの情欲の炎がたちまち激しく燃え上がる。彼が体を強く押しつけると、サラの全身は火花に包まれ、膝の力が抜けていった。

激しいキスが何度も何度もくり返され、やがてマシューの唇が顎の上を滑るようにおりた。サラが彼の唇を受け入れやすくしようと首を反らせると、彼はすぐに喉元まで舌を滑らせた。サラは彼の髪をまさぐり、退廃的な興奮のなかにどっぷりと溺れた。

低いうなり声とともに、マシューが顔を上げた。だがキスを続けるのではなく、サラの顔にかかる髪を後ろに撫でつけた。サラはやっとの思いで目を開いた。そこには彼の真剣なまなざしがあった。

キスが終わったことに対する困惑が表情に出てしまったのだろう。彼は優しくいった。

「きみを求める気持ちが冷めたからやめたと思わないでほしい。問題はぼくの欲望が強すぎること。これ以上続けたらぼくの自制心はどこかへ飛んでいってしまいそうだ」

彼のキス、愛撫によって目覚めた感覚のすべてが、自制を求め、命じる慎みの観念を押しやった。サラは勇気をふるって、いった。「もし私があなたに自制心など求めないとしたら？」

彼の瞳が暗く翳《かげ》ったように思えた。「ほんとうにもう抑えきれなくなっているんだよ。きみのいうとおりに自制を解いたりしたら……」

「自制を解いてしまったら、どうなるの？」

彼は探るような目でサラを見つめた。「わからないか？　きみの寝室で二人のあいだにあんなことがあったあとでも、きみは男と女の営みがどんなものか、気づかないというのか」

サラは頬を紅潮させた。「知っているわ」

「フランクリンと経験したから？」

「いいえ！　それは絶対に……違うわ。これまで私の肌に手を触れたり、キスをしたりした人はいないもの。あなたのしたように」サラは顎を引き、彼の胸を見つめた。「私を求める人はいなかったの」

マシューは指でサラの顎を持ち上げ、視線を合わせた。「ぼくは求める」それは滑稽味のまったくない、真剣な声だった。「その気持ちがあまりに強くて、自分自身信じがたいほどだよ」

「それを聞いて恐れを感じるのがほんとうなのでしょうね。でも残念ながら、ちっともそんな感じがしないの」

「怯えるのが当然だろう。ぼくはきっときみを傷つける。そのつもりがなくとも」

サラは探るように彼の目を見つめた。彼の言葉が肉体的なことを指してはいないことははっきりしていた。つまり彼はサラが恋心を持つのを恐れているのだ。だがそれはすでに現実のものとなってしまっている。そしていましがた耳にしたことから判断すると、彼はまもなく誰か別の女性と結婚し、サラが失恋するのは間違いないということなのだ。

サラは言外の意味に気づき、冷水を浴びせられたように愕然とした。

誰かほかの人と結婚する……。

たとえ一瞬でもその事実をよくも忘れられたものだと、われながらあきれる。自分のしたこと、彼が自制しなかったら起きていただろうことに思いいたり、サラは恐ろしいほどの恥ずかしさを感じた。彼は誰かほかの相手と結婚するのだ。それも数週間のうちに。もっといけないのは、その誰かがサラの親友の一人になりそうだということ。

もし彼がジュリアンと結婚したら、どんな顔をして二人に対面できるというの？　それより罪悪感で鏡ものぞけなくなってしまう。

サラは自分の体にまわされた腕をほどき、一歩後ろに下がった。彼が簡単に腕を離したことに、ほっとしたのか、屈辱を覚えたのか、自分でもよくわからなかった。無念の思いが心にあふれ、サラはただひたすら消え入りたかった。

「私はなんということをしてしまったの」彼女はささやいた。

マシューが手を伸ばしたが、サラはよろめきながら首を振り、二歩下がった。私は何を考えていたの？　まるで何も考えていなかったのが、問題なのだ。彼に愛撫され、キスをされて彼のこと以外、何も考えられなくなってしまった。彼の愛撫によって呼び覚まされたあの興奮。もし相手が彼以外の人だったとしても充分に不道徳なのに、彼がちかぢか自分の親友と結婚するかもしれないという事実がある以上、この出来事はあらゆる意味で許されないのだ。

サラは吐き気に襲われ、胃のあたりを押さえた。「もうおいとまします」

彼は一歩前に出たものの、彼女の体に手を触れようとはしなかった。「サラ、きみは何も悪くない」

「そうかしら?」サラはつい甲高い声を上げてしまった自分がうらめしかった。「あなたは妻を探している方で、しかもあなたは私の愛する親友たちを候補として考えていらっしゃるのよ」

マシューが両手で顔をおおい、その手を下ろすとそこにはサラと同じような苦しい胸の内がのぞいていた。「二人のあいだに起きたことに対し、ぼくが全責任を負うつもりでいる」

「寛大なお申し出だけど、一つだけ受け入れられないことがあるわ。あなたは私がいやがる行為を無理やり強いたわけではない。むしろ自制する強さや正気を持っていたのはあなたのほうよ。もしあなたがやめていなければ、あなたが何を求めようと私はそれを許していたでしょう」

あまりに不名誉で恥ずかしく、サラは胸がしめつけられる思いだった。「あなたは当然ジュリアンに目を留めていらっしゃるのよね」サラはこの言葉のもたらす鋭い痛みに不快感を覚え、彼がそれを否定しなかったことでさらに嫌悪感が増すのを感じた。「彼女のことをどう思ってらっしゃるの？」

「感じのよい女性だと思うだけだ」彼はふたたび顔を苦しげに撫でおろした。「ぼくはきみのことしか考えられない」

「私は資産家の跡取り娘ではないわ」生まれてはじめて、サラは自分がそんな境遇に生まれつかなかったことが恨めしかった。

「残念だが、ぼくもそれは知っている」

「だったらなおのこと、このつかの間の行為がなんであれ、すぐにやめるべきよ。それにあなたがジュリアンを口説くつもりなら、ご自分の財政状況をお話しになるべきよ」

「これは断言してもいいが、レディ・ジュリアンにせよ、誰にせよ、あるいは彼女の父親にせよ、そうした事情は充分承知しているはずだ」彼はこわばった声でいった。「きみには信じがたいだろうが、世の多くの跡取り娘は恋愛結婚を期待していない」

二人のあいだの空気が緊張で重苦しく感じられた。夜風が乱れ髪を一房顔に吹きつけながら過ぎ、サラはそれをもどかしげに手で払った。「こんな誘惑と闘った経験は私にはないわ」とサラはいった。「どうやら私は誘惑に弱いようなので、これまで経験しなくて幸いだったわ。でもこうなったら誘惑に負けないすべを早く身につけなくては」

サラは深く息を吸い、続けた。「お父様の遺言の解読をお手伝いするという約束は果たすわ。でも今後、これまでのような行為はお断わりします」

二人の視線が息詰まるような緊張のうちに、しばし絡み合い、やがて彼がうなずいた。「今後は親密な行為はいっさいしないよ」彼はきっぱりといった。「自分の振る舞いについて、心からお詫びする」

「私のほうこそ。よろしければ、失礼してお屋敷に戻ってもいいかしら」

「送っていくよ」とマシューがいった。その口調から、これ以上やりとりを続けるつもりのないことがうかがわれた。

サラも必要以上にこの場を離れるのを先延ばしにしたくないので、ただうなずき、落ちた火掻き棒を拾い、できるだけ速足で屋敷のほうへ向かった。

サラが先刻通り抜けたフランス窓まで来ると、マシューは真鍮のドアノブを握った。「明日朝食後に書斎まで来てくれれば、父の言い残した言葉のリストを見せよう」

サラはうなずいた。「まいりますわ」

彼がドアを開き、サラはなかに入った。

彼の手が腕に触れ、サラは刺すような刺激を体に感じたが、彼が「サラ」とささやいても、振り返ることはなかった。もし振り向いてしまったら、歩きつづける自信がなかったからだ。

ともかく一人きりになりたくて、急ぎ足で階段に向かった。自分の寝室にたどり着くと、ドアを閉め、樫材のパネルにもたれた。急いだことと、喉を締めつけるような惨めさをこらえていることで、息が弾んでいた。

あの不可思議なひとときに、彼女は過去のお行儀のよい自分を忘れた。しおれていた植物がやっと水をかけてもらえたように、体を駆けめぐる素晴らしい感覚を味わいつくした。しかし突如現実に引き戻され、その厳しさに強く打ちのめされたのだった。

彼のキスは忘れなくてはならない。

困ったことに、それは何より忘れたくない記憶なのだ。

それでも、忘れるしかない。

はたして彼女は来てくれるだろうか？

翌朝、マシューは書斎の机の前でそわそわと歩きまわり、昨夜彼女が姿を消して以来頭から離れない疑問を何度も自分自身に投げかけていた。サラは約束どおり、この書斎に来るのか？　それとも気が変わるだろうか？

もしかして彼女も眠れぬ夜を過ごしたのではないだろうか。あるいは荷物をまとめて、出発の準備をしていたのかもしれない。二度と戻らぬ覚悟で。

彼女が立ち去ると考えただけで、いい知れぬ苦痛を覚えた。彼は立ち止まり、模造金箔《きんぱく》の炉額《ろびたい》時計を睨みつけたが、腹立たしいことにどれほど強く睨んでも、時計の針が速く進むことはないのだと気づいた。

彼は疲れたような溜息をつき、暖炉わきの椅子に向かい、どさりとクッションに座りこんだ。広げた膝に肘を置き、両手で頭を抱え、目を閉じた。

たちまち脳裏に彼女の面影が浮かんだ。彼女の寝室での姿。一糸まとわず、湯水に濡れ、情熱におぼれ、彼のもどかしげな愛撫で髪が乱れたあの姿。昂りのためになかば閉じたまぶた。しっとりと濡れ、キスによって腫れた、半開きのふくよかな唇。彼の胸板の上で広げられた彼女の手。彼の体に触れるやわらかな肉体。その後庭で見た彼女があまりにはかなげで、やっと抑えていた情欲が爆発してしまったのだ。彼女の体に触れた瞬間狂気にとらわれ、それを止めるにはただならぬ精神力が必要だった。

『もしあなたがやめていなければ、あなたが何を求めようと私はそれを許していたでしょう』

彼女の言葉がひと晩じゅう頭から離れず、ありとあらゆる官能的なシーンを思い浮かべていた。彼女にしたいことを。あのとき良心が目覚めていなかったら、昨日の夜はどうなっていたことか。

それにしてもなぜなのだ。なぜあの女性でなくてはならないのだ。彼女の何が、これほどまでに自分を見失わせてしまうのだろう。

そのとき一つの答えが心に浮かんだ。マシューは眉根を寄せ、そのことについてしばし考えこんだ。まるで新しいモーニングコートを試着するように、着心地を確かめた。そして考えれば考えるほど、その認識を否定できないことに気づいた。彼女の女性としての魅力に苦しいほど惹かれるだけでなく――

純粋にサラ・ムアハウスのことが好きなのだ。それもおおいに。それどころか、過剰なほどの好意を持っている。

その飾らない物言いが好ましい。あの知性も機微も、そして同情深いところも。姉への愛情も、母親から受ける無情な仕打ちなど気にも留めないところも。そしてあの才能。懸命に隠そうとするかすかなもろさ。あの面持ち。あの匂い。笑い声と微笑み。いつも接しているような、夜会や婿探しで頭がいっぱいの若い女性たち、あるいは次の情事の相手探しに夢中な貴族女性たちとは対照的だ。

そう、彼女のすべてが好ましい。

こんなことはいまだかつてなかったことだ。

好意を持っている女性の知人は数多くいるが、こんなふうに惹かれたことはない。また過去に、欲望の対象になった女性も大勢いたけれど、一歩寝室を出ると結局たいして好意を持てなかった。彼女のことを好きだから惹かれてしまうのか、それとも惹かれているから好意を持つのか？

それ以上はわからない。わかっているのは、彼女の入浴を眺め、手に触れ、彼女が絶頂に達するのを見つめ、感じたことが忘れがたい経験になっていること。そしてそれらをどうにかして忘れ去る必要があることだけ。彼女が跡取り娘だったら、どんなによかっただろう——。

マシューははっとした。金が見つからない場合にのみ、跡取り娘と結婚する必要が生ずる。もし見つかれば、自分の望む相手と結婚できるではないか。

サラと結婚することも、できるのだ。

彼は昂揚感《こうよう》に包まれ、思わず笑い声を上げた。なんということだ。そんなことに、なぜ気づかなかったのだろう。

だがやがて厳しい現実に引き戻された。徒労に終わった何カ月もの探索を思えば、金がたとえ存在するとしても、発見するチャンスはゼロに等しい。

それでもうまくいくかすかな望みは残されている。その望みがいまではより大きな意味を帯びてきた。なぜなら金を発見することで財政面の解決がつくだけでなく、純粋に好意を持ち、敬愛し、心から望む相手と結婚できるからだ。

過大な期待は禁物だ、と心の声が諭し、彼はその声に耳を傾けた。そんな不確かなものに未来を託すわけにはいかない。心に灯ったちっぽけな希望の火は燃え広がらないうちに消し、失敗はまず間違いがないという、厳しい現実に目を向けるのだ。

サラが来たら、父のたどたどしい臨終の言葉を書き付けた子牛皮紙を見せ、彼女の植物に関する知識から解決の糸口を探り、それを頼りに気持ちを切りかえ、成功に向けて努力を続けよう。もし失敗したら、彼女のことは忘れ去るしかない。

それはたやすいことではないかもしれないが、忘れてみせる。それしか選択肢がないからだ。なんだかんだといっても、しょせん一人の女にすぎない。ダニエルは女たちのことをなんといったっけ。そうだ、暗闇ではみんな同じ、だった。

それでも……何度か暗闇で彼女と一緒にいたが、目を閉じても彼女の特徴はわかるだろう。彼女の匂いは脳裏に深く刻みつけられている。指先で触れれば、彼女の髪のなめらかな手ざわりや、サテンのような肌は、光がなくともすぐに感じ取れる。唇を合わせた瞬間に、彼女だとわかる。彼女に触れるたびに喉からもれる驚きと悦びの小さな声も、聞き分けられる。

マシューはてのひらの付け根を目に押し当て、首を振った。彼女の体に触れることは考えるな。彼女の味、手ざわりなど思い浮かべるんじゃない。彼女のことは、いっさい考えるな。

そうとも。考えるべきはレディ・ジュリアンの美しい顔だ。

だがまったく思い出せなかった。サラと結婚できるという希望の火が胸に灯ったいまとなっては無理だった。

「ああ」マシューは顔をおおった両手に向かってうめいた。

ドアをノックする音がして、マシューは巨大なばねが尻についているかのようにはっと立ち上がった。「お入り」と答える。

ドアが開き、ティルドンが現われた。「ミス・ムアハウスがお見えでございます、だんな様」

彼女の名前を聞いただけで脈が跳ね上がり、マシューは内心眉をひそめた。なんとまあ、これではまるでうぶな少年のようではないか。

「ありがとう、ティルドン。お通ししておくれ」

マシューは上着を引っぱって身だしなみを整え、姿勢を正し、平然とした様子をつくろった。彼女の裸を見たからといって、触れたからといって、それがどうだというのだ。女の裸を眺め、抱擁したことなど数え切れないくらいある。そんな女たちの名前も顔も思い出せはしないが、どのみちたいした違いはない。

彼女は一人の女にすぎない。まさしく。ほかの女と何も違わない。笑ってしまうくらい、自分にはふさわしくない女なのだ。あと数日でここから立ち去り、二度と会うことも、思い出すこともない女なのだ。

よし。こうしてきちんと現状把握ができたのだから、彼女が戸口から姿を現わしても、気持ちは揺れない。絶対に——。

戸口から現われた彼女を見て、マシューは後頭部をフライパンで殴られたような気がした。眼鏡の奥の大きな彼女の目を見ただけで、彼は心臓がひっくり返ったような衝撃を受けた。明らかに涙を流したと思われる蜂蜜色の瞳。いまもキスの名残りを残す唇。

手に負えない巻き毛を無理やりシニヨンにまとめようとしたようだが、それでもやはり何筋かの巻き毛がほつれ出ている。そんなつややかな髪のなかに手をさし入れ、残りの髪も乱してしまいたい欲望に駆られた。くすんだ茶色の質素なドレスに身を包んだ彼女が彼の欲望をいささかでも刺激するはずはなかった。それなのにひと目見ただけで、すべての決意に羽が生え、窓から飛び出していったかのようだった。

冷静さも無関心も消えてしまった。静かに冷めているはずの心にあるのは、激しい熱情だった。しかも彼をとらえて離さないのは欲望だけではなかった。彼も、純粋な欲望がどんなものかは知っている。それは簡単に充たされる、単純で基本的な欲求である。だがこの女性に対して感じているものは、そんなものではない。たしかに欲望も肉欲もあるけれど、それだけではない何かが存在するのだ。

なぜなら、彼は彼女と行為におよんで、その後なにごともなかったかのように日常には戻れないからだ。彼女と話をしたい。一緒に散歩をしたい。一緒に笑い合いたい。食事をともにしたい。彼女のすべてを知りたい。こうした願望を抱いてしまうことに戸惑いはするけれど、それが正直な気持ちなのだ。

『今後これまでのような行為はお断わりします』

彼女はそういった。それは当然のことであるし、彼もそれに同意した。それもまた、適切な反応だった。彼女はなんといっても、かりそめの情事の相手として考えられるような擦れた女性ではない。処女であり、この館の客でもある。資産家の跡取り娘と結婚しなければならないという事情もある。これ以上ことを面倒にするわけにはいかない。もし金を発見できたら、彼女に結婚を申し込もう。しかし成功の見込みは少なく、これまでどおり跡取り娘が必要だという前提のもとにことを進めなくてはならない。あとはサラの植物に関する知識だけが頼りだ。

彼は咳払いをし、いった。「お入りなさい。お茶でもいかがかな?」

サラはかぶりを振った。「どうぞおかまいなく」動きにつれて眼鏡がずり落ち、それを元の位置に戻す様子を見つめながら、マシューは彼女のそばに行き、自分がかわりに眼鏡の位置を戻してやりたいという衝動を抑えるためにこぶしを握りしめた。

うなずいて執事を下がらせ、執事はそっとドアを閉めて出て行った。錠のおりる小さな金属音が自分の心臓の速い鼓動の音とともに静かな室内に響きわたるように、マシューは感じた。

礼儀作法の意味でも、自分が誘惑に駆られないためにも、ティルドンにドアを半開きにしておくよう命じるべきではあったが、誰かに立ち聞きされるリスクを冒すわけにもいかなかった。何かあたりさわりのない話題でもないかと心中ひそかに考えたが、腕に抱いたときの彼女の面影以外、何一つ思い浮かばなかった。よく眠れたかとでも尋ねようか。いや、それはだめだ。そんな質問をすれば彼女も同じ質問を返したくなるだろうし、そうなったら返事に困るだろう。ほんとうのことは、とてもいえない。ゆうべは一睡もしていないなどといえるわけがないのだ。あんなつまらない女のことなんてすぐに忘れられると自分にいい聞かせながら夜を明かしたなどと。

サラをひと目見ただけで、そんな考えがいかに的外れであったかがはっきりした。あれほど長い時間をかけて彼女への思いはたんなる気の迷いなのだと自分を諭したというのに、それがどんなにムダなことだったか、彼女が現われた瞬間にはっきりした。これは気の迷いなどではない。

しかし金を見つけ出すまでは、こんな思いは胸に秘めておかねばならない。およそ実現しそうもないのに、結婚の申し込みをするのはモラルの上からも許されないし、彼女に対して残酷でもある。

「お言葉を書き付けたものを、見せてくださる？」彼女はまったく感情のこもらない口調で尋ねた。

その質問でわれに返ったマシューはうなずいた。「ああ。リストは机の上にある」彼は部屋の奥へ進み、彼女に座るよう勧めた。

サラはしばしためらって、マシューが引いた椅子の前で立ち止まった。彼女の体に手を伸ばして抱き寄せたりしないよう、桜材でできた椅子の背をつかんだ。ベルベットのような手ざわりで、かすかに花の香りのする象牙色の彼女のうなじが彼の唇のすぐ前にある。

一歩前に進めば彼女の肌に唇を寄せることができると思うだけで、彼は激しい勢いで息を吸いこまなくてはならなかった。しかもそのためにいっそう苦しくなった。まるで陽光に包まれた庭園のまんなかに立っているような気分にさせる彼女のほのかな花の香りが彼の五感を刺激し、喉元まで上がってきたうめきを呑みこむために歯を食いしばらなくてはならなかった。

マシューと違い、サラはまったく冷静沈着で、それが彼の苛立《いらだ》ちをいっそうあおった。上等だ。こうも苛立っていたら、欲望など覚えるはずがないからだ。そう、苛立てば苛立つほどいい。彼女が腰をおろしたので、椅子を前に押し、彼はかたわらに立った。

「父の死に際に立ち会ったあと、臨終の言葉を書き付けたものがこれだ」マシューは机の上の乳白色の子牛皮紙を指さして、いった。「父の言葉はほとんど聞き取れず、言葉もとぎれとぎれで、ささやきや吃音《きつおん》に近いものだった」

サラは言葉のリストを指先でたどりながら、その言葉を一句一句指で押さえ、読み上げた。

「財産。領地を救う。ここに隠した。庭。庭のなかの。金色の花。シダ。フリュール・ド・リース」

言葉に目を向けたまま、彼女はいった。「これまでの探索について話していただける？このリストを見るかぎり、あなたは庭の周辺と黄色い花の咲く植物を捜したのでしょう？」

「長いあいだ抑えてはきたが、じつは植物に、とくに大好きな黄色の花に興味があるのだといってポールに相談したんだ。彼は喜んで、庭やほかの場所にある、金色の花が咲く場所をたくさん教えてくれたよ」

サラは振り向いて彼を見上げた。「黄色がお好きなのね？」

「いや」彼の目は彼女のドレスに向けられ、次に彼女の瞳を見つめた。「茶色のほうが好きだ。きみはどうなんだ、サラ？　きみは何色が好きなんだい？」

しばらくじっと彼の顔を見つめていた彼女の頬がほんのりと染まったが、やがてまた子牛皮紙に目を戻した。「私はどんな色も好きです、閣下」最後の言葉をそれほど強調することなく、サラは答えた。「金色の花の近くを掘ったあと、今度はシダの茂る場所の近くを掘られたの？」

「何エーカーにもわたってシダの茂る場所を。金色の花もそうだが、シダは敷地のあらゆる場所に生えている。これでやっと最後だと思うと別の一群が現われる。今年の春はそのために忙しかったよ」

マシューは前にかがみ、最後の言葉を指さした。「フリュール・ド・リース、というのが正確かどうかは自信がない。さっきもいったように父の言葉は聞き取りにくかったから」

「直訳すると『百合の花』という意味ね」サラはつぶやいた。「お庭には多種多様な百合がありますものね」

「そのすべてのまわりを掘り返したよ。最初に金色の花とシダのまわりを掘って、それが失敗に終わったので、敷地のすべての区域を地図にして碁盤目状に分け、各区域を計画的に掘り進めた。昨晩きみがぼくを見つけた薔薇《ばら》園が最後の区域に当たる。『ここに隠した』という父の言葉を考えれば、ここラングストン領のなかの庭を指しているのは間違いないと思う。それでもロンドンの町屋敷の裏手にある狭い庭やことロンドンの温室までも捜したけれど、何も見つからなかった」

「ということは、アイリスの花を植えてある区域も捜されたということよね？」

「薔薇以外の場所はすべて捜した。なぜそんなことを？」

サラは振り向いてふたたび彼を見上げた。彼がかがみこんでいたために、彼女の顔は間近にあった。彼はサラがかすかに息を止め、目を翳らせる様子に目ざとく気づいた。彼女も見かけほど平然としているわけではないのだ。それでいくらかは気が晴れる。一人だけ苦しい思いをしたくない。

サラは咳払いをして、いった。「『フリュール・ド・リース』は直訳すると『百合の花』だけど、実際にはアイリスを指すとされているからうかがったのよ」

マシューははっとした。「知らなかった。それは確かだろうか？」

「ええ」サラは探るようなまなざしで彼を見つめた。「それが何か重大な意味を持つとおっしゃるの？　あなたはすでにアイリス（アヤメ）のそばも捜されたと思っていたわ」

「捜したよ。何も見つからなかった」一筋の希望の光が彼の心に灯った。「しかし『アイリス』が重要な手がかりになる可能性はあるな。というのもそれはたんなる花の名前を意味するだけではないから」

「ほかにどんな意味があるの？」サラは戸惑いの表情で尋ねた。

「アイリスとはぼくの母の名前だった」ひと筋の希望がさらに大きくなった。「そしてこの敷地のなかで母がもっとも愛したのは、父が母の好きな花に敬意を表して造った区域なんだ。そこだけはまだ探索を終えていない」

サラの目が答えを見つけたというように、光った。「薔薇園ね」

13

サラは彼の美しいはしばみ色の瞳をのぞきこみ、希望に満ちた興奮がそこに輝いているのを見た。それどころか、その興奮が彼の全身から発散しているように感じられた。

彼は手を伸ばしてサラの手に自分の手を重ねた。「ありがとう」

一度触れられただけ。ああ、たったそれだけで、平静を保とうという厳しい決意が熱いお茶に入れた砂糖のように溶けてしまった。これではだめだ。

彼の手の下から自分の手を引き抜き、そっと椅子を後ろに引き、サラは立ち上がった。「お礼をいただくまでもないわ」彼の手のぬくもりを保とうとして、知らず知らずこぶしを握りしめていた。「その言葉が薔薇園を指すのかどうかまだわからないんだもの。それにたとえそうであっても、あなたはすでに薔薇園を掘っていらっしゃるし」

「きみには理解できないだろう。ぼくはもう一年近く探索を続けている。なんの成果も見いだせないで。大きな希望を抱いて始めたことだったが、時間がたつにつれ、希望を持ちつづけることが困難になっていった。最近では一日一日、絶望に向かっていくように思えてきた。

ここ数カ月で希望を感じたのは初めてだ。だからきみに感謝したいんだ」彼の片側の口角がクイとつり上がった。「薔薇でなければ、このニュースは最高なんだが」

「どういう意味かしら?」

「ぼくは薔薇が苦手だ。いやもっとはっきりいえば、薔薇のほうがぼくを嫌っているんだ。薔薇に近づくとかならずくしゃみが出る」

「ああ、それで昨夜ハクションという音が聞こえたわけね」

「そうだ」

「じつをいうと、それが聞こえたからあなたの居場所がわかったの」

「匂いでダンフォースが簡単にきみの居場所を探し出せたのに似ているな」

「ダンフォースの鋭敏な嗅覚にかかっては、隠れているのはむずかしいでしょうね」

「花に囲まれてくしゃみをしていたら、隠れるのはもっとむずかしい」

初めて出逢ったときから感じていた親しみの気持ちがよみがえって緊張をやわらげ、サラは思わず微笑んだ。「何かを盗もうとすると厄介ね」

「薔薇を盗む場合、最悪だろうね。幸いそんな反応を引き起こす花は薔薇だけだが」

「トートリンガーの近くではくしゃみは出ませんの?」

「全然。ストラス・ウォートも。それに……きみはなんの花の香水をつけているのかな?」

「ラベンダーよ」サラは見せかけの厳しい表情を彼に向けた。「少しでも花の知識があるのなら、すぐわかるはずなのに」

「ぼくの知識がごく浅いものだということは、了解済みのはずだが」サラがそれに答えようとすると、彼がそっといった。「ラベンダーの香りではくしゃみは起きない」

「よかったわ。でないと始終くしゃみが出てしまうものね。お庭にはラベンダーがあちこちに植えてあるから」彼の声がかすれた理由を考えまいとして、サラはそっけなくいった。

「一つ提案があるの。薔薇の匂いに過敏なあなたには喜んでいただけるかもしれないわ」

「拝聴しよう」

「よかったら、薔薇園の穴掘りをお手伝いしましょうか。あなたのお手伝いをしたとしても、姉や友人たちは少しも不思議には思わないでしょう。私が庭仕事を好きなことをよく知っているので。むしろ私が刺繍用の輪など抱えていたら、もっと怪訝《けげん》に思うはずよ。かなりの広さがあるし、もし私が手伝えば、作業は二倍の速さで進むはず。あなたもくしゃみを引き起こす薔薇に囲まれている時間が半分になるでしょう」

「進んで手を貸してくれるというのかい？」

「ええ」

彼は驚きを隠せなかった。「なぜ？」

「理由はいくつもあるわ。私はとにかく庭にいるのが好きだし、どちらにしても今日の午後は庭で過ごすつもりでいたの。友人たちは朝食のとき、乗馬を楽しもうと相談していたから」

サラは両手の指を絡ませ、緊張して大きく息を吸い、この数時間頭のなかで何度も練習してきた言葉を口にした。「それに私はあなたのお手伝いがしたいの。宝探しと考えるだけで胸がわくわくして、ぜひその場面に居合わせたいと考えたのよ。でももっと正直にいってしまうと、あなたがお父様の遺言を守り、ご当家を立て直すことが何より大事だと思うからよ。私は……私たちの……軽率な……キスの前に友情が生まれつつあったと思うし、それをこのまま大切にしていきたいの。もちろんプラトニックな形で。あなたが私の親友の一人と結婚する可能性があるのだから、なおさら」

サラは彼の答えを待った。待ちながら、これが真っ正直な言葉とはいえないということを彼に見破られないようにと願っていた。この申し出はじつのところ自分自身のためでもあり、もし彼がお金を発見すれば跡取り娘との結婚の必要性から解放されるという事実をサラはどうしても無視できないのだ。マシューならどんな社交界の花とも結婚できるのよ、といくら心のなかの良識が諭しても、彼が選択の自由を手に入れれば、もしかすると自分を選んでくれるかもしれないという希望を捨てきれない。それはなんともばかげた、途方もない、止気の沙汰とは思えない希望で、サラもそんな気持ちを必死で搔き消そうとしたが、どうしても消えてくれない。そしてその希望が彼を手伝えと、穴掘り作業をスピードアップせよと心を駆り立てるのだ。どうか彼の努力が報われますようにという祈りとともに。

マシューは複雑な表情でしげしげと彼女の顔を見つめ、静かに訊いた。「ぼくと庭に出て二人きりで午後を過ごすのが怖くないのかい?」

怖くないといったら嘘になる。「ええ怖くないわ」じつは恐れる相手は彼ではなく、自分自身なのだ。それでも二十年以上自分の願望を隠す経験を積んできたので、たった一日の午後いっぱい本音を隠しつづけるぐらいなんでもないはずだった。「あなたは今後親密な行為を慎むと約束なさったし、その言葉に嘘はないと信じるから」

マシューはしばらく無言のまま、ただ不可解な表情でじっと彼女を見つめつづけていた。最後に彼は静かに答えた。「そういうことなら、きみの申し出を受けよう。お友達が遠乗りに出かけるのは何時?」

「お昼ごろに出発しようという話だったわ。それから、遠出やピクニックのことであなたに相談しようということになって」

「それはいい。その手配だけしてぼくは辞退することにしよう。では十二時十五分過ぎに薔薇園で。きみのシャベルと手袋も持って行くよ」

サラは微笑んだ。「ではそのときに」

サラが十二時十五分きっかりに薔薇園に行ってみると、ダンフォースの熱意あふれるうなり声に迎えられた。犬はすぐさま彼女の靴の上に座った。そして顔の下半分をリネンですっぼりとおおったラングストン卿がそれを押しさげて挨拶をしたとたん、大きなくしゃみをした。

「大丈夫?」彼がまた布地をもとに戻すのを見ながら、サラは訊いた。

「まあ。こうしてハンカチを当てていれば」

サラは首を傾げ、口をすぼめた。「くしゃみが騒々しいから泥棒として忍びこむのは無理でも、見かけだけは立派な泥棒さんね」

「それは嬉しいお言葉。心が温まるな」彼はシャベルを差し出した。「見てのとおり、ぼくは黄色い薔薇の列からまず掘りはじめた。薔薇の根に沿って二フィートの深さの壕《ほり》を掘った。六フィートほど掘ったところで、最初の場所に戻って今度は穴を埋めた。そうやっていれば、急いで計画を中止しなければならなくなっても、長い距離を埋めなくてすむのでね」マシューは彼女が抱えている、見慣れた使い古しの袋に目を向けた。「スケッチブックを持ってきたんだね?」

「ええ。休憩をとるなら、お約束したとおり、ダンフォースのスケッチをして差し上げようと思って」サラは彼の足元にあるナップザックを見おろした。「あなたもスケッチブックを?」

「ピクニック・ランチだよ。馬の遠乗りに出かける一行のためにお昼のバスケットを用意したコックがぼくたちの分も用意してくれたんだ。これならおなかが空いても家に戻らなくてすむ。きみさえよければだが」

「戻りたくないわ。私は外で食事をするのが好きだし、庭仕事のときはよくランチを持って出るのよ」

「よかった。では始めようか」

「ええ」

サラは革の手提げ鞄《かばん》を置き、彼に差し出されたシャベルと革の手袋に手を伸ばした。シャベルの取っ手をつかむとき、たがいの指と指が触れ合った。チクチクとした熱い刺激が腕に伝わり、サラは自分の体の反応が内心恨めしかった。ちらりとラングストン卿を見やると、彼はどこか遠くを見ていた。

彼はあきらかに手が触れ合ったことにさえ気がついていない。それはもちろん喜ぶべきことで、実際心の大部分ではほっとしてはいる。ただ、かすかに指が触れただけで息が止まってしまう自分と違い、彼が少しも心を動かされていないことへの抑えた当惑や苛立ちがないといったら嘘になる。たしかに自分は忘れられて当然の女だ。それはいやというほどわかっている。それでも一人の男性から忘れられてしまうとどんな気持ちになるものかは、知らなかった。

『それをいまのうちに知っておくほうがましというものよ。だってもし彼がお金を見つけてしまったら、彼はあなたのことなんかすぐに忘れてしまうでしょうから』サラの心の声が不気味な声で戒めた。『彼はやっぱり若い社交界の花と結婚するわよ』

サラはシャベルを握り、そんな声を無視して目の前の作業に気持ちを向けた。二人はほとんど会話を交わすことなく作業を続けた。土を掘るシャベルの音以外に聞こえるものは、小鳥のさえずりと暖かい風に吹かれる木の葉の揺れる音だけだった。サラはすぐに一定のリズムをつかみ、自宅で庭いじりをするときのようにそっと鼻歌を歌った。ダンフォースは近くの木陰を見つけて休んだ。そんな様子はサラの愛犬デスデモーナとそっくりだ。愛犬のことを思っただけでわが家が急に恋しくなってしまったが、美しい庭園とダンフォースのおかげでここも同じくらい心安らぐ。

掘っても何も見つからず、二度目に六フィートの壕を埋め終えたところで、マシューが尋ねた。「ここらで休んで食事にしようか？」

サラはシャベルを地面に刺し、手袋の甲で汗ばんだひたいを拭い、彼のほうを向いた。そしてはっとした。自分はそれこそ馬車で何百マイルも引きずられたように汚れきっているはずなのに、彼はこざっぱりと清潔そのものなのだ。それはもう不公平なほどに。照りつける太陽の下で二時間も土掘りを続けたのだから、彼だってほこりと泥にまみれ、身なりが乱れていてもおかしくない。それなのにマシューの場合、汗ばんだ顔や着くずれた服装がかえって男らしさを引き立てて、なんとも魅力的に見せているのだ。

つい彼のほうに目がいってしまわないよう、最初はことさらに作業に集中していたせいで、彼がベストを脱ぎ、スカーフをはずしていたことに気づかなかったが、いまははっきりした。彼は顔にあてていたハンカチをてのひらの上でまるめている。袖を肘までまくり上げているため、日焼けしたたくましい前腕があらわになっている。真っ白なシャツ——もはや真っ白ではなくなってはいるが——の襟は首のところで開かれ、サラはいまのうちにとばかりに、V字型の襟元からうっすらとした黒い胸毛がのぞいているのをこっそりと見た。力仕事を続けたので生地はよれてしわだらけになり、体に張り付いているのだが、それが女性の目には溜息が出るほど魅惑的に映るのだ。

マシューは片手を上げて黒い髪を指先でとかした。肌同様、その髪も汗で光っている。彼の両手は次に腰に置かれ、サラは思わず熱いまなざしを下のほうへ向けた。彼の指は泥で汚れた薄茶色のズボンに当てられ、まるで魅力的な股間を指さしているように見える。ズボンを脱いだ彼の姿がまざまざと脳裏によみがえり、サラは強い陽射しとは関係なく体じゅうがかっと熱くなるのを感じた。みずからの脚のあいだに押し当てられた淫らな快感が生々しく思い出される。

彼はくしゃみを一つすると尋ねた。「きみはそれに異論はないのかな、サラ?」

異論ですって? サラははっと彼の顔を見上げた。うつろな彼の表情を見ても、彼を熟視していたことをさとられたかどうかはわからないが、おそらく見られてしまったのだろう。サラは首まで紅潮するのを感じた。彼がなんのことで同意を求めているのか、サラには皆目見当がつかなかったが、さし当たって何も問題はないように思えたので、いった。「ええ……いいわ」

彼はうなずき、シャベルを置くとナップザックをつかんだ。「敷地内に湖があって、湖畔は林になっていて木陰がある」彼はふたたびくしゃみをした。「そこは薔薇が咲いていない。ここから十分ほど歩けば着くよ。そこで食事というのはどうだい？」

食事。もちろん。「なんだかすてきそう」

「よかった」彼はまた何度か続けてくしゃみをし、薔薇園から延びている小路を手で示した。ダンフォースを先に行かせ、マシューはサラの隣りに来た。そしてまもなく安堵《あんど》の吐息をもらした。「だいぶ気分がよくなった」サラは彼の視線の重みを感じたが、断固としてダンフォースと前方だけを見つめていた。もし彼のほうを見てしまえば、気が散漫になり、木にぶつかり意識を失くすのが関の山だからだ。

「大丈夫かい？」彼が訊いた。

いやだわ。きっと自分で思う以上にひどいなりをしているのね。「ええ。あなたは？」

「気分は悪くないよ。ちょっと暑いけれど。小路沿いの木陰がありがたい」

彼のいうとおりだった。彼を見ると体が溶けてしまうような気分に襲われたが、これは明るい陽射しのせいではなかった。「探索がうまくいかず、残念だわ」と彼女はいった。

「ぼくも同感だよ」彼はしばし黙り、やがて口を開いた。「手伝ってくれてありがとう。一緒にいて楽しかった」

「一緒にいたとはとてもいえないわ。ほとんど話もしていないもの」

「会話は必要なかった。外で一人じゃないというだけでも楽しかった」

最初の夜、雨のなかシャベルを抱えて戻ってくる彼の姿が脳裏をよぎった。あのときはフランケンシュタインのことで頭が一杯だったので彼がよからぬことをしているように見えたのだが、いま思えば彼は……落胆し、孤独に見えた。孤独とはどんなものか、サラは身に沁《し》みて知っている。

数分後小路が途切れ、木のない空き地に出た。その中央に大きな楕円形の湖水がきらきらと輝いている。濃い青の湖面は静かで、気品ただよう白鳥のつがいが岸辺近くに浮かぶだけである。ダンフォースは白鳥をひと目見るなり、弾かれたように一目散に湖に向かって駆け出した。湖に飛びこむ際のダンフォースの激しい水しぶきと吠え声に、サラは思わず、笑い声を上げた。抗議するような軽蔑《けいべつ》の鳴き声とともに、白鳥たちは白い翼をはためかせ、水面をかすめながら湖水の反対側へ移動した。犬は侵入者を懲らしめたことに満足したと見え、水から出て二人のもとに小走りで戻ってきた。

「まえもっていっておくけれど」ラングストン卿がいった。「ダンフォースに――」

ダンフォースがその大きな体を激しく、勢いよく振ったので、彼の言葉は途切れた。それが終わると、サラはラングストン卿のほうに向き、彼の顔に散った水しぶきを笑うまいとして、いった。

「ダンフォースに湖水を浴びせかけられる、のね？」サラは思いやりをこめて、代弁した。

彼は濡れた腕で濡れた顔を拭き、濡れた愛犬を睨んだ。「そのとおり」

「ご注意、どうもありがとう」

彼はサラのほうを振り向いた。「きみの犬もこんなことをすることがある？」

サラは笑わずにいられなかった。「機会があれば毎度するわ。私を濡らすのがデスデモーナの好きなゲームなの」サラはかがんでダンフォースの首筋を掻いてやった。犬はうっとりと喜びの表情を見せた。「あなたも自分が面白い犬だと思っているんでしょ？」とサラは訊いた。

答えるかわりに、ダンフォースは二度吠え、また湖のほうへ走って戻った。

ラングストン卿は首を振った。「彼はいまのを激励と受け取ったよ。ぼくたちはまた水を浴びせかけられることになりそうだ」

サラは満面の笑顔で答えた。「いいではありませんの。強い陽射しを浴びたあと、冷たい水は気持ちがいいでしょう」

「今日はボンネットをかぶってきたんだね」と彼がいった。「かぶらずに庭に出るのが好きといってた気がするが？」

サラはできるだけ彼を視界に入れまいと、入念に選んだボンネットの幅広いつばに手をかけた。「普段はそうだけど、たまには母の勧めに従ってみようかと思って。汚れて汗臭くて、おまけにワンちゃんの湖水を浴びせられただけでもみっともないのに、日焼けまでしていたら、ダンフォースに森のなかに埋められてしまうわ」

「それはどうかな」彼は声を落とし、いわくありげなささやき声でいった。「あいつは…ダンフォースは……きみはいまなんといったっけ？　ワンちゃんの湖水か。覚悟して。ほらこっちへ向かってくる」

まもなくダンフォースは二人の前に来て止まり、ふたたび力いっぱい体を振った。

「犬って、笑えるのかな？」ラングストン卿はふたたび顔を拭い、ダンフォースを睨みながら低い声でいった。犬はまた尻をこちらに向けて湖にダッシュしていく。「たしかにあいつは笑い声をあげていたな。それも茶目っ気たっぷりにね」

「笑いどころかニタニタ笑いに思えるわ」

彼は大袈裟《おおげさ》に溜息をついてみせ、サラはそれがおかしくて、笑いをこらえるのに口を閉じなくてはならなかった。「ぼくも子どものころはよく湖で泳いだよ」

「でもいまのご様子だと、ダンフォースが湖の水を運んできてくれるから泳ぐ必要はなさそうね」

「そのとおり。ぼくは果報者だ」

ダンフォースが三度目に水を浴びせかけ、また湖に向かっていくのを見て、サラは尋ねた。

「あの子が疲れることなどあるのかしら」

「疲れるよ、あいつだって。だいたい真夜中になると」彼は濡れた、とても清潔とはいえないしわだらけの四角いリネンを差し出した。「よかったらこのハンカチをどうぞ」

サラはドレスのポケットからレースの縁取りがついた、あまり清潔ともいえないしわだらけの綿の布を差し出し、お茶目に笑った。「よかったら私のをどうぞ」

彼は大袈裟に厳しいしかめ面をして、いった。「おやミス・ムアハウス、きみはぼくのなりがあまりにひどいとほのめかしているのかな?」

サラも顎をつんと上げ、気分を損ねたように鼻を鳴らした。「あらラングストン卿、あなたこそ私の身なりに――」

サラの言葉はダンフォースによるさらなる湖水の水しぶきによってさえぎられた。犬は身震いを終えると二人の近くに寄り、二度吠え、近くの林に駆けこんだ。

「今度は野生の生き物を追ってくるそうだ」ラングストン卿がいった。「あいつが帰るまでお昼を遅らせることはないけど、食べ物を残しておいてやらないと気を悪くするだろうね」

彼は湖に向けて首を傾けた。「手を洗いにいこう」

「ええ。でもこんなに外にいたら、手を洗ったぐらいではきれいになりそうもないわ」

「そんなことはない。きみはデイジーの花のようにさわやかだよ」

サラはおかしくて吹き出した。「足で踏みつけにされ、水をびしゃびしゃとかけられ、泥にまみれてしまったデイジーね」

サラは湖のほとりでしゃがみ、ハンカチを水に浸すと、それを使ってできるだけ体をきれいにした。ふと見るとラングストン卿は両手で水をすくい、それを腕や顔、首にかけているだけだった。彼が立ち上がったのでサラも立ち上がったが、彼が手を上げ、その手で濡れた髪を後ろに撫《な》でつけたのを見て、はっとした。あのとき浴槽から立ち上がったときの仕草と同じだったからだ。

神々しいばかりの濡れた彼の裸身が胸に浮かび、しめった服から湯気が上がるのではないかと思えるほど体がかっと熱くなった。指先からハンカチが落ち、彼女のブーツのつま先に舞い降りた。

二人が同時に体をかがめたので、頭がぶつかった。

「痛い」二人は口をそろえていい、立ち上がりながら二人ともそれぞれの手を額に当てた。

「すまない」と彼はいった。「大丈夫？」

いいえ。みんなあなたのせいよ。「ええ。ありがとう。あなたは？」

「ぼくは大丈夫」彼はサラのハンカチを差し出した。「でも、きみのハンカチはそうとうくたびれているね」

極力手が触れないように注意しながら、サラは濡れた四角い布地に手を伸ばし、小声でいった。「ありがとう」

「どういたしまして」彼は片方の口角を上げた。「きみがいてくれて、おおいに気がまぎれたよ。ひと言も不満をもらさないし」

「それはあなたが食事を約束してくださったからにすぎないわ。せっかくの食事のチャンスをふいにしたくないもの。食べ終えたら、存分に不平をいうわよ」

「ぼくはそれに同情してうなずき、耳を傾けるふりをしよう。立派なホストの務めとしてね。では行こうか」彼は茶目っ気たっぷりに、腕を差し出した。サラは彼に触れないつもりでいたのだが、彼の仕草がいかにもおどけた感じだったので、断わるのも無作法だと感じた。

彼の前腕に軽く手を乗せ、木にでも触れているつもりになった。ほら、なんともない。やればできるじゃないの。徹底的にプラトニックな雰囲気のなか彼とともに過ごす。ふつうの友だちのように、一緒にいることや会話を楽しむ。彼の手に触れても平気。これならまったく問題ない。

二人はサラの鞄と彼のナップザックを持ち上げ、大きな柳の木の下にちょっとしたピクニックの用意をした。彼がナップザックのいちばん上に入れてきた毛布を取り出し、下に敷いた。

「何が入っているのかな?」彼はそういって、包みをほどいた。「固ゆでの卵にハム、チーズ、鶏のもも肉、ミートパイ、アスパラガス、パン、リンゴ酒、苺《いちご》のタルトが入っている」

「好物ばかりだわ」サラは嬉しそうにうなずきながらいい、その動きで眼鏡がずり落ちた。

「コックはあなたの好物として何を入れてくれたの？」

「旺盛な食欲を持った女性だろうね」

「それなら保証するわ。二時間も穴掘りをして、ワンちゃんから湖水を浴びせられたあとですもの」

彼は咎めるような顔をしてみせた。「食べ終えるまで不満はいわないはずじゃなかったのかい？」

「ごめんなさい、うっかりしていたわ。食べ物は、どれもおいしそう。私が取りわけてもいいかしら？」

「ぼくの分は残るかな？」

「たぶん。少しは」

彼は眉を動かした。「ふむ。思うに、きみはぼくの鶏のもも肉を狙っているだろう」

サラは笑いを嚙《か》み殺し、気分を害したように鼻を鳴らした。「残念でした。私が狙っているのは苺のタルトよ」

リンゴ酒を注ぎながら、サラはこんもりと盛り付けた二つの皿を用意し、彼にその一つを手渡した。そして湖に向かう形で、彼の隣りにかなりの距離を置いて座った。ほらね。やれるじゃない。彼と並んで座り、湖水を眺めながら食事を楽しむ。

二人はしばらくのあいだ、湖を見ながら黙って食事をした。サラはただ晴天と美しい眺めを楽しんでいた。小鳥がさえずり、さらさらとそよぐ木の葉のあいだからリボン状の陽の光が差しこみ、穏やかな湖面で輝いている。

「よくこの湖にいらっしゃるの？」サラはガラスのような湖面をしっかりと見つめながら、尋ねた。

「ほとんど毎日。歩いても来るし、馬に乗っても来るよ。湖に来ると心が安らかになるからね」

「そうなる理由はよくわかるわ。ほんとうに……すてきなところですものね。ここで毎日何をなさるの？」

「泳いだり、岩の上で飛び跳ねてみたり、ただ木の下で過ごしたり。この柳の幹にはとても気持ちのいい平らな部分があってね。そこで持ってきた本を読んだりすることもあれば、ただ物思いにふけることもあって」サラは目の隅で彼が自分のほうに向くのを見た。「きみのお家には湖があるのかい？」

「いいえ。でももしあったら、どこで過ごそうかと迷ってしまいそうだわ。庭か湖のほとりかで」

「湖のほとりは庭園造りにぴったりじゃないのかな」

サラは彼のほうを見てみることにした。柳の細い葉のあいだからこぼれる金色の陽光と黒い影が交わるようにして彼の顔を彩り、サラの画家としての目はその魅力的な瞬間をとらえたいと願った。彼女を見つめる彼のはしばみ色の瞳はまわりの新緑を映して青よりは緑に近い色合いに見えている。〝美しい〟という言葉が男性を表わすのにふさわしいのかどうかはわからないが、この男性にはたしかに当てはまっていると思う。

彼の視線を受けてサラの胸の鼓動は高まり、手にしたチーズを落とさなかったのが不思議なほどだった。ほうら、やればできるのよ。彼の目を見つめても、どぎまぎせずに、チーズを落とさないでいられるのだから。

「湖のそばに庭を造るのね」サラはつぶやいた。「それで問題は解決がつきそうね」リンゴ酒をひと口飲み、訊く。「どんな本がお好きなの？」

「なんでも。最近『失楽園』（ミルトンの叙事詩）を読み、次は何を読もうかと考え中だ。何かお奨めの物はあるかい？　たしかきみも〈ロンドン婦人読書会〉のメンバーだったね」

サラは口にふくんだリンゴ酒を噴き出しそうになった。やっと飲みこみ、何度か咳きこんだあと、尋ねた。「どうしてそれを？」

「昨夜レディ・ジュリアンから聞いたんだ。ところで婦人読書会とはどんな活動をしているのかい？」

これは困った。サラは胸元まで赤く染まる気がした。「課題の本を選び、討論をするの」

「どんなたぐいの本を？」

今度は首まで赤くなった。ボンネットを取らなくて、ほんとうによかった。顔まで赤くなっても、つばの部分がいくらかは隠してくれそうだ。ふたたび湖に向き、答える。「文学作品よ。卵はいかが?」

「結構」

サラは彼の視線の重みを感じたが、そのまま前方の湖だけを見ていた。「ダンフォースはどこにいるのでしょうね」

「なぜ話題を変える?」

「どんな話題?」

「ロンドン婦人読書会、のことだよ」

「〝婦人《レディ》〟という言葉を聞き逃されたのかしら?」

「ぼくには入会の資格はなさそうだが、それでもそれについてきみから話を聞く資格はあるだろう」

「あなたはレディかしら?」

「違うね」

「いま、ロンドンにいらっしゃる?」

「いや」

「この毛布の下に文学書を忍ばせてあるかしら?」

「ないね」

「もうそれで答えは出ているようなものでしょう」

「ふむ。かの女《おんな》は小言が多すぎる」

サラは顎をつんと上げた。「ロンドン婦人読書会のメンバーとして、私もハムレットには精通していますのよ。でもいま引用された、第三幕第二場はこの場合には当てはまらないわ」

「そうかな。ぼくは……」

サラは手にした固ゆでの卵に集中しようとしたが、彼が熱心にこちらを見ているのがわかるだけに、それはむずかしかった。

やがて彼は含み笑いをもらした。「ああわかったぞ。きみたちはまったく文学作品など読んでないということだな」

いやだ、この人は勘がよすぎる。サラがどう答えようかと迷っているうちに、彼が続けていった。「それで、読書会では何を読んでいるのかい？　卑猥《ひわい》でスキャンダラスな作品かな？　たぶん、きみたちの母親が知ったら腰を抜かしそうな本だろう」

サラはできるだけすました声でいった。「なんのお話か、さっぱりわからないわ」

「いまさらなんだ、サラ。好奇心を掻き立てたのはそちらだよ」

「いつだったか、好奇心は猫を殺すという結論に達したんじゃなかったかしら」

「そうだった。その直後に、ぼくらは猫じゃないと、締めくくったんだったね」

そのときの記憶がよみがえり、サラの胸は高鳴った。その後彼にくちづけをされたのだった。そのとき以来自分は変わっていったのだ。

「話してほしい」マシューは促した。

「何も話すことはないわ」

「もし話してくれたら、誰も知らないぼくの秘密を打ち明けよう」

サラがこらえきれなくなってマシューのほうを向くと、彼の瞳にはからかうような輝きがあった。頭のなかで警鐘が鳴り響き、これが入浴シーンを見せてくれとせがんだのと同じ手なのだということを彼女は思い出した。その後どんなに心乱れたことか。

そう、これまで生きてきて、あんなに忘れがたい経験をしたことはなかった。

そのせいで苦しんでいるのだから、少しでも早く忘れなくてはいけないのだ。まして彼と二人でいるときに思い出すなんてばかげている。

やっとのことであの入浴の場面を忘れられそうだと思っているところへ、この男はまた別の誘惑を持ちかけてくる。こんな誘い方をされれば、抗《あらが》うことなどできやしないのに。サラは唇を舐《な》めた。「秘密の交換?」

彼の視線はサラの唇に下りた。「そう。これなら公平な取引きじゃないかと思うよ。これから話すことについて、他言しないと約束してくれるかな?」

「もちろん」止める間もなく言葉が勝手に滑り出た。「あなたもお約束してくださる?」

彼は胸に手を当てた。「名誉にかけてもきみの秘密はこの胸のうちに留めておこう」と

一瞬ためらったあと、こうして約束もさせたのだから、彼に話しても害はないだろう、と

サラは判断した。それに彼の秘密を聞けるというせっかくのチャンスを逃すのは、あまりに

惜しい。ほうらね。できるじゃない？　友人たちとよくするように、たわいもない秘密を打

ち明けあうの。

「まあ、会はたしかに婦人読書会の活動の主眼は……伝統的な作品に置いているわ」

「たとえばどんな？」

「そうね。ごく最近結成したばかりなのでまだ一冊しか読んでいないの」

「それはシェークスピアの作品ではないな」

「じつはそう。フランケンシュタインよ」

彼の瞳が強烈な興味で輝いた。「『現代のプロメシュース』か」と彼はつぶやいた。

「お読みになったの？」

「女性のグループにしては面白い選択だ。小説のタイトルや著者のスキャンダラスな振る舞

いに対してわけ知り顔に眉を上げるのが普通なのに」

「だからこそ会の名前をあんなふうにつけたのよ。そうした非難の目を避けるために」

彼は考えこむようにうなずいた。「きみなら、あの本に強い反応を示しただろうね」

「なぜそんなことをおっしゃるのかしら」

「なぜならきみはたぐい稀《まれ》なるあわれみ深い人だから。きみがフランケン博士を愚か者となじっただろうということは疑う余地がないし、怪物の不幸にきみの優しい心が引きこまれてしまったのも想像に難くない」

彼の恐ろしいほど正確な分析を耳にして、サラは奇妙な感覚に襲われた。そのとおりだとは認めつつ、どこか屈辱的に思えたのだ。彼女は顎を上げた。「フランケンシュタイン博士は一人の生き物を造り出しておきながら、醜いという理由だけで完全に拒絶したわ。彼を愚か者と呼んでしまえば、ほかの愚か者に失礼よ。それに、気の毒な、虐待を受けた、愛を知らぬ生き物に憐憫《れんびん》の情を抱いたから情け深い人間だと思われるのなら、それでもいいわ」

「ほんとうに情け深い人だよ、きみは。これは褒め言葉なのだからね。もしきみがあの怪物に出会っていたら、彼の人生は一変していただろうと思うよ。きみなら彼を無条件で受け入れていただろう。彼を助け、護《まも》り、彼の求めてやまない優しさを彼に与えたことだろう」

サラは彼の言葉にはっとした。「どうしてそんなことがわかるの？　私も彼の恐ろしい体の大きさや容貌を恐れ、怯えてしまったかもしれないでしょう？」

「いや。きみなら彼の醜い巨大な手を握り、きみの庭に案内し、トートリンガーはあれ、ストラス・ウォートはこれ、とよく教えてやり、ほかの人間に接するのと少しも違わない態度で話をしてやったことだろう。きみは彼の友人になり、彼に力を貸してやっただろうよ。ダットン姉妹やマーサ・ブラウンを助けてやっているように」

サラはまばたきし、目を見開いた。「なぜダットン姉妹やマーサのことをご存知なの?」

「きみのお姉様がサーブルック卿に話し、それを彼がぼくに話してくれたんだよ。そうやって人助けをするきみは、ほんとうに心優しい人だと思う」

「あの人たちは私の友人よ。優しさではないわ」

「それを優しさというのだよ。思いやりと広い心。誠実さと同情。きみはこうした特質をすべてそなえているよ、サラ」

「その程度のことなら誰でも——」

「いや、しない。するつもりもない。世のなかにはきみのように心温かい人びとがいくらかはいて、われわれはそういう人たちに感謝せねばならないね。だがこの世の人間はほとんどみな利己的だ。きみの優しい心はきわめて特別で得がたい資質なのだから、そこを勘違いしないようにね」

彼の言葉に胸が熱くなり、サラは頬を紅潮させた。「なんと……なんとお答えしたらいいのかわからないわ」

彼は咎めるような視線を投げた。「何かを褒められたとき、どう答えるべきかは、すでに学んだはずだけどな」

そうだった。サラは思い出した。鮮明に。二人でテラスに出てお茶を飲んでいたとき、彼が彼女の絵の才能をたたえたのだった。あの会話は、あと二週間以内に結婚しなければならないという彼の運命を知る前の出来事だった。それも資産家の跡取り娘と。その相手が親友のジュリアンになりそうだと。

サラはごくりと唾を呑み、うなずいた。「それでしたら——感謝します」

「どういたしまして」

気づけばいつしか彼の顔をしげしげと見つめ、彼の熱い視線から目をそむけることができずにいた。息苦しいほどの意識で体がほてり、彼の体に手を触れたい。この体に触れてほしいという痛みにも似た欲求に苛まれた。そして自分の身の上が一変し、突如巨額の資産を相続することになればいい、などという無謀な願いが胸に湧き起こった。

しかし彼女に与えられた選択肢といえば、今すぐに立ち上がり、小路を駆け戻ることだけなので、サラはただ湖を見つめ、急に感じた緊張を振り払う言葉を口にすることにした。

膝を曲げ、ふくらはぎのまわりにぴったりと腕をまわした。「私は秘密を打ち明けたわ。今度はあなたの番よ」

「そうだね。笑わないと約束してくれるかい？」

「約束するわ」笑いません。触れません。実現しない夢想に身をゆだねることもしません。

「いいだろう。ぼくは十歳のとき、少年にありがちな、海賊になるという夢を抱いていた。大海原を渡り、自分の船の船長を務め、冒険とスリルに満ちた剣の闘いに加わり、見知らぬ港で略奪をする夢だ」

驚きとおかしさで、サラは彼のほうを見た。どんな話を聞けるのか予想もつかなかったが、まさかこんなに空想的な話だとは思いもしなかったからだ。「略奪？」

　彼は真に男らしい憤慨とともに天を仰ぎ見た。「もちろん略奪だ。海賊が戦利品を手に入れるのに、ほかに方法があるとでもいうのかい？　ぼくは海賊になりたかったんだよ、博愛主義者じゃなくて」

　サラの唇に微笑が浮かんだ。「そうね。続けてちょうだい」

「海賊になるにはまだ何年も待たなくてはならないと気づいたものの、決意が固いだけでなくせっかちだったので、ぼくはラングストン領の海賊になることにしたんだ。この湖を」彼は腕を伸ばし、湖水に向けてぐるりとまわした。「ぼくの大海原にしようとね」

「ぼくはみずから悪党《ブラックガード》と名乗り、ひと夏かけてこっそり海賊船を造った。そしてそれを藪《やぶ》のなかに隠していた」マシューは楡の林の近くの藪に向けて顎をしゃくった。

「その船はどのくらいの大きさだったの？」サラは訊いた。

「自分の体と同じくらいだった。それをただの手漕ぎ船と呼ぶ人もいるだろうが、それは想像力がないだけだ」

　サラは頬の内側を噛んで、笑いをこらえた。「なるほど。それでボートは完成したのかしら？」

「船だよ」彼は真剣な口調で訂正した。「ああ、完成した。船首に人魚の像まで彫ったよ。

あまり人魚らしくなかったな。彫刻は得意じゃないからね。それにうっかり尾っぽを切り落としてしまった。頭も。でも残った部分だけでも立派に船首に飾ってあった」

彼は湖に視線を戻した。膝を伸ばし、両腕を後ろの地面に置き、上半身をもたせかけながら、彼は続けた。「処女航海の日、ぼくは一番上等の海賊服に身を包み、〈悪党の戦利品《ブラックガーズ・ブーティ》〉号を進水させた。湖水に浮かぶ船を見ているのは至福の時だった。何カ月も計画を練り、こっそり造り上げたんだからね。湖のなかほどまで漕いで進んだときだった。突如ぼくの船に水漏れが始まった。優秀な船長としてそうした危機に対する備えはしてあった。バケツという形でね。ぼくは水を汲み出した。しかしまもなくブラックガーズ・ブーティ号はまた別のところから浸水しはじめた。そしてあっちからもこっちからも水がもれ入ってきた」

彼はふたたびサラのほうを向いた。「その表情から見て、この話の結末が読めているんだろう?」

サラは懸命に真顔を保った。「湖の底に沈んだとか?」

彼は長い嘆息をもらした。「そのとおり。雄々しく水を汲み出す努力をしたにもかかわらず、虚しい抵抗だということがまもなくはっきりしてきたんだ。なので、ぼくは立ち上がり、敬礼して過去の多くの船長のように、船と運命をともにしたよ」

「勇敢で気高い行ないだこと」サラはできるだけ重々しい調子でいった。

彼は肩をすくめた。「そうするしかなかったのでね」

「それでブラックガーズ・ブーティは……？」

「いまも湖の底にある。ぼくの眼鏡と一緒にね。十回目か十一回目の浸水のあいだに失くしたようだ。一番上等のズボンとジャケットを台なしにし、眼鏡まで失くして帰ったとき、父は当然いい顔をしなかった」

「お父様にはなんと？」

「湖で災難にあったと。それは間違いなく事実だからね」

「お父様に略奪や冒険に満ちた少年時代の夢の話はしたの？」

「このことは誰にも話したことはない」彼はサラのほうを見て眉根を寄せた。「笑わないという約束を忘れないでほしいな」

「笑ってなんかいないわ」サラは笑いをこらえ、いった。「あなたが浸水するボートに立ち、腰まで水につかりながら敬礼する姿が鮮やかに思い浮かぶと、笑わずにいるのがむずかしいけれどね」

「船、だよ」彼は気分を害したように鼻を鳴らして訂正した。

「どうやら海賊になるという志を変えられたようね」

「変えて正解だった。ぼくは海賊には向いていないことがわかったから。造船にも」

「泳げたのは不幸中の幸いね」

「そうだね。でもそれを除けば、このエピソード自体が失態そのものだったよ」

「あら、そうでもないわ。ボートが航海に耐えられなかったからといって、成功はしなかったとはいえないわ」

「成功？」彼は含み笑いをした。「マダムはどうやらぼくが沈みゆく船と運命をともにしたことを聞き逃されたようだ」

「聞き逃したわけではないわ。あなたの成功は船を造り上げようとした決意と努力のなかにあったのよ。第一そんな計画を思いつく人はめったにいないし、まして最後までやり遂げる人は珍しいでしょう。とりわけ、船の最期を見届けたことは立派なことだったんじゃないかしら」

彼はうなずき、いった。「悲運の船ブラックガーズ・ブーティの船長として、温かい言葉に感謝するよ。二十年前にきみがそばにいてくれたら、ぼくの誇りももっと早く回復したものを」

「それはどうかしら。二十年前の私だったら、ブラックガードが彼のボートとともに沈んでいく姿を見て笑い転げていたでしょう」サラはいたずらっぽく笑い、水中での声を真似ながら付け加えた。「ゴボゴボ、ゴボゴボとね」

マシューは口を歪めたが、すぐに険しい目つきでいった。「笑っているな」

「笑っていないわ。微笑んでいるだけ」

微笑み返した彼の目元がやわらぎ、その魅力に、サラは息を呑んだ。マシューの話を聞きながら懸命に振り払ってきた抗いがたい彼への意識がふたたび心を満たした。「これでおあいこだね」と彼はいった。

「ええ」と答えた声は、感情のままに息切れしていた。何かいわなくてはと必死に考え、出し抜けにいった。「ダンフォースはいったいどこにいったのかしら。薔薇園に戻る前にあの子のスケッチをしてあげたかったのに」

「ぼくとまた薔薇園に戻ってくれるのかい？　きみにはせいぜい二時間が限度だと思っていたのだが」

心の声が、疲れたといいなさいと命じていたが、例によってその声を無視した。「勘違いなさっているみたいだけど、私はか弱い温室の花などではないのよ、閣下。私は働く気満々ですわ。あなたがお一人でなさりたいのなら話は別だけど」

彼はサラを見つめたまま首を振った。「いや、ぼくはきみといたいよ、サラ」

彼の静かな言葉が二人あいだに留まっているように感じられ、それは自分自身の望みでもあるのだと、サラは深い悲しみとともに気づいた。そこには、庭での土掘りだけではなく、もっと別の機会を求める思いもあるのだ。

そのとき、サラはまたしてもかなう当てのない望みの、切ない虚しさを思い知ったのだった。

14

サラが最初に庭の穴掘りを手伝ってから一週間後、ロンドン婦人読書会の集会がサラの寝室で行なわれた。数時間前に始まった嵐がまだ弱まらず、窓枠が雨や風でガタガタと揺れている。姉や友人たちとこの時間を過ごすことを嬉しく思う一方で、嵐に妨げられたこと――ラングストン卿と薔薇園で深夜の穴掘りを今夜もしたかったという切ない気持ちもあった。この一週間、二人は同じ作業を続けている。

昼間と夕方はラングストン卿がゲストのもてなしに時間を割かなくてはならないので、二人は合意のうえでダンフォースをともない、毎夜みなが自室に引き揚げたあと、深夜数時間かけて何エーカーもある薔薇園に壕を掘りつづけているのである。今夜は嵐のために穴掘りは中止にした。だからラングストン卿とは会わない。そのほうがいいのよ、と彼女の良識が主張する。しかしそうだとしても、今夜庭に行けないのはきわめて不都合なことなのだ。この一週間、実りのない労働が続き失敗が目前に迫っていても、サラは自分の常識の声に従うことに成功していた。心のなかはともかく、行ないだけは。

おのおのナイトガウンやローブに身を包み、婦人読書会の面々はサラのベッドの上で脚をくずして座っている。やや歪んでいるものの、大きな頭をやっと縫い付けてもらったフランクリンはベッドのヘッドボードにもたれさせてある。数日前の午後、男性陣が狩りに出かけているあいだに、読書会の集まりを開いたのだ。フランクリンの顔立ちについては無記名の投票で決めた。おのおのが自分の理想の男性像として思い描く目、鼻、口、顎を書いて投票した。投票結果により、フランクリンはラングストン卿の目、バーウィック卿の鼻、ジャンセン氏の口、サーブルック卿の顎を持つこととなった。

「なんだかここにいる男性全員の顔が混じっていて、ほんとうに気味が悪いくらいだわ」エミリーがいった。

「こぶだらけの頭を除けばね」とジュリアン。「それに片方の脚がもう一方よりうんと太い人はいないわね」

「私はあの方たち――というより世のどんな男性より私たちのフランクリンは……立派なものをそなえていると思うわ」キャロリンがいった。

その発言は全員の抑えた笑い声に迎えられた。そのときサラの脳裏に浴槽から立ち上がるラングストン卿の姿が浮かび上がった。それから彼と親密な仲になったのだ。

「あなたの描いてくれた顔は最高よ、サラ」キャロリンが微笑んでいった。

サラはまばたきして、心騒がせるイメージを振り払った。「ありがとう。それではここに公式に開会を宣言します。何かご意見は？」

「指摘したいことがあるの」ジュリアンがいった。「今夜はちょうどフランケンシュタイン博士が怪物を造りあげたような嵐の夜よ」腕で胸をおおうようにして不安そうに、暗い、雨の打ちつける窓を見やった。

「つまり舞台としては完璧ということよ」ジュリアンが嵐に怯えているのを知り、サラがなだめるような口調でいった。「そして何よりも大切なのは――舞台なのよ」

「あの気の毒なウィルストーン氏が殺されたのもこんな晩だったのよ」ジュリアンが付け加えた。「狂った殺人鬼がいまもうろついていると母はくどいほど言っているわ」

「闖入《ちんにゅう》者がひそんでいる気配はないわ」キャロリンがジュリアンの手を優しくたたいていった。「ウィルストーン氏は真夜中に一人で歩いていたのよ。私たちはこのお屋敷にいる大勢の人たちに守られているから大丈夫」

「そうよ。だからそんな気の滅入る話はやめないこと？」エミリーがいった。「私たちの作る〝完璧な男性〟にさまざまな特質を持たせようとみんなで決めたことは承知しているけれど、こうしてフランクリンがここに一緒に座っているのだから、私としては〝完璧な男性〟に望みたい項目を一つふやしてほしいの」

「それは何？」サラは尋ねた。

「〝完璧な男性〟は噂話に花を咲かせる女性たちに囲まれてじっとおとなしく耳を傾けるだ

けでなく、自分なりの指針を持っていてほしいわ」エミリーは眉を揺らした。「なぜならこれからフランクリンは驚くべき噂話を耳にするからよ」

「無理よ。フランクリンには耳がないもの」キャロリンがからかった。

一同が爆笑し、陰鬱《いんうつ》な雰囲気が吹き飛んだ。ジュリアンはすばやくエミリーに近づき、尋ねた。「噂話って、何？　話してよ」

「訊く相手が違うわよ」エミリーは素知らぬ顔でいった。「サラに訊いて」

サラは突然、好奇に満ちた三人の熱心な視線を感じ、気が重くなった。エミリーはサラが深夜庭で穴掘りをしていることに気づいてしまったのだろうか？

「私？」と答えたその声が、いかにもやましそうに甲高く響いた気がして、サラはぞっとした。

「そう、あなたよ」エミリーは茶化すようにサラの腕をつつきながら、いった。エミリーは四人の円陣の中央に向けてかがみ、よく聞こえるささやき声でいった。「サラは男性の愛情を勝ち取ったわ」

ああ、やはりエミリーは知っていたのだ。「あなたの考えているようなことでは――」

「図星でしょう」エミリーがいった。「ジャンセン氏があなたを好きなことは、疑う余地もないじゃないの」

サラはしばし口をあんぐり開けたまま座っていた。やがて驚きから覚め、眉根を寄せた。

「ジャンセン氏？」

エミリーは天井を仰ぎ見た。「気づいていないとはいわせないわよ」

答える前に、キャロリンがいった。「彼があなたにだけ特別な好意を持っているのは、私も気づいているわよ、サラ」

「私もよ」とジュリアン。

サラは全身が熱くなり、羞恥《しゅうち》のために顔に血がのぼるのを感じた。「彼は誰にでも優しくて感じがよかったじゃない」

「そうね」キャロリンが同意した。「でもあなたには特別よ」ふと眉をひそめる。「それはちょっぴり心配の種でもあるの。彼って一見きちんとした男性に見受けられるけれど、その、なんというか……やや謎めいた、得体の知れない部分があるでしょう」

「おそらくアメリカでの生い立ちからくるものよ」ジュリアンがいった。「そのせいで完全に社交界に受け入れられないんだわ」

「それもあるけれど、金融を業《なりわい》にしているということも理由じゃないかしら」エミリーが鼻を鳴らしていった。「私にいわせれば、彼っておめでたいわよ。自分の富をかさに着て、私たちのサラに道楽者の目を向けるなんてね。彼はしょせん、品のない一移民にすぎないということよ。ダイヤモンドのふりをしているけれど、実際はただの人造宝石ね」

エミリーの言葉に驚き、サラはジャンセン氏の弁護をせずにはいられなかった。「私はジャンセン氏に関して、不快なところなんて一つも感じなかったわ。それどころか、とても親切だった」

「不快、ではなかったかもしれないけれど」エミリーがいった。「でも申し分のない仕立ての服装の下には少し品のない、野蛮な本性がひそんでいると思うわ。だから彼は私たちのサラの相手としては不足なの。でもそれをいえば、ほかの殿方はどうかということになるわね。私はラングストン卿もバーウィック卿もハンサムだと思うわ」

「そうね」ジュリアンがいった。「でもバーウィック卿のほうが、感じがいいわ。ラングストン卿はちょっと……生真面目な感じ」彼女は切なげな溜息をもらした。「私はずっと神秘的な情熱にあふれた求婚者に憧れているの」

「彼には意外な一面があるかもしれないわよ」考える間もなく、サラはそう口走り、抑えの利かないその口に手を当てそうになった。気をつけないと、今度はラングストンの熱い情熱について、こと細かに語ってしまいそうだ。しかしジュリアンはきっとそれを自身で体験することになるだろうし、それこそサラが何より考えたくないことだ。

エミリーがうなずいた。「サラのいうとおりよ。あの方は見かけによらない面を持っているかもしれないわ。それにラングストン卿は花嫁を探しているとの噂があるわ」エミリーは悪戯っぽい目をしてジュリアンのほうを見た。「彼がホイストのパートナーに選んだのはあなただったわね」

ほの暗い明かりのなかでもジュリアンの頬が染まるのがサラにもわかり、サラはこの話題に対するやましさと不快感を覚えた。ラングストン卿から話題を変えようと、いった。「サーブルック卿はどう？」

「彼も謎めいたところがあるわね」とエミリーがいった。

「それにどころか哀しみの翳りを感じさせるわ」サラがいった。「声を上げて笑っていても、目は笑っていないのよ。バーウィック卿は？」

「ハンサムね」とジュリアン。

「愛想もいいわ」とエミリー。

「洗練されてはいるけれどもどこか浅薄な感じを受けるわ」とキャロリンがいった。「今夜ディナーのときに彼の隣りに座ったけれど、彼と向かいの席のサーストン卿との会話が聞こえてしまったのね。二人は使用人がいかに無能かというようなことを話していたわ。ブーツが一足なくなっていて、バーウィック卿の使用人が絶対に入れたと主張しているけれど、あきらかに入ってないということを引き合いに出してね。狩りに出かけることになってはじめてなくなっていることに気づいたんですって。そういう遠出に好んで履く靴だったから」

「あらまあ、私たちのちょっとした悪戯でバーウィック卿の使用人を困らせることになっていなければいいけど」とサラはフランクリンに目を向けながらいった。「そろそろ、この理想の男性を分解して、身につけている品物を返却することを考えなくては」

「今夜彼をばらばらにするなんて、考えたくないわ」ジュリアンが反論した。「彼の顔ができて、やっと頭部を縫い付けて、初めての集会じゃないの」

「それはそうね」サラも同意した。「いいわ。彼を分解するのはあと一両日延ばしましょう。では話をもとに戻して、サーストン卿とハートレー卿はどう？」

「機知は働くし、お行儀はいいわ。きちんとしているけれど、退屈ね」とキャロリンが指折り数えながら、二人の紳士をけなした。

「ほんとうにそうね」サラとエミリーがともに相槌《あいづち》を打った。

「そうね」とジュリアンも合いの手を入れる。「でも二人とも少し……好色なのが意外よ」

そういいつつ大袈裟に身震いをする。「それにサーストン卿は息が臭い」

「いやーね！」全員が口を揃えていい、クスクスと笑い崩れた。エミリーは笑いすぎて後ろに倒れてしまうほどだった。フランクリンはバランスを崩し、エミリーの上に倒れてきた。

「好色といえば」キャロリンが笑いながら、フランクリンを置き直した。「完璧な男性はこんなお下劣な態度はけっして見せないわ。もしかしたら、フランクリンはそれほど完璧じゃないのかもしれない」

サラもつられて笑っていたが、ふとラングストン卿の姿が脳裏に浮かんだ。浴槽にいる彼女に手を差し伸べる様子。濡れた彼女の裸体を愛撫しながら、キスをする姿。とても紳士的とはいえないたぐいの振る舞い。

それでも、サラにとって彼は完璧な男性なのだ。

不幸にも。


マシューは寝室の窓辺に立ち、夜の闇を凝視していた。ガラス窓に打ちつける雨、ヒューヒューとうなるように吹く風。マシューはこんな悪天候をもたらした運命をのろった。嵐などにならなければ、いまごろは月明かりに照らされた薔薇園で壕を掘っていただろう。そこは絶対に自分の好きな場所ではなく、穴掘りも嬉しくはないが、そのどちらもこの一週間で新しい意味を持ち、楽しみになりつつある。仲間ができたから。

サラ。

マシューは目を閉じ、長い溜息をついた。サラと初めて穴掘りをした午後以来、二人で作業をすることがかつて味わったことのない喜びと欲求不満をもたらすということは、すぐにわかった。だが今夜は嵐のために、穴掘りは中止した。だからサラとは会えない。

だから独りぼっちの夜を過ごさなくてはならない。惨めな結果に終わった穴掘りのあと、月明かりを浴びながら湖まで歩くことも、子どものころの冒険や災難について語り合うこともない。ガラスのような湖面に沿って石を投げることも、ダンフォースのために棒切れを投げてやることも、昨晩一緒に夢中で楽しんだ蛙《かえる》捕りも、微笑みも、笑いも、今夜はなしだ。長いあいだ彼の心にあった孤独というしこりがほどける瞬間も、ない。

心に広がる幸せな気持ちも、今夜は味わえない。

もちろん、そのかわり、彼女の近くにいながら手を触れることができないという拷問からは解放される。彼女のやわらかな肌や見事なくせっ毛にしみついた魅惑的なラベンダーの香りを嗅ぐという苦痛。二人の肩がたまたま擦れ合ったとき、歯を食いしばる苦しさ。こんなに彼女への欲望が高まっているのに、表面的にはなまぬるい友情程度しか感じていないふりをするもどかしさ。

この一週間というもの、こうした拷問と満足感を同時に味わってきた。

昨夜、自室に入っていく彼女を見届け自身の寝室に戻った彼は、彼女の面影が心から離れず、眠れないままに夜明けまで部屋のなかをぐるぐると歩きまわっていた。金が見つかる可能性が遠のくにつれ、ある程度彼女と一緒に過ごせば、彼女のどこか好きになれない部分が見つかるだろうと自分自身にいい聞かせていた。彼を苛立たせるような癖や、尊敬できない性格的な特徴が。

しかしあれから一週間たち、その浅はかな考えを笑いたい気分だ。彼女と一緒に過ごせば過ごすほど、もっと一緒にいたくなった。どこか好きではないところを見つけ出そうとしても、二人で過ごす時間がふえるにつれ、すでに好ましいと感じている彼女の美点をいっそう認める結果になっただけだった。それればかりか、さらに新たな魅力を発見しいっそう心奪われている。

彼女は確固とした意志と楽観性の持ち主で、財貨が発見できないとあきらめないように励ましてくれる。彼女は忍耐強く、疲れを知らず、激しい労働や、手にできる水ぶくれに関して、ひと言も不満を口にしない。働きながら彼女は鼻歌を歌うのだが、それが完全に調子はずれなので、彼はつい笑ってしまう。ほんとうならそんなものを聞けば苛立つはずなのに、じつに可愛らしく思えるのだ。

身の安全を考えて、彼は毎晩ナイフとピストルを持参しているが、一度も脅威や誰かに見られている感じを覚えたことはなく、敏感なダンフォースも危険を察知しなかった。たとえ以前に誰かが彼を見張っていたとしても、その企てをあきらめたことは間違いない。そして今夜使用人たちの噂話からエリザベス・ウィルストーンの弟のビリー・スミスが突然アッパー・フレイダーシャムから姿を消し、彼がトム殺しの犯人ではないかと憶測が飛び交っている、ということを知った。ウィルストーン家にとってはきわめて悲しい結末となったが、マシュー自身の状況に関していえばひと安心である。

このところ毎晩午前三時ごろにサラを部屋まで送り届けているが、そのたびに彼女との別れが寂しく、心が重くなる。昼間は夜中に庭に出るのをジリジリと待ち望みながら時間を過ごしている。

しかし薔薇園の探索が終わりに近づくことは、失敗に一歩ずつ近づいていることでもある。その事実を認めたくないが、彼もそれはたんに時間の問題だと心では知っている。おそらくあと五日間で発掘作業は終わるだろう。それを短縮することはできるが、そうするとサラと一緒に過ごす時間も減ってしまう。だから必要以上に早く作業を切り上げるわけにはいかないのだ。

つまり残りは五日間ということになる。その期間のどこかで、探索が終わってしまうだろう。父が遺したという、思いがけない幸運による財貨を発見する希望はそこで潰《つい》える。自分の望む相手と結婚できる自由も、そこで消えはてる。

その憂鬱な思いに彼は目を見開き、両手で顔を撫でおろした。雨の打ちつける窓に背を向け、マシューは部屋の奥に行き、暖炉の前の肘かけ椅子にどさりと座りこんだ。暖炉前の絨《じゅう》毯《たん》に寝そべっていたダンフォースが寝返って立ち上がり、のっそりと近づいて、たちまちマシューの靴の上に座った。あきらかに状況がよくないことを察知した、何かを問いたげな表情を見せたあと、その大きな頭をマシューの膝に乗せ、犬らしい同情の溜息をついた。

「おまえの気持ちはよくわかる」マシューはダンフォースの耳の後ろを軽く搔いてやりながら、いった。「おまえは知らないだろうが、犬でいられることは幸運なんだよ」

ダンフォースは自分の顎から垂れた肉を舐め、切なげにドアを見た。

マシューは首を振った。「今夜はだめだよ。今夜サラは来ない」

それを聞いてダンフォースの全身はしょんぼりとうなだれたようだった。その物悲しさは、マシューにもよく理解できた。

今夜サラは来ない。

彼の心にその言葉がこだまし、言いようのない苦悩が押し寄せた。あと五日すれば夜を迎えても、もう永久にサラには会えなくなると考えると、その苦悩はさらに大きくなった。ハウス・パーティはお開きになり、サラはラングストン邸を去る。そして彼はまもなく父との約束を守るために結婚する。わが爵位に対する責任を果たすために、資産家の跡取り娘と結婚するのだ。

跡取り娘……彼は椅子の背に頭をもたれ、天井を仰ぎ見た。愛らしいレディ・ジュリアンの面影が胸に浮かんだ。この一週間、マシューは彼女と過ごすための努力を続けた。食事のときに彼女の隣りに座り、ホイストで組んだり、庭での散策に誘ったりした。その間ずっとあからさまな彼女の母親の監視の目が光り、レディ・ジュリアンにあきらかに好意を寄せているハートレー、サーストン、バーウィックの悪意に満ちた視線を浴びることとなった。

マシューはうめきながら顔を上げ、揺れる暖炉の火を見つめた。どう見ても彼とレディ・ジュリアンとの縁組なら文句のつけようがない。彼の必要としている財産が彼女にはあり、彼女の家族が望む高い爵位を、彼は持っている。おまけに彼女は好ましい性格の持ち主でもある。レディ・ジュリアンはどこから見ても完璧なのだ。

しかし彼女との結婚を考えただけで身ぶるいしたくなるような不快感に襲われる。レディ・ジュリアンと生涯を過ごすというイメージを思い描こうとするものの、どうしても心に何も浮かばないのだ。

そのとき、あることに思い当たり、彼は衝撃を受けた。その衝撃があまりに大きく、彼ははっと背筋を伸ばした。

いくらレディ・ジュリアンが完璧な相手であろうとも、彼女とは結婚できない。結婚するつもりもない。体じゅうの血管にサラへの消えない欲望が熱く激しく流れているというのに。サラの親友と結婚すれば、彼が心から望む相手のことをひんぱんに思い出したり、顔を合わせることになる。そうした状況に耐えられないだろうことは、彼の心が、魂が知っている。それは彼自身とレディ・ジュリアンの双方を貶《おとし》める状況であり、レディ・ジュリアンは彼女の親友に欲望を感じるような男性にはもったいないほどの立派な若い女性だ。

彼がまともな精神状態でいるためにも、サラがこの屋敷を去るときは、彼の人生からサラが去るときでなくてはならない。跡取りの女性を探さなくてはならないにしても、どこかよそで見つけるしかないだろう。サラの友人であるレディ・ジュリアンを候補として考える見込みはなくなった。というより、それ以前に候補として考えられなかったのだが、もっと早くそのことを認識すべきだったと思う。サラにこれほど気持ちが惹きつけられ、気が散漫になってさえいなければ、とうに気づいていたことだろう。

マシューは長い安堵の吐息をもらした。結婚相手の候補からレディ・ジュリアンをはずすことで、心にのしかかる重圧がいくらかは軽くなった気がしたからだ。今日レディ・プルーデンス・ホイップルとミス・ジェーン・カールソンの実家から今回のハウスパーティには参加できないという断わりの手紙が届いた。二人ともヨーロッパ大陸を旅行中なのだという。だがロンドンには、爵位のある相手との結婚を望んでやまない資産家の若き令嬢ならいくらでもいる。時間的余裕はないものの、彼がまだ若く容姿にも恵まれていることで、花嫁探しの成功は約束されているようなものだ。

しかしロンドンへの旅が必要になったとすると、いかにも時間が足りない。あとわずか三週間で約束の一年がやってくる。ということは探索を終わらせるために、壕を掘る速度を速めなくてはならないということだ。頭のなかでざっと計算し、彼はあと五日ではなく、三日以内に探索を終えられると判断した。つまり、サラと一緒にいられるのはあと三日しかないということなのだ。そう気づくと、腹部をナイフでひと突きされたように感じた。そして、予想どおり宝物が見つからなければ、その後すぐにロンドンに向けて出立しなくてはならない。

花嫁を探しに。

サラ以外の。

サラが跡取り娘なら、彼が抱える問題はすべて解決するのに、とつい考えてしまう。プライドに駆られて臨終の父に忌まわしい約束などしなければ。こんな爵位や責任、おまけに巨額の負債まで相続することがなければ。

マシューは髪を掻きむしった。いまさら、悔やんでみたところでどうなるものでもない。なすべきことははっきりしていて、それで決まりである。

ダンフォースの顎を優しくずらし、マシューは立ち上がって、デカンターのところへ行き、なみなみとブランデーを注いだ。それをいっきに飲み干すと、乾いた喉を落ちていく熱い刺激を味わった。ふと机の上に目を向け、すぐに一番上の引き出しに入っているものを思い浮かべた。それがまるでセイレーンの誘惑のように彼を呼び寄せた。

彼はわれを忘れたように、ブランデーグラスを置き、部屋の反対側へ移動した。引き出しを開けると、二枚の絵が出てきた。それらを手に持ち、最初の絵に見入る。ダンフォースが草地に座っている絵で、男性のものと思われる黒のブーツの上に尻を乗せている。それがあまりに写実的なので、愛犬の息遣いまで聞こえ、靴の上に乗せた犬の重みまで感じるほどだ。マシューはその絵を注意深く机の上に置き、今度は二枚目のスケッチを眺めた。海賊の服に身を包み、眼鏡をかけた少年時代の彼が湖のまんなかで半分沈みかけた漕ぎ船の上で厳しい表情をして敬礼をしている絵だ。頭も尾もない人魚が悲運の船の名前〈ブラックガーズ・ブーティ〉の文字とともに船首に飾られている。サラはまるでその場に居合わせたかのように、とても生き生きと正確にその瞬間をとらえている。

昨晩穴掘り作業を終えたあと、リボンを巻いたスケッチをサラがくれたのだった。今日はぼくの誕生日じゃない、と茶化していうと、彼女は頬を染め、プレゼントというほどのものではない、と答えた。

だがそれは大間違いだった。彼はそのとき、いまと同じようにその絵に食い入るように見入り、こみ上げる思いに言葉をなくしたのだった。その絵は……非の打ちどころがなかった。そしてユニークでもあった。その絵を描いた本人と同じように。

彼はその後しばらくしげしげと絵を見つめ、次に献辞に目を移した。〝ラングストン卿へ。素晴らしい一日の思い出に〟

そこには彼女の署名が入っていて、マシューはそのなめらかなはっきりとしたサインを指でそっと撫でた。その瞬間彼女のやわらかな肌の手ざわりが心に浮かんだ。何か脚をつつくものを感じ、マシューは脳裏に焼きついて離れないイメージを振り払い、下を見た。いつの間にかダンフォースもそこに来ていて、期待に満ちた顔で彼を見上げている。犬は次にドアのほうを見た。

マシューは首を振った。「ごめんよ、ダンフォース。今夜はぼくとおまえと二人きりなんだよ」

ダンフォースは咎《とが》めるような目で彼を見たかと思うと、マシューが机に置いたスケッチの端を歯ではさみ、彼に驚くいとまも与えず、犬はスケッチを顎から下げたままドアに向かって突進した。

マシューが驚愕《きょうがく》から立ち直るのに、しばらくかかった。彼は鋭い声で「止まれ」と命じた。

ダンフォースは止まることは止まった。ドアの真ん前で。しかしそれもつかの間、大きな片方の前足を持ち上げ、主人に躾けられたドアの開け方を実行したのだった。犬は一瞬の間に廊下に消えた。

「なんてことだ」マシューはスケッチを守るべく、突如乱心した愛犬のあとを追って全力疾走した。

廊下に出たマシューは左右を見た。ダンフォースは絵を顎の下に垂らしながら長い廊下の端に立っており、主人がこの楽しいゲームに加わり、相手をしてくれることを期待しているかのように、尻尾を振っている。

「こっちへおいで」客や使用人の眠りを妨げたくないので、マシューは静かなささやき声で命じた。

いつもは柔順なダンフォースが廊下の角を曲がり、姿を消してしまった。すっかり腹を立てた彼は廊下を走って進んだ。

「こっちへ来い」彼は息混じりの声で強く命じた。ダンフォースが動かないので、マシューは大股で犬に近づいた。「もしぼくの絵をだめにしてしまったら、二度と牛の骨はもらえないと思え。それにもうコックの焼いたビスケットもやらない。これからはトウモロコシのマッシュだけだぞ」

ダンフォースはご馳走を減らすと脅されても、まったく歯牙《しが》にもかけていないようだ。それどころか主人の姿すら目に入っていないらしく、前足を真鍮のドアノブに置き、ふたたびお気に入りの悪戯を実行した。マシューは走り出した。ドアが開き、マシューが止める前にダンフォースもスケッチも部屋のなかへ消えた。

マシューは部屋の前で急に立ち止まった。困った、どうしよう。彼女の寝室……この世でどこよりも入りたい場所だが、同時に近づいてはならないと肝に銘じている場所でもある。彼女は入浴中かもしれないし、着替えの最中かもしれない。そう考えるだけで、体が熱くなる。

しかし……もう眠っている可能性もある。そうだ、そう考えるのが妥当ではないか！ それにこの部屋に入る必要があるのだ。ダンフォースの涎《よだれ》で絵がだめになる前にどうしても取り戻さねばならないのだ。それどころか、彼女がくれた贈り物を取り返すのは彼の義務だろう。眠っているべき時間に、彼女がたまたま入浴中だったり着替え中だったとしても、それは彼のせいではない。

マシューは緊張の面持ちで息を吸い、こぶしを握りしめて誘惑の待つ、寝室に足を踏み入れた。

敷居をまたいだ瞬間、彼は炉辺に視線を向けた。暖炉の前には湯気の上がる浴槽はなく、それにつかる裸のサラもいなかった。それを見て失望したのか、安堵したのか自分でもわからなかった。次にベッドを見た。ここにもいない。部屋をぐるりと見渡し、箪笥《たんす》の前に立つ彼女を見つけた。彼女を見るたびに感じる激しい胸の高まりを今日も感じた。

サラは顎からつま先までを覆う地味なナイトガウンを着ていて、それはお世辞にも魅惑的とはいえない装いだった。彼女はスケッチを手にしてあきらかに驚いた様子で、大きく目を見開いた目で彼を凝視している。にたりと笑っているようなダンフォースは彼女の足元に――というより足の上に座っているように見える。彼女が身動きできない状態であることから見て、そうであるのは間違いない。マシューはダンフォースの頭のよさに舌を巻いた。

彼女はそわそわと肩越しに後ろを振り返り、唇を舐めた。一瞬ピンク色が唇のあいだをかすめ、マシューは歯を食いしばった。「ラングストン卿……ここで何をなさっていらっしゃるの？」

マシューは彼女が彼の称号にいつまでもこだわる堅苦しさが不満だった。ファーストネームで呼んでほしい。合わせた唇をそっとすぼめ、それぞれの音節を発音するところを見たいのだ。それを彼女に求めてみたが、彼女は頑固なまでに彼の称号にこだわっている。

「ダンフォース」マシューは首を振りながら、いった。「こいつだよ。ぼくの机の上からきみの描いてくれたスケッチをつかんで、止める間もなくここに駆けこんでしまった。知ってのとおり、ドアを開けるのはお手のものなのでね」

「ええそうね」サラはふたたび肩越しに背後の箪笥を振り返った。

彼女の様子も言葉も落ち着きがなかった。動揺が感じられた。彼がここにいることで混乱しているのは間違いない。それもいいではないか。一人で苦しむのは不公平というものだ。

「ダンフォースの無礼はお詫びする」

「ご心配なく」サラは手を差し出した。「スケッチはここにあるわ」

マシューはそれを受け取らなかった。「ありがとう。でもその絵をここに持ってくるからにはダンフォースなりの理由があると思うんだ。裏にひと言メッセージを書いてほしいんじゃないか。もう一枚のスケッチに書いてくれたような」いわくありげなささやき声でそっと打ち明ける。「こいつったらちょっと気分を害しているらしくて、ぼくにそういったよ」

サラは口を歪めて犬を見おろした。「そうなの、ダンフォース？」

ダンフォースは愛しげにサラを見上げ、クーンと切なく鼻を鳴らした。いやはや、この犬はなんと知恵がまわるのだろう。おまけに演技の才能まである。もし人間だったら、ライシーアム劇場の舞台に立てただろう。

「うっかり見落としてしまって、ごめんなさい。いますぐ書くわね」サラは心から悔いているという口調でいった。

サラがダンフォースの尻の下からそっと自分の足を抜き、隅の小机に向かう様子をマシューは見守った。彼女が書くことに専念しているのを熟視しないように努めながら、部屋を見まわし、ベッド脇のテーブルに何冊かの本が置かれているのに気づいた。ベッドの脚の部分にはローブがかけてある。ドレッサーの上にはブラシと櫛《くし》。

半分閉めた箪笥の扉のあいだから男物の黒いブーツが少しのぞいている。

マシューの目はそこに釘付けになった。一瞬細めた目が今度は見開かれた。信じがたい思いで驚きとともにその男の履物をしばし凝視した。彼は次に何度か瞬きをくり返し、これは幻覚なのだと思おうとした。しかしそうではない。ブーツはたしかにそこにあり、足首から下が見えている。それは間違いなく――

箪笥のなかに男が隠れているということでしかない。

サラが動揺し、しきりに後ろを振り返ってみたことから察するに、男の存在を彼女が知っているのは確かだ。しかも恐怖が見て取れないということは、危害を加えられたわけでもないようだ。

マシューは頭から血の気が引くのを感じた。なんと彼女は男をもてなしていたのだ。ほかの男を。二人の密会を妨害する形でドアが開いた瞬間に、卑劣な下衆《げす》男は箪笥に隠れた。ほかの男との密会。

マシューは怒りとショック、憤慨、嫉妬《しっと》、そして――意外にも胸の痛みに襲われた。湧き起こるそれらの感情に圧倒され、彼は茫然とわれを忘れ、打ちひしがれた。そして暗い怒りに心が燃えていた。

最初に考えたのは、箪笥に向かって突進し、扉を開け、陰から男を引っぱり出し、樫材《かし》のパネルに押しつけてやることだった。しかしそれはあとまわしにしてもいい。マシューは悠然とした足どりで小机に近づいた。机をあいだにはさんで彼女の真向かいに立つと、前にかがんだ。

「サラ?」

サラはスケッチの後ろに書きこんでいた手を止めて、見上げた。「はい、閣下?」

「ダンフォースが入ってきたとき、きみは何をしていたんだい?」

彼女の目のなかに一瞬何かの感情が浮かび、箪笥のほうへ視線を投げた。彼女の頬が赤く染まった。身に覚えがあることは、顔に書いてある。「別に何も」

「何も? いやいや、何もしていないということはないだろう。何かはしていたはずだ」

「いえ、別に。ただ……暖炉の前に座っていたわ」

マシューはしげしげと彼女の顔を見つめ、胸に渦巻く怒りと傷心を口に出すまいとこらえた。「大嘘つきだな」そういった言葉の冷静な響きはわれながらあっぱれだと彼は思った。

サラは顎を上げた。彼女の目に光るのはまぎれもなく不快感だった。「あいにく嘘が上手になりたいと思ったことはないし、嘘などついていません。私はただ暖炉のそばに座ってたの」

これほどの怒りがなかったら、その虚勢に対して拍手を送りたいところだった。マシューは身を起こし、何もいわず箪笥のほうに向かった。向かう先がどこなのかにサラが気づいた瞬間ははっきりとわかった。サラがはっと息を呑み、慌てて追ってきたからだ。

「ラングストン卿、何をなさっているの？」

マシューは怒りのために口をきくことさえできなかった。簞笥のなかにこそこそ隠れる生白い顔の軟弱男め。これまで他人に対してこれほど凶暴な感情を抱いたことはなかった。この卑劣漢を、彼女は明らかに寝室に招き入れたのだ。この男が彼女の体に手を触れ、キスをするのは目に見えている。

そのとおり、と彼の心の声が嘲《あざけ》るように相槌を打つ。そういうおまえはどうなのだ。簞笥に隠れている下衆男とおまえのどこに違いがあるというのだ。

マシューは顎が砕けないのが不思議なほどに歯を食いしばった。野獣のようなうなり声を出しながら、彼は簞笥の取っ手をつかんだ。

「やめてちょうだい」サラが背後からいった。「お願いだから――」その言葉も、マシューが力いっぱい簞笥の扉を引いたので、途切れた。あまりに力が入ったので上の蝶番《ちょうつがい》が一つ壊れ、扉のパネルが歪んだ状態で傾いてしまった。最初の一撃で男を殴り倒すつもりで、マシューは手を入れ、男のスカーフをつかみ、引きずり出した。

そこにはこちらを見つめ返すおのれの目があった。

というより、木炭で描かれた彼の目と、彼のものではないが、どこか見覚えのある鼻や口や顎があった。髪も耳もない、でこぼこした頭に描かれた顔。

こぶしを握りしめたまま、マシューは立ちすくんだ。ただ目だけは自分がつかんでいる得体のしれないものを上から下へと観察した。それは等身大の男のレプリカだった。着ているのは……彼のシャツだろうか？　手はなく、脚の太さが左右でかなり違い、股間はありえないほど大きく勃起している。

マシューはこぶしを下におろし、何フィートか離れた場所に立っているサラのほうを向いた。サラは両手で頬をおおい、恥ずかしさと恐怖に目を見開き、凍りついたような表情をしている。

「これはいったいなんなんだ？」彼は人形を激しく揺すりながら、尋ねた。あまりに乱暴に揺すったせいか、裂けるような音が聞こえ、大きな頭が肩から床に転がり落ちた。

サラはすぐにそれを取り戻し、片方の腕でそれを大事そうに抱えた。マシュー自身の瞳がじっとこちらを見つめている。あまりによく似ているので、思わず自分の首が肩についているか確認してしまったほどだった。ふたたび彼女の目を見てみると、そこには怒りの炎が燃えていた。

「なんということをなさったの」と彼女はいきり立った。「頭が歪まないように縫い付けるのに、私がどれだけ時間をかけたかおわかりかしら？」

マシューは困惑して彼女を見つめた。二人のあいだに深い沈黙が流れ、それを破るために彼が口を開いた。「どのくらいかかったかなんて、ぼくは知らない。もっともそれほど時間がかかったと思えないがね。今度はこちらが一つ訊きたい。いったいこれはなんのまねだ？　そしてこいつはいったい何者なのだ？」彼はふたたび首のないグロテスクな人形を揺すった。「こいつはどこから来た？　なぜぼくのシャツを着ている？　こぶだらけの頭にはなぜぼくの目がついている？」

「一つとおっしゃったのに、五つも質問かしら？」

「全部に答えてもらいたい。すぐに」

サラは唇を固く結び、しばらくのあいだ彼の顔をしげしげと見つめていたが、やがて鋭くうなずいた。そのために眼鏡がずり落ちた。それを押し上げると、彼女はいった。「わかったわ。あなたがなんの前ぶれもなく、あつかましくも私の寝室に押し入っていらした以外には、なにも起きていないわ。これは——簡単に言えば——男性の等身大の複製よ。婦人読書会の思いつきから生まれたの。人形はあなたのシャツのほかに、サーストン卿のスカーフ、サーブルック卿のズボン、バーウィック卿のブーツも身につけているわ。そうしないと、中身を詰めることもできないし、裸になってしまうから」

サラは顎を上げ、続けた。「このこぶだらけの頭には、あなたの目のほかにバーウィック卿の鼻と、ジャンセン氏の口、サーブルック卿の顎も含まれているの。私たちの手で〝完璧な男性〟を作り上げようという目的があったからよ」サラはむっとしたようにいった。「目以外にはあなたに似たところはないはず」

「似てなくて幸いだ。ぼくには耳も、髪もある。首はもちろん――」

「私のいいたかったのは」サラは厳しいまなざしで、彼の言葉をさえぎった。「彼は理想の紳士を形にしたもの。彼は女性の寝室にいきなり入りこむようなあつかましい行動はしないし、他人が不幸にも不恰好な頭の形をしているからといってそれを貶《おとし》めたりはしないわ」

「もし彼の愛犬がとても大切にしているものをくわえて逃げ、それを取り返すこともできない臆病者だとしたら、それこそ彼は大馬鹿者じゃないのか？」彼は空いたほうの手で自分の顔を擦った。「きみの言い方だとこいつがほんとうの人間のように聞こえるよ。名前もあるような」

「事実、彼には名前がちゃんとあるわ」

「ほんとうに？　なんという名前だ？　こぶだらけ氏？」彼の視線は人形のズボンの股間の巨大なふくらみに向けられた。「巨根伯爵かい？　それとも性的不能卿？」

「いいえ」サラは手を伸ばし、人形の体をマシューの手から引き離し、胸に押し当てた。しばらくためらい、彼女はいった。それを言葉にするまでの心の葛藤の声が聞こえるようだった。「では私の友人、フランクリン・N・スタイン氏を紹介するわ」

15

サラは無言のまま、ラングストン卿の顔にさまざまな表情がよぎるのを見つめていた。疑念、当惑、そして最後にまぎれもない不快感が浮かんだ。サラは胸がすく思いだった。不快感を覚えるのは自分だけである必要はない。

「きみは友人のフランクリンの複製を作ったというのか？」彼の口から出た言葉には、滑稽《こっけい》味のかけらもなかった。「なぜだ。彼がそんなに恋しいのか？」

サラは頭のないフランクリンの体を強く握りしめた。力が入りすぎたので、首をつなぐための穴から詰め物が飛び出した。人形にフランクリン・スタインという実在しない男性の名前をつけることにしたいきさつをラングストン卿に話すべきか迷ったが、やはり嘘を口にすることはできなかった。それに、そのうちに事実は知れてしまうだろう。彼とジュリアンが結婚すれば、新妻がフランクリンの生まれたなりゆきを話すことになるのは目に見えている。だからいま事実を隠したところで無意味なのだ。

サラは咳払いした。「フランクリンのことなど恋しくないわ」

彼は目を細くした。「そうやって彼の複製を胸に掻き抱《いだ》いているのだから、それは真実味に欠けるね」

「掻き抱いてなどいないわ。抱えているだけよ」サラはいっそう強くフランクリンを抱きしめながらいった。「抱いているのは、彼が一人では立てないからにすぎないわ」

マシューは横目でふくらみすぎたフランクリンのズボンの前を見た。「理由はわかる」

「私が彼を恋しがることはありえないわ。なぜなら彼は実在していないから」

「実在していない？」マシューの眉根が寄った。「なんとばかげたことを。ぼくはきみが描いた彼のスケッチを見た。きみは忘れたのかな？　裸の男性の詳細な描写だった。絵の下にきみは彼の名前まで入れていた」

サラは深く息を吸い、レディ・イーストランドの温室で男性の裸像を見かけてスケッチしたこと、フランケンシュタインを読み、男性――理想の男性像を自分たちの手で作り上げようと婦人読書会で決めたことなどすべてを彼に話した。そして最後にこう締めくくった。

「もうおわかりでしょ。フランクリンは実在の人物ではなく、ただの私たちの想像なの。ごらんのように」サラはそういって腕を動かし、フランクリンの体とはずれてしまった頭部を持ち上げた。

マシューはサラには理解しがたい表情で、じっと彼女を見つめていた。「つまり裸の男性はいなかったと」

いた。彼の動きに驚き、胸の鼓動が乱れたことに少し不安を覚えたサラは慌てて二歩後ろに下がった。肩が何か硬いもの——壁にぶつかった。

「そう、ぼく以外は」彼はやわらかな声でそっといった。彼は目を輝かせ、サラに一歩近づ

「生きている男性はね」と彼女は訂正した。「あなた以外には」

彼はさらに一歩前進した。「教えてくれ、サラ」と彼はいった。その静かな低い声がまるで邪悪な愛撫のように彼女を刺激する。「きみはぼくをスケッチしたのかい?」

サラははっと息を呑んだ。この一週間目にすることのなかった思いつめた、圧倒するような情熱のこもるまなざしに、サラは体が溶けてしまうような気がした。彼の瞳は暗く翳り、かつて彼女にキスをし、愛撫をする前に見られた炎が燃え盛っていた。

サラは自分の体が熱くなるのを感じ、ふとあることに思いあたって恥ずかしさとショックを受けた。この一週間、庭での穴掘りの最中に彼への欲望を抑えていられたのは、彼がこんな目で彼女を見なかったからにすぎないのだ。彼女を心から求めるような、彼女をひと呑みにしたいというような目で。

サラは強い怒りを覚えた。彼女をこんな気持ちにさせる彼に。こんなに強く求めながら、それを望んではならない状況に。彼を求めてはならない理由を忘れたがる自分自身に。欲望のままに行動したがり、結果など考えたくない自分に。

われを忘れるほど深く激しい恋に落ちたいと願う自分の心に。

認めまいとしてきた真実が情け容赦なくサラを打ちのめした。彼女は彼を愛している。求めている。苦痛を覚えるほどに激しく。

だが彼は手の届かぬ存在である。幼いころからずっとそうしてきたように、現実を受け入れ、折り合いをつけなくてはならない。まずなすべきことは、この会話を終わらせ、彼を部屋から出すことだ。何かあとで悔やむようなことを口にしたり、行動をしたりする前に。二人がともに悔やむ前に。

サラは背筋を伸ばし、いった。「あら、スケッチならして差し上げたでしょう。あなたの少年時代のすてきな体験談を絵にして」

彼が一歩近づいたので、二人を隔てる距離は二フィートもなかった。もし詰め物をした頭のない人形を抱いていなければ、自分の深い衝動に負けて彼に自分から抱きついていただろうとサラは思った。

彼はサラの頭をはさむようにして両手を壁に置いた。「ぼくの裸を描いたかと訊いたのだよ、サラ。きみは、ぼくの生まれたままの姿を描いたのかい?」

ええ、数えきれないほど。「描いたことはないわ」

彼はそっと舌先を鳴らした。「ほんとうにきみはひどい嘘つきだな。ほんとうか嘘か、ためしにそのスケッチブックを見せてほしい」

不快感と狼狽《ろうばい》がサラの心に広がった。「だめよ」

「そんな言葉は挑戦の気持ちをあおるだけだよ。ぼくがどんな大胆な態度に出るか知ったら、きみは驚くはずだ」

怖気《おじけ》づいたと思われたくないので、サラはできるだけ高飛車な調子で訊いた。「もし描いたといえば、どうなのかしら？」

「それは……気分がいいね。それにきみはその絵をひんぱんに見るのかなと考える」彼が唇に視線を注いだので、サラはチクチクとした刺激を覚えた。ふたたび目を合わせ、彼はささやいた。「きみはどのくらいぼくのことを考えているのかな、ぼくがきみのことを思うのと同じだけ、きみもぼくを想ってくれているかな、と」

サラは胸がときめき、突如罠《わな》にかかった気がした。彼の言葉と行動、ベルベットのように魅力的なその声が心をとらえて離さず、固い決意もみるみる消えていく。虚勢を張るのはあきらめ、サラは壁に体をつけ、首を振った。「やめてちょうだい。お願いします」

「なぜなら、サラ……ぼくはいつもきみのことを考えているからだ」

子宮がぎゅっと硬直し、自分の生々しい欲望にサラはぎくりとした。強く目をつぶり、彼に抗う力をくださいと祈った。彼に対する激しい欲望を抑える力を。「こんなことは間違っているわ。私には……できないの。ここから出て行ってください」

「ぼくはレディ・ジュリアンとは結婚しない」

彼の言葉の意味をはかりかねて、サラは目を開き、探るように彼を見つめた。彼は真剣そのものといった顔をしている。「もう一度おっしゃって」

「ぼくはレディ・ジュリアンとは結婚しない」

彼の言葉を理解するのにしばらくかかった。やがてはっと気づき、息を呑んだ。「お金が見つかったの？」

「いや」

サラの心に灯った希望の火は一瞬で消えた。「だったらどういうことか、理解できないわ。あなたはお金持ちの女性と結婚しなければならないとおっしゃったのに」

「残念ながら、それは変わらない。奇跡が起きて、あと数日以内に金が見つからないかぎりは。しかし跡継ぎの女性といってもレディ・ジュリアンではない」

友人を裏切りたくない気持ちと純粋に自分本位の安堵感が心のなかでせめぎ合った。「でも、どうして？　おたがいに好意を持っているように思えるけど」それは事実だが、少し前のジュリアンの発言から考えて、ジュリアンがそれを知って哀しむとは思えない。「あんなに愛らしくて優しい性格の女性には二度と出会えないと思うわよ」

「問題は彼女の美貌でも優しい性格でもない。彼女がきみの友人であるということだ」

マシューはなぜこのことを理解してくれないのだとでもいわんばかりの表情を見せている。そんな顔をするマシューの思いがまるで理解できなかった。なので、前にかがみ、そっと匂いを嗅いだ。

彼は目をしばたたいた。「何か匂う?」

「ええ、白檀《びゃくだん》と取り替えたばかりのリネンの匂いだわ」

「どんな匂いを期待していた?」

「ブランデーとかウィスキーの匂い。なにかのお酒の匂いね」

「いっておくが、ぼくはまったくの素面《しらふ》だ。サラ、これほどきみに欲望を覚えながら、きみの友人と結婚することは、ぼくにはできないんだよ」彼は指先でサラの頬を撫でた。その羽のような触れ方に、彼女の心は震えた。「そうした縁組はお互いにとって気詰まりで耐えがたい状況を生むことになる。だから、金が発見できなければ、四日後にロンドンに向けて発ち、気は進まないが別の跡取り娘を探すことになるね」

マシューは探るような目でサラを見た。「きみの友人に誰か跡取り娘がいないかい? もしいたら、その人たちは候補者からはずすよ」

『きみに欲望を覚える』と彼にいわれた言葉が心のなかでこだましているというのに、答えるのは困難だった。驚きと困惑、安堵、欲望のはざまで、サラは首を振り、どうにか言葉を発した。「いいえ」

「よかった」

マシューはサラの唇に視線を向け、喉元にこみ上げるうめきを呑みこんだ。ああ、ほんとうに自分は『こんなにきみに欲望を覚える』などと口に出していったのか? これまでのことを考えてみても、こんな途方もない表現を使った記憶はない。そして彼女が大きく肩で息をしていることや、琥珀色の瞳がこちらを熱心に見つめていることから察するに、欲望を感じているのは自分一人ではないのだ。

それより、即刻この部屋から出ていくべきではないのか。心の声はしきりにそうわめいていて、彼も理性ではわかっていた。しかし足が言うことを聞かないのだ。それどころか、彼はサラの顔をてのひらで包み、親指の腹でふくよかな下唇を撫でた。

「きみに欲望を覚える、などといって驚かせてしまったかな」と彼はささやいた。

サラは首を振り、それにつれていつものように眼鏡がずり落ち、マシューはそれが微笑ましくて、心がきゅんと痛んだ。「いいえ。でも……」サラは口ごもり、うつむいた。

マシューは二本の指で彼女の顎に触れ、無理に視線を合わせた。「でも、なんだ?」

サラはごくりと唾を呑み、いった。「そんなに動揺させるような言葉は私が座ってからいっていただきたかったわ。そうでないと私、あなたの足元に崩れ落ちてしまいそうで」

そんな告白はこの一週間、彼女も同じような苦しみに耐えてきたことを示していた。よかった。こんな状況で自分勝手な安堵と昂揚感は褒められたものではないが、これが嘘のない本心なのだ。

「サラ……」ああ、彼女の名前を口にするだけで、幸せに包まれる。息を吸いこむと、かすかなラベンダーの香りが五感を刺激した。そしてそれだけで気持ちが解放され、この一週間抑えつづけてきた欲望が堰《せき》を切ってあふれ出すような気がした。その思いがあまりに激しく、命がけでないと彼女から離れられないほどだった。

彼女の友人に対する義理は、もはやなくなった。だからキスを一度するぐらいは許されるだろう。一度だけ、このどうにもならない欲求を充たすために。一度だけ、この張りつめた思いを解き放つために。一度だけ、それで終わりだ。

彼は首をかがめ、唇を重ねた。一週間ぶりの懐かしい感触。この瞬間を待ち望む気持ちが強すぎ、重ねる日々をとてつもなく長く感じていたのだった。溜息とともに彼女の唇が開き、彼は一瞬でわれを忘れ、ベルベットのようなやわらかさのなかに溺《おぼ》れていった。彼女が腕に抱いていたものを投げ出す気配が感じられ、彼の首に腕をまわし、体を押しつけてきた。その瞬間、見せかけの抑制は強い風を受けたかのようにたちまち吹き飛んだ。

マシューはうめき声とともに彼女の体を強く抱きしめた。彼女の体が壊れるほど激しく抱きしめても、まだ足りなかった。彼女のやわらかい髪に片手を差し入れて頭部を支え、もう一方の手は背中にまわし、いっそう強く抱き寄せる。舌と舌を絡ませ、滑らかな口の内部をさぐった。荒々しい欲求が体のなかで疼《うず》き、彼は一歩前に出て、下半身で彼女の体を壁に押しつけた。

張りつめたものを受け止めるたおやかな体に触れ、彼は喉から搾《しぼ》り出すようなうめき声を上げた。ゆっくりと体を擦りつけると、衝撃的なほど強い悦びが体を貫いた。

彼女の体に手を触れたい。どうしても、もう一度だけ。一度だけ……。

彼は手をおろし、彼女の綿のナイトガウンのなかに指先をしのばせ、ズローズに触れるまで布地をまくり上げた。

肌に手を触れたい。どうしても。一度だけ。

そのまま上に進み、やわらかで温かな乳房をてのひらで包んだ。唇を合わせたまま、彼女があえいだ。初めてそれを聞いたとき以来忘れられなかった、官能的な艶《なまめ》かしいその声。手を触れ、指先ではさんで、優しく引っぱると、乳首がつんと尖る。彼は快感で体を震わせる彼女を受け止めた。

マシューは一度のキス、一度の触れ合いではとても満足できそうにもないと気づいた。もっとほしい。すべてがほしいのだ。その思いが強すぎ、体が震えた。だからこそ、こんなことは即刻やめなくてはならない。

身を裂かれるような思いで、彼はナイトガウンの下から手を出し、そっと体を離し、顔を上げた。

息を弾ませ、キスによって濡れた唇を開き、もどかしげに激しく手を動かしたせいで髪が乱れ、眼鏡のレンズを曇らせている彼女を見て、マシューは首を絞められたような衝撃を覚えた。いまだかつて女性にこれほどの欲望を感じたことはなかった。

サラはそっと眼鏡をはずし、半開きの目で彼を見た。「おやめになったのね」その声はかすれたささやきになった。「なぜ？」

「この前抱き合ったときに話したように、きみへの想いを抑えることは、もはや限界だからだ」

しばらくのあいだ、部屋の静寂を乱すものはおたがいの激しい息遣いだけだった。やがて、彼を見つめたまま、サラはささやいた。「この前抱き合ったときに話したように、もし私があなたに抑制を求めないとしたら、どうかしら？」

マシューは手を伸ばし、彼女の額に落ちたカールを震える指で上に戻した。「きみを激しく求める身勝手な心は、きみの気が変わらないうちにと急《せ》かす。でもきみを思いやる心は、きみを傷つけまいとしてきみの気持ちを確かめるべきだと主張するだろう。そうなったあとの結果はいろんな意味でぼくよりきみに重くのしかかるからね」

「考えたわ。それどころか、いくら考えまいとしても、この一週間そのことが頭から離れなかったほどよ」

「サラ……今のぼくの状況ではぼくはきみに何もあげられない。それに、悔しいが、金を見つけて状況を変えるチャンスはゼロに等しい」

「あなたが財産ある女性と結婚しなければならないということは、承知しているわ。あなたが四日後にここを発ち、その後はお会いできないだろうことも。身ごもる可能性に関しては、それを防ぐ方法があることを聞いたことがあるけれど……。あなたはその方法をご存知なのよね？」

彼がうなずくのを見て、サラは続けた。「また、あなたにこの身を捧げることで、結婚できなくなることもわかっているわ」サラは両手で彼の顔をはさんだ。「でもあなたが何かを私から奪うわけじゃない。私はもともと結婚するつもりはなかったし、この数年はすっかり嫁入りなど無理なオールドミスと見られるようになったわ。私はとうの昔に結婚も子どももあきらめているの。この先も、これまでと同じように人生を生きていくわ。スケッチをしたり、庭の手入れをしたり、ペットたちの世話をして、友情とキャロリンとの関係を楽しむの。あなたは私を求めた初めての、いえ唯一の男性なのだから」

サラの唇は震え、それを見たマシューは心が揺さぶられる思いだった。完璧でなくとも見方によっては充分美しく、うぬぼれとは無縁の心を持つ女性が彼を迷いから解き放ち、彼の心に眠っていた優しさを目覚めさせてくれたのだ。はかなげで穏やかで、それでいて熱いまなざしを向けてくる彼女に惹きつけられない男など、この世に一人もいないのではないかとさえ思える。

「マシュー……あなたは私が経験したことのない感情や欲望、情熱を目覚めさせてくれたわ。そんなものが自分のなかに存在することすら知らなかったのに。たとえただ一夜のことでもいい。あなたによって引き起こされたあの不思議な感覚をもう一度体験したい。あなたに大きな喜びを与えたい。何もかもすべてを経験したいの。ただ一度だけ。あなたと」

マシューはサラの頬に片手を当て、彼女の手にキスをした。彼は心の内を言葉にしたかった。自分も彼女と同じことを望んでいると。ただ一度彼女と。だがそんな胸の想いをすべて言葉にすることもできず、ようやく一言だけを口にした。

「サラ……」

マシューは激しく胸を高鳴らせながら、彼女の手を取り、ベッドへ導いた。

「ここから動かないで」彼はそっといった。

サラの片方の口角が持ち上がった。「私は逃げるつもりはないわ」

彼はサラの眼鏡をナイトテーブルの上に置き、部屋じゅうのキャンドルや照明をつけはじめた。最初の二つを灯したあと、サラが尋ねた。「な、何をしていらっしゃるの?」

「部屋をもっと明るくしようと」

サラは落ち着かない様子で笑い声を発した。「暗闇は欠点をも隠してくれるものじゃないかしら」

彼は灯し終えるまで無言だった。最後に部屋全体が夏の朝のような金色の温かな光に包まれた。そして彼女のもとに戻ると、手を握りしめ、指を絡み合わせた。「ぼくの姿を見たくないのかい?」

サラは首を振った。「いいえ。すべてを見たいわ」サラは咳払いした。「もちろん、眼鏡の力を借りないわけだから、近づかなくては見えないわ。間近に近づかなくては」

マシューはつい含み笑いをもらした。こんな場面で自分に笑いをもたらしてくれる相手はどこにもいないだろう。「好きなだけ近づいていいよ。ぼくをきみの自由にしてくれていいんだ」

彼女の瞳に楽しげな光が灯った。「それは知りたがり屋にとっては、嬉しいお誘いだわ」

「喜んでお手伝いするよ」彼はサラの手を裏返し、てのひらの中心に舌先をつけると、その仕草で彼女が目を見張るさまを楽しんだ。「きみのほうからお返しはないのかい？」

「もうすでにいったでしょう」

マシューは微笑んだ。「ああ、そうだったね。それなら……」彼は彼女の手を離し、今度は魅力的に乱れた髪を見た。でたらめに編んだ髪の先を結わえてあった白いサテンのリボンをするりとはずし、ゆっくりと太い髪の編み目をほどいていく。最後に、入り乱れるカールのかたまりが体をおおうように腰まで垂れた。

「ぼくが画家だったら」彼は豊かな髪を指で撫でおろし、つぶやいた。金色の光が琥珀《こはく》色と茶色の混じり合った微妙な色合いを照らし出している。「いまのきみを描いて、ボッティチェリのヴィーナスをもしのぐ名作にするのに」

サラが反論しようとしたので、マシューはふざけて戒めるように睨んだ。サラは口を閉じ、「ありがとう」といった。

「それでいい。なかなか呑みこみのいい生徒だ」

「重ね重ねありがとう。もっともっと知りたいことはたくさんあるわ」
「それはこちらにとっても、嬉しいことだよ」そういいつつ、彼はナイトガウンの前に途中まで並んでいる小さなボタンに指をかけた。ゆっくりとそれを開き、少しずつ現われる肌を楽しんだ。最後のボタンをはずすと、ナイトガウンを肩からするりと落とした。それが彼女の体を滑りながら足元に落ちると、身につけているものはズローズだけになった。それもすぐにナイトガウンと同じ場所に落とし、彼女の手を取って、脱いだ衣類をまたがせた。そしてようやく彼女の裸身をしげしげと見つめた。

全身ほんのりと薔薇《ばら》色に染まった乳白色の肌、やわらかな曲線を描く女らしい体つきに彼は息をひそめて見入った。ゆっくりと時間をかけて優しく彼女を誘わなくてはいけないとはわかっているし、そうしたいとも思っていた。だが待ちわびる肉体を抑えこむのは並大抵のことではない。

喉のくぼみに一本の指先を当て、ゆっくりとその手を下におろしていく。肌の上に並ぶ淡い金色の点を指先でたどる。数えきれないその点を一つひとつ見ていくのは楽しい。
「前に見たときはこんなところにソバカスがあるなんて、気づかなかったよ」彼は乳首のすぐ上のとりわけ美しい斑点のまわりをなぞりながら、いった。「炉火の光だけでは見えなかったが……」彼は前にかがみ、そこに唇で触れた。「……いまなら、けっして見逃すはずがない」

「ああ……」舌の先が乳首のまわりを一周すると、サラは悦びの声をもらした。「あなたにも薄いそばかすがあったりするのかしら」

彼は顔を上げ、軽く唇にキスをした。「それを確かめる方法は一つだけだよ」

彼が体を起こしシャツを脱ぎはじめると、サラが彼の手に自分の手を重ねた。「私がしてもいいかしら？」と尋ねた。

その申し出は彼の興奮と興味をいっそう掻き立てた。経験はなくとも彼のサラは大胆さをちゃんと持ち合わせていて、受け身に徹するつもりはないようだ。

ぼくのサラ。その言葉が彼の心に響きわたり、息を吹き返した理性が、彼女はおまえのものじゃないとささやいた。これからも、けっしておまえのものにはならないと。

未来永劫、その事実は変わらない。それでも今夜だけは彼女は彼のものであり、彼は彼女のものだ。それだけで充分じゃないか。

彼は両手をわきに下げた。「さっきいったように、今夜はぼくを自由にしてくれていいんだよ」

「それは嬉しいけれど、ただ……何から始めればいいのかよくわからなくて」

彼は笑った。「もうすでにすばらしいスタートを切ったのだから、気おくれすることはない。まずぼくのシャツを脱がせて」

サラはうなずき、少しぎこちなさはあったものの、無事に彼のシャツのボタンをはずし、ズボンから裾を引き抜いた。彼の胸に手を置くと、シャツの前をゆっくりと開き、肩から腕へと引きおろし、彼女の衣類の上に落とした。

彼女が一歩近づいたので、乳房が彼の体をかすめた。その喜びがさめないうちに、今度は彼女が彼の胸の中央にキスをした。

「ここにはソバカスは見えないわ」彼女の息が彼の肌に暖かく感じられた。

彼女は片手で彼の背中をさすりながら、彼の胸のあちこちを少しかじるようにしてキスした。彼は喜びの低いうめきを上げた。彼女の手が体に触れるだけでとても……すばらしく……心地よい。

彼女の探索を妨げたくはないものの、彼女の体に手を触れずにはいられなくなって、彼女の尻に両手を当て、そのやわらかな肉を軽く揉《も》んだ。

彼女は胸をキスしつづけ、乳首の上あたりをさまよいながら、訊いた。「私がとくに快感を覚えるところは、あなたも同じように感じると思っていいのかしら」

「そのとおり――」彼女の舌が乳首のまわりをくるりと一周したので、彼の答えははっと息を呑む形で途切れた。なんて出来のいい生徒なんだ。彼は目を閉じ、その瞬間これから彼女にしようという行為の数々が、そしてそれに対する彼女の反応が、脳裏に描き出された。それを考えただけで、急速に失われつつある自制心をいっそう奪われる結果になった。まだズボンも脱いでいないのに、よくない兆候だ。

ふたたびキスに戻り、彼女は顔を上げ、感想を口にした。「ソバカスは三つ、あとは小さな傷跡しかなかったわ。ここに」彼女はうっすらとした傷跡の上を指でなぞった。「どうしてできた傷なの?」

「太って不器用だった子どものころ、何度もひどい目にあった末に、自分が木登りに向いていないことを悟ったよ。同じように木から落ちて、太腿の後ろにも似たような傷がある」彼は大袈裟にやれやれといった溜息をついていった。「その傷もどうせ、見たいというんだろう」

「ご迷惑でなかったら」彼女はすました声で答えた。

「できるだけ不満は口にしないように努力する」

彼はベッドに座り、ブーツを脱ぎ、立ち上がった。両手を脇に置き、あきらかに形を変えたズボンを見おろし、つぶやいた。「始めてくれ」

みるまに舌を巻くほどの上達ぶりを見せるサラは、察しよくズボンの前ボタンをはずしはじめた。窮屈な生地の下で押さえつけられていたものがやっと解放され、彼はズボンを脱ぐ彼女に手を貸した。それを脱ぎ捨てた衣類の山の上に投げ、彼女の前に立ち、約束どおり彼女に思う存分観察させた。

「すごいわ」サラはそうささやき、そそり立つものを、食い入るように見つめた。じっと見られることによって股間のそれはいっそうむくむくと起き上がるように思える。彼女はゆっくりと手を伸ばし、彼は彼女の手を待ちわびて全身をこわばらせた。「いいかしら?」とサラは訊いた。

「触ってくれないと、暴発してしまうかもしれない」彼は歯を食いしばっていった。

彼女の指先がそこに触れた瞬間、激しい快感を覚えて彼は目を閉じた。彼女が手を触れただけで、自分はもはや息もつけないほど興奮している。

「とても硬いのね」指先を沿わせながら、彼女は驚嘆に満ちた声でいった。

「不思議だろう」

「でもとても滑らかだわ」

目を開くと、彼女の指がそっとそそり立つもののまわりを一周しているのが見えた。その光景にマシューは衝撃を覚えた。昂《たかぶ》りをそっと握りしめられ、彼は低いうめきをもらした。彼の目をのぞきこみながら、彼女はもう一度そっと握りしめた。彼はふたたびうめいた。

「気持ちがいいようね」呑みこみのいい生徒がいった。

「不思議だろう」

純粋な喜びの光で瞳を輝かせ、彼女は探検を続けた。その一つひとつが彼にとっては甘美な責め苦となった。彼は両手をそっと上げ、彼女の硬くなった乳首を愛撫した。

「ふと気づいたんだけど、きみのほうがぼくより多く探検している」そう告げる声は砂利でも呑みこんだような声だった。

「これでやっと平等なの。思い出してもらえれば、最後に私の寝室で会ったときにあなたは充分手を触れたでしょう」

彼は片手をゆっくりと下に向け、彼女のくさむらをさっと撫でた。その愛撫で、彼女の息は浅くなった。マシューはいった。「棍棒《こんぼう》でひどく殴られでもしないかぎり、忘れるはずがないよ」

サラはからかうような笑顔を見せ、彼の指から体を離した。「まだそれはなし。私が探検を続けているあいだは。気が散ってしまうもの。あなたは経験豊富のようだけれど、私は違う。あなたを退屈させないように、少しでも追いつこうとしているの」

「いっておくが、絶対に……ああ……」その手つきは未熟ではあるが、彼を狂気の瀬戸際まで追い立てている。「退屈するはずもない。でもあとどのくらい耐えきれるかはわからないよ」

悠然とした微笑が彼女の口元に浮かび、瞳は悪戯っぽく輝いた。「だったら、なおさらきちんと続けなくてはね。だって、私も同じ思いをしたんですもの」

「きみは、やや根に持つタイプなのかな、サラ。そんな一面があるなんて、気づかなかったよ」

「私の記憶に間違いがなければ、前回あなたが私の寝室に入った目的こそ仕返しではなかったかしら。ええと、妙にあなたに似た、ものの分かった男の方がいっていたわ。『自分のことは棚に上げて他人の咎をあげつらう……それは目糞鼻屎《めくそはなくそ》を嗤《わら》うともいう』とね」

話しているあいだもずっと刺激的な彼女の手の動きはやむことがなく、彼は彼女の手のなかで暴発する危険のなかに立たされていた。「ぼくのいった言葉を一字一句間違えず記憶しているというその才能は――好ましいとはいいきれない」

サラはいっそうにっこりと笑い、えくぼを見せて、いった。「あなたに不利な言葉が使われれば、たしかに好ましいとはいえないでしょうけれど、でももうわかったわ。あなたは間違いなくこれは好きね……」

サラは彼の疼く場所に沿って指を動かした。マシューはうめき声とともに手を伸ばし彼女の手を押さえた。「もう限界だ」

「いいわ。さっきあなたがいった傷跡を見ることにしましょ」

彼はただ彼女を組み敷き、この体じゅうの血管を駆けめぐる熱い炎を外に出したかった。しかし彼女の瞳のなかに芽生えつつある欲望のきざしと発見の喜びの光をひと目見て、彼女を止めることはできなかった。両脇におろした手を握りしめ、わが身の忍耐力を祈りつつ彼はふたたびいった。「好きにしていい」

屹立《きつりつ》したものから彼女の指が滑りおりて、彼女が立ち上がり、ゆっくり背後にまわったので、彼は安堵の溜息をついた。しかしその安堵も長続きはしなかった。彼女の指が彼の背中で円を描いたからだ。

「ここが女性の体でももっとも敏感な場所だと、あなたはいったわ」温かな吐息が肩に当たり、彼は肩をこわばらせた。「ここは男性にとっても同じなのかしら？」

じっと立ったまま彼女の好きなように探検させるのはいいとしても、質問に答えるのは別だ。彼女の指がふたたび背骨をなぞりながらおりていった。体じゅうの筋肉がその刺激に反応して跳ね上がるような気がした。マシューはぞくぞくするような快感に耐えながら、やっといった。「そのようだ」

「面白いわ。傷はどこかしら？」サラの指はさらに下におり、尻をかすめながら太腿の後ろに到達した。全身に震えが走り、彼はもはや限界が近づいたことを知った。

彼のウェストに腕をまわし、彼女は彼の真後ろに立ち、彼の背中に自分の体を密着させた。肩から膝まで彼女の肌が触れるのを感じ、腹部をそっと撫でられ……

彼女の指が張りつめた先端をかすめ、彼はこらえきれなくなった。くるりと振り向き、滑らかな動きで彼女を抱き上げ、ベッドカバーの上におろした。彼女の体はスプリングの上で少し跳ねた。彼もベッドの上に乗り、彼女の脚を優しく開き、そのあいだにひざまずいた。そしてゆっくりと息を吸い、手を伸ばし、膨らんで濡れた場所をそっと愛撫した。彼女は準備ができている。よかった。もはや一刻もこらえられそうもなかった。

マシューは彼女の広げた脚のあいだに腰を落とし、唇を重ね、深いキスをした。濡れた亀裂にペニスの先をゆっくりと焦《じ》らすように擦りつけながら、舌も同じように動かした。顔を上げてキスをやめ、サラの美しい目が大きく見開かれているのを知り、心が変わった。「きみは質問が大好きなようだから――もういいかな?」

「あなたは答えが好きみたいね――ええ、いいわ」

彼は前腕に体重をかけ、ゆっくりとなかに進入しながら、彼女を見つめすべての微妙な表情の変化を見守った。薄い壁まで達すると、しばし間を置き、ひと突きした。彼女の目は大きく見開かれ、あえぎがもれた。

「痛かった?」

彼女は首を振った。「いいえ。ただ……びっくりしただけ」

きつく濡れた彼女のなかにすべてをおさめると、マシューはそこで動きを止めた。限界を感じるまでそのままで留まり、ゆっくりと腰を動かした。ふたたびサラが目を見開いた。

「ああ、いまのは……もう一度して」

「喜んで」

ほんとうはこんな茶化した答えなど返す余裕はなく、サラの反応に対する強烈な喜びで体が震えるほどだった。マシューはサラを見つめたまま、いったん限界まで引き、ふたたび奥へと突き進んだ。それを何度も何度もくり返した。

サラは荒く浅い息遣いを続け、きつく目を閉じ、唇を開いていた。マシューの首に腕を巻きつけ、最初はぎこちなく彼の下で体を動かしていたが、次第に彼のリズムに合わせて動きはじめた。マシューがのぼりつめていくサラに合わせ、いっそう深く、速く突くとやがて彼女が叫び声とともに体を反らせた。

さざ波のような彼女の震えが引いた瞬間、彼は歯をくいしばりながら身を引いた。そしてぴったりと体を添わせながら、稲妻に打たれるようなすさまじい快感とともに精を放つと、魂の奥底から長いうめきを発した。放出が完全に終わると、彼女の上に倒れこみ、なめらかな首のくぼみに顔を埋め、目を閉じた。

マシューは呼吸が戻ると、顔を上げ、輝く瞳で見上げるサラの瞳に気づいた。

「なんて……」彼女はささやいた。「すてきなの」

彼は彼女の頬にかかる湿った巻き毛を一本払い、相槌を打った。「そうだね」

サラは咳払いをした。「あの、マシュー」

「何？」

「できるかぎりのことを一度だけあなたと体験したい、と私がいったことを覚えている？」

彼の片方の口角が上がった。「そんなぞくぞくするほどすてきな台詞《せりふ》を忘れるはずがないよ」

「私、気が変わったわ」

「もう手遅れだと思うが」

サラは首を振った。「違うの。〝一度だけ〟の部分をいっているの。あまりにすばらしい体験だったから、〝一度〟では満足できそうもないの」

「なるほど。つまり今夜もう一度ぼくの体をいたぶりたいというわけかい？」

「ご迷惑かしら」

「喜んで耐えてみせるよ」

サラの顔に花のような微笑みが広がり、マシューはキスをしようと首を傾けた。そして唇が重なったとき、彼も〝一度〟ではとても満足できそうもないことに気づいた。

心の声が、百万回でも足りないだろうと主張したが、マシューは必死でそれを黙殺した。

16

雨混じりの空が白みはじめるころ、マシューはサラのベッドからそっと出た。衣服に手を伸ばす前に、彼女を見おろし、絵のようなその寝姿に一瞬目が釘付けになった。枕に広がる髪、ベッドカバーの下からのぞく、むきだしの肩。二度目に愛し合ったあと、彼女は彼の胸に頭を休め、片方の腕を彼の腹部に、彼の股のあいだに片脚をはさんだまま、眠りに落ちた。マシューは目覚めたまま天井を見つめた。サラの呼吸を聞き、髪にキスしながら自分に寄り添う彼女の体の重みを受け止めていた。

だが夜が明け、みなが起きる前に自分の寝室に戻らなくてはならない。彼女の寝姿に目を向けたまま、床からズボンを拾い上げ、それを穿いた。彼女のベッドをおり、部屋から出るのは予想した以上に辛かった。ほんとうなら二人で夜をともにしたこと、彼女をすばらしい愛の世界に誘い、悦びを知る手ほどきをした満足感に包まれているはずだった。

だがそのじつ、自分がその世界に誘った感じはしなかった。真の悦びを、教えられたのはマシュー自身だった。どんなに経験を積んではいても、それはただ欲望を満たしてきただけで、愛する人と交わす肉体の愛との違いを思い知らせてくれたのは未熟なはずの彼女だった。こんなふうに、体と心の隅ずみまで深い安らぎに包まれたことも今だかつてなかった。このいわくいいがたい魂の安らかさを求めて、自分は長年苦闘してきたのだ、という感慨さえ湧いてくる。よりによって処女のオールドミスの腕のなかでそれを見いだすことになるとは、思いもよらなかった。もし誰かにそんなことをほのめかされていたら、笑いとばしていただろう。

つまりまだまだ自分は未熟だったということだ。そしてサラ——世間の荒波を知らず純粋無垢《むく》で、彼ほど多くの経験を積んでいない彼女が、人生や愛について、寛容や心の優しさについて、誰よりも知っているのだ。その彼女があと数日で、この人生から消えていく。金を発見しないかぎりは。

だがもし発見できさえすればサラと人生を歩むことができる。そう考えただけで、脳裏に思い描いた地平線に広がる孤独の闇が金色に輝きはじめた。そのためにはどうしても金を見つけ出さねばならない。なんとしても。あと三日で何エーカーもの薔薇園を掘り尽くす必要があるのだ。絶対に。

彼はしわだらけのシャツをつかみ、急いでそれを着終えた。そしてサラのこめかみに優しくキスをすると、部屋を出てそっとドアを閉めた。

自分の寝室を目指して廊下を曲がったところで、彼は立ち止まった。いくらも離れていないところからダニエルがこちらに向かってくるのが見えたからだ。顔をしかめ、うつむいたダニエルは、マシューに気づいてないらしい。外にいたと見え、体はびっしょり濡れ、かなり汚れている。

目を上げた瞬間、ダニエルは歩調を乱した。たがいに目を合わせると、つかの間ダニエルの目に不可解な感情が浮かんだ。マシューもかつて見たことのない表情だった。

マシューは眉を上げ、ずぶ濡れで泥の跳ねたダニエルの服を眺めた。「どこへ行っていた？」

ダニエルも同じように眉を上げ、マシューの乱れた服装に見入った。「どこにいたかは一目瞭然じゃないか」

「何か特別な用事でもあったか？　外は大荒れだ」

ダニエルは近づきながら、低い声でいった。「外だよ」

「わかってるさ、そんなこと。じつはおまえを捜していた。念のために指摘させてもらうとな」

「わかってるさ、そんなこと。じつはおまえを捜していた。おまえが部屋にいないので、てっきり気でも狂って嵐を押して穴掘りに出かけたのかと思ってさ」

「手伝うつもりだったとか？」

「せいぜい止めるだけだよ。それでもおまえが無事かどうか確かめられると思ってさ。しかしおまえの居場所はどうやら外ではなかったということらしいな」ダニエルは廊下の左右をうかがった。「乾いた服に着替えたい。話の続きはおれの部屋でどうだ」

マシューはうなずいた。誰かが廊下を通る可能性があり、話を立ち聞きされるリスクは冒したくなかったからだ。

ダニエルの部屋に入ると、マシューは炉額《ろびたい》にもたれ、友人が着替えるあいだ暖炉の火をじっと見つめていた。姿を現わしたダニエルは、まだ髪は濡れているものの、清潔な黄褐色のズボンを穿き、新しい白いシャツに袖を通していた。

「なぜぼくの寝室に行った？」マシューは尋ねた。

「眠れなくてさ。おまえもそうじゃないかと思って、ブランデーでも一緒にどうかと誘いにいったんだ」彼はマシューのだらしない身なりを好奇のまなざしで見た。「自分の寝室にも庭にもいなかったことから考えて、問題は誰の寝室にいたかということだ。おまえがほしくてたまらない財産を持った、美しき相続人の部屋か？　それとも財産などいっさいない、おまえが夢中のオールドミスのところか？」

マシューは炉額から体を離し、険しい目で友人を見た。しかし話す前に、ダニエルが手で制した。「何もいわなくていい。答えは明白だから。これでおまえも難題を抱えることになったな」

「そんなことはない」

ダニエルは探るような目でマシューを見た。「おまえはサラ・ムアハウスを愛人にするつもりなのか？　彼女とレディ・ジュリアンの親交を考えれば、そうなるとはなはだ厄介な状況を招くことになるぞ。率直にいって、おまえがそんな取り決めを提案したなんて驚きだし、それを彼女が受け入れるとは、もっと驚きだよ」

「そんな取り決めなんかないし、難問を抱えることもない。レディ・ジュリアンとは結婚するつもりはないからな」

ダニエルはシャツを着る手を止めた。「金が見つかったのか？」と鋭い調子で訊いた。

「いや。別の跡取り娘を探すことにしたんだ——必要なら」マシューはあと三日以内に薔薇園での探索を終え、もし金が発見できなければロンドンに向けて発つつもりであることをダニエルに語って聞かせた。

話を聞くと、ダニエルはいった。「つまりおまえがロンドンに発つ日が、今回のじつにはかばかしくないハウス・パーティの終了を示すことになるわけか」

「そうだ」マシューは顔をしかめた。「とはいっても、ハウス・パーティがはかばかしくなかったとは言いたくない。おまえも楽しんだんじゃなかったのか」

「それはそうだ。しかしおれが楽しむことが、今回のパーティの目的じゃないからな。おまえが資産家の跡取りを手に入れることが目的だったはず。いまさらいっても仕方のないことだが、もしおまえがレディ・ジュリアンに全精力を傾けていれば、世の男性がどんな犠牲を払ってでも娶《めと》りたいと思う女性との結婚に向けて、いまごろは準備の最中だっただろうよ」

「そんな指摘はご免こうむる。よしてくれ」

「しかしレディ・ジュリアンに関しては、すべての望みがついえたわけではない。まだ

──」

「いや」マシューはさえぎった。それは、はからずもそっけない口調になった。「レディ・ジュリアンという選択肢はありえない」

「サラ・ムアハウスと親友だからか」

「そうだ」

「なるほど」ダニエルはゆっくりとうなずき、いった。「彼女に恋していると打ち明けたのか」

マシューはまばたきした。「誰に恋をしているだって?」

ダニエルは天井を見上げた。「サラ・ムアハウスだよ、馬鹿野郎」

しばらくのあいだ、マシューは足元の床が揺れているように感じた。「彼女に恋をしていると、いついった?」

ダニエルはつかの間、不安定な響きをもった笑い声を発した。「いまさら否定しても始まらないさ。おまえはじつにわかりやすい人間だ。少なくともおまえをよく知る者にとってはね。彼女を見、話しかけるたびにおまえの顔は輝く。おまえの彼女に対する思いは、はっきり表にあらわれているよ」ダニエルは顔を上げ、不審げな視線を投げた。「知らなかったとはいわせない」

「何を？　おれの顔が輝くことか？」

「馬鹿め。おまえが恋をしていることだよ」

マシューは冷たい目で友人を睨んだ。「おれを馬鹿者呼ばわりしたのはこれで二度目だぞ」

「こうして単刀直入に指摘されたことを、あとで感謝するはずだ」

「絶対にしないさ」マシューは眉をひそめ、暖炉の火に顔を向けた。ダニエルの言葉が心に沁みた。その真実に茫然としながらも、なぜか意外ではなかった。彼は友人のほうを向き、咳払いをしたあと気弱な声でいった。「はためにはそう映るだろうな」

「少なくとも認めたわけだが、もうアホ呼ばわりはしないよ。それでどうするつもりだ?」

「どうする?」マシューは髪の毛を掻きむしった。「これまでどおりにやるしかないさ。いまのところ望み薄だが、宝捜しを続け、最後の瞬間に望みがかなわないかぎり、跡取りの女性との結婚を実行する」

「おまえのサラ・ムアハウスに対する思いはどうする?」

マシューは目をつぶり、長い溜息をついた。急に疲れを感じ、静かにいった。「金が見つからなければ、ただ忘れるしかないだろう。ぼく自身の気持ちより大事なことがかかっているからな。ぼくは誓いを口にし、約束したんだ。自分だけじゃなく、多くの人間の命運がぼくの肩にかかっているんだ」

ダニエルは同意するようにうなずいた。「賢明な判断だ。前にもいったが、女なんてみんな同じだよ。とくに暗闇のなかでは。ブランデーを何杯か飲んでいれば、なおさらそうだ。

だから、金や跡取りのためや、爵位、領地なんかの形あるものを理由にしない結婚など愚の骨頂さ。心にある愛情なんていう不確かなものをもとに、結婚を決めるなんておかしな話だ」

「まさしく」

「それに、金が発見できないとなれば、選択の余地はないんだろう？　跡取りの女性と結婚するよりほかないよ」

「いかにも」ダニエルと話しているうちに、マシューは心が軽くなる気がした。

「サラ・ムアハウスのほうもまんざら相手にこと欠くわけでもなさそうだ」

「ああ」といってマシューは眉をひそめた。「なんだと？」

「おまえがめでたく人生の伴侶《はんりょ》とともに結婚生活にふみ出したあとでも、彼女が孤独に苛《さいな》まれる心配はないということさ。ジャンセンはすでに彼女をロンドンの自宅に招く計画を立てている」

マシューは頭をがつんと殴られたような気がした。「ジャンセン？　なぜそれを知っている？」

「バックギャモンのテーブルで、彼から聞いた」

「サラはそれを受けたのか？」それを考えただけで、マシューの心はよじれた。

「まだそれを申し出てはいないが、これからいうつもりだそうだ」ダニエルの顎の筋肉がピクリと動いた。「レディ・ウィンゲイトも招くつもりだそうで、これですべて礼儀にかなっているとやつはのたまった」

「下衆野郎め」マシューがつぶやいた。

「いけ好かない野郎だよな」ダニエルが相槌を打った。「とはいえ、おまえは別の女性と結婚するわけだから、彼女がほかの男性とのつきあいに慰めを見出したとしても、それを妬《ねた》む資格はないぞ」

マシューも反論できなかった。しかしまぎれもない嫉妬が心に渦巻いていた。全細胞がそれを感じ、彼はこぶしを握りしめた。ジャンセンが彼女の体に手を触れ、キスをし、愛を交わす、と考えただけで吐き気がした。ジャンセンの顎を、とにかく何かを殴らずにはいられない気分だった。

ダニエルは咳払いをした。「これだけはいっておくが、おまえは恋する相手を間違えたんだ。おまえが心を奪われたのがレディ・ジュリアンなら、どんなにか人生が楽になっていただろうに」

「そうだな。でも現実にはそうならなかったのだから、できることは一つしかない」

「なんだ、それは？」

「金が見つかるという希望を持ち、祈ることだ」

その日の午後遅く、マシューは芝生を越えて庭師の小屋に向かった。雨もようやく上がり、青空にふんわりとした雲が流れ、ときおり顔を出す太陽の光を受けて深緑のベルベットのような芝生が輝いた。ティルドンはお茶の準備をしており、マシューはポールと話したあとで客と同席するつもりだった。

とくに一人の客と。

そのことを考えると、普段どおりの表情で、欲望や愛情を隠しつづけることが、いっそうむずかしくなる。

庭師の小屋に近づくと、ポールが質素なバンガロー風の住まいを出て敷石の歩道沿いに歩いているのが見えた。主《あるじ》の姿が目に入ると、ポールは木にぶつかったかのように、棒立ちになった。慌てて小屋を振り返り、陽射しをよけるように手を上げた。

「こんにちは、だんな様」そう呼びかけるポールの声がやたらに大きいので、マシューは庭師頭の耳が遠くなったのではないかと訝《いぶか》った。あるいはマシューの耳が遠くなったと思われたのだろうか。

「こんにちは、ポール。調子はどうだい？」

「元気でございますよ」ポールはなおも大声でいった。「こんなところにお越しなので、驚いているだけでございます。何かご用ですか？」

庭師の頬が赤くなり、小屋を振り向く様子に、マシューは気づいた。「何カ所かに花を飾りたいので、できるだけ早く花を切ってほしい。今夜のディナーまでには用意するように。ダイニングルームのテーブルとロビーには大きめに切った花を、まだどこに飾るか決めてはいないがそれより小さく切ったものをいくつか頼むよ」

「承知いたしました。何かご希望の花はありますか？」

「ああ。ラベンダーだ」

「ほかには？」

「ほかはいい」

ポールは目をパチクリした。「すべての生け花に一種類だけ使うということで？」

「そうだ。ラベンダーだけを」

「了解いたしました。すぐに取りかかります。昨晩の雨に打たれて、花はさぞ色鮮やかになっておりますでしょう」ポールは忍び笑いをもらした。「だんな様もさぞ、お濡れになったことでしょうな」

マシューは眉根を寄せた。「どういう意味だ？」

「昨夜、薔薇園で穴掘りをなさっているところを拝見しました。雨のなかではくしゃみも出ますまい」

マシューは愕然《がくぜん》とした。「薔薇園で穴掘りをしている私の姿を見たというのか？」聞き違いではないことを確かめるかのように、マシューはくり返した。

「さようでございます」

ポールは口をすぼめ、頭を掻いた。「午前三時ごろか、そのぐらいの時間でした。そのころには雨も小雨になっておりました」

「おまえは午前三時に、薔薇園で何をしていたのかね？」マシューはさりげなく、訊いた。

ポールの目に何かが一瞬浮かんだ。それが何なのか見きわめる前に、庭師は喉で笑った。

「人間、眠れないときもありますよ。そんなときは歩いて体を疲れさせることにしていましてね。雨もやみかけていたので、ちょっと歩こうかと。ほかにご用がないようでしたら、さっそく道具を取りにいって、ご所望のラベンダーを切りはじめます」

「ほかに用はないよ。悪いね、ポール」

庭師はうなずき、背を向けて小屋に戻っていった。庭師がドアを開けたとき、カーテンの後ろで人が動く気配がしたのに、マシューは気づいた。ポールがドアを閉めたあと、マシューは小路をたどって屋敷のほうへゆっくりと向かったが、二つのことに関してせわしなく思考をめぐらせていた。一つ目に、ポールはあきらかに一人ではなかった。あんなにわめくようなしゃべり方をしたのも、家のなかの人物にマシューの存在を知らせたかったからなのだろう。もう一つ、昨夜誰か別の人物が薔薇園を掘り返していたという不快な事実。間違いなく彼以外の誰かが。

それにしてもいったい誰なのだ。そしてその理由は？　その人物は金のことを知ったというのか？　あるいはマシューが掘っているのを目撃して、埋まっているのは貴重なものに違いないと思い、それを自分が先に見つけ出すつもりだったのか。

マシューが金のことを語って聞かせた相手はダニエルとサラだけだ。サラはひと晩じゅう一緒だった。ダニエルは……。

ダニエルは薔薇園に行った。マシューは長い吐息をもらし、顔を擦った。ダニエルはマシューを捜していた。その目的で穴を掘る必要はまったくない。友人がマシューを裏切ることはありえない。それはつまり、誰かほかの人物が金について聞き知ったことを意味する。少なくともそれを疑い、捜しているということだ。

庭師頭のポールも薔薇園にいたことを認めている。それに庭師はあきらかに何かを隠している。

ポールが金のことを知る可能性はあるだろうか？　マシューが誰かにじっと見られていると感じたことが何度かあったのは、ポールが見ていたからなのか？　しかし自分が穴掘りをしていた張本人だとしたら、なぜポールは誰かを見たなどと話したのだろう。だが、ポールの話にはどこかつじつまの合わない部分がある。人は眠るために雨のなかを歩いたりするだろうか？　ひょっとすると、ポールは薔薇園に自分がいるのをマシューに見られたと思い、その理由をわざわざマシューに説明したのかもしれない。

それともダニエルやポール以外の誰かが、急に人の出入りが激しくなった薔薇園にいたというのか。

それにしてもいったい誰だろう。

絶対に突き止めなくてはならない。

しかし事実がはっきりするまでは、金の存在をうすうす知る誰かが暗闇にひそんでいるかもしれないのに、サラと一緒に穴掘りをするなど論外だということになる。一人で危険のなかに身を置くのも心地よいものではないが、彼女の身まで危険にさらすわけにはいかない。薔薇園を掘るのは一人でやり終えるべきだ。できれば昼間のうちに。誰かに訊かれたときのために、植物の根を空気にさらすためとか、何かもっともらしい理由をサラに考えてもらおう。とにかく時間がないので、お茶がすんだらすぐに作業に取りかかる必要がある。そのあいだ、客たちの相手をしてくれるようダニエルを説得しよう。ダニエルにはこの新たな成り行きについて報告し、薔薇園を掘っていた謎の人物が誰なのか、ポールの客が誰なのかを突き止めるための協力を頼もう。

今夜のディナーのときに、自分がロンドンに発つこと、それゆえこのハウス・パーティをお開きにする旨を発表しようと考えている。そう思うとマシューの顎は引き締まった。客のなかに裏切り者がひそんでいるのなら、ロンドンに発つ前にすべてをあきらかにしなければならない。

豪華な夕食とその後客間に移っての、おきまりのトランプ、バックギャモンのあと、パーティは散会となり、おのおの自室に引きあげた。エミリーが頭痛を訴えたため、婦人読書会のメンバーは翌日の昼前にサラの部屋に集合し、フランクリンを解体し、それぞれの衣類を持ち主に返すことにしていた。

階段の上まで来たサラは、ほかの客たちのにぎやかなおやすみの挨拶の声がやむのを待ってマシューの姿を目で捜したが、彼の姿はなかった。彼女が仲間たちと後ろのほうに残っているあいだに、マシューは階段を上ってしまったにちがいない。どうやらすでに廊下の端を曲がって自室に入ってしまったようだ。

サラはできるだけゆっくりと規則的な歩調を保ちながらそのまま廊下を進んだ。ドレスのポケットの奥にしまいこんだ手紙のことを思うと、それはなかなかむずかしかった。

マシューは一時間前に客間でこっそりと小さく折った手紙を彼女の手のなかに押しこんだ。その仕草と、つかの間肌が触れ合った喜びに胸をときめかせながら、サラはドレスのポケットに手紙をしまうと、頬が紅潮したのを暖炉の温かさのせいにするため、暖炉に近づいたのだった。この一時間というもの、じっと座って他の客たちと雑談を交わしながらも、部屋を抜け出して手紙を読みたいという欲求で頭がいっぱいだった。

廊下がどこまでも続くように思えたものの、やっと自分の寝室にたどり着いた。ドアを閉めた瞬間、サラはポケットから乳白色の子牛皮紙を取り出した。震える手で手紙を開いてみると、たった一文だけがしたためられていた。〝入浴を楽しみたまえ〟

入浴？　眉をひそめて目を上げると、暖炉の前に銅の浴槽が用意されていた。サラは茫然としながら部屋の奥へ進んだ。湯からはかぐわしい蒸気が立ち昇り、滑らかなこのお湯にお入りなさいと手招きしている。

穴掘りの前にゆったりした時間を過ごせるよう、彼が頼んでおいてくれたのだろう。ロマンティックな意思表示にはまるで慣れていないが、サラは彼の気づかいが嬉しかった。だが一方で心の声が、それに慣れてしまうとろくなことにならない、と諭した。

サラは急いで服を脱ぎ、浴槽に近づいた。腰をかがめ、前に身を乗り出して温度を見ようと湯のなかで指をくるりとまわした。

「こんなに魅力的な眺めは初めて見たよ」真後ろから聞き慣れた深い声が響いた。

はっと息を呑み、サラは体を起こし、振り向いた。マシューがすぐ後ろに立っていた。悪戯《いた》っぽい笑顔《ずら》を浮かべ、ゆったりとひもを結んだシルクのローブを身につけている。見たところそれだけしか着ていないようだ。

サラは心臓のあたりに手を当てた。驚きは薄れ、むしろ彼の存在に胸が高鳴っていた。彼の目にはくすぶった炎が燃えている。サラはマシューにも同じ台詞を伝えたかった。だがそれを口にする前に、彼が二人のあいだの距離をほんの一歩で詰め、彼女を腕のなかに引き寄せるとむさぼるような激しいキスをした。

サラはうめきとともに唇を開き、両腕を彼の首にまわし、ひしと抱きついた。ひんやりしたシルクのローブの下で彼の熱い体温が心地よく感じられた。下腹部に押しつけられている硬いものによって昨夜の記憶がまざまざとよみがえり、サラは熱い情熱が体をかけめぐるのを感じた。

彼は焼けつくように激しいキスのあと、今度はサラの首にキスしはじめた。

「どんなにこの瞬間を待ち望んだことか……」と彼はささやいた。肌に当たる彼の温かな息が心地よく、体に震えが走った。「一日じゅう」彼は鎖骨に沿ってキスをしながら、ひと言ひと言を区切って発音した。

「ええ、わかっていたわ」サラは貪欲《どんよく》な彼のキスを受けやすいように首を傾けながら答えた。「あなたがここにいるのはそのためだったの？　私にキスをするため？」

「ほかにも理由はあるけれどね。まず最初に、夜中の穴掘りをやめることを伝えなくては」彼は午後ポールと交わした不安な会話について話し、最後にこう結んだ。「きみの身を危険にさらすことはできない。だから作業は昼間ぼく一人でやり遂げるよ」

「私も手伝うわ」彼が反論したそうな様子を見せたので、サラはいった。「あなたは武器も持っているし、ダンフォースもいてくれる。それに二人でやれば時間は半分ですむでしょう。サーブルック卿も一緒にいてくだされば、さらに安心じゃないかしら」

マシューは眉をひそめた。「それは考えてみよう。もう一つ考えたことだがロンドンに向けて発つまで、あと三日ある——そもそもそういう状況になったとすればだが。その三日間を無駄に過ごすのはいかにも惜しいということも、考えた」

「そう。で、いつそれを考えたの？」

「今朝きみのベッドを出て十秒後に」

マシューにしがみついていたサラは、彼の手が尻を包み、もう一方の手が胸に触れると、溜息をもらした。「それなら、あなたは頭のめぐりが鈍いということになるわ。だって私はあなたと愛を交わして三秒後には同じことを考えていたんですもの。最初のときに」

「ああ」乳首をもてあそびながら背中のとくに過敏な部分にもう一方の手を這わせると、サラの喉からうめきがもれた。「きみが出来のいい生徒であるのはわかっていたよ」

「ええ。次のレッスンが待ち遠しいわ。でも体験してみて、すでに一つ学んだのよ。解けたワックスの感触がどんなものか、もうわかったの」

「どんな感じ？」

「熱くてどろどろしているの」彼の胸に両手を押し当て、サラは背中を反らし傾いた眼鏡を通して彼を見た。マシューは優しい笑みを浮かべ、サラの鼻から眼鏡をはずし、手を伸ばしてそれを炉額に置いた。「どうしてあんなに短い時間で、ローブに着がえ、私の部屋に隠れるなんて早業ができたの？」

「ディナーのあと、少し席をはずし、そのあいだにローブをこの部屋に置きにきた。フランクリンに見張りをさせることにして、箪笥のなかにそれを隠したよ。みんなが部屋に引きあげようとしているころ、ぼくは廊下の先にある自分の部屋へは行かず、ここに直行した」彼はサラの太腿の下に手をかけ、脚をもち上げると彼の腰にからませた。彼が指先で秘められた場所を軽く撫《な》でると、サラは大きくあえいだ。

「服を脱ぐスピードといえば」彼の大胆で繊細な指の動きに、サラは朦朧《もうろう》としはじめた。

「美しい女性との行為が期待できるとなると、男というやつはとんでもない速さで服を脱ぐことができるんだよ」

「美しい……？」その言葉は喜びの溜息とともにこぼれおちた。「あなたがなぜそんな表現を使うのか、理由がわからないわ」

「その言葉によって、きみはもっと美しく輝くだろう。しかし心配はいらないよ。ぼくはきみの分までちゃんと理由を考えつくから」

彼がとくに敏感な部分に触れたので、サラはもう一度その甘美な刺激を味わいたくて体をくねらせた。そして彼のローブのV字に開いた胸元に手を入れ、前にかがんで彼の胸にキスをした。「私、入浴をとても楽しんでいるわ」

サラの唇に彼の低い笑い声が響いた。「ぼくたちはまだ湯につかってもいないよ」

サラは顔を上げ、興味に駆られたように彼を見つめた。「ぼくたち？」

「ぼくの優秀な生徒の次のレッスンは、二人で楽しむ入浴、にすべきだと考えたんだ」

彼の手が体から離れ、彼は一歩後ろに下がった。サラは抗うようにうめき声を出しかけたが、その声を発する前に彼がローブを脱いだので、サラのうめきは賞賛のそれに変わった。

彼は顎で浴槽を示した。「一緒に入るかい?」

「それを断わる理由があるはずがないでしょ?」

彼は茶目っ気のある笑みを浮かべた。「ぼくもだ」

彼は浴槽の縁をまたぎ、湯のなかに身を沈めた。サラは腰に手を当て、上から睨むまねをした。「一緒は無理よ。場所がないんですもの」

サラを見上げながら瞳を輝かせ、自分の太腿をたたいた。「場所ならたっぷりある」彼が手を差し延べ、サラはその手を取った。二人のてのひらが合わさり、彼の長く力強い指が彼女の指を包みこんだ。「向き合うように、足を入れてごらん。ぼくの足の外側に脚を置いて」と彼は指示した。サラは彼の命じたように慎重に縁をまたぎ、両脚を彼の体の両側にまわした。

彼は悪戯っぽい笑顔でサラを見上げた。「なんてそそられる眺めだろう」

「私も同じことを思っていたところよ。視界はぼやけているけれど」

「きみが膝をつけば、それは簡単に解決するよ」

サラは緊張と期待に胸を躍らせながら浴槽の縁につかまり、ゆっくりと膝をついた。そそり立つものが彼女の脚のあいだにあり、彼女は片手を伸ばし、ベルベットのようなそれを愛撫した。彼ははっと息を呑み、しっぺ返しに温かく濡れた手で彼女の乳房を包みこんだ。「次は？」サラは訊いた。

彼の熱い視線に体の隅から隅まで見つめられ、サラの全身は薔薇色に染まった。「すべてきみしだいだよ」彼はサラの脚のあいだで片手を滑らせながら、いった。「きみは何がしたい？」

「あなたにキスをしたい」とサラはささやいた。「あなたと愛を交わしたい」

その答えに彼の瞳が暗く翳り、たぎるような興奮がサラの神経の先端にまで達した。「すべてきみの好きにしていい」彼はかすれたうなり声でいった。「さあ、始めて」

サラは胸をときめかせながら前にかがみ、唇を重ねた。一度、二度。優しく、試すように。マシューは彼女にリードをまかせ、その調子だとささやいた。それによってサラのためらいはじょじょに薄れていった。彼の胸を撫で、硬くはりつめたものを愛撫し、舌で彼の唇を焦らすように舐め、その反応を楽しんだ。彼のうめき、彼のむさぼるような熱い視線、だんだんと浅くなる彼の荒い呼吸。そうした彼の反応に、これまでそんなものがあることすら知らなかった、女としての満足を感じた。

彼は湯水を手ですくってサラの肩にかけ、その濡れた体を撫でた。彼女の軽い愛撫が続いているあいだ、彼は体を起こして彼女の腰をつかみ、胸の頂に舌を這わせると、口の奥深くふくんだ。一刻も早く結ばれたいという思いがつのり、サラは浴槽の縁の限界まで脚を広げた。そして疼きつづける脚のあいだに彼のものをあてがうと、擦りつけるように腰をまわした。

サラを見つめながら、マシューは彼女に手を貸した。サラは彼の肩に両手を置きながら、ゆっくりと体を沈めた。彼のものがすっぽりとおさまったとき、二人の口から長いうめきがもれた。最奥まで到達し、サラがおそるおそる腰を揺らすと、全身に歓喜の震えが広がった。目を閉じ、頭をのけぞるようにして彼女はその動きを何度もくり返した。

彼はふたたび彼女にリードをまかせ、彼女のペースに合わせながら、励ましの言葉をつぶやいた。そのあいだも彼の手はサラの全身を休むことなく愛撫しつづけていた。彼女の肉体の深いところで緊張が渦を巻き、腰の動きが速まると、マシューもいっそう強く突きはじめた。あえぎとともにサラは絶頂に達して飛翔し、彼を包む熱い粘膜がこわばったかと思うと激しく脈打ち、長いあいだ痙攣をくり返した。震えが静まると、サラは彼が出ていくのを感じた。彼女を強く抱きしめながら、彼女の乳房のあいだに顔を埋め、放出の瞬間、彼はうめいた。

マシューの濡れた髪に頬をつけ、サラは彼の濃いなめらかな髪を指で梳《す》きながら、この瞬間が永遠に続いてほしいと願った。彼の腕に抱かれて。肌と肌を合わせて。サラは心の中でいまの二人をスケッチすると、いつかこれをスケッチブックに描こうと心に誓った。彼との熱い思い出だけが残ったとき、その絵を見つめよう。

なぜなら彼女が祈り願っている奇跡が起きないかぎり、彼と過ごせるのはあと三日しかないからだ。

17

三日して、明るい午後の陽射しが景色を照らす午後、マシューは好天が幸先のよいしるしだと思いながら、サラと二人薔薇園で、シャベルを抱え、残る二列の薔薇の根元を掘り起こす準備をしていた。残念だったのは、これまで何も見つかっていないということ。よかったことは、午後の探索を邪魔する人間はいなかったということ。マシューもダンフォースも、ホスト代理をしていないときは手伝いに来たダニエルも、侵入者の存在を感じることはなかった。

生垣越しにサラと目を合わせ、マシューは両足を大地に踏みしめシャベルの木の柄を握りしめた。そうでもしないと彼女のほうへ駆け寄ってしまいそうだからだった。腕のなかに抱き寄せ、首と肩の境目の温かなくぼみに顔を埋めたくなってしまうからだった。

彼女と一緒に過ごしたこの数日間は忘れがたい思い出に満ちている。宝捜しのための労働が徒労に終わった失望。笑い合い、微笑みを交わし合い、夢や追憶を語り合った。そして夜……たがいの肉体を求め合い、情熱に身を焼き尽くし、暗闇のなかでささやきを交わし、抱き合ったまま眠りについた。そして起き上がり、彼女の寝室の窓から侵入者がいないかと庭に視線を走らせ、誰もいないのを確かめた。

ともに過ごす時間の終わりが近づいていることや、捜すべき場所が狭まるにつれて宝が見つかる可能性が消えていくことについて、どちらも口にすることはなかった。しかしそうした事実は二人のあいだに重くのしかかり、マシューの気持ちも沈んでいた。彼女ときっぱり別れられる自信はなかった。いまできることは、ただ探索の成功を祈ることしかなかった。

「準備はいいかい？」彼は尋ねた。薔薇に対する生理的反応とはかかわりなく、喉が締めつけられるような気がした。

サラはうなずき、その動きにつれて眼鏡がずり落ち、マシューはそれをもとに戻してやりたいという思いを抑えるために、シャベルを持つ手に力を込めた。彼女は微笑みを浮かべていたが、表情豊かなその瞳は重苦しい空気を映し出していた。「ええ」

マシューは鼻と口をハンカチでおおった。二人は黙々と穴を掘った。静寂のなかに聞こえるものは、木の葉のさらさらと揺れる音、小鳥のさえずり、土をすくい上げるシャベルの音だけだった。何度シャベルを動かしてもなにも出てこなかった。マシューの気持らは沈む一方だった。最後のひと掘りで泥をすくい上げると、一年近く時間とエネルギーを注ぎつづけてきた結果が確実なものとなり、マシューは虚ろな目でからっぽの穴を見つめるばかりだった。

精も根も尽き果てた……というのが実感だった。膝をがっくりとつき、シャベルに額を当て、かつて味わったことのない疲労と挫折感《ざせつ》に襲われ、目を閉じた。こうなることは覚悟していたとはいえ、いくらかの希望は残っていたのだ。だがこれで終わった。運命は決まったのだ。希望は消え、サラとの未来はない。明日の朝ロンドンに発たなくてはならなくなった。新たな人生の幕開けに向け、旅立つのだ——サラのいない人生の。

この先の人生で、彼女の思い出が脳裏に焼きついて離れないだろうことは、間違いなかった。彼女を愛した記憶。金に関する疑問も。金はほんとうに存在したが、懸命の努力にもかかわらず発見に失敗しただけなのか？　金はいまもどこかの金色の花の下に埋まっているのか？　それとも嵐のあいだに穴を掘っていた卑怯《ひきょう》な人間が、マシューが捜しつづけた宝を発見してしまったのか？　残念だが、もはやそれを知ることはできない。

マシューが疲れきった長い溜息とともにやっと立ち上がろうとしたそのとき、生垣の向こうからサラの興奮した声が響いてきた。

「マシュー、何か出てきたみたいなの」

マシューが敗北感の霧のなかから出るのに、しばらく時間がかかった。はっと気づいた彼は飛び上がり、走って生垣をまわった。

汗をかき、顔を紅潮させたサラが、手でしきりに泥をはねのけている。見れば彼女のほうも掘り起こす場所はあとわずかしか残っていない。

「シャベルが何か固いものにぶつかったの」サラは彼を見上げながら、いった。その目は興奮と希望で輝いている。

マシューは並んで膝をつき、泥を掻き分けた。まもなく二人の手が静止した。そして出てきたものをまじまじと見つめた。

「なんということ」彼女がささやいた。

マシューは喉元にこみ上げてきたかたまりをやっと呑みこんだ。金ではなく、それはただの……レンガだった。最後の瞬間に灯った希望の火が失望とともに消え果てた。

サラの目に光る涙が、彼と同じ思いを告げていた。唇が震え、一筋の涙が頬に流れ落ちた。

マシューは心がちぎれそうな悲しみに襲われた。

「サラ……」彼はサラを腕に抱き寄せ、彼女の静かなすすり泣きを受け止めた。彼女のしゃくり上げる声が彼の心に鋭い棘《とげ》のように突き刺さった。

「見つかったと思ったのに」サラは彼の首に唇を当てながらささやいた。

「そうだね。ぼくもそう思ったよ」

「見つからなかったなんて、信じられない。あると思ったの……絶対にあると……」ふたたびサラの嗚咽がこみ上げ、マシューは彼女の乱れた髪に唇を押し当てた。彼女の泣く姿を見て、泣き声を聞くだけでマシューは耐えがたい苦痛を覚えた。

サラは彼を見上げ、震える指で頬の涙を拭い、涙に濡れた目に決意を浮かべた。「まだ何フィートか掘るところが残っているわ。最後まで掘り終えたい。可能性はあるのだから」

マシューは彼女の顔を手で包み、涙の残りを優しく拭いた。彼女に告げたいこと、語り合いたいことはかぎりなくあった。彼女とともにこれからの未来を過ごしたかった。それが実現しないと思うと、息もできないほどの苦しみを覚えた。

「最後までやるわ」と彼女がいった。

十分後、マシューはふたたび敗北感に襲われた。

「何もない」彼はきっぱりといった。

マシューは汚れた手を差し出した。彼女も同じくらい汚れた手で握り返し、彼はその手を握ったまま薔薇園を出た。薔薇園から充分に遠ざかると、マシューは顔に当てていたハンカチをはずし、立ち止まった。彼女がマシューのほうを向き、二人の視線が絡んだ。何かいうべきだと彼は感じたが、何も思い浮かばなかった。なので、言葉をみつけるために咳払いをした。

「手伝ってくれて、ありがとう」

彼女の下唇が震えたので、マシューはもう泣かないでほしいと願った。糸が切れそうに心が脆《もろ》くなっていて、彼女の泣く姿をもう一度目にすれば、崩れ落ちてしまいそうだったのだ。

「どういたしまして」とサラはささやいた。「失敗に終わって残念だわ」

「ぼくもだ」マシューは万感の思いをこめていった。

「あなたにお別れをいうのは……辛くなりそう」

「サラ……」それ以上何もいえなくなり、マシューはうめきながら彼女を抱き寄せ、その髪に唇を埋めた。辛い？　辛いどころか不可能な気がした。

彼は震える息を吸いながら、顔を上げ、彼女の瞳をのぞきこんだ。かつて見たことのないほどに、美しい瞳がそこにあった。「まだ今夜が残されている」と彼はいった。「あとひと晩あるよ」

夜が明ければ、ここを出発し、なすべきことをしなくてはならない。約束を守り、責任を果たし、父が財政危機に陥れた領地を守るのだ。名誉を、家名を守るのだ。しかしそれを実行することによって、サラを失う。彼にとっては何にも替えがたい大切な存在なのに。

しかしいまどれほど辛くても、明日になれば愛を失くした真の悲しみがどれほどか、思い知ることははっきりしていた。


その夜のディナーは急遽《きゅうきょ》ハウス・パーティの終わりを記念する祝賀会となった。料理も飲み物もふんだんにふるまわれた。サラは懸命に哀しみを隠し、陽気なお祭り騒ぎに加わった。幸いマシュー以外の顔ぶれはみな浮かれており、サラは平静をなくしたとき以外はできるだけマシューのほうを見ないようにしていたので、あとはただ人の話にうなずき、微笑み、ときどき言葉を差しはさむだけでよかった。

彼女はいつものように、まわりの人びとの様子を観察しながら食事をしていた。レディ・ゲイツボーンとレディ・アガサは花婿候補として値踏みする目的で、バーウィック卿と熱心に話しこんでいる。まるで葬儀屋が棺《ひつぎ》の大きさでも測るように。

エミリーとジュリアンはハートレー卿と活発な会話を交わしていて、キャロリンはマシューの冗談に笑っている。サーブルック卿とサーストン卿は馬について語り合い、それにサラの隣りに座るジャンセン氏が聞き入っている。

しかしそう見えたのは間違いだったようで、ジャンセン氏は口の端から小声でいった。

「死ぬほど退屈な馬の話から救い出してくだされば、永遠に感謝しますよ」

サラはクスクス笑わずにいられなかった。「聞き入っていらっしゃるものと思っていましたのに」

「ちっとも。マナー向上のために、そういうそぶりをしていただけです」

「マナーに自信がないのですか?」

「気づきませんか?」

「何に、ですの?」

彼は真剣な目でサラを見た。「座っていらしてよかった。これから申し上げることにショックを受けられるかもしれませんから」彼は身をかがめた。「ぼくはアメリカ人なんです。アメリカから来た」

サラは驚いたふりをした。「まさか。あなたが？　成り上がりの移民なのですか？」

彼は胸に手を置いた。「誓って事実です。だから、マナーに磨きをかけねばならないのです。マナーはどうやら、なっていないようなのでね。とくに、ある若い女性がロンドンにいらした折、ご招待しようと考えているもので」

彼女をひたと見つめながらの言葉であることから判断して、それがサラを指しているのは間違いなく、サラは頰を染めた。「いつ……いつごろ行くか決めていません」

「いつでもかまいませんよ」ジャンセン氏はほがらかな声でいった。「制約のないお誘いなので、お姉様でもどなたでもご一緒にいらっしゃればいい」彼はサラを見つめた。「あなたとお話できて楽しかったので、またお目にかかりたいのです」

「それは…光栄ですわ」

「さほどのことでもありません」ジャンセン氏は悪戯っぽい笑顔を見せた。「しょせん、無骨なアメリカ人のいうことですから」

「私もご一緒できて楽しみましたわ」とサラはいった。それは事実だったが、いたずらに彼に希望を持たせたくもなく、またいったん自宅に戻れば傷心から立ち直り、旅立ちたい気持ちになるには時間がかかるのは目に見えていた。「でも――」

「それ以上いう必要はありませんよ」彼はそっといった。「言い訳も説明もいりません。あなたと同じく、ぼくも観察眼は鋭いですから。ぼくがあなたの幸福を願っていることだけ、わかってください。もしロンドンにいらっしゃれば、喜んでロンドンを案内して差し上げます。よろしければ」

サラはいっそう赤面した。彼が観察の結果何を感じ取ったのかはわからないが、彼女がマシューに対してかりそめの興味以上のものを抱いていることは読まれているのではないかという気がした。

「ご親切に、ありがとうございます」

「どういたしまして」

彼はそれが親切以上のものから出た申し出であるとは言い添えなかったが、聞かなくとも彼のまなざしにそれは表われていた。サラはワインを手に取り、狼狽を隠すためにひと口飲んだ。ラングストン邸に来るまで、男性に関心を持たれることはまるでなかったというのに、二人の男性から好意を告げられた。

この心が求めるのがラングストン卿ではなく、ジャンセン氏なら、どんなによかっただろう。だがそれは、宝さえ見つかればと思うことと同様、なんの意味もないことだ。マシューと一緒に過ごせるのはあとひと晩だけ。生涯忘れることのない数時間になることだろう。その一瞬、一瞬を大切に心に刻みたかった。

パーティがお開きになり、みなが寝室に引きあげたのは真夜中過ぎのことだった。サラは部屋に入るなり急いで服を脱ぎ、何よりも身につけたいものを着た。フランクリンを作るために彼から借りたシャツだった。フランクリンは解体され、それぞれの衣類は持ち主に返された。サラはこのシャツを今夜、彼に剝ぎ取られたあと、返そうと思っている。

数分後、そっとドアをノックする音がした。サラは胸をときめかせ、ドアが開く様子を見守った。マシューが小さなラベンダーのブーケを抱えて入ってきた。彼がドアを閉め、ロックをすると、サラは物陰から現われた。

その姿を目にしたマシューは足を止めた。彼女の姿を上から下まで見つめる彼の目に情熱と優しさが宿り、サラは息を凝らしてその様子に見入った。ひたと彼女と目を合わせたまま、マシューは近づき、すぐそばで立ち止まった。

「ぼくのシャツを着ているんだね」と彼はいった。

サラはうなずいた。「お返しするといったこと、覚えているでしょう」

「ああそうだった」彼は手を伸ばし、生地を指ではさんだ。「でもこれはきみに持っていてほしい。ぼくにとっては、ごく普通のシャツだが、きみが着ていると……すばらしく見える」そういって、マシューはブーケを差し出した。「これをきみに」

サラはそれを受け取り、鼻に近づけかぐわしい匂いを嗅いだ。「ありがとう。大好きな花よ」

「知っている。いまではぼくの好きな花になったよ」

紫の花の上からサラはいった。「ダイニングルームとロビーの花もみごとだったわ」

「ぼくの思いをきみに伝えたかったんだ」

もう一度花の匂いを嗅いだとき、花のあいだに何か光るものがあることに、サラは気づいた。手を入れ、引っぱり出したものを見て、はっとした。

それはブローチだった。見まがいようのない一本のアイリスの花。深い紫色の花とエメラルドグリーンの葉を輝く金が縁取っている。

「すてき」指先で鮮やかな花の輪郭をたどりながら、サラはささやいた。

「母の形見なんだ」マシューがいった。「きみに使ってもらいたい。そしてぼくのことを優しい気持ちで思い出してほしい」

優しい気持ちで？　彼への思いがその程度の生ぬるい感情だったら、どんなにか楽だっただろう。目がしらが熱くなり、サラは瞬きして涙をこらえた。「ありがとう、マシュー。ずっと大切にします。私からもプレゼントがあるの」サラは小机に向かい、磨き上げられた表面に花とブローチを置き、リボンで結んだ子牛皮紙の巻物を手にした。彼のもとに戻ると、その贈り物を手渡した。

マシューは無言でリボンをほどき、ゆっくりとページを開いた。最初のスケッチに描かれた、カーブする茎から垂れ下がるハート型の花びらを持つ二つの植物を見て、微笑んだ。

「ストラス・ウォートとトートリンガー」空想の植物の絵の下に書かれた言葉を読んで、彼はいった。「ぼくもこの花はきっとこんな形をしていると思っていたよ」

二枚目のスケッチをめくり、長々とその絵に見入った彼の顎の筋肉が引きつった。やっと目を上げると、その目に浮かぶ想いの深さに、サラは胸が高鳴った。「ヴィーナスの姿をした……きみだね。すばらしくて言葉もないほどだよ。眼鏡をかけたヴィーナス。ありがとう」

「どういたしまして」

マシューは注意深く絵を巻き、部屋の奥へ進みブローチの隣りにそれを置いた。そして彼女のところへ戻ってくると、足を止めることなく彼女を抱き上げ、そのままベッドの縁へと運んだ。

彼は無言で彼女の前にひざまずき、手を伸ばして彼女が着ている彼のシャツのボタンをはずした。肩から腕へと生地を引き下げ、彼女の喉から臍《へそ》まで一本の指先を這《は》わせた。

「仰向けに寝て」彼はかすれた声でささやいた。

彼女がそのとおりに横たわると、両手で彼女の脚を開き、腿を持ち上げ、自分の肩に乗せた。敏感な場所を彼の舌がひと撫でしただけで、サラの慎みもしとやかさも溶けて消えた。

これほどの親密な行為がこの世にあるだろうか。彼は口でサラの体を愛し、唇と舌で愛撫を続けながら、指先でもそこに触れた。サラはたちまちのぼりつめ、魂の奥底から搾《しぼ》り出すような叫びを上げた。

気だるい脱力感のなかでサラは彼が衣服を脱ぐ様子を見つめた。彼はまもなく体を重ね、ふたたび魔法のような愛の行為がはじまった。サラは彼の手の動き、合わせるまなざし、すべての感覚を記憶に焼き付けようとした。これが最後だとわかっていた。

朝サラが目覚めると、彼の姿はすでになかった。

マシューはロンドンに向かう道を二時間ほど走ったところで愛馬アポロの走りを止め、前にかがんで褐色の首をそっとたたいた。明け方、彼がラングストン領を出たとき藤紫色に染まっていた空の色がいまは淡い青に変わり、ところどころにふんわりとした白い雲が浮かんでいる。客たちは午後にならないと発たないだろうが、彼はそれまで屋敷にいることはできなかった。誰もが見ている前でサラに別れの言葉を告げることが堪えがたかった。目に焼き付ける彼女の最後のイメージは、愛し合ったあと、揺れる褐色の光輪のように髪を広げて眠る姿であってほしかったのだ。

目の前に分岐点が迫っていた。左の道を進めばロンドンに向かい、右はロンドンとは方向が違う。

二つの道を凝視しながら、マシューの脳裏をよぎる面影があった。この世を去る瞬間までけっして忘れることのない面影だ。

自分のなすべきことはわかっていた。もはやあと戻りはできない。

それでもロンドンに行く前に、まず行くべき場所があった。
マシューはアポロの横腹をかかとで押し、向きを変えると、右の道へ進んだ。

18

サラは寝室のなかで立ちつくし、ベッドをしげしげと見つめていた。心も頭も記憶がいっぱいに詰まっている。分厚い雲の切れ目から遅い朝の光が筋状に射し、彼女の心を映すかのようにぼんやりとした色をベッドカバーの上に落としている。使用人の一人が彼女の最後の荷物を運び出したばかりで、あとは荷物を馬車に積みこむだけだ。そして自宅への帰途に着く。自宅に帰れば慣れ親しんできた生活が待っている。かつてはこの心を満たしてくれた生活が。

ここに来るまでは。

希望もなく、結果をかえりみることもなく激しい恋に落ちるまでは。けっして結ばれることのない相手に。こんな結果になることは最初からわかっていた。しかし、かならず宝は見つかるのだという小さな希望の火が消えることなく心に燃えつづけていた。見つかれば、マシューは跡取りの女性と結婚しなくてもすむ。彼の望む相手と結婚できる。そしてそれは自分なのだと。

希望を託すにはあまりにもばかげた途方もない夢だった。自分の心が傷つくことは覚悟のうえだった。だがそれが現実のものとなってみると、その痛みの深さは予想以上だった。これほど胸にぽっかりと、傷跡も生々しい大きな穴があくとは思っていなかった。心ばかりか魂までも失ってしまうとは、予想していなかったのだ。

サラは窓辺に近づき、庭を見下ろした。マシューの父親があると言い残した金はほんとうに存在するのだろうか？　それとも、苦痛に苛まれ死に瀕した人間のうわごとにすぎなかったのか？

ドレスのポケットに手を入れ、マシューの父のいまわの言葉を書き取った紙切れを取り出した。かすかな日の光に当て、数えきれないほど何度も読んだ字をじっと見つめる。〝財産。領地を救う。ここに隠した。庭。庭のなかの。金の花。シダ。フリュール・ド・リーフ〟

何か見落としている手がかりがあるはずなのだ。サラはふたたび心のなかで思いつくかぎりすべての金色の花のラテン語の学名をたどった。しかし新しいヒントには行き着かなかった。それらの言葉をしばらく見つめ、溜息をついてその紙をまた折りたたみ、ポケットに戻した。

最後に部屋をもう一度見まわし、部屋を出てドアを閉めた。カチリという静かな音が死を告げる鐘のように魂に響きわたった。

ロビーに出ると、ダンフォースに迎えられた。犬は尻尾を振り、玄関ドアの窓のすぐ前での寝ずの番に戻った。ティルドンは彼女が入ってくると挨拶をし、説明した。「ダンフォースはいつもご主人様が出かけられたところから一歩も動かないのでございますよ」

そのご主人様は、今度帰宅されたときは花嫁とご一緒なのだ。やめなさい。考えるのはやめるのよ。そう、考えてはいけないのだ。考えると、胸が痛み、息さえできなくなるから。

サラは窓のほうへ近づきダンフォースの耳の裏を掻いてやった。犬はそこそこ、というように、憧れのこもる黒い目で見上げた。

「さよなら、ダンフォース」サラはささやいた。「これでもうお別れだと思うと寂しいわ」

ダンフォースは首を傾げ、喉でなにごとかうなった。『どういうこと？　あなたまでいなくなるの？』とでも訊くような表情である。

「うちのデスデモーナに会わせてあげられないのが残念だわ。きっとあなたたちはベーコンと卵のように相性がいいはずなのに」

ダンフォースは好物の食べ物の名前が出たので顎から垂れた肉をペロリと舐めた。だがそれをいえばダンフォースは食べ物ならなんでも好物だ。サラは最後にもう一度犬の頭を撫で、ティルドンに別れの言葉を述べると外へ出た。

カーブした車道のなかは蜂の巣をつついたように人の動きがせわしなかった。待ち受ける何台もの馬車に、大勢の使用人たちがトランクやこまごました荷物を運んできて、別の男たちがそれをきちんと馬車に積みこむ。旅立つ客人たちはひとかたまりになって、別れの挨拶を交わしている。サラはサーストン卿とハートレー卿を相手に話している姉のキャロリンを見つけた。サラが近づくと、姉が二人に「ではお二方、失礼いたします。妹と話がありますので」というのが聞こえてきた。

二人の紳士は離れがたいといった様子を見せながら、退いて近くにいたバーウィック卿やジャンセン氏と合流した。

「ああ、助かったわ」サラと一緒に少し歩いてから、キャロリンは小声でいった。「やれやれだわ、ハートレー卿ったら私になにごとかを申し込もうとしていたところだったのよ！」

「いったい何を申し込むの？」

キャロリンは苛立ったような短い笑いを発した。「よくわからないわ。それがなんであったにせよ、聞きたくもなかったから」二人はウィンゲイト家の紋章のついた、黒塗りの馬車の扉の前で止まった。姉は妹の様子をうかがうように顔を見た。「元気がないようだけど、大丈夫、サラ？」

サラが答える前に、キャロリンが急いでいった。「きっと家に帰りたがっているものと思っていたのに、顔色も血の気がないし、なんだか……とても悲しげな目をしているわ」

思いがけず、サラの目に涙が浮かんだ。「疲れたの」とサラはいった。そういいながら良心が痛んだ。疲れたのは事実だったが、真実とはかけ離れた言葉だったからだ。

キャロリンは手を伸ばし、妹の手を握り、元気づけるように微笑みを浮かべた。「今夜は自分のベッドで眠れるわよ。家に戻れば、心が休まるはずよ」

サラは自分のベッドを思い浮かべ、こみ上げる哀しみを呑みこんだ。一人、眠れない夜をそこで過ごすことになりそうだからだった。

キャロリンは優しく妹の手を握りしめた。「この数カ月間のことで、あなたには心から感謝しているの。あなたの手助けと支えがなかったら、私が社交界へ復帰することはできなかったでしょう」

サラもそっと姉の手を握り返した。「そんなことはないわ、お姉様。あなたは自分で考えているより強い人ですもの」

キャロリンは首を振った。「エドワードの死後、人生をそのまま歩みつづけようとする意欲を見いだすのは……並大抵のことではなかったわ。でも三年経って、エドワードもきっと私が新たな人生の一歩を踏み出すことを望んだだろうと思えるようになったの」

「そうに違いないわ。エドワードは私と同じように、お姉様の笑顔が大好きだったから。その笑顔が戻って、ほんとうによかった」

「きっと自宅で好きなことをしていたかったでしょうに、私に付き合って夜会に出てくれて……どんなに感謝していることか」

「感謝なんて……私の最大の関心はお姉様のことなんだから。お姉様の笑顔を見られるのなら、それこそ百回でも夜会に出るわ」

「百回？」キャロリンがおかしそうにいった。

「ええ。だからって百回は勘弁してね」サラは大袈裟《おおげさ》に身震いした。「きっと気が狂ってしまうから」

「あなたの優しさを利用したりしないと約束するわよ。私のために〈ロンドン婦人読書会〉を結成してくれたことでもあるし」

「お姉様のためというわけではないわ」サラは反論した。だが、キャロリンは首を振った。

「私にはプラスになったわ。考え出してくれたこと、嬉しく思っているの」キャロリンの唇にお茶目な笑みが浮かんだ。「まず最初に思いきってスキャンダラスな作品を取り上げたことが大成功だったわね。次の課題が待ちきれないほどよ」

「私もよ。いろいろと調べたかぎりでは、次なる作品もうるさい中年夫人を卒倒させるほどのスキャンダルにまみれた、スリリングな冒険物語になることは間違いないわ」

「あのスキャンダルに惹かれて、あの本を選んだぐらいですものね」二人は異口同音にいい、笑った。

「あなたも自分の庭に戻れば、嬉しいんじゃないの？」キャロリンがいった。「ここの庭園もすばらしい眺めだけれどね」

サラは押し寄せる哀しみの波に呑みこまれそうになった。「ほんとうに」

「とくに好きな場所はあった？」

「選ぶのはむずかしいけれど、像のあるところかしら」マシューと最初に言葉を交わした場所よ。「庭のなかに隠された庭のような作りなの」

「そうね。あそこはすてきな場所よね。像はなんの女神なの？」

「フローラよ」サラは眉をひそめた。「フローラ……」ゆっくりとその言葉をくり返してみる。キャロリンに返した言葉がなぜか心に引っかかった。隠された。庭のなかの庭。そしてマシューの父親の言い残した言葉は……庭。庭のなかの。

サラの心臓は激しく高鳴った。マシューの父親が、文字どおり『庭のなかの庭』と表現した、ということはありうるだろうか？

サラは目を閉じ、あの場所を思い描いた。フローラのまわりに何か金色の花が咲いていただろうか？　金色の花、金色の花……。

金色の花。

あることに思い当たり、サラははっとした。ああ、そんなことってあるのかしら？　目を開いてみると、キャロリンがまじまじと見つめていた。

「大丈夫なの、サラ？」

興奮のあまり、サラはじっとしていられなかった。「大丈夫。ただ、庭に行かなくちゃならなくなったわ。その、庭に忘れ物をしたの」サラはそういいながら、その言葉が現実のものとなりますように、と心で祈った。

「使用人に頼めば、取ってきてくれるわよ――」

「いいえ！　その必要はないの。長旅で馬車に閉じこめられるのだから、ちょっとした散歩を楽しんでくるわ。できるだけ早く戻るから、置いていかないでね」

「もちろん私は――」

だがサラは気が急いて姉の言葉を最後まで聞かず、踵《きびす》を返し屋敷に向かっていた。背後で聞こえるがやがやという話し声に混じって、誰か男性が姉に尋ねた。「妹さんは慌ててどこへ行かれたのですか、レディ・ウィンゲイト？」そして姉が答えた。「妹は何か庭に忘れ物をしたそうですの……」

そんな声も遠ざかり、サラは屋敷に入り、急いでティルドンに忘れ物をしたことを告げた。執事は怪訝な表情を見せたが、サラはそのまま歩きつづけ、文字どおりロビーを走り抜け、客間に向かい、そこから外へ出た。

敷石のテラスに出ると、スカートを持ち上げ、走った。マシューの父親の臨終の言葉が頭のなかで響いていた。金の花。金の花……ああ、これが間違いでなかったら……。

庭のなかの隠れた一角にたどり着くとフローラが壺から静かに水を注いでいた。サラは大きく息を弾ませていた。激しい息遣いとともに膝をつき、ドレスの生地を通して砂利が膝に食いこむのもかまわず、指先で像の根元を調べはじめた。希望が体じゅうの血管を駆りめぐり、鼓動の速まりとともに大きくなっていった。私の考えは間違っていないはず。絶対に。

周辺の四分の一ほどを調べ終えたとき、石に一カ所割れ目があることに気づいた。自然にできたにしてはまっすぐすぎる割れ目。サラは息を凝らして細い隙間に指を当て、石のゆるんだ小さな長方形の部分を発見した。

そこをこじ開けようとして、何か道具が必要だとすぐに気づいた。すばやく立ち上がると役に立ちそうなもの、棒のようなものがないか、急いで目で探したが、何もなかった。残念だが、屋敷に戻るしかなさそうだ。あるいは——この近くにある庭師の小屋に行ってみるか。テラスから死にもの狂いで庭を駆けているとき、庭の反対側で働いているポールの姿を見かけた。つまりポールは小屋にいないということだ。いま質問に答えたくないので、そのほうが都合がいい。道具かナイフを借りたところで、ポールは気づかないだろう。

その方向に体を向けたとき、砂利を踏みしめる足音が聞こえた。その音からして男性に違いない。それも急ぎ足の。次の瞬間男性の姿が現われ、彼女の姿を見てつと立ち止まった。

サラは目を見張り、驚きとともにその相手をまじまじと見つめた。それはマシューだった。

マシューは息を弾ませながら訊いた。「ここで何をしているんだ」

サラは幾度か瞬きをして、相手が間違いなくマシューで、失恋の哀しみがつくりあげた空想ではないことを確かめた。彼の姿が消えないことがわかり、サラは乾いた唇を舐めた。

「あなたこそ何をしているの?」

マシューは気を落ち着かせるように、深く息を吸いこみ、彼女に近づいた。サラはただその場に立ちすくんでいるようだった。腕を伸ばせば届く位置まで近づくと、彼は立ち止まった。そして無理やり両手をわきにおろした。そうしないと、その腕に彼女を抱き寄せてしまいそうだからだった。もしそうしてしまえば、彼女に告げるべき言葉を口にする見込みがなくなってしまうからだ。

「きみに話さなくてはならないことがあって、ここにいる」

サラは茫然自失の状態からやっと抜け出した。「マシュー、あなたが来てくれてほんとうによかったわ。私たぶん——」

マシューは彼女の唇にそっと指先を当てた。「もう一秒も待てないよ、きみを愛していることを告げるまで」

言いかけた言葉をさえぎられ、サラは反論しかけたが、やがて目を大きく見開いた。「私を愛している？」

「愛している。まともにものが考えられないほど、深く愛している。ロンドンに向かう途中、不可能だと気づいたんだ」

「何が？」

彼女の体に手を触れられず、マシューは手を組み、指を絡ませた。「このままロンドンに向かうことが」

「だから戻ってきたの？　戻ってきてくれて嬉しいわ。だって私——」

「いや、戻ってきたのではない」

サラは眉を上げ、彼を上から下までじろじろと眺めた。「でもどこからどう見ても、戻ってきたように見えるわ」

「ただ戻ってきたわけじゃないんだよ。戻ってはきたけれど、寄り道をした。ここに戻る途中、きみの家族に会ってきた」

「それはすばらしいわ。あなたに伝えたいのは――」彼の言葉の意味がわかると、サラは口ごもった。「私の家族？」

「ロンドンに行くのをやめて、きみの両親を訪ねたんだ」

「でも、なぜ？　なぜそんなことをするのか、理由がわからないわ」

聞きなれた言い回しに、マシューは口を歪めた。「ご心配なく。ぼくが二人分理由を理解しているから」

「その理由をぜひとも聞かせていただきたいわ」

「じつは理由はたった一つだけだ」彼はサラの片手を取り、指にキスをした。「お嬢さんと結婚させていただきたいとお願いした」

マシューは喜びの反応が返ってくることを期待してサラの目を見た。だが返ってきたのは完全なショックの表情だった。それどころか、彼女の顔色は蒼ざめ、彼の期待したものとはまるで違っていた。何も言葉が返ってこないので、マシューはいった。「もっと仰天した顔を数時間前にご両親の居間で見たよ」

「両親が私以上にショックを受けたなんて……想像もつかないわ」

「まあ最初は少し誤解があったことは認める」

「おそらくそうでしょうね」

「ぼくが結婚したい相手はきみの姉上だと思いこまれたようだ」

サラはうなずき、目をしばたたいた。「そうね。父と母ならそう思うでしょうね」

「ぼくがお嬢さんのサラだというと――」

「きっと母は信じなかったでしょう」

「実際、信じてもらえなかったね」マシューはサラの母親との会話を思い出し、顎を引き締めた。口をすぼめ、あんなに美しい姉がいるのにサラのほうに目が行くなんてどうかしています、とまで彼女の母親はいったのだ。

彼はサラに優しさを示してこなかった母親をやりこめることができて、溜飲が下がる思いだった。また、今後そのような無礼な言葉や侮辱を、ほどなくラングストン侯爵夫人となるサラに向けることは許しがたい、と伝えてきた。サラの父親はすべてのやりとりを黙って聞いていたが、聞き終わると申し出を受け入れる表情を返した。それどころか、拍手喝采でもせんばかりの喜びようだった。

「最初は母上もぼくの言葉を信じておられなかったが、きみを娶りたいと説得したよ。きみだけを。これからもずっときみだけを愛する、と」マシューは反応をうかがうようにサラの目を見つめ、そこに驚きと戸惑いがあるのに気づき、急いでいい添えた。「今度はきみを説得しなくてはいけないようだね」

　マシューは合わせた二人の手を持ち上げ、自分の胸に押し当てた。「サラ、ぼくは初めて話したとき、まさしくこの場所できみに恋をした。それ以来一瞬たりともきみのことが頭から離れなくなった。あの日からきみのその瞳、その微笑みがこの心をつかんで離さない」

「ぼくは自分を欺き、きみと別れられる、きみと別れても生きていける、父が賭博《とばく》で危機におとしいれたこの領地を救うため別の女性と結婚してもかまわないと、考えようとしていた。そして考えている時点では、うまくいきそうな気がしていた——それを実行に移すまでは。事実、二時間も馬を走らせてやっと、自分の愚かさを知ったんだ」

　マシューはいまだ驚きの色をたたえたサラの美しい瞳を見つめた。「ぼくはきみを愛しているんだ、サラ。きみに今後貧乏貴族の生活を強いることになるのは承知しているが、きみが快適な生活を送れるよう最大限の努力は続けるつもりでいる。小作人への補償を確保し、領地を守れるよう全力で当たろうと思っているけれど、今後の資金繰りが厳しいことは間違いがない。赤字からずっと抜け出せない可能性すらある。父の借金を返しきれない場合は、ぼく自身債務者刑務所に入ることになるかもしれない」

　その言葉に、サラの目が光った。「もし誰かがあなたを投獄しようとしても、私がそうはさせないわ」

マシューは片方の口角をつり上げた。「きみにそんな闘志があるとは知らなかったね」

「これまで、私には闘うべきものなんてなかったわ」サラは合わせた手をそっと抜き、彼の頬にてのひらを当てた。「私もあなたを愛しています。心の底から」

「それはよかった。片思いでなくてほっとしたよ」

マシューはサラの前で片膝をついた。「父といまわの際の約束をしていようと、いなかろうと、ぼくはきみ以外の女性とは結婚できないし、するつもりもないよ。サラ、ぼくの妻になってもらえるだろうか?」

サラの目がうるみ、下唇が震えた。マシューはこの徴候が何を表わすのか、知っていた。涙がこぼれかかっているのだ。慌てて立ち上がった瞬間、サラが腕を彼の首にまわし、抱きついてきた。そして彼の胸に顔を埋め、胸も張り裂けんばかりに泣きじゃくった。

マシューは狼狽にも似た感情に襲われた。嗚咽は涙以上に厄介だった。彼女の背中をさすりながら、とにかく髪にキスをした。「これは一風変わったイエスと受け取っていいのかな?」

顔を上げたサラを見て、マシューの胸は愛おしさのために痛んだ。彼女の金茶色の瞳が傾いた眼鏡の奥で濡れたトパーズのように輝いていた。

「イエスよ」サラはささやいた。そして笑った。喜びにあふれた声とともに、えくぼが浮かんだ。「イエスよ！」

マシューはわき上がる喜びを抑えきれず、サラと唇を重ね、愛と情熱と未来の希望に満ちた官能的な激しいキスをした。だが彼女とのくちづけにわれを忘れかけたとき、サラが彼の胸を押した。

彼がしぶしぶ顔を上げてみると、サラがいった。「マシュー、一つ伝えなくてはならないことがあるの。まだ望みはあるわ」

マシューは首を傾けて、サラのやわらかな首筋にキスをした。「わかっている。きみからイエスをもらったのだから――」

サラが首を振ったので、顎が彼のこめかみにぶつかった。「そうではなくて――お金が見つかる希望がまだあるという意味よ」

彼は顔を上げ、眉根を寄せてサラを見た。「どういう意味なんだ？」

「あなたのお父様の最期の言葉について思いめぐらせたあと、少し前に姉と話をしていて、あることがひらめいたの。キャロリンとの会話のなかで、私は『庭のなかに隠された庭』という言葉を使ったの。そのとき、ふとそれがお父様が言い残された『庭のなかの庭』という言葉によく似ているという考えが浮かんだのよ。この場所は調べたの？」

「いや」マシューは片手を伸ばし、周辺をぐるりと指した。「ここは生垣に囲まれているし、シダもないし、フリュール・ド・リースもアイリスに似た花も植えてない。金色の花もない」

「そのとおりよ。でももしかすると、金色の花ばかりを探しているのが問題なのかもしれないわ。あなたもお父様のお言葉はとても聞き取りにくかったといっていたでしょう。もしそれが『金色の花』でなかったとしたら、どうかしら」サラの瞳は興奮のために輝いていた。「お父様は大金があるとおっしゃり、私もそうだけれど、あなたも当然それを紙幣だと決めつけたでしょう。紙のお金よ。でもそのお金が紙幣ではなく、金貨だとしたらどうかしら？もしお父様の言葉がほんとうは『フローラのなかの金』だったとしたら――それは噴水のなかに大金を隠したということにならないかしら？」

マシューは眉をひそめ、父の命が尽きた瞬間の記憶を呼び戻そうとした。やがて、希望の灯がふたたび灯ったような表情で、ゆっくりとうなずいた。「それはありうるね」

「そのことに気づいた瞬間、私は走ってここまで来たの。噴水の根元を調べていて、石に割れ目と接着が緩い部分があることがわかったとき、あなたがやってきたの。お金はその奥に隠されている可能性があると思うわ」

マシューは仰天して口も利けず、サラの顔を見つめるばかりだった。「いまごろになって、そんな話をするというのか？」

サラは天を仰いだ。「話そうとしたのよ――何度も。でもあなたは結婚の申し込みに熱中していて聞く耳を持たなかったでしょう。やっとわかってもらえて、こちらが文句をいいたいくらいよ」

マシューは驚きの笑い声を発し、サラを抱いてひとまわりした。サラを立たせると、彼はいった。「きみが才気あふれる女性だと、最近褒めたことがあったかな？」

「そんな言葉をお聞きしたことはついぞなかったみたい」

「それはこちらの重大な見落としというべきだね。きみは素晴らしい才気の持ち主だよ。結婚を了承してもらえてよかった。おかげでこの言葉を毎日きみに捧げることができるというものだ」

「私の勘が正しかったかどうか確かめるまで、私に才気があるなどといっても無意味でしょ」

「それでもそれが見事な推論であることに違いはないよ。緩んだ石はどこなんだい？」

サラは彼の手を取り、噴水の前まで導き、しゃがんで指さした。「割れ目と緩い部分があるでしょう？」

「ほんとだ」マシューは希望が心に広がるのを感じた。ブーツからナイフを抜き、細い線に刃の部分を当てた。しばらくのあいだ、水がしたたる音と石を擦るナイフの音だけが響いた。

「緩んできたぞ」マシューが期待を抑えきれないように、いった。彼はナイフを置き、石の両端に指先を当てた。石を前後に揺すりながら、少しずつ石をはずした。

「もうすぐだ」とマシューはいい、荒い石をしっかりと握った。その直後、レンガ大の石がはずれ、暗い開口部が現われた。マシューは空洞を凝視するサラを見た。

「これはきみにまかせるべきだな」マシューは穴を顎で示し、いった。

サラはかぶりを振った。「いいえ。あなたが見て。あなたのお金ですもの」

「二人のお金だから、一緒に見よう」

「わかったわ」

それぞれが暗い穴に手を入れようとしたそのとき、背後で人の声がした。「心あたたまるやりとりだが、じつはそれは私の金だ」

マシューはくるりと振り向き、よく見知った人物の目を見つめた。しかしそこにはいつもの友情ではなく、まぎれもない憎悪が光っていた。マシューの胸の中央に向けられた銃口がそれをいっそう強く物語っている。

19

見知ったその冷たい青い目を見つめながら、マシューは落ち着いた声でいった。「これは、驚きだな」

「こちらには嬉しい驚きだ。おまえの父親が私から奪った金を取り戻すのをあきらめかけていたところだったのでね。さて、お二人にはそのままゆっくり静かに立ち上がってもらいたい。それと、マシュー、ナイフに手を伸ばしたりしたら、ミス・ムアハウスの体に風穴が開くことになるからそのつもりで」バーウィック卿は首を振り、舌を鳴らした。「そんなことになっては、困るだろうが」

マシューは慎重な動きで立ち上がりながら、どうにかして逃げ道はないかと必死で考え、サラの前に出る、という最初の強い衝動をどうにか抑えた。こんな近距離から発砲されれば、一撃で二人同時に殺されてしまう。銃口が自分だけに向けられているほうがまだましだ。

二人が立ち上がると、バーウィックがいった。「ナイフをこちらに向けて蹴《け》るんだ。この手の届くあたりまで」

マシューは命令に従い、バーウィックがナイフを拾い上げる様子を見つめた。

「ありがとう。では今度は両手を頭の上に載せてもらいたい」

「ずいぶんと丁重な扱いだな」マシューは腕を持ち上げながら、そっけなくいった。

「非紳士的な態度は必要ないからね」

「なるほど。ではそのご婦人は解放しろ」

バーウィックは物悲しげな表情で、首を振った。「そうはいかない。逃せば騒ぎ立てるだろうし、そうなると単純なやりとりですむものが、たいへんな騒動になってしまうからな」バーウィックはサラをちらりと見やった。「少しでも動いたり、声を出すと彼を撃つ。わかったか?」

マシューは視界の隅でサラがうなずく様子をとらえた。彼女を見て、なんとか安心させてやりたかったが、バーウィックから目をそらすわけにはいかなかった。

「まさかこんなことをして、無事に逃げおおせるとは思っていないだろうな?」とマシューはいった。

「あいにくと、こちらはそのつもりだよ。おまえの父親に盗まれた金を取り戻したら、姿を消す」

「父は多額の負債は抱えていたが、盗人ではなかった。金は賭博に勝って得たものだ」

「おまえの父親が大勝ちした相手とは、この私だ。金は私のものだった」バーウィックの顔がさっと怒りに染まった。「こちらは賭けに負けてはならなかった。負けるわけにいかなかったのだ。あれはすべてを売り払ってかき集めた大事な元手だった。負債を返すために、三倍にしなくてはならなかった。実際それが充分可能だった——賭けにほとんど勝ったことのない愚かなおまえの父親が、見たこともないほどのツキに恵まれさえしなければな。負けるはずもないほど乗りに乗っているおまえの父親に、勝つことはできなかった。ゲームの結果はこちらのもくろみと正反対のものになったのだ」

マシューはうなずいた。「なるほど。つまりおまえは父から大金を巻き上げようという計画のもとに、ゲームに招いたわけだ。いまさら教えてやっても仕方のないことだが、父は負ける金さえなかったのに」

「ところがそうではなかったのさ。おまえの父親は最近賭けに大勝ちしたと豪語していた。ゲームに参加したのは二人だけだった。掛け金は巨額だったし、私が勝つはずだった」バーウィックは険しいまなざしでマシューを見た。「その金は取り戻せたはずだった。事実あの男が馬車でそれを運んでいたら、取り戻せていただろう。だから命でそれを償わせたのだ」

レンガで頭を殴られたような衝撃とともにすべての謎が解け、マシューは愕然とした。

「父を撃った追いはぎはおまえだったのか」

バーウィックの目に燃える怒りの炎は端整な面立ちを悪魔の顔に変えたが、その怒りはマシューの怒りとは比べものにならなかった。「当然の報いだよ。持っているはずの金がなかったのだからな。どうやってあの金を始末したのかは知らんが、とにかくどこかに隠したんだ。彼の死後、おまえが借金を返済したという噂が耳に入るのを待った。だが数カ月経ってもそんな風の便りは聞こえてこない。そこで私は、おまえが例の金のことを知らないのか、あるいはありかを知らないのだと判断した」

「そのうち、ある興味深い噂が耳に入った。おまえが領地を離れたがらず社交界を避けるようになっているという話だ。それはすべて、突然庭いじりにのめりこむようになったせいだとも」バーウィックは微笑んだ。口角だけはつり上がっても、目はまったく笑っていない、冷たい笑みだった。「おまえは花に近づくとくしゃみが出ることを知っているだけに、ちゃんちゃらおかしい」

「すべての花ではない。薔薇だけだ」マシューは訂正した。

バーウィックはただ肩をすくめた。「おまえが庭で金捜しをしているのだと、私は気づいた。この数週間、おまえが夜中に穴掘りに出かける様子を観察し、もともとは私のものだった金を取り返すため、おまえがそれを発見するのを待った」

もう一つの謎が解け、マシューは目を細くした。「おまえがトム・ウィルストーンを殺したんだな」

バーウィックはふたたび肩をすくめた。「あの男には気の毒だったが、あの晩森のなかにいるところを見られてしまった。あの下衆《げす》男は私がひそんでいたことをおまえに話すと脅した。そんなまねをさせるわけにはいかなかった」

この男が話しつづけるように仕向けるのだ。こんなところに長居をしていれば、誰かがきっと捜しにくるはず。だがそれまでには少し時間がかかるだろう、とマシューは踏んだ。家に帰り着いて、サラが庭にいるとレディ・ウィンゲイトに聞き、マシューはダニエルに意味深な視線を送った。サラとしばらく二人きりにしてほしいという無言のメッセージを、親友は理解してくれたはずとマシューは信じている。だからダニエルはできるだけ二人の邪魔をしないように努力するだろう。

しかしバーウィックはそれを知らない。もしバーウィックに長話をさせることができれば、おそらく何かミスを犯すだろう。どんな小さなミスでもいい。それが必要なのだ。

「つまりぼくが金を捜しているとわかって、ハウス・パーティへの招待を望んだわけか」マシューは落ち着いた口調で尋ねた。

「そうだ。おまえの動向を観察するのに、またとない機会だろう？　サーストンとハートレーがいいあんばいに、隠れ蓑《みの》の役目を果たしてくれ、誰にもつぶさに様子を見られずにすんだというわけだ」バーウィックはクックッと笑った。「じつのところ、あれはなかなか楽しめたよ。とくに穴掘りをしていないあいだのおまえの様子を見るのはな。あきらかにおまえは今回参加した美しい跡継ぎ娘を娶るつもりだったようだが、地味なオールドミスというお荷物を抱えこんでしまった。しかしそれもまた、こちらにとってはきわめて好都合だった」

バーウィックはにやりと笑った。「レディ・ジュリアンなら私にとって、申し分のない花嫁だからね」

サラがひそかにはっと息を呑むのがわかり、マシューは何もいうなと心のなかで祈った。マシューが言葉を発しようとしたそのとき、バーウィックの後ろの茂みのなかで何かが動く気配を感じた。マシューは希望が見えた気がした。その直後、一つの影がバーウィックの真後ろにある生垣の隙間に現われた。

マシューはそれが誰であれ、自分たちの置かれた状況を伝えることができるはずだと考えて、こういった。「バーウィック、銃とナイフを手にしていても、もはやおまえの命運は尽きたも同然だ。噴水の金を盗むためにぼくらを殺せたとしても、この領地から捕まらずに出ることは不可能だ。投獄されて二度と外には出られない」

「そうはならない。おまえが護身のためにミス・ムアハウスをナイフで刺したということにするのだから。彼女は自分を棄てようとした恋人をピストルで脅した。私は二人の恐ろしいやりとりを聞いて止めに入ったが、間に合わなかった。揉みあっているうちに銃が暴発し、おまえは残念なことに致死傷を負うというわけだ。あの金が存在することを知る者はいないのだから、事実が明らかになるはずはないんだよ」その微笑はあたりの空気さえ凍りつかせるほど冷酷だった。「どうだ。申し分ない筋書きだろう？　さて気の毒だが、お二人には別れの挨拶をすべきときが来た」

「ジュリアンはあなたとは結婚しないわ」サラは落ち着き払った声でいった。

バーウィックは不快そうにサラを見やった。「静かにしろといったはずだ」

「ええ。いうことを聞かないと、マシューを殺すとね。でもどのみちあなたは私たちを殺すのだから、私が黙っている理由はないのよ」そしてサラは耳をつんざくような叫び声を発した。

バーウィックは頭に血が昇り、苛立ちをあらわにしてサラに向けて銃口を向けた。マシューが片手で彼女に手を伸ばし、もう一方の手でブーツに忍ばせた予備のナイフをつかんだその瞬間、にじんだ茶色のものが生垣のあいだから走り出た。マシューはサラを地面に押し倒すと同時にナイフを投げ、ダンフォースがバーウィックの大腿部に鋭い歯で嚙みついた。バーウィックは叫び、銃が暴発した。その瞬間バーウィックの手から銃が落ち、胸にナイフが突き刺さった彼は地面に崩れ落ちた。

マシューはサラのほうを振り返り、胸に掻き抱き、蒼ざめた顔を不安げに見つめた。「大丈夫かい？」

サラがうなずき、眼鏡がずり落ちた。「私はなんともないわ。あなた、怪我は？」

「していない」マシューが低く口笛を吹くと、動かなくなったバーウィックの体の匂いを嗅いでいたダンフォースが小走りでやってきた。「サラのそばにいなさい」マシューは犬に命じ、犬はさっそくサラの靴の上に座った。

バーウィックが死んでいることをすばやく確認し、彼はサラとダンフォースのそばに戻った。犬の耳の後ろを掻いてやると、犬は尻尾を振って犬らしい喜びを表現した。

「でかしたぞ」マシューはたくましいわき腹を撫でてやりながら、いった。ダンフォースはなんて利口な犬だろう。「危ないところを、おまえのおかげで救われたよ」彼はちらりとサラを見やった。「悪いやつの尻に嚙みつくよう、ぼくが仕込んだんだよ」

「上出来だわ。危機を救ったお手柄は、あなたも同じよ。予備のナイフを携帯しているだけでなく、その使い方についても知りつくしているんですもの」サラは彼の手を取り、微笑んだ。「夫として頼もしいかぎりだわ」

マシューはサラの指をしっかりと握りしめながらサラを見つめ、改めて驚かずにはいられなかった。彼女が美人ではないと思ったことがあったなんて信じられない。「まあね。二度とそれを披露するようなことにはなってほしくないけれど。それにしても、きみが叫び声を上げなければ、ぼくがナイフを使うこともなかっただろう。あれには驚いた。うなじの毛が逆立ったよ」

「そう、私は絶対にあなたを撃たせないつもりだったのよ」

「それにはとても感謝している」マシューは立ち上がって、サラに手を貸した。彼女が立ち上がると、腕のなかに抱き寄せた。サラは彼の胸に手を置き、マシューは彼女の髪のなかに顔を埋めた。「きみが怪我をしなくて本当によかった」とささやいた。

「あなたもよく無事で」サラが身震いをしたので、マシューはより強く抱きしめた。

「きみはとても勇敢だった。ほかの女性なら、気絶しているところだ」

「気を失いそうだったわ」サラはマシューの腕にもたれるようにして、彼の顔を手で包んだ。

「でも彼があなたを傷つけるのを、黙って見ているつもりはなかったの。あなたは私の情熱の対象だから、一心同体でいたいの」

「情熱の対象？　それでは足りないな」

サラは唇を歪めた。「最大の情熱よ」

「それならまだましだ」マシューはそういって、唇を重ねた。

「マシュー、サラ、二人とも無事なのか？」

ダニエルの声がして、人の走る足音が聞こえ、マシューは顔を上げた。「ここだ。噴水のそばにいる」と彼は声をかけた。

まもなくダニエルと、ハートレー、サーストン、ローガン・ジャンセンにポールが、銃やナイフを手にして小庭に駆けこんできた。

ダニエルは状況を一瞥《いちべつ》し、表情を硬くした。「何があったんだ？」

マシューは噴水に隠されていると思われる宝のことも含め、手短に説明した。バーウィックの行動の動機はその金にあったことを言い終えると、ハートレー、サーストンを見た。

「すまないが屋敷に戻って治安判事を呼ぶように指示してくれないか」

きてくれないか」

「了解」二人はやっと事件現場を離れられる、と安堵《あんど》したように、答えた。

二人がいなくなると、マシューはポールのほうを向いた。「遺体にかける防水布を持って

「承知いたしました、だんな様」庭師頭はそう答え、立ち去った。

「ぼくに頼みたいことがないのであれば、状況をご婦人方に説明してこよう」ローガン・ジャンセンがいった。「叫び声と銃声が聞こえたので、彼女たちもひどく心配している」

「ありがとう」とマシューは答えた。去り際に、名残り惜しそうな視線をサラに向けたジャンセンを見て、マシューは顎を引き締めた。

「二人ともほんとうに怪我はないのか？」ダニエルが尋ねた。

「まったく」マシューが答えた。

「ほんとうに頭を打っていないのか？」

「もちろんだ。なぜそんなことを訊く？」

「だって、おまえは噴水の根元に隠されている金を捜そうとしないから」

マシューは首を振った。「サラのことが心配で、それどころじゃなかった」

そのときポールが防水布を抱えて戻り、バーウィックの遺体にそれをかぶせた。ポールがいなくなると、マシューはサラを見た。

「用意はいいかい？」

「もちろんよ」

彼はダニエルを見た。「幸運を祈ってくれたまえ」

マシューとサラはともに小さな開口部の前にひざまずいた。そして手をなかに入れた。

手には何も触れなかった。

「ここは……空だわ」サラは失望のこもる声でいった。

マシューは狭い内部をもう一度手探りしたが、そこが空であることは間違いなかった。ダニエルはマシューの肩に手を置いた。「残念だったな、マシュー。屋敷のほうで待っているよ」

ダニエルの足音が遠ざかると、マシューは立ち上がり、そっとサラの手を引き、立たせた。

「とても悔しいわ、マシュー」サラは涙を浮かべながら、いった。

「ぼくも同じ気持ちだよ。しかしよく考えてみれば、隠された宝を発見することができなくとも、ぼくは充分に報われたといわねばならない。なぜってそれがなかったら、ぼくはきみにめぐり逢っていなかったのだからね。きみの価値はきみの体の重さの金貨にも匹敵するものなんだ」

「そんな。私は——」そう言いかけて、サラはマシューの肩越しに目の前を凝視した。

「なんだ？」マシューは訊き、振り返った。

「噴水よ。バーウィックの撃った銃弾がフローラの壺を壊したの」

壺の注ぎ口が壊れているのを見て、マシューは首を振った。「母はこの像に格別の愛情を持っていたんだ。父が母のために作ったものなのでね」

サラはマシューを見た。「薔薇園と同じように」

「そうだね」

「なるほどお父様が『フリュール・ド・リース』という言葉をお使いになったはずね」

サラは前にかがみ、水のなかに指を入れた。「マシュー、見て」

サラは水のたまったところをしげしげとのぞきこんだ。マシューはサラの視線をたどり、はっと身をこわばらせた。手を伸ばし、肘まで水に浸し、輝く金貨をすくい上げた。そして手を水から引き上げ、てのひらを開いた。

「金のソヴリン（英国の一ポンド金貨。いまは流通していない）よ」サラは畏敬《いけい》の混じる興奮した声でいった。

二人はすぐに水のなかをくまなく捜しはじめた。しかししばらくして、マシューはふと上を見上げ、ゆっくりと微笑んだ。

「サラ――父はどうやら『シダ《ファーン》』といったのではないようだ」水のなかを手探りしていたサラが顔を上げると、マシューは壊れた壺を顎で示した。「父は『壺《アーン》』といったみたいだ」

そういうと彼は腰の高さまである水たまりの縁に上り、立ち上がった。壺の口をつかみ、なかをのぞいた。

「それで？」サラがこらえきれないように尋ねた。「そこに何かあるの？」

ゆっくり流れ出る水もかまわず、マシューは腕を少し欠けた壺の奥深く差し入れた。手を引き出し、彼はいった。「ぼくはさっききみのことを、きみの体の重さの金貨にも匹敵する価値があると、いっただろう？　どうやらぼくらは実際、きみの体の重さと同じくらいの金貨を手にしたらしい」

彼が指を開くと、てのひらいっぱいの金貨がこぼれ、下の水たまりに落ちた。

サラはあえぎ、輝く目を丸くして、彼を見上げた。「もっとあるの？」

「なんと、この大きな壺のなかにぎっしり入っているよ」

マシューは歓声を上げ、地面に飛び降り、サラを抱き上げ、強く抱きしめた。

「見つかったよ」信じがたいというようにキスでひと言ひと言を区切りながら、彼はいった。「よく見つかったよ。信じられない」

「最後の手がかりをくれたのが、バーウィックの銃撃だったなんて、なんて皮肉なことでしょう」とサラはいった。

「そうだね。しかしきみは知恵がまわるのだから、どのみちぼくらは宝を発見していただろうよ」

「『壺』を思いついたのは、あなたよ」

「金が噴水のなかにあると、きみが考えたから思いついただけだ」

「つまり、私たちは二人一緒になるとすごい力を発揮するということではないかしら」

「すごい、だけでは足りない。完璧だ」

サラは微笑んだ。「当然ね。だって私はすでにあなたに〝完璧な男性〟というあだ名をつけていたんですもの」

「では、ぼくのほうも負けずに呼ばせてもらおうかな。〝完璧な女性〟と」

サラは首を振り、笑った。「そんなことをおっしゃる理由がまったく理解できませんわ」

マシューはサラの腕を取り、にやりと笑って彼女の体をくるりと回した。「ご心配なく。ぼくが二人分理解しているから」

エピローグ

金貨を発見してから二日後、サラはラングストン邸の自分の寝室から急ぎ足で出た。午後の二時に屋敷の前で待っていてほしいとマシューに頼まれたのだ。その理由について彼が何もヒントを与えてくれようとはしないので、彼女は好奇心を掻き立てられていた。

この二日間はとくにマシューにとっては慌ただしく過ぎた。治安判事と話し合ったあと、ロンドンに赴き、父の負債を清算した。そして負債を返し終えてもなお、かなりの金額が残った。

ハウス・パーティの客たちはキャロリンをのぞいて全員帰路についた。姉は一週間以内に執り行なわれることになったささやかな婚礼で、妹の手助けをするためにサラとともに残ったのだった。数時間前にマシューがロンドンから戻り、サラにとっておきのプレゼントを持ち帰って彼女を驚かせた。彼が馬車の扉を開けると、そこには大きなラベンダー色のリボンを首に巻いたまばゆいばかりに麗しいデスデモーナの姿があった。サラは笑い声を上げ、デスデモーナは尻尾を激しく振り、感動の再会を果たしたあと、帰る途中でデスデモーナを迎えにいくためサラの実家に立ち寄ったというマシューの説明を聞いた。

デスデモーナをダンフォースに会わせると、二匹はたがいに相手の体の隅々まで匂いを嗅ぎあった。デスデモーナは一度吠え、顎の下の肉をペロリと舐《な》めた。ダンフォースは二度吠え、顎の下の肉を舐めた。そしてすぐにデスデモーナの尻尾の上に座った。デスデモーナは承諾を示すうなり声を発した。

マシューは笑って、いった。「これもぼくが仕込んだ躾《しつけ》の一つだよ」

そして彼はもう一つの意外な贈り物を用意しているらしかったが、サラとしては、デスデモーナに再会できたこと以上にすばらしいことは想像もつかない。

その直後外へ出ると、マシューは去勢した愛馬のアポロの手綱を握り、微笑みながら出迎えた。「時間きっかりだね」

サラも微笑みを返したものの、懸念に満ちた視線を馬に向けた。「これからどこかにいらっしゃるの、それともお帰りになったところ？」

「出かけるんだよ。きみも一緒にどうかと思ってね」

「どこへ？」

「村だ」彼は真剣な目でサラを見た。「もしきみが一緒に来て、二人で馬の背に乗れば、力を合わせてたがいの忌まわしい記憶を忘れることができると思うんだ。そして一緒に新たな楽しい思い出を作ればいい」

サラは彼と馬をかわるがわる見比べた。「一石二鳥ということかしら」

「そうだね」

サラは急に乾きはじめた唇を舐めた。「もうずいぶん長いあいだ、馬に乗っていないの」

「ぼくもずいぶん長いあいだ村に行っていない」彼は空いたほうの手を差し伸べた。「ずっと体に腕をまわしていてあげるよ」

「それならなんとかなるかもしれない」

「ぼくもきみと一緒なら、克服できそうだ」

サラは深呼吸し、ゆっくりと手を差し出した。「一緒に新たな楽しい思い出を作りましょう」

彼の微笑で、サラは心の奥まで温まる気がした。マシューは乗馬の名手らしく軽い身のこなしで馬に乗り、サラのほうに手を差し伸べた。息を整え、サラは注意深く片足をあぶみに乗せた。次の瞬間、彼女はマシューの前に横座りしていて、力強くたくましい腕がウェストに巻きつけられていた。

「大丈夫かい？」彼の静かな質問が耳元をかすめ、こめかみに彼の唇がそっと触れるのをサラは感じた。

「大……丈夫」その言葉に嘘はなかった。やや落ち着かない気もするが、彼の腕が自分を支えてくれているので、なんとかやり遂げられる自信はある。彼もそれは同じだろう。二人一緒なら、うまくいくはずだ。

彼はアポロに静かな歩行を命じ、屋敷を出発した。「村に行ったら、結婚の贈り物を買おう」マシューがいった。

「おたがいに？」

「いや。ポールにだよ。彼は二階の担当メイドの一人でメアリーという娘に結婚を申し込んだんだそうだ」

サラは微笑んだ。「ほんとうに？　私があなたのシャツを盗み出した夜、あなたの寝室がどこか教えてくれた人だわ」

「今度彼女の給金を倍にしてやろう。ポールから今日はじめて二人が結婚することを聞かされてね。ぼくがラベンダーの花を飾るよう命じた際、彼の小屋で二人が一緒にいるところに遭遇しそうになったようだ。そのときに彼はこれ以上コソコソしたくないと決意したといっていた」

「私も嬉しいわ」サラはマシューに体をすり寄せた。「一頭の馬に二人で乗って村へ出かければ、物議をかもすことはご承知のうえよね？」

「騒ぎの種を蒔《ま》くことは間違いないね。〝ケントの混沌《こんとん》〟とでも呼ぶべきかな。ロンドンに行けば、今度は市民を仰天させることになりそうだ」

「それは〝メイフェアの騒乱〟と名付けましょうか」

マシューは笑った。「そうだな。ロンドンの町屋敷には小さな庭と温室があるんだが、このところ赤字続きだったので、荒れ果ててしまっている。愛情込めた世話が相当必要だろう」

「そんなことなら喜んで」

「よかった」マシューは体をかがめ、サラの耳たぶをそっとかじった。サラは悦びの震えが背中を這いおりるのを感じた。「ぼくも愛情込めた世話を必要としているんだ」

サラはマシューの美しい瞳に向かって微笑んだ。「それもまかせてちょうだい。ロンドンの温室には薔薇は植えないということでよろしいかしら?」

マシューが恐怖の表情を見せたので、サラは笑った。「もちろんだよ。薔薇のことを考えただけでくしゃみが出そうな気がしてくる」

「あなたがどこにいるかわかるから、くしゃみも役に立つのに」とサラはからかった。

彼の腕に力がこもり、唇をそっとかすめた彼のキスに、サラの胸はときめいた。「ぼくの居場所を探す必要はないんだよ。ぼくはここにいる。きみのすぐ隣りにね」

「あなたはやっぱり完璧な男性だわ」

訳者あとがき

本作は主としてヒストリカルの分野で人気のジャッキー・ダレサンドロの新シリーズ *Mayhem in Maifair* の一作目にあたる“*Sleepless at Midnight*”の翻訳作品です。時代はいわゆるリジェンシー（一八一一～二〇）で、仲良し女性四人グループがハウス・パーティに招待されるところから物語が始まります。そのうち二人は貴族の娘。残る二人、キャロリンとサラは姉妹で、医師の娘です。姉のキャロリンは子爵に嫁ぎましたが、三年前夫に先立たれ未亡人となりました。この作品は妹サラの恋を描いたもので、当時としてはオールドミス扱いされた二十六歳のサラが思いがけず身分違いの激しい恋に落ちるお話です。眼鏡をかけていて、姉がきわめて美人であることから、地味な女性として異性の視線を浴びることもなく過ごしていて、自分でも結婚はとうの昔にあきらめています。でもその容貌も、個性的ではあってもじつは充分に美しく、知性と探究心と豊かな感性、それに何よりもたぐい稀なる優しさにあふれる魅力的な女性なのです。そんな一見地味な女性に魅力を見出すヒーローのマシューは豊かな心の持ち主なのだと私は思います。

ヒーローのラングストン侯爵マシューは高い身分のほかに美しい容姿にも恵まれ、人生に何一つ不足しているものなどないように見えます。けれど、じつはこのヒーローは重大な悩みを抱えているのです。女性に目を奪われるような気持ちのゆとりもないほどに。にもかかわらず、彼はこの地味で一見ぱっとしない、貴族でもないサラという女性に惹かれていくことになります。理性にどれほど諭《さと》されようとも、情熱は一度火がつくと手に負えなくなるもの。理性と恋心のはざまで悩み葛藤《かっとう》するそんな彼の様子が微笑ましく、ときにはコミカルに描かれ、ここにも可愛いおばかさんが一人……と心なごみます。

ヒロインたちは四人で秘密の読書サークルを立ち上げますが、その一冊目の課題本として取り上げられたのが当時著者自身のスキャンダラスな恋愛と作品の奇抜さで話題になっていた、女流作家メアリー・シェリーの『現代のプロメシュース』――いわゆる『フランケンシュタイン』です。フランケンシュタインはその名が怪物の代名詞のように使われることもあるようですが、これは怪物を作り出した科学者の名前です。

メアリー・シェリーはわずか十九歳で後世に残る有名な作品を書き上げました。SFの先駆者、創始者と称される彼女の私生活もまるで小説のようです。父は無政府論で有名な哲学者、小説家、エッセイストのウィリアム・ゴドウィン、母はフェミニズムの創始者とされるメアリ・ウルストンクラフトという濃い血筋を引き、父を慕って訪ねてきた若き詩人のパーシー・シェリーと十六歳で知り合います。当時シェリーには妻がいましたが、二人はたちまち恋に落ち、父の反対を押し切って駆け落ちをします。知人であったバイロン卿の、スイスのレマン湖畔にある別荘に滞在中この小説のアイディアを得たとされています。二人はパーシー・シェリーの妻が自殺後、結婚します。ほんとうにドラマチックな人生ですね。この作品がどれほどのセンセーションを巻き起こしたのかは想像に難くありません。度肝を抜くストーリーに、人間の存在に根本的な疑問を投げかける哲学的要素もあり、しかも作者が若い女性であったということがどれほど話題になったことでしょう。近代になってこの作品は数え切れないほど映画化され、小説は読まなくとも映画を観たことのある人は多いと思います。

そんな人々の驚きとともに、この小説のなかでヒロインたちは男性上位の社会のなかにあってこのような衝撃的な話題作で世の注目と尊敬を集めた著者に対して、同性として賞賛の気持ちを抱き、快哉《かいさい》を叫んでいるようです。そんなところにも時代の空気が感じられますね。

最後になりましたが、著者について少し触れておきましょう。ジャッキー・ダレサンドロはニューヨーク・ロングアイランド出身で、幼いころから書物に親しみ、少女時代にロマンス小説が好きになったそうです。大学時代に理想の男性と出逢い、卒業後すぐに結婚。現在はそのご主人と息子さんと一緒にアトランタで幸福に暮らしています。著書はハーレクインのカテゴリーロマンスで十一作、シングルタイトルが十三作。比較的コンスタントに書く作家らしく、年に二、三作は出しているようです。

ロンドンの高級住宅街メイフェアに住む貴族たちの恋模様を描く、このメイフェア・シリーズは現在、サラの姉キャロリンをヒロインとする二作目 “*Confessions at Midnight*” までが刊行されており、三作目はレディ・ジュリアンをヒロインとする “*Seduced at Midnight*”（二〇〇九年一月刊行予定）、四作目 “*Tempted at Midnight*”（二〇〇九年四月刊行予定）と続きます。四作目ではこの作品でも謎めいた魅力的な男性として登場していたローガン・ジャンセンがヒーローだそうです。二作目は、引きつづき二見書房からの刊行が決定しています。楽しみにお待ち下さい。

二〇〇八年十月

ザ・ミステリ・コレクション

夜風《よかぜ》はひそやかに

著者　ジャッキー・ダレサンドロ
訳者　宮崎《みやざき》 槙《まき》

発行所　株式会社 二見書房
東京都千代田区三崎町2-18-11
電話 03(3515)2311［営業］
03(3515)2313［編集］
振替 00170-4-2639

印刷　株式会社 堀内印刷所
製本　村上製本

落丁・乱丁本はお取り替えいたします。
定価は、カバーに表示してあります。

ISBN978-4-576-08154-0
http://www.futami.co.jp/

とまどう緑のまなざし（上・下）

ジュディス・マクノート
後藤由季子［訳］

パリの社交界で、その美貌ゆえにたちまち人気者になったホイットニー。ある夜、仮面舞踏会でサタンに扮した謎の男にダンスに誘われるが……ロマンスの不朽の名作

あなたの心につづく道（上・下）

ジュディス・マクノート
宮内もと子［訳］

十九世紀、英国。若くして爵位を継いだ美しき女伯爵エリザベスを待ち受ける波瀾万丈の運命と、謎めいた貿易商イアンとの愛の旅路を描くヒストリカルロマンス！

悪の華にくちづけを

ロレッタ・チェイス
小林浩子［訳］

自堕落な生活を送る弟を連れ戻すため、パリを訪れたイギリス貴族の娘ジェシカは、野性味あふれる男デインに出会う。全米読者投票1位に輝くロマンス史上の傑作

灼熱の風に抱かれて

ロレッタ・チェイス
上野元美［訳］

1821年、カイロ。若き未亡人ダフネは、誘拐された兄を救うため、獄中の英国貴族ルパートを保釈金代わりに雇う。異国情緒あふれる魅惑のヒストリカルロマンス！

プライドと情熱と

エリザベス・ソーントン
島村浩子［訳］

ラスボーン伯爵の激しい求愛を、かたくなに拒むディアドレ。誤解と嫉妬だらけの二人は…。動乱の時代に燃えあがる愛と情熱を描いた感動のヒストリカルロマンス

奪われたキス

スーザン・イーノック
高里ひろ［訳］

十九世紀のロンドン社交界を舞台に、アイス・クイーンと呼ばれる美貌の令嬢と、彼女を誘惑しようとする不品行で悪名高き侯爵の恋を描くヒストリカルロマンス！

二見文庫　ザ・ミステリ・コレクション

パッション
リサ・ヴァルデス
坂本あおい［訳］

ロンドンの万博で出会った、未亡人パッションと建築家マーク。抗いがたいほど惹かれあい、互いに名を明かさぬまま熱い関係が始まるが…。官能のヒストリカルロマンス！

あやまちは愛
トレイシー・アン・ウォレン
久野郁子［訳］

双子の姉と入れ替わり、密かに想いを寄せていた公爵と結婚したバイオレット。妻として愛される幸せと良心の呵責の狭間で心を痛めるが、やがて真相が暴かれる日が…

愛といつわりの誓い
トレイシー・アン・ウォレン
久野郁子［訳］

親戚の家へ預けられたジーネットは、無礼ながらも魅惑的な建築家ダラーと出会うが、ある事件がもとで〝平民〟の彼と結婚するはめになり…。『あやまちは愛』に続く第二弾！

夜の炎
キャサリン・コールター
高橋佳奈子［訳］

若き未亡人アリエルは、かつて淡い恋心を抱いた伯爵と再会するが、夫との辛い過去から心を開けず…。全米ヒストリカルロマンスファンを魅了した「夜《ナイト》トリロジー」、第一弾！

水の都の仮面
リディア・ジョイス
栗原百代［訳］

復讐の誓いを仮面に隠した伯爵と、人には明かせぬ悲しい過去を秘めた女が出逢い、もつれ合う愛憎劇がはじまる。名高い水の都を舞台にしたヒストリカルロマンス

ゆらめく炎の中で
ローレン・バラッツ・ログステッド
森嶋マリ［訳］

19世紀末。上流階級の妻エマは、善意から囚人との文通を始めるが図らずも彼に心奪われてしまう。恩赦によって男が自由の身となった時、愛欲のドラマが幕をあけた！

青き騎士との誓い
アイリス・ジョハンセン
酒井裕美［訳］

十二世紀中東。脱走した奴隷のお針子ティーアはテンプル騎士団に追われる騎士ウェアに命を救われた。終わりなき逃亡の旅路に、燃え上がる愛を描くヒストリカルロマンス

星に永遠の願いを
アイリス・ジョハンセン
酒井裕美［訳］

戦乱続くイングランドに攻め入ったノルウェー王の庶子で勇猛な戦士ゲージと、奴隷の身分ながら優れた医術を持つブリンとの愛を描くヒストリカルロマンスの最高傑作！

眠れぬ楽園
アイリス・ジョハンセン
林 啓恵［訳］

男は復讐に、そして女は決死の攻防に身を焦がした…美しき楽園ハワイから遙かイングランド、革命後のパリへ！十九世紀初頭、海を越え燃える宿命の愛！

女王の娘
アイリス・ジョハンセン
葉月陽子［訳］

スコットランド女王の隠し子と囁かれるケイトは、一年限りの愛のない結婚のため、見果てぬ地へと人生を賭けた旅に出る。だがそこには驚愕の運命が！

虹の彼方に
アイリス・ジョハンセン
酒井裕美［訳］

ナポレオンの猛威吹き荒れる十九世紀ヨーロッパ。幻のステンドグラスに秘められた謎が、恐るべき死の罠と宿命の愛を呼ぶ…魅惑のアドベンチャーロマンス！

光の旅路（上・下）
アイリス・ジョハンセン
酒井裕美［訳］

宿命の愛は、あの日悲劇によって復讐へと名を変えた…インドからスコットランド、そして絶海の孤島へ！ゴールドラッシュに沸く十九世紀を描いた感動巨篇！

いま炎のように
アイリス・ジョハンセン
阿尾正子［訳］

ロシア青年貴族と奔放な19歳の美少女によってミシシッピ流域にくり広げられる殺人の謎をめぐるロマンスの旅路。全米の女性が夢中になったディレイニィ・シリーズ刊行！

氷の宮殿
アイリス・ジョハンセン
阿尾正子［訳］

公爵ニコラスとの愛の結晶を宿したシルヴァー。だが、白夜の都サンクトペテルブルクで誰も予想しえなかった悲運が彼女を襲う。恋愛と陰謀渦巻くディレイニィ・シリーズ続刊

失われた遺跡
アイリス・ジョハンセン
阿尾正子［訳］

1870年。伝説の古代都市を探す女性史学者エルスペスは、ディレイニィ一族の嫡子ドミニクと出逢う。波瀾万丈のヒストリカル・ロマンス〈ディレイニィ・シリーズ〉

鏡のなかの予感
アイリス・ジョハンセン／ケイ・フーパー／フェイリン・プレストン
阿尾正子［訳］

ディレイニィ家に代々受け継がれてきた過去、現在、未来を映す魔法の鏡……。三人のベストセラー作家が紡ぎあげる三つの時代に生きる女性に起きた愛の奇跡の物語！

女神たちの嵐（上・下）
アイリス・ジョハンセン
酒井裕美［訳］

少女たちは見た。血と狂気と憎悪、そして残された真実を…。十八世紀末、激動のフランス革命を舞台に、幻の至宝をめぐる謀略と壮大な愛のドラマが始まる。

風の踊り子
アイリス・ジョハンセン
酒井裕美［訳］

十六世紀イタリア。奴隷の娘サンチアは、粗暴な豪族、リオンに身を売られる。彼が命じたのは、幻の彫像ウインドダンサー奪取のための鍵を盗むことだった。

その愛に守られて
バーバラ・フリーシー
嵯峨静江［訳］

ひと夏の恋に落ち、シングルマザーとなったジェニー。13年後愛息ダニエルの事故が別々の人生を歩んでいたはずのかつての恋人たちの運命を結びあわせる…RITA賞受賞作

氷に閉ざされて
リンダ・ハワード
加藤洋子［訳］

一機の飛行機がアイダホの雪山に不時着した。乗客の若き未亡人とパイロットのジャスティスは、何者かの陰謀ではないかと感じはじめるが…傑作アドベンチャーロマンス！

黒き戦士の恋人
J・R・ウォード
安原和見［訳］

NY郊外の地方新聞社に勤める女性記者ベスは、謎の男ラスに出生の秘密を告げられ、運命が一変する！ 読みだしたら止まらない全米ナンバーワンのパラノーマル・ロマンス

その腕のなかで
ルーシー・モンロー
小林さゆり［訳］

謎のストーカーにつけ狙われる、新進の女流作家リズの前に傭兵のジョシュアが現われ、ボディガードを買って出る。やがて二人は激しくお互いを求め合うようになるが…

やすらぎに包まれて
ルーシー・モンロー
小林さゆり［訳］

傭兵養成学校で起こった爆破事件。経営者の娘・ジョシーは共同経営者のニトロとともに真相を追う。反発しながらも惹かれあう二人…元傭兵同士の緊迫のラブロマンス

いつまでもこの夜を
ルーシー・モンロー
小林さゆり［訳］

殺人事件に巻き込まれたクレアと、彼女を守る元傭兵のホットワイヤー。互いを繋ぐこの感情は欲望か、愛なのか。悩み衝突しあうふたりの運命は…。〈ボディガード〉三部作完結篇

そのドアの向こうで
シャノン・マッケナ
中西和美［訳］
〔マクラウド兄弟シリーズ〕
亡き父のため11年前の謎の真相究明を誓う女と、最愛の弟を殺されすべてを捨て去った男。復讐という名の赤い糸が激しくも狂おしい愛を呼ぶ…衝撃の話題作！

影のなかの恋人
シャノン・マッケナ
中西和美［訳］
〔マクラウド兄弟シリーズ〕
サディスティックな殺人者が演じる、狂った恋のキューピッド。愛する者を守るため、燃え尽きた元FBI捜査官コナーは危険な賭に出る！　絶賛ラブサスペンス

運命に導かれて
シャノン・マッケナ
中西和美［訳］
〔マクラウド兄弟シリーズ〕
殺人の濡れ衣をきせられ、過去を捨てたマーゴットは、彼女に惚れ、力になろうとする私立探偵ディビーと激しい愛に溺れる。しかしそれをじっと見つめる狂気の眼が…

真夜中を過ぎても
シャノン・マッケナ
松井里弥［訳］
〔マクラウド兄弟シリーズ〕
かつてショーンが愛したリヴの書店が何者かによって放火された。さらに車に時限爆弾が。執拗に命を狙う犯人の目的は？　彼女の身を守るためショーンは謎の男との戦いを誓う。

あなたに会えたから
キャサリン・アンダーソン
木下淳子［訳］
失語症を患ったローラは、仕事に生き、恋や結婚とは縁遠い人生を送ってきた獣医のアイザイアと出会い、恋におちる。だがなぜか彼女の周囲で次々と不可解な事故が続き…

晴れた日にあなたと
キャサリン・アンダーソン
木下淳子［訳］
目の病気を患い、もうすぐ暗闇の日々を迎えるカーリーと、彼女を深い愛で支えるカウボーイのハンク。青空の下で見つめ合う二人の未来は――？　全米ベストセラーの感動作

あなただけ見つめて
スーザン・エリザベス・フィリップス
宮崎 槙［訳］
〔シカゴスターズ シリーズ〕
父の遺言でアメフトチームのオーナーになったフィービーは、ヘッドコーチのダンと熱く激しい恋に落ちてゆく。しかし、勝ち続けるチームと彼女の前には悪辣な罠が…

あの夢の果てに
スーザン・エリザベス・フィリップス
宮崎 槙［訳］
〔シカゴスターズ シリーズ〕
元伝道師の未亡人レイチェルは幼い息子との旅路の果てに、妻子を交通事故で亡くしたゲイブに出会う。過酷な人生を歩んできた二人にやがて愛が芽生え…

湖に映る影
スーザン・エリザベス・フィリップス
宮崎 槙［訳］
〔シカゴスターズ シリーズ〕
湖畔を舞台に、新進童話作家モリーとアメリカン・フットボールのスター選手ケヴィンとのユーモアあふれる恋の駆け引き。迷い込んだふたりの恋の行方は？

まだ見ぬ恋人
スーザン・エリザベス・フィリップス
宮崎 槙［訳］
〔シカゴスターズ シリーズ〕
VIP専用の結婚相談所を始めたアナベルの最初の依頼人はアメフトの大物代理人ヒース。彼に相手を紹介していくうちに、二人はたがいに惹かれあうようになるが…

いつか見た夢を
スーザン・エリザベス・フィリップス
宮崎 槙［訳］
〔シカゴスターズ シリーズ〕
休暇中のアメフトスター選手ディーンは、ひょんなことから画家のブルーとひと夏を過ごすことになる。東テネシーを舞台に描かれる、切なく爽やかな傑作ラブロマンス！

トスカーナの晩夏
スーザン・エリザベス・フィリップス
宮崎 槙［訳］
傷心の女性心理学者が静養のため訪れたトスカーナ地方で出会ったのは、美しき殺人鬼などが当たり役の大物俳優。何度もベッドに誘われた彼女は…イタリア男の恋の作法！

幻想を求めて
スーザン・エリザベス・フィリップス
宮崎 槇［訳］

かつて町一番の裕福な家庭で育ったヒロインが三度の離婚を経て十五年ぶりに故郷に帰ってきたとき……彼女を待ち受ける屈辱的な運命と、男との皮肉な再会！

レディ・エマの微笑み
スーザン・エリザベス・フィリップス
宮崎 槇［訳］

意に染まぬ結婚から逃れようとする英国貴族の娘と、トーナメントに出場できなくなったプロゴルファー。そんなふたりが出会った時、女と男の短い旅が始まる。

ファースト・レディ
スーザン・エリザベス・フィリップス
宮崎 槇［訳］

未亡人と呼ぶには若すぎる憂いを秘めた瞳のニーリーが逃避の旅の途中で逞しく謎めいた男と出会った時…RITA賞（米国ロマンス作家協会賞）受賞作！

追いつめられて
ジル・マリー・ランディス
橋本夕子［訳］

亡き夫の両親から息子の親権を守るため、身分を偽り住処を転々として逃げる母子に危機が迫る！カルフォルニアを舞台に繰り広げられる、緊迫のラブロマンス！

悲しみを乗りこえて
ジル・マリー・ランディス
橋本夕子［訳］

かつて婚約者に裏切られ、事故で身ごもった子供を失った女性私立探偵と、娘の捜索を依頼しにきた男との激しくも波乱に満ちた恋を描いた感動のラブロマンス！

ただもう一度の夢
ジル・マリー・ランディス
橋本夕子［訳］

霧雨の夜、廃屋同然で改装中の〈ハートブレイク・ホテル〉にやってきた傷心の作家と、若き女主人との短いが濃密な恋の行方！ 哀切なラブロマンスの最高傑作！

すべての夜は長く

ジェイン・アン・クレンツ
中西和美［訳］

十七年ぶりに故郷に戻ったヒロインを待っていた怪事件の数々。ともに謎ときに挑むロッジのオーナーで、元海兵隊員との激しい恋！ロマンス界の女王が描くラブ・サスペンス

夢見の旅人

ジェイン・アン・クレンツ
中西和美［訳］

夢分析の専門家イザベルは、勤めていた研究所の所長が急死したため解雇される。自分と同様の能力を持つエリスとともに犯罪捜査に協力するようになるが…

鏡のラビリンス

ジェイン・アン・クレンツ
中西和美［訳］

死んだ女性から届いた一通のeメール——奇妙な赤い糸で引き寄せられた恋人たちが、鏡の館に眠る殺人事件の謎を追う！極上のビタースイート・ロマンス

ガラスのかけらたち

ジェイン・アン・クレンツ
中西和美［訳］

芸術家ばかりが暮らすシアトル沖合の離れ小島で、資産家のコレクターが変死した。幻のアンティークガラスが招く殺人事件と危険な恋のバカンス！

迷子の大人たち

ジェイン・アン・クレンツ
中西和美［訳］

サンフランシスコの名門ギャラリーをめぐる謎の死。辣腕美術コンサルタントのキャディが〝クライアント以上恋人未満〟の相棒と前代未聞の調査に乗り出す！

優しい週末

ジェイン・アン・クレンツ
中村三千恵［訳］

エリート学者ハリーと筋金入りの実業家モリー。迷走する二人の恋をよそに発明財団を狙う脅迫はエスカレート。真相究明に乗りだした二人に危機が迫る！